लक्ष्मण गायकवाड़

जन्म : 23 जुलाई, 1956 को धनेगाँव-लातूर में।

'उचल्या' पुस्तक का अनुवाद हिन्दी, अंग्रेजी, कन्नड़, तेलगू, उर्दू, फ्रेंच, बंगाली भाषाओं में। उनकी 'वडारवेदना' चर्चित रही। वे राष्ट्रीय साहित्य अकादेमी के भूतपूर्व जूनियर मेम्बर, सोसायटी फॉर कम्यूनल हार्मनी, दिल्ली के भूतपूर्व जूनियर मेम्बर और राष्ट्रीय मानवाधिकार आयोग के सदस्य रह चुके हैं।

सम्मान : राष्ट्रीय साहित्य अकादेमी, नई दिल्ली का पुरस्कार, पूर्व प्रधानमंत्री राजीव गांधी के हाथों मिला एक लाख रुपयों का पुरस्कार, पानघंटी, पुणे का समता पुरस्कार, संजीवनी पुरस्कार। शोषित, पीड़ित समाज के लिए किए गए कार्य के लिए पुणे, पिंपरी, चिंचवड़, कोल्हापुर, औरंगाबाद की महानगरपालिकाओं ने आपका नागरिक सत्कार किया। 'सार्क' राष्ट्रों द्वारा दिए जानेवाले अन्तर्राष्ट्रीय पुरस्कार से सम्मानित।

शोषित, पीड़ित समुदायों में सामाजिक परिवर्तन लानेवाले और विमुक्त, घुमन्तू जमातों के लोगों को न्याय और उनके अधिकार दिलाने के लिए वे 1978 से कार्यरत हैं। महाराष्ट्र में 'विमुक्त भटके (घुमन्तू) संघर्ष महासंघ' के वे व्यवस्थापकीय अध्यक्ष के रूप में कार्यरत हैं। कामगार, खेती मजदूर, होटेल बॉयज, स्त्री-मुक्ति इत्यादि आन्दोलनों में सक्रिय सहभागी। 1984 में निकली विमुक्त घुमन्तू लोगों की शोधयात्रा के संयोजक थे।

लक्ष्मण गायकवाड

दुभंग

अनुवाद

प्रा. सुनन्दा मग्गीरवार

राधाकृष्ण पेपरबैक्स

पहला सजिल्द संस्करण
राधाकृष्ण प्रकाशन प्राइवेट लिमिटेड से
2004 में प्रकाशित

राधाकृष्ण पेपरबैक्स में
पहला संस्करण : 2005
पहली आवृत्ति : 2022
This book is printed on **Print on Demand** Technology : 2026

राधाकृष्ण पेपरबैक्स : उत्कृष्ट साहित्य के जनसुलभ संस्करण

राधाकृष्ण प्रकाशन प्रा. लि.
जी-17, जगतपुरी, दिल्ली-110 051
द्वारा प्रकाशित

शाखाएँ : अशोक राजपथ, साइंस कॉलेज के सामने, पटना-800 006
पहली मंजिल, दरबारी बिल्डिंग, महात्मा गांधी मार्ग, प्रयागराज-211 001
1, अनमोल सोराबजी संतुक लेन, धोबी तलाव, मरीन लाइंस, मुम्बई-400 002

वेबसाइट : www.radhakrishnaprakashan.com
ई-मेल : info@radhakrishnaprakashan.com

मूल्य : ₹ 299

DUBHANG
Novel by Laxman Gaiakwad

ISBN : 978-81-7119-923-5

निवेदन

प्रथमतः मैं वाचकों से नम्र निवेदन करूँगा कि हिन्दी में अनूदित मेरे पहले उपन्यास 'उचक्का' को पाठकों ने बहुत ही अच्छा प्रोत्साहन दिया। मैं हिन्दी पाठकों को धन्यवाद देकर, अपनी नई किताब 'दुभंग', जो मराठी में बहुत ही चर्चित रही, सौंपता हूँ। किल्लारी भूकम्प की जो दर्द-भरी घटना महाराष्ट्र में हुई, उसका मैं साक्षी हूँ। भूकम्प के दौरान जो घटनाएँ हुईं, वह हमारी संवेदना को झकझोरनेवाली थीं। किसान मजदूरों के मुरदे मैंने देखे ही नहीं, उनको दफनाने और जलाने तक के सारे काम विमुक्त घुमन्तू संघटन के कार्यकर्ताओं के साथ मैंने वहाँ जाकर किए। वे जो दृश्य मैंने आँखों से देखे, पहचानवाले मृतकों के कुटुम्ब का रुदन देखकर मेरी आँखें भर आईं। मेरा ससुराल किल्लारी कठवा था, वह पूरा गाँव मिट्टी का ढेर बन गया।

जैसे घास के गट्ठर एक के ऊपर एक रखते हैं वैसे ही मैंने और मेरे कार्यकर्ताओं ने गाड़ियों और ट्रकों में एक के ऊपर एक मुरदे रखकर एक साथ जलाने का काम किया। वह दृश्य मेरी आँखों के सामने आज भी घूमता है, और उसकी याद से मेरे शरीर में सिहरन हो जाती है।

साहित्य अकादमी का पुरस्कार मिलने पर पूरे किल्लारी गाँव ने मेरा नागरिक सत्कार किया था। जो लोग भूकम्प में मरे थे, उनके परिवारों के कितने ही लोगों ने, यह कहकर मुझे ढेरों प्यार किया था कि देहात के एक मजदूर का लड़का साहित्यकार होकर अपने विभाग का नाम कर रहा है। उस प्यार को मैं जिन्दगी भर नहीं भूल सकता। वही कर्ज उतारने के लिए एक लेखक के रूप में अपना कर्त्तव्य निभाते हुए उनकी चीख को, उनके दर्द को मैंने सारे लोगों तक पहुँचाने का काम 'दुभंग' के माध्यम से किया है।

मैं आशा करता हूँ कि मेरी यह किताब 'दुभंग' हिन्दी पाठकों को अच्छी लगेगी। हिन्दी पाठक सामाजिक स्तर पर सोचने और समझनेवाले हैं। मैं आशा करता हूँ कि राधाकृष्ण प्रकाशन द्वारा प्रकाशित 'दुभंग' का हिन्दी पाठक जरूर स्वागत करेंगे। दुखी और आत्महत्या करनेवाले किसानों-मजदूरों के हालात को जाननेवाले राजनेता, धर्म के ठेकेदार और सामाजिक काम करनेवाले स्वयंसेवी संगठनों के कार्यकर्ता कैसे ढोंगी, मक्कार होते हैं और समाज के साथ कैसे पेश

आते हैं, 'दुभंग' के माध्यम से पाठक उसे भी जान लेंगे।

उपन्यास का हिन्दी अनुवाद प्रा. सुनन्दा मग्गीरवार ने किया है। हिन्दी के जाने-माने प्रकाशक और मेरे मित्र अशोक महेश्वरी ने आप लोगों के सामने इस हिन्दी संस्करण को प्रस्तुत करने का काम किया है। उनका और जिन लोगों ने मुझे सहयोग किया है, उन सभी साथियों का मैं आभारी हूँ।

—लक्ष्मण गायकवाड

जी.-304, न्यू पद्मावती नगर,
चित्तनगरी रोड, गोरेवार (पू.)
मुम्बई-400063

मनोगत

30 सितम्बर, 1993 को महाराष्ट्र में लातूर जिले का किल्लारी गाँव भूकम्प से पूरी तरह नष्ट हो गया था। आसपास के अस्सी गाँवों में इस भूकम्प ने जबर्दस्त तबाही मचाई थी। वही घटना 26 जनवरी, 2001 को गुजरात राज्य के 'भुज' और 'कच्छ' में घटित हुई। भूकम्प की विभीषिका ने मनुष्य को पूरी तरह पराजित कर दिया। भूकम्प के बाद उससे बचे भूकम्प-पीड़ितों के जीवन का प्रश्न महत्त्वपूर्ण होता है। उनकी अवस्था दयनीय और दुखदायी होती है। इस दशा में जीवित रहना उनके लिए बहुत क्लेशकारक होता है। इन लोगों के जीवन को फिर से खुशहाल बनाने के विभिन्न स्तरों पर प्रयास किए जाते हैं। ऐसे ही भूकम्पपीड़ितों के दुख-दर्द और उनकी अन्तर्वेदना को भली-भाँति उजागर करने का प्रयास है संवेदनशील लेखक लक्ष्मण गायकवाड का 'दुभंग' नामक यह उपन्यास।

वास्तव में लातूर शहर लेखक की जन्मभूमि और कर्मभूमि रही है। व्यक्ति जहाँ जन्म लेता है, जिस मिट्टी में खेल-कूदकर बड़ा होता है, उससे उसका अमिट नाता होता है। परिणामतः 'किल्लारी' से लेखक का दृढ़ भावनात्मक सम्बन्ध रहा है। मिट्टी से जुड़े होने के कारण श्री लक्ष्मण गायकवाड ने भूकम्प के बाद की परिस्थितियों, मानवीय दृष्टिकोण, जाति-धर्म, सामाजिक विचारधारा, राजनीति और उसमें जीनेवाली भूकम्पपीड़ित जनता की मानसिकता की विविध छटाओं और सम्बन्धों का यथार्थ चित्रण 'दुभंग' में किया है।

एक बार हम लोग कुछ निजी कारणों से मुम्बई गए थे। वहाँ श्री लक्ष्मण गायकवाड से भेंट हुई। 'दुभंग' पर चर्चा चली तो गायकवाड जी ने इच्छा प्रकट की कि यदि 'दुभंग' का हिन्दी भाषा में अनुवाद किया जाए तो मराठवाड़ा के एक अंचल में घटित उस प्राकृतिक आपदा तथा भूकम्पपीड़ितों की व्यथा-वेदना को हिन्दी जगत् तक भली-भाँति पहुँचाया जा सकेगा। अतः बड़ी उदारता और विश्वास के साथ गायकवाड जी ने इस कृति के हिन्दी अनुवाद की जिम्मेदारी मुझे सौंप दी। इसके लिए मैं उनकी हृदय से आभारी हूँ।

'दुभंग' के प्रति मेरा आकर्षण शुरू से ही रहा है। हम लोग लातूर के निवासी

हैं और भूकम्प की घटना को हमने प्रत्यक्ष रूप में अनुभव किया है। इस घटना के पश्चात भूकम्पपीड़ितों के दुख और वेदना को आँखों से देखा है, और जहाँ तक हो सका, परिवार के सभी सदस्यों ने उनकी सहायता करने का कर्तव्य भी निभाया है। मैं स्वयं भी अनेक नारी संघटनों से जुड़ी हूँ। भूकम्प के बाद प्रत्यक्ष रूप में किल्लारी और आसपास के गाँवों में जाकर उनकी सहायता करने का अवसर भी मुझे मिला था। अतः 'दुभंग' में वर्णित परिस्थितियाँ, समस्याएँ और पात्र काल्पनिक नहीं, बल्कि यथार्थ-भूमि से जुड़े हुए हैं। 'दुभंग' का अनुवाद करते समय ये पात्र, परिस्थितियाँ, समस्याएँ जीवित होकर मेरी आँखों के सामने प्रत्यक्ष होते रहे। लोगों में जीवन जीने की आशा जगाना, उन्हें स्थायी रूप में बसाना बहुत मुश्किल काम होता है। मराठवाड़ा के ग्रामीण अंचलों में बोली जानेवाली मराठी बोली में 'दुभंग' की रचना हुई है। लेखक के विचारों और संवेदना को हिन्दी में अनूदित करने का साहस और प्रेरणा मुझे मेरे आदरणीय गुरुवर डॉ. रणसुभे जी तथा गुरुवर डॉ. अम्बादास जी देशमुख से प्राप्त हुई है। अतः उनके प्रति मैं अपने श्रद्धासुमन अर्पित करती हूँ। अपने महाविद्यालय के प्राचार्य श्री संग्राम जी गवळे तथा डॉ. रामानुज गिल्डा जी के प्रति भी मैं श्रद्धा-सुमन अर्पित करती हूँ। इस कार्य के लिए प्रोत्साहित करने में अग्रणी रहे मेरे महाविद्यालय के प्राचार्य श्री संग्राम जी गवळे के प्रति भी मैं हृदय से आभारी हूँ। साथ ही महाविद्यालय के ग्रन्थपाल एन.के. काटे जी, टंकक श्री संजय तिवारी जी और प्रा.कु. माया सगरे ने इस कार्य में जिस आत्मीयता से योगदान दिया है, उसके लिए भी मैं आभारी हूँ। प्रकाशक के बिना कोई कृति साहित्य-जगत् में प्रकाशित नहीं हो पाती। इस योगदान और सहायता के लिए मैं राधाकृष्ण प्रकाशन के प्रति आभार प्रकट करती हूँ। पतिदेव की सहायता के बिना बाहरी-भीतरी कार्य सफल नहीं होते। इसके लिए मैं अपने पतिदेव श्रीमान् प्रा. जी.एन. मग्गीरवार के प्रति आभारी हूँ।

हिन्दी जगत् के पाठक-प्रेमियों के लिए मराठवाड़ा के विशिष्ट अंचल में रहनेवाले भूकम्पपीड़ितों की कहानी को मैं एक अनुवादक के रूप में पहली बार प्रस्तुत कर रही हूँ। आशा है, मेरे इस प्रयास को पाठकगण सस्नेह अपनाएँगे।

धन्यवाद।

–प्रा. सुनन्दा मग्गीरवार

दुभंग

तेरणा नदी के किनारे, प्रकृति की गोद में बसा एक छोटा-सा गाँव 'किल्लारी'। इसी किल्लारी गाँव में सोपान ने आँखें खोलीं, और यही सोपान की जन्मभूमि और कर्मभूमि रही। इससे वह बेहद प्यार करता है। आम देहाती गाँवों से अलग, थोड़ा बड़ा गाँव है 'किल्लारी'। झाड़ी-झुरमुटों के बीच पहाड़ी ढलान की ओट में सिमटा हुआ। गाँव के लोग बड़े उद्यमी, सुखी और सम्पन्न हैं। उसमें अधिकतर किसान रहते हैं। गाँव में सप्ताह में एक दिन बड़ा बाजार लगता है, जिसमें सोपान बड़ी बागबाड़ी में बड़े शौक से उगाई सब्जियाँ—तुरई, घिया, कद्दू लौकी, ककड़ी, टमाटर आदि बैलगाड़ी पर लादकर बेचने जाया करता। यह उसका बचपन से शौक रहा है। हाल ही में सोपान ने कृषि महाविद्यालय से उपाधि प्राप्त की और वह अपने गाँव किल्लारी पहुँचा। वास्तव में वह आज एक शिक्षित युवा किसान था। उसे अपनी खेती-बाड़ी की सामान्य जानकारी पहले भी थी, परन्तु अब वह समय और प्राकृतिक परिवर्तनों के अनुसार उपयुक्त फसलों, उपयुक्त जमीन तथा बीज, खाद, पानी और अन्य बातों की शास्त्रशुद्ध शिक्षा प्राप्त कर चुका था। अतः वह परिश्रमपूर्वक बड़ी तत्परता से अपनी खेती में हरितक्रान्ति ले आया। नदी किनारे की अपनी उपजाऊ जमीन से सोपान बारहों मास उत्पादन ले रहा था। अब वह एक शिक्षित नवयुवक था और तेरणा नदी किनारे की काली मिट्टी वाली उर्वरा भूमि उसी की थी।

सीप के मोती जैसी चमकती निर्मल तेरणा की जलधारा साल-भर बल खाती हुई बहती। परन्तु बारिश के दिनों में यही तेरणा एक अल्हड़ युवती-सी उफनती हुई मस्ती में चूर बहती और रौद्र रूप धारण कर अपने अजस्र प्रवाह में अनेक ढोर-डंगर, भेड़-बकरियाँ समेटकर ले जाती। कभी-कभार इस तेज जलधारा की चपेट में कोई राहगीर भी फँस जाया करता और प्रवाह शान्त होने के पश्चात यहाँ-वहाँ अटके हुए कुछ जानवर भी दिखाई देते। बारिश के इन दिनों में तेरणा माँ अपने जलप्रवाह के साथ काली-चिकनी मिट्टी बहाकर ले आती और नदी-किनारे पर बिखेर देती। माँ के इन अनन्त उपकारों को सोपान सदा स्मरण करता। तेरणा में आई बाढ़ से गाँव के लोगों तथा मवेशियों को अधिक हानि न पहुँचे, यही सोचकर वह प्रतिवर्ष नदी की धारा में नारियल, नैवेद्य आदि सामग्री

और एक जीवित मेमना छोड़ देता। मेमने को जलधारा में प्रवाहित करने से पूर्व एक जुलूस की शक्ल में पूरे गाँव में घुमाया जाता। यह प्रथा सोपान के दादा-परदादा के जमाने से चली आ रही थी। आज भी इस परम्परा और प्रथा का पालन वह बड़ी निष्ठा के साथ कर रहा है।

सोपान बचपन से ही अपनी उर्वरा भूमि से परिचित था, अतः अपनी जमीन का वह सूक्ष्म परीक्षण कर रहा था। रबी की फसल कटकर घर पहुँच चुकी थी। खेत में अब हरियाली के नाम पर यहाँ-वहाँ खड़े बबूल, बेर, आम और नीम के पेड़ दिखाई देते थे। खेत की यह काली मिट्टी अब तवे की काली पीठ-सी दिखाई दे रही थी।

सोपान जब से लातूर के कृषि महाविद्यालय से शिक्षा प्राप्त कर घर लौटा था, तभी से पूरी लगन और परिश्रम से अपने खेतों में सुधार कर रहा है। वह कुएँ से पाइप लाइन जोड़कर डाँड़ के सहारे खेत की मिट्टी को नम कर देता। परिणाम यह रहा कि खेत-खिलहान में फसलें लहलहाने लगीं। धरती माँ हरी चूड़ियाँ पहने, साज-शृंगार किए नई-नवेली दुल्हन की तरह हरा दुशाला ओढ़े गाँववालों को आकर्षित कर रही थी। एक अजीब-सी दृष्टि से गाँववाले सोपान की खेती को देखते रह जाते। परम्परा से खेती-बाड़ी करनेवाले किसान इस रहस्य को जानने के लिए सोपान के घर पहुँचने लगे। खेती के सन्दर्भ में नई जानकारियाँ प्राप्त कर अपनी खेती को सुधारने का प्रयास करने लगे। परिणामस्वरूप सारे किल्लारी गाँव में तेरणा के किनारे छुक-छुक करनेवाले बहुत से इंजिन चल पड़े और नदी किनारे की सारी उपजाऊ भूमि ने मानो हरा दुशाला ओढ़ लिया। यह बात सही है कि इंजिन लगने से पहले यहाँ के किसान उतनी ही फसल लिया करते थे जितनी की उन्हें आवश्यकता होती थी। परन्तु आज किल्लारी के कृषि-शिक्षा प्राप्त नवयुवक ने अपने नए विचारों से गाँव की खेती में परिवर्तन ला दिया था। अब बारह बैलों की सहायता से भी सोपान अपनी खेती-बाड़ी का काम नहीं सँभाल पा रहा था। गाँव में बाकी किसानों के पास केवल दो जोड़ी बैल थे। सोपान ने अपने कृषि-कार्य में सुधार करने के साथ-साथ बारह बैलों का बारदाना भी जुटाया है। सोपान के पिता तुकाराम अपने पुत्र की निपुणता, होशियारी पर बहुत खुश थे। वे सोचते कि बेटे की पढ़ाई पर उन्होंने जो भारी खर्च किया, वह व्यर्थ नहीं गया। इस बात की उन्हें खुशी थी। सोपान के यहाँ खेती-बाड़ी को सँभालने के लिए पहले दो-चार नौकर ही थे, परन्तु आज दस-बारह नौकरों के होते हुए भी खेत-खलिहान का काम नहीं सँभाला जा रहा था। गौशाला में अब दुधारू गाय-भैंसों की संख्या बढ़ चुकी थी। वैज्ञानिक पद्धति से इलाज कर जरसी गायों

की पैदाइश बढ़ाई थी, जिनमें परभणी से खरीदकर लाई गई जरसी गाय को बहुत नजाकत से पाला-पोसा जा रहा था। यह गाय प्रतिदिन पच्चीस लीटर दूध देती थी। परिणामतः गाँव में दूध की नदियाँ बहने लगीं। सोपान का कारोबार बढ़ता गया और मवेशियों की संख्या दुगुनी होती गई। अन्य बातों के लिए अब उसके पास समय ही न था।

तुकाराम पाटील भोजन कर अपने बाड़े के अहाते में अपने दाँतों को कुरेदते हुए सुस्ता रहे थे। बड़े आराम से वे गद्दे की लोड से टिके सुपारी कतर रहे थे और पान का बीड़ा चबा रहे थे। इसी समय खेतों के काम से निपटकर सोपान जल्दी से भोजन करके अपने आबा के पास आ बैठा। आबा से कहा, "मैं बहुत दिनों से एक बात पूछना चाहता था।" आबा ने कहा, "एक छोड़ हजार बातें पूछ।" सोपान अपनी बात को खुलकर आबा से कहने लगा, "आबा, हमारे पास भरपूर चिकनी, उर्वरा भूमि है। इस भूमि के साथ अगर चरागाहवाली जमीन जोड़ लेते हैं तो कुल मिलाकर दो-सौ एकड़ जमीन हो जाती है। अब इतनी जमीन को हम केवल बैलों की सहायता से नहीं जोत पाएँगे। नौकर भी बढ़ते हुए काम से तंग आ गए हैं। इसलिए क्यों न हम एक ट्रैक्टर खरीद लें ? यदि हम ट्रैक्टर खरीद लेते हैं तो सारी खेतीबाड़ी का काम करना हमारे लिए आसान हो जाएगा और अनाज की उपज भी बढ़ेगी। अतः बढ़ी हुई उपज से कुछ माल गाँव में लगनेवाली हाट के लिए रखकर बाकी माल ट्रैक्टर से लातूर के मार्केट में ले जाएँगे। ट्रैक्टर खरीदने से हमें तो लाभ होगा ही, साथ ही गाँव के किसान भाइयों को भी लाभ होगा और उनका माल भी हम खरीदते रहेंगे। ट्रैक्टर से हम नई पद्धति के अनुसार अपनी खेती-बाड़ी का काम भी कर सकेंगे।" आबा ने झट से कहा, "सुनो सोपान, अभी तक तो मैंने तुम्हारे किसी काम में दखलन्दाजी नहीं की। अब तक जो काम तुमने सँभाले हैं, अच्छी तरह किए हैं, और तुम पर मेरा पूरा भरोसा है।" सोपान ने बड़े आदर से अपने पिता की ओर देखते हुए कहा, "आबा, मैंने भी आज तक जो काम किए हैं, आप से पूछे बगैर थोड़े ही किए हैं।"

सोपान ने जब से होश सँभाला है, वह एक जिम्मेदार व्यक्ति की हैसियत से अपने घर-परिवार के कर्तव्य निबाह रहा है। इसीलिए घर-बाहर का सारा कारोबार उसी को सौंपकर आबा अब निश्चिन्त थे।

मुर्गे की बाँग सुनते ही सोपान तड़के जाग गया। उसे आज ट्रैक्टर खरीदने जाना था। माँ अहाते में सोई थी। उसे जगाकर कलेवा बनाने के लिए कहा और स्वयं अखाड़े पहुँचा। इधर रामा नौकर ने सोपान के नहाने के लिए पानी गर्म कर

रखा था। उसे भी पता था कि मालिक आज ट्रैक्टर खरीदने जा रहे हैं। अखाड़े में दंड-बैठक लगाकर सोपान घर पहुँचा। उसका ब्याह अभी नहीं हुआ था, इसलिए वह अपने शरीर को सुगठित बना रहा था। शौक के लिए कभी-कभार कुश्ती लड़ने मेले में जाता था और गाँव के नीलकंठेश्वर के मेले में कुश्तियाँ लड़ता था। वह अखाड़े से तुरन्त लौटा और रखे हुए गर्म पानी को जल्दी से शरीर पर उड़ेला। तौलिया लपेटते हुए बाहर निकला और बड़े रुआब से बालों को सँवारने लगा। कॉलेज के जमाने का बड़े जतन से सँभालकर रखा सूट पहनकर वह तैयार हो गया। अब तक माँ कलेवा तैयार कर चुकी थी और दूध और रोटी से बने मलीदे से भरी थाली चौपाई पर रखी थी।

सोपान की माँ सुन्दराबाई एक सीधी-सादी घरेलू औरत थी। नाम के अनुरूप नाक-नक्श से सचमुच सुन्दर। माथे पर लगी कुंकुम की बड़ी बिन्दी से सुन्दराबाई का सौन्दर्य और निखर आता। दिन-भर की व्यस्तता के बावजूद वह चुस्त रहती थी। खेती-बाड़ी का काम करनेवाले मजदूरों की व्यथा-वेदना और मानसिकता को वह भली-भाँति जानती थी और समय-समय पर उनकी भरपूर सहायता करती, परन्तु किए हुए का कभी हिसाब-किताब न लगाती। सुन्दरा माँ के घर में दूध की नदियाँ बहतीं और दही-छाछ आदि चीजें वह पास-पड़ोस के लोगों में बाँट देती। साथ ही काम करनेवाले नौकरों को खिलाती-पिलाती और आत्मीयता से उनकी कुशलता भी पूछती। अतः सुन्दराबाई की दरियादिली को सारा गाँव जानता था। उसकी छवि और गुण दोनों सोपान के संस्कारों में उतर चुक थे। वह भी अपने साथ काम करनेवाले मजदूरों को कभी भला-बुरा न कहता और न ही गाली-गलौच करता। अपने लल्ला की ओर देखकर सुन्दरा माँ का हृदय खुशी से छलक रहा था, क्योंकि उसका लाड़ला आज ट्रैक्टर खरीदने लातूर जा रहा था। इस मौके पर वह सोपान की बलाएँ ले रही थी।

माँ की दी हुई भोजन सामग्री, सर्टीफिकेट्स और आवश्यक कागजात सोपान ने एक खाली बैग में रख लिए। किल्लारी से लातूर शहर करीब पचास किलोमीटर की दूरी पर था। अतः सोपान सुबह छह बजे बस स्टैंड पहुँचा और बस से सीधे लातूर पहुँचा। लातूर में सोपान की बहुत जान-पहचान थी, परन्तु अब कॉलेज से सम्पर्क न होने के कारण किसी से मोलजोल नहीं रह गया था। इसीलिए वह अपने गाँव के जाने-पहचाने आढ़ती के पास जा बैठा। समय होते ही बैंक पहुँचा और सेवक से साहब को सूचना देने के लिए कहा। सेवक ने थोड़ी देर सोपान को बैठने के लिए कहा और मैनेजर साहब को सूचना दी कि किल्लारी का कोई नवयुवक आप से मिलना चाहता है।

बैंक मैनेजर ने करीब आधे घंटे के बाद सोपान को केबिन में बुलाया। सोपान ने अपनी सारी योजना मैनेजर को समझाई, परन्तु मैनेजर साहब सोपान की बातों पर विश्वास करने को तैयार न थे। नए मैनेजर के रूप में कुलकर्णी साहब ने अभी-अभी कार्यभार सँभाला था और किसानों को कर्जा देने में हिचकिचाते थे। वे सोच रहे थे कि केवल खेती-बाड़ी की उपज के भरोसे यह किस प्रकार बैंक का कर्जा अदा करेगा ? मैनेजर साहब को समझाते हुए सोपान ने कहा, "साहब, किसान को आप भिखारी न समझें। किसान भूखा मर सकता है परन्तु किसी का लिया हुआ कर्जा डुबोता नहीं। हमारी नीयत नेक है। रही बात कर्जा देने की तो साहब, मेरे पास दो-सौ एकड़ उपजाऊ जमीन है और किसानों की प्रगति के लिए सरकार ने अनेक योजनाएँ बनाई हैं। मैं कृषि महाविद्यालय का स्नातक हूँ और अच्छी खेती करना चाहता हूँ। अतः मुझे आपकी सहायता चाहिए।" इस बात पर गौर करते हुए कुलकर्णी साहब ने एक फार्म सोपान के हाथों में थमाते हुए कहा, "लातूर में रहनेवाले किसी प्रतिष्ठित जमींदार या प्रतिष्ठित व्यापारी को आपकी ओर से जामिन रहना होगा। सारे कागजात नियमानुसार तैयार कर बैंक में ले आएँ ताकि ऊपरी मान्यता के लिए भेजे जा सकें।" मैनेजर साहब को धन्यवाद देते हुए सोपान बैंक से बाहर आ गया।

ट्रैक्टर के विचारों में खोया सोपान अगले ही दिन बड़ी तत्परता से तहसील-कार्यालय पहुँचा। खेती-बाड़ी के सन्दर्भ में सारे आवश्यक कागजात तैयार कराए और फिर नियमानुसार आवश्यक सामग्री जुटाते हुए बैंक के लिए फाइल तैयार की। फाइल तैयार करने के लिए उसे दो माह तक लातूर-किल्लारी और किल्लारी-लातूर के चक्कर काटने पड़े, तब जाकर बैंक ने फाइल मंजूर की। फाइल-मंजूरी के बाद बैंक के फील्ड अफसर नियमानुसार उसका निवास-स्थान और खेती-बाड़ी की जमीन देखने किल्लारी पहुँचे। फील्ड अफसर की सेवा सोपान ने मन लगाकर की। मांस-मछली का स्वादिष्ट भोजन कराया और चलते समय कुछ दान-दक्षिण भी दी। परिणाम यह हुआ कि फील्ड अफसर ने तुरन्त रिपोर्ट तैयार की।

ड्राइवर हुसैन शेख और सोपान जिगरी दोस्त थे। गाँव में साथ-साथ रहा करते थे और दोनों में गहरी दोस्ती थी। करीब पन्द्रह दिनों के बाद दोनों ट्रैक्टर खरीदने लातूर के शोरूम में पहुँचे और ट्रैक्टर खरीद लाए। गाँव में पहली बार ट्रैक्टर आ रहा था। इससे दोनों खुशी से झूम रहे थे। हुसैन ने ट्रैक्टर को सीधे बाड़े के खुले भाग में लाकर खड़ा किया। सुन्दराबाई और तुकाराम ने मिलकर ट्रैक्टर की पूजा की और खुशी से सारे गाँव में मिठाई बाँटी। ट्रैक्टर की आवाज सुनकर गाँववालों

का दिल खुशी से भर उठा, परन्तु खेतों में काम करनेवाले नौकरों ने अपनी नाराजगी जाहिर की। वे सोच रहे थे कि ट्रैक्टर के आने से मालिक हमें काम देना कम कर देंगे। फिर हमारी रोजी-रोटी का क्या होगा ? यही सब सोचकर अपनी परेशानी व्यक्त करते हुए गणपा ने कहा, ''सुनो भाइयो, मालिक ने हमारे लिए यह ट्रैक्टर नहीं मँगाया है, बल्कि हमारे सामने एक बड़ा संकट खड़ा कर दिया है। तेरी तो सा...ट्रैक्टर की..., हमारे बाल-बच्चे सुख से जो दो-चार कौर खा रहे थे, अब वह भी इसकी वजह से छीन लिए जाएँगे।''

यों अब सारा गाँव सोपान को हरफनमौला और एक बहादुर युवक के रूप में जानने लगा था। जिम्मेदारियों के बढ़ने से वह भी नियमित रूप से काम करने लगा। अब ट्रैक्टर के आने से कुछ नौकर खाली बैठे रहते। उनकी चिन्ता सोपान को थी। वे बेकार न रहें, इसलिए उसने उन्हें कुछ गायें , भैंसें और बकरियाँ खरीद दीं, जिससे वे अपना पेट पाल सकें। नौकरों को खेतों के काम से हटाने के बाद भी सोपान को यदि उनकी कोई जरूरत होती तो उन्हें फिर से बुला लिया जाता। अपने मालिक के प्रति नौकरों के मन में स्नेह और आदर की भावना थी।

ट्रैक्टर की सहायता से सोपान ने अपने खेतों की जमीन मक्खन की तरह मुलायम बना दी। जमीन को जोतने पर छोटी-छोटी नालियों की डाँड से पानी नागिन की तरह बल खाता हुआ फलों और सब्जियों के पौधों तक पहुँच जाता। वह अपने खेत की ईख का उत्पादन बढ़ाना चाहता था, क्योंकि ईख की फसल नकद आमदनीवाली थी। इसलिए वह उस पर अधिक ध्यान केन्द्रित कर अन्य फसलों की ओर भी ध्यान देने लगा। ट्रैक्टर को सोपान खाली नहीं रखना चाहता था। बैंक की किश्तें उसकी आँखों के सामने दिखाई देने लगतीं। शब्बीर जैसा होनहार दोस्त और ड्राइवर उसे मिला था, जिसका लाभ सोपान उठाना चाहता था। अतः ट्रैक्टर से गाँववालों की खेती को जोतकर किराया भी कमाता। इन उपक्रमों से सोपान को अच्छी-खासी आमदनी होने लगी थी।

सुधारवादी दृष्टि, प्रगति और विकास की ओर बढ़ते सोपान के कदमों को देखकर गाँव के एक जमींदार किसान बिराजदार ने भी ट्रैक्टर खरीद लिया। बिराजदार के सगे-सम्बन्धी राजनीति में विधायक, सांसद थे इसलिए ट्रैक्टर तुरन्त उसके घर पहुँच गया। ट्रैक्टर खरीदने के लिए जो कष्ट सोपान को उठाने पड़े थे, उसका सामना बिराजदार को नहीं करना पड़ा। केवल सिफारिशों के ही बल पर आठ-दस दिनों में ट्रैक्टर दरवाजे के सामने आ खड़ा हुआ। परिणामतः गाँव में खेती के कामों में एक होड़-सी लग गई।

सोपान की सुधारवादी दृष्टि गाँववालों के लिए प्रेरणा का काम कर रही थी।

इस दृष्टि को अपनाते हुए किल्लारी गाँव के खेत-खलिहानों, फसलों और उत्पादन में बढ़ोत्तरी हो गई। विकास की इस धारा को बढ़ाने के लिए सोपान ने एक दुग्ध सोसाइटी का गठन किया। सारे गाँव का दूध लातूर मार्केट में बिक्री के लिए पहुँचने लगा। दुग्ध-व्यवसाय के इस हुनर को पहचानते हुए किल्लारी का सामान्य व्यक्ति भी कुछ मवेशियों को सँभालते हुए दुग्ध-योजना का लाभ उठा रहा था।

तेरणा का पानी अब किल्लारी की खेतीबाड़ी में फूलों, पौधों से अठखेलियाँ करने लगा और नदी के पानी ने पाटों का रूप धारण किया। एक समय था जब गाँव के गरीब तेरणा की उमड़ती धाराओं में मछलियाँ पकड़ते और अपना गुजारा करते थे, परन्तु आज उसके पानी का उपयोग खेतीबाड़ी के लिए अधिक किया जाने लगा था। हाँ, नदी का पाट भी इससे धीरे-धीरे सूख रहा था।

सोपान इस बात से परिचित था कि केवल नदी के पानी के भरोसे खेतीबाड़ी का काम नहीं चल सकेगा। इसीलिए वह अपने खेत में बोरिंग-वैल खुदवाकर उसमें इंजिन लगाते हुए जलसिंचन की नई पद्धति से ईख की सिंचाई करने लगा था। परिणामस्वरूप ईख की फसल लहलहाने लगी। अब गन्ने का मोरपाँखी शुभ्र मुलायम तुर्रा आसपास की फसलों को मुँह-चिढ़ाने लगा। इतनी हरी-भरी ईख की फसल गाँव के खेतों में कहीं दिखाई नहीं देती। मीठे रस से गन्ना पूरी तरह भर चुका था। सोपान ने गन्ने के रस से गुड़ बनाने की शुरुआत की। गुड़ की ढेलियाँ बनाने का काम दो माह तक चलता रहा। गुड़ बनाने की यह प्रक्रिया जब खेतों में शुरू होती तो गाँव के छोटे-बड़े लोग गन्ने का रस पीने और गुड़ खाने की इच्छा से खेतों में चले आते और सोपान खुशी-खुशी उन्हें तृप्त करा देता। शायद इसी भावना से उसे प्रत्येक कार्य में सफलता मिल रही थी।

नवसुधारवादी विचारों को अपनानेवाला सोपान एक कुशल किसान था। उसकी खेतीबाड़ी में आए परिवर्तनों को देख सारे गाँव के किसान खेती की परम्परागत पद्धतियों में परिवर्तन कर सुधार ले आए, जिससे पूरे गाँव की खेती में सुधार हो गया। अब गाँव के सारे किसान बड़े पैमाने पर ईख की फसल लेने लगे थे। सोपान को गुड़ से इतनी आमदनी हुई कि ट्रैक्टर का सारा कर्जा वह एक ही झटके में उतार सकता था। सुनहरे रंग का उसका गुड़ सारे मार्केट में सोने की तरह चमक रहा था। सोपान का परिश्रम और होशियारी रंग लाई थी, इसलिए उसे अपनी सारी बातें सार्थक लग रही थीं। गाँववाले सोपान की प्रशंसा करने लगे। उसके पैर अब धरती पर नहीं पड़ रहे थे। खेत-खलिहान और छोटे-बड़े कामों को वह बड़ी आत्मीयता से सँभाल रहा था। सोपान की खेती अब सोना उगलने लगी थी। अतः उसकी खुशियों का भी कोई ठिकाना नहीं था।

सोपान के पिता गाँव के मुखिया और पुलिस पटेल भी थे, अतः ग्रामवासी किसी भी घटना या समस्या के सन्दर्भ में चर्चा करने आबा के पास चले आते। वे किल्लारी गाँव के पुराने जमींदार पाटील थे। अतः आबा की मर्जी के खिलाफ कोई भी काम नहीं किया जाता। और अब बेटा सोपान अच्छी-खासी कमाई करने लगा था। इससे आबा की भुजाएँ फड़कने लगीं। सोपान के विकसित होते काम और कारोबार को देखते हुए बुढ़ापे में भी आबा के शरीर पर मांस चढ़ता जा रहा था। यदि आबा कहीं बाहर घूमने निकलते हैं तो उनकी शानो-शौकत कुछ खास होती है। अपनी मूँछों को मरोड़ते हुए उन्हें ताव देते। बेल-बूटोंवाला शानदार साफा सिर पर बाँधते। उसका दूसरा छोर कमर से नीचे तक लटकता। मुँह में पान का बीड़ा चबाते और हाथ की छड़ी को घुमाते हुए जब उनकी सवारी शान के साथ निकलती तो गाँव की छोरियाँ अपना पल्लू सँवारते और जमीन में आँखें गड़ाए बड़े अदब से चुपचाप निकल जातीं। पिछड़ी हुई जाति के लोग आबा को सड़क पर आते देख उनके मार्ग से हटकर खड़े हो जाते। स्त्रियाँ अपना सिर ढँक लेतीं और अदब से प्रणाम करतीं। इतनी प्रतिष्ठा और रुआब गाँव में पहले से ही आबा का रहा है। पूर्वजों से ही यह परम्परा चली आ रही थी और आज भी उन नियमों का पालन किया जा रहा था। अतः आबा के प्रति ग्रामवासियों में आदर की भावना थी। गाँव पंचायत में आबा जब किसी का न्याय करते तो किसी के भी प्रति पक्षपातपूर्ण भूमिका नहीं अपनाते। परन्तु आज उनकी उम्र ढलती जा रही थी और जमाना भी कायदे-कानून का था। अतः किसी के लिए सोच-विचार करने और सलाह-मश्विरा देने के अलावा वे और कुछ न करते।

आज सुबह ही गाँव की एक प्रतिष्ठित जन-मंडली आबा के पास आ बैठी। उन्होंने आबा से कहा, "आबा, प्रतिवर्ष की तरह इस साल भी हमारे ग्रामदेवता नीलकंठेश्वर की यात्रा कल-परसों शुरू होने जा रही है। इस यात्रा में किल्लारी के आसपास के दस-बीस गाँव के लोग शामिल होनेवाले हैं। अतः नीलकंठेश्वर की शोभा बढ़ाने हेतु उसकी रंग-रँगोटी की जाए तो कैसा रहेगा ? इस बहाने मन्दिर की मरम्मत भी हो जाएगी। यह यात्रा हमारे गाँव की आन-बान और शान है। आज सारा गाँव ग्रामदेवता की कृपा से ही चैन की बंसी बजा रहा है। यह सारी सुख-शान्ति हमें उन्हीं की कृपा से प्राप्त हुई है।"

आबा ने कहा, "दोस्तो, आपने तो मेरे मुँह की बात छीन ली है। यह नीलकंठेश्वर, शेषनारायण का दूसरा अवतार माना जाता है। हमारे गाँव का यह जाग्रत देवस्थान है। यदि उनके भले की बातें सोचते हो तो वे हमारी रक्षा करेंगे।

उनकी कृपा से हमें किसी बात की कमी नहीं है।'' इस प्रकार गाँववालों से आबा बातें करते रहे और आबा की उदारता से यह मंडली बहुत खुश हुई।

इसी समय सोपान ट्रैक्टर लेकर घर पहुँचा और मंडली ने उसे घेर लिया। इन लोगों ने अपने मन की बातों को प्रकट किया और कुछ सूचनाएँ सोपान को दीं। सोपान ने कहा, ''आप घर-परिवार के बुजुर्ग व्यक्ति हो, अतः आप जो करना चाहते हो वह हमें मंजूर है।'' यह कहते हुए सोपान वहाँ से चला गया।

आबा ने कहा, ''यह बात सौ-टका सही है कि हमारे दादा-परदादा के जमाने से चले आए कुछ रीति-रिवाज हैं। नीलकंठेश्वर की यात्रा हमारे बीसियों गाँवों की शान है। इसी कारण इस वर्ष पहलवानों की कुश्ती का आयोजन शानदार ढंग से होना चाहिए, क्योंकि यात्रा में कुश्तियाँ लड़ने के लिए मराठवाड़ा के अनेक अंचलों से अच्छे-खासे पहलवान आते हैं। इसलिए कुश्तियों का अखाड़ा भी रंगीन हो जाना चाहिए।'' अब यात्रा की तैयारी जोर-शोर से शुरू हो गई।

किल्लारी गाँव की आबादी करीब पन्द्रह-बीस हजार से अधिक थी, परन्तु गाँव में सभी लोग भाई-चारे और एकता से रहते थे। गाँव के लोग सम्पन्न थे और रुपयों की खनक उनकी जेबों से सुनाई देती थी। किल्लारी व्यापारियों का गाँव है और गाँव के मार्केट में अन्य व्यापारियों का आना-जाना लगा रहता था। मराठवाड़ा के अंचलों में जितने जाति-धर्मों के लोग बसते हैं, करीब उतनी ही जाति-धर्मों के लोग किल्लारी में एक साथ रहते हैं और आपसी मेलजोल बनाए रखते हैं। इसी कारण किल्लारी में झगड़ा, दंगा-फसाद नहीं होता। गाँव के सारे लोग सुख-शान्ति से रहते हैं।

ग्रामदेवता नीलकंठेश्वर की यात्रा का आयोजन लोगों ने बहुत शानदार ढंग से किया था। यह मन्दिर गाँव के मध्य में स्थित था। मानो सारे गाँव की रक्षा हेतु बनाया गया हो। गाँव के लोगों की भी यही धारणा और विश्वास था। मन्दिर के आसपास अनेक जाति-धर्मों के लोग बसे हुए थे, जिनमें लिंगायत, ब्राह्मण और मराठों की आलीशान बस्तियाँ थीं। सैकड़ों साल पहले उनके पुरखों द्वारा बनाए गए बाड़े मन्दिर के आसपास बड़ी शान से खड़े थे। इन गढ़ीनुमा बाड़ों के आसपास और अगल-बगल अनेक जातियों के लोग रहते थे, जिनमें तेली, माली, सुनार और गड़रियों की बहुतायत थी और इन सबके पीछे नाई, चमार, घिसाड़ी, लुहार, बढ़ई, बेरड, कैकाड़ी आदि की बस्तियाँ थीं। गाँव के पिछवाड़े दलितों और बंजारों की आबादी बिखरी हुई थी। अतः अठारहों जातियों से भरे-पूरे किल्लारी गाँव के सभी लोगों का श्रद्धास्थान नीलकंठेश्वरजी महादेव था। यात्रा के दिनों में गाँव के प्रत्येक घर में मिष्ठान्न बनाया जाता। मुसलमान भी इन दिनों पीछे नहीं रहते थे।

नीलकंठेश्वर-यात्रा में गाँववालों के साथ कन्धे-से-कन्धा मिलाकर काम करते। मुसलमान हामजा तो नीलकंठेश्वर के नाम से झूमने लगता। गाँव के सभी लोग सद्भावना और आत्मीयता से मिल-जुलकर रहते थे।

गाँववालों का उत्साह देखने लायक था। बाल-बच्चों सहित सभी लोग नीलकंठेश्वर के मन्दिर में इकट्ठे होकर उसे धो-पोंछकर साफ-सुथरा बनाने में जुट गए थे। मन्दिर पर रंग-रोगन और सजावट से यात्रा का शुभारम्भ हो चुका था। यात्रा प्रमुख और अध्यक्ष के रूप में सोपान को चुना गया। यात्रा में कोई कमी न रह पाए, इसके लिए सोपान चारों ओर ध्यान दे रहा था। देखते-ही-देखते नीलकंठेश्वर के मन्दिर का दर्शन-भाग सोपान ने सुन्दर रंगों से सुशोभित कर दिया। गाँव के सारे लोग सोपान के कामों से सन्तुष्ट थे और उसे शाबासी देते हुए कहते—सोपान बहुत गुणवान लड़का है। इसी से उसका नाम लोगों की जुबान पर रहता है। जिन कामों को वह दिलचस्पी से करने लगता, वही सोना उगलने लगते। इतनी लगन, मेहनत और निष्ठा से वह काम कर रहा था। अब यात्रा समीप आ पहुँची। मन्दिर के आसपास रंग-बिरंगी पताकाएँ फहराने लगीं। नीलकंठेश्वरजी का दूसरा अवतार 'नाग-देवता' का माना जाता है। 'नाग-पंचमी' के निमित्त गाँव की स्त्रियाँ नागपूजा के लिए जंगल में स्थित साँपों की बाँबियों की ओर चल पड़ीं। हाथों में पूजा की थाली लिए सौभाग्यवती स्त्रियाँ सुन्दर इरकली साड़ियाँ और गले में सोने के आभूषण पहने तथा माथे पर कुंकुम का टीका लगाए घरों से बाहर निकल आई थीं। इस अवसर पर सारी स्त्रियाँ इकट्ठी होकर एक साथ फेरे लगाती हुई, गोलाकार झूमती खुशी से नगदेवता के गीत गा रही थीं। तमाम छोरियाँ सावन के गीत गुनगुनाते हुए पेड़ों पर पड़े झूलों पर झूलने लगी थीं। गाँव के बड़े-बूढ़ों और जवानों में भी जोश छाया हुआ था।

सप्ताह में एक दिन लगनेवाले बड़े बाजार में यात्रा के निमित्त लोगों की भीड़ बढ़ने लगी। गाँव के समीप पड़ी बंजर जमीन पर बच्चों के लिए गोल घूमनेवाले आकाश-झूले लग गए थे। साथ ही हलवाइयों की कुछ दुकानें और सर्कस का तम्बू लगा हुआ था। पूर्णिमा की चाँदनी में नहाया सारा गाँव भाव-विभोर हो रहा था। किल्लारीवासियों के पैर जमीन पर नहीं पड़ रहे थे। यात्रा के लिए सारे मराठवाड़ा से लोग रिश्तेदारों के यहाँ पहुँचने लगे, अतः घर-परिवार में आनेवाले सगे-सम्बन्धियों की भीड़ बढ़ने लगी और मेहमाननवाजी के लिए हर घर में मिष्ठान्न-पकवान बनने के कारण हवा में पकवानों की सोंधी गन्ध उड़ रही थी। यात्रा का शुभारम्भ होने के दो दिन पूर्व से ही गाँववाले किल्लारी पहुँचनेवाले यात्रियों को सुगन्धित मीठी खीर प्रसादस्वरूप खिला रहे थे। मेले में लोगबाग कहीं भेड़ों की तो कहीं मुर्गों की लड़ाई

का आनन्द उठा रहे थे। दूसरी ओर अलग-अलग प्रकार का जुआ खेला जा रहा था। नन्हे-मुन्ने बाँसुरी बजा रहे थे और हाथों में गुब्बारे लिए इधर-उधर घूम रहे थे।

आज नीलकंठेश्वर यात्रा का आखरी दिन था। अतः लाऊडस्पीकर पर दोपहर को अखाड़े में खेली जा रही कुश्तियों और रात में होनेवाली सुन्दर-बहुरंगी आतिशबाजी की सूचनाएँ प्रसारित की जा रही थीं। कुश्ती लड़ने के लिए बाहर से आए छोटे-बड़े तमाम पहलवान काँधे पर लाल अँगोछा डाले अपनी ही धुन में झूमते हुए घूम रहे थे। नियमित व्यायाम के कारण कान नीचे की ओर गोलाकार मुड़े दिखाई दे रहे थे। कुछ प्रतिष्ठित पहलवान बैंडबाजे के साथ किल्लारी में प्रवेश कर रहे थे। अखाड़ों में जिन पहलवानों के नामों का रौब था, लोग उनका बड़ी उत्सुकता से इन्तजार कर रहे थे। बाभलगाँव के नबी पहलवान और चाकूर गाँव के माने पहलवान—कुश्ती के अखाड़ों में इन दोनों पहलवानों का नाम बड़े अदब से लिया जाता था। छोटे-बड़े सभी पहलवान उनकी कुश्ती के दाँव-पेंच देखने के लिए बड़ी आतुरता से प्रतीक्षा कर रहे थे, क्योंकि इस आखिरी कुश्ती में विजयी पहलवान के लिए 500 रुपयों का पुरस्कार रखा गया था। इसी कारण यह निर्णायक कुश्ती देखने के लिए लोगों की भीड़ बढ़ रही थी। अब दोनों पहलवान बैंडबाजे के साथ आगे बढ़ रहे थे और उनके सामने झाँज आदि बजाए जा रहे थे। धीरे-धीरे यह जुलूस अखाड़े के पास पहुँच रहा था। सोपान सभी बातों पर ध्यान दे रहा था। भीड़ को इधर-उधर हटाते हुए आबा ने बड़े सम्मान से दोनों पहलवानों को अपने पास बिठाया।

जिन अखाड़ों में छोटे-बड़े पहलवान दिन-भर एक रुपए से लेकर पाँच रुपए के इनाम पर कुश्तियाँ लड़ रहे थे, वही सब अब उन दोनों पहलवानों को प्रोत्साहित करने के लिए ढोल-ताशे के सुर में सुर मिला रहे थे—'अखाड़े से विजयी होकर आया मेरा पहलवान।' इसी धुन पर बैंड भी बज रहा था। कुश्ती में यदि किसी पहलवान की जीत होती है तो उसे लोग काँधे पर उठाकर अखाड़े में घुमाते हैं। गाँव के लोग अपने साफे और टोपियों को हवा में लहराकर उछलते हुए हुर्र. .हुर्र...की आवाज लगाते हैं। कुछ उत्साही दर्शक पाँच या दस रुपयों के नोटों को पहलवानों की नजर उतारते हुए ढोल-ताशोंवालों को देते। इन नोटों को होंठों में दबाए बाजेवाले ढोल-ताशों को जोर-शोर से बजाने लगते।

सुबह से लेकर अब तक गाँव के सारे पहलवान कुश्तियाँ लड़ चुके थे। अब कुश्ती का यह निर्णायक मुकाबला होने जा रहा था। यह नबी पहलवान और माने पहलवान के बीच होना था। इस सूचना को सुनते ही बहुत सारे लोग अखाड़े की ओर दौड़े हुए आ रहे थे। कितने ही दर्शक बन्दरों की भाँति पेड़ों पर चढ़ गए

थे और आँखों में प्राण उँड़ेले दोनों की कुश्ती देखने को उत्सुक थे। अब तो बैंडबाजे बजानेवाले लोग ढोल-ताशों को बजा-बजाकर पहलवानों को लँगोट कसने के लिए प्रोत्साहित कर रहे थे। एक पहलवान ने लाल तो दूसरे ने हरा लँगोट पहना था। वे अपनी जाँघों को ठोंकते हुए अखाड़े में उतर रहे थे।

दोनों ने दर्शकों का अभिवादन किया तथा आपस में हाथ मिलाकर मिट्टी थामते हुए एक-दूजे का अभिवादन स्वीकार किया। दोनों पहलवान एक ही गुरु के चेले थे, अतः खेल के सारे दाँव-पेचों को अच्छी तरह जानते थे और कोई भी हार मानने के लिए तैयार नहीं था। परन्तु माने पहलवान ने अचानक ही नबी पहलवान को टाँग मार दी। लेकिन नबी पहलवान भी उस्ताद निकला। उसने भूमि पर गिरते-गिरते भी माने पहलवान को बगली (तेढी) मारकर नीचे लुढ़का दिया। दूसरी ओर बाभलगाँव के लोगों की हुर्रे ऽऽऽऽर्र की आवाजें हवा में लहराने लगीं और दर्शक शोर मचाने लगे। परन्तु आँख झपकते ही माने पहलवान फिर से ऊपर उठा और नबी नीचे खिसका। इस प्रकार ऊपर-नीचे के दाँव-पेचों में दोनों पहलवानों की साँस भैंसे की तरह फूलने लगी थी। बहुत प्रयास के बाद ही नबी पहलवान इस लड़ाई में ऊपर उठा और दाँव-पेच का ऐसा करारा झटका दिया कि कुछ पता ही न चला। माने पहलवान धरती पर पीठ के बल चित लेट गया। तभी कुछ लोग चिल्लाने लगे—लंडी हो गई ! खोट हुई है। इस बीच आबा पाटील ने मध्यस्थ की भूमिका निभाते हुए नबी पहलवान को विजयी घोषित किया। इस खेल के साथ ही नीलकंठेश्वर यात्रा की समाप्ति की घोषणा की गई।

यात्रा के लिए बाहरी गाँवों से आए लोग अपनी-अपनी बैलगाड़ियों पर सवार होकर इधर-उधर बिखरने लगे, मानो नदी में आई बाढ़ का पानी और तूफान धीरे-धीरे उतरने लगा हो। इस प्रकार मेले में आए लोगों की भीड़ धीरे-धीरे कम होने लगी और किल्लारी गाँव की यात्रा समाप्त हो गई। हवा निकल चुके गुब्बारे की तरह गाँव की स्थिति मुरझा गई। अचानक खाली-खाली-सा एक सूनापन गाँव में पसर गया।

किल्लारी में अब ग्रामपंचायत के चुनाव लड़े जा रहे थे। गाँव के लोगों ने सरपंच के रूप में सोपान को चुन लिया था। गाँव का सरपंच नियुक्त होते ही सोपान ने अपने गाँव की दिन दूनी-रात चौगुनी तरक्की की। जिस गाँव में बैलगाड़ी के सिवाय आवागमन का अन्य साधन न था, वहाँ आज मालट्रक, ट्रैक्टर, मोटर-साइकिलें चलने लगीं। गाँव में नई-नई सोसाइटियाँ बनाई गईं। गाँव की प्रगति के लिए अनेक नई योजनाएँ भी आ गईं। सोपान के ही अथक प्रयासों से

गाँव में दिन में दस-बारह बार एस टी आने-जाने लगी। सप्ताह में एक बार लगनेवाला बड़ी मंडी का बाजार भी अब बढ़ने लगा। जनता की सुविधा के लिए गाँव में एक शानदार नया मार्केट बनाया गया। किल्लारी के नए मार्केट में अब सोना-चाँदी, रेडियो, घड़ी और कपड़ों की बड़ी-बड़ी दुकानें सजने लगीं। पशु-चिकित्सालय, सरकारी प्राथमिक उपचार केन्द्र आदि अनेक सुविधाएँ सोपान के अथक परिश्रम से गाँववालों को नसीब हुईं। परिणामतः सारा गाँव सोपान की मर्जी के खिलाफ किसी भी तरह की चूँ-चपट नहीं कर पाता था। यानी सारा गाँव सोपान की मुट्ठी में था। इसी कारण राजनीति में भी सोपान के पैर जम गए थे। कभी कोई सांसद या विधायक किसी काम के लिए सोपान से दरख्वास्त करता तो कभी कलेक्टर साहब किल्लारी आ पहुँचते। वास्तव में तो सोपान कांग्रेस पार्टी का समर्थक था, परन्तु प्रत्यक्ष रूप से वह किसी भी पार्टी में शामिल नहीं था। फिर भी गाँव के सरपंच सोपान ने किल्लारी गाँव का कायापलट कर दिखाया।

सोपान को इस बात का अहसास था कि यदि वह किसी सत्ताधारी पार्टी में शामिल होकर उसके लिए कोई काम नहीं करेगा, तो गाँव के कामों में भी कोई दिलचस्पी नहीं दिखाएगा। अतः ग्राम-विकास के लिए वह कई ग्रामसुधार योजनाएँ ले आया था। गाँव की झुग्गी-झोंपड़ी में रहनेवाली सामान्य गरीब जनता के लिए उसने आवास बनवाए। गाँव में पोस्ट ऑफिस खुल गया। फिर किल्लारी के व्यापारी सेठ लोगों का ध्यान हिसाब-किताब रखनेवाले बैंक की ओर आकर्षित हुआ और बैंक ने अपनी एक शाखा किल्लारी में खोल दी। किल्लारी के किसानों की प्रगति को देखते हुए बैंक के अफसर स्वयं किसानों को कर्ज देने के लिए तैयार थे। परिणामतः ईख की खेती यहाँ फलने-फूलने लगी। किल्लारी क्षेत्र के आसपास ईख की फसल बहुत अधिक होने लगी। इस बात को जानते हुए निलंगा गाँव के विधायक बड़े बप्पा ने किसान भाइयों की एक मीटिंग बुलवाई और किल्लारी में चीनी मिल बनवाने का प्रस्ताव सामने रखा। इस प्रस्ताव को सारे किसान भाइयों ने मान्यता दी। विधायक बप्पाजी ने स्वयं चीफ प्रमोटर का पद सँभालते हुए सोपान को कारखाने का सेक्रेटरी बनाने की सूचना दी। अब किल्लारी में चीनी मिल बनाने की योजना निश्चित हो गई। साथ ही बप्पाजी ने किल्लारीवासियों को समझाते हुए कहा, "किल्लारी में यदि चीनी मिल बन गई तो आसपास के पचास गाँवों के विकास के साथ-साथ किसानों का राज स्थापित होगा।" इन सारी बातों को ध्यान से समझाते हुए विधायकजी किसानों को सभासद बनने के लिए प्रोत्साहित कर रहे थे। चीनी मिल बनाने की योजना का स्वागत सोपान ने भी किया। यहाँ के विधायकों ने सोपान को कारखाने का

सेक्रेटरी पद देते हुए अन्य किसानों को सभासद बनाने की जिम्मेदारी सौंप दी। छह महीने सोपान ने सभासद जुटाने का काम बखूबी पूरा किया। अतः विधायक सोपान से बहुत खुश थे। वास्तव में यह विधायक होशियार व्यक्ति थे। राजनीति के दाँवपेच खेलनेवाले ये नेतागण अपनी जेब को हानि न पहुँचाते हुए किसी काम को निपटाने में माहिर होते हैं। इसी नीति को अपनाकर वे चीनी मिल बनवाने की दिशा में कार्य करने लगे। इसके लिए वे गाँव से बाहर की बंजर जमीन सोपान से दान में चाहते थे और सोपान को एक साधन के रूप में इस्तेमाल कर रहे थे। आम जनता की भलाई और कल्याण के मार्ग में सोपान रोड़े अटकाना नहीं चाहता था। गाँव के भाग्योदय के लिए वह तैयार था, अतः अब शक्कर कारखाना बनवाने के प्रयास जोर-शोर से जारी थे।

इस आयोजन के दौरान सौभाग्यवश गाँव के विधायक महाराष्ट्र के मन्त्री-पद पर पहुँचे और आसानी से मुख्यमन्त्री के चहेते हो गए। अतः चीनी मिल का निर्माण और उसकी महत्ता को भली-भाँति समझाने का काम मन्त्री मोटेजी सँभाल रहे थे। मुख्यमन्त्रीजी से उन्होंने कहा कि 'मराठवाड़ा' का यह पिछड़ा हुआ अंचल है। यदि किसान भाइयों की प्रगति करना चाहते हैं तो उनके उत्पादित माल का अच्छा दाम उपलब्ध कराया जाना जरूरी है। इस अंचल के विकास और किसानों की प्रगति के लिए चीनी मिल का निर्माण कितना महत्त्वपूर्ण है, इस बात को वे कुशलतापूर्वक समझाने का प्रयास कर रहे थे। मुख्यमन्त्रीजी ने चीनी मिल के निर्माण और उसके उद्देश्य को भली-भाँति समझ लिया और केन्द्र सरकार की मान्यता के लिए एक प्रस्ताव भेजने का आश्वासन दिया। परिणामतः केन्द्र सरकार की ओर से तुरन्त प्रस्ताव मंजूर किया गया और चीनी मिल को मंजूरी दी गई। क्योंकि गाँव के विधायक अब मन्त्रीपद सँभाल रहे थे, अतः भूमि-पूजन कार्यक्रम धूमधाम से आयोजित किया जा रहा था। भूमि-पूजन के लिए दान दी गई। जमीन पर मुख्यमन्त्रीजी का हैलिकॉप्टर उतारने के लिए हैलिपॅड भी बनाया गया था।

इस दूर-दराज क्षेत्र में मुख्यमन्त्रीजी पहली बार आ रहे थे, अतः उनके स्वागत के लिए आसपास के देहातों से बहुत सारे लोग बैलगाड़ी, ट्रक और अन्य वाहनों पर सवार होकर चले आए। गाँव की जिस खुली जमीन पर चरवाहे अपने मवेशियों को चराते दिखाई देते थे, आज उसी जमीन पर मन्त्रीजी के स्वागत तथा भाषण की तैयारी के लिए बहुत बड़ा पंडाल बनाया गया था। साफ कपड़े पहने हुए लोग इधर-उधर घूमते बगुलों की तरह दिखाई दे रहे थे। मुख्यमन्त्रीजी के निर्धारित समय पर न पहुँचने के कारण जनता के पेट में चूहे दौड़ रहे थे। सारी परेशानियों को सहते हुए किसान भाई सोच रहे थे कि यह सारी बातें हमारी भलाई के लिए

की जा रही हैं। मुख्यमन्त्रीजी हमारे गाँव में चीनी मिल का निर्माण कर रहे हैं, यह आशा लिए सारे किसान उनकी राह में आँखें बिछाए बैठे रहे। सोपान माइक से सभी किसान भाइयों को सूचना दे रहा था कि ''साहब मुम्बई से निकल चुके हैं। अब वे यहाँ पहुँच ही रहे हैं। कृपया शान्ति बनाए रखिए।''

आकाश में घू ऽ ऽ घूऽऽऽऽघू की आवाज सुनाई दी, और सबकी आँखें टकटकी लगाए हैलिकॉप्टर को देखने लगीं। कुछ ही क्षणों में हैलिकॉप्टर आकाश से जमीन पर उतरा, मानो कोई बड़ा-सा भैंसा पानी में पैर पसारे बैठा हो और पानी के ऊपर उसके सींग हिल रहे हों। ऊपर के पंख धीरे-धीरे झूमते हुए शान्त हो गए। मुर्गी के अंडे से जिस प्रकार चूजा बाहर निकलता है, उसी प्रकार मुख्यमन्त्री बाहर आए। मुख्यन्त्रीजी के सिर पर छाता सँभालते हुए मोटेजी मंच की ओर बढ़ रहे थे। धूप चिलचिला रही थी और जमीन तपने लगी थी। पैरों तले की मिट्टी इतनी गर्म थी कि लाई फूट पड़े। इस प्रकार गर्मी से परेशान हजारों किसान भाई पसीने से लथपथ, खुले मैदान में मुख्यमन्त्रीजी का भाषण सुनने के लिए खड़े थे।

मुख्यमन्त्रीजी सबकी ओर हाथ हिलाते हुए सभामंडप की ओर पधार रहे थे। उनके मंच पर विराजमान होते ही कार्यक्रम शुरू हुआ। मंच पर बैठे अन्य प्रतिष्ठित मेहमानों और नेताओं को खास मराठवाड़ा शैली से पगड़ियाँ बाँधी गईं और फूलमालाओं से स्वागत किया गया। चीनी मिल के भूमि-पूजन में मुख्यमन्त्रीजी ने हाथों में कुदाली लिए जमीन खोदकर थोड़ी-सी मिट्टी हटा दी। मुख्यमन्त्रीजी के खास पोज को दूरदर्शन और कैमरेवालों ने कैद कर लिया और जनता ने तालियाँ बजाईं। सारे मन्त्रीगण मंच पर विराजमान हो गए। मोटे मन्त्रीजी ने अब माइक सँभाला। सोपान की तारीफ करते हुए वे कहने लगे कि इस कारखाने का काम सोपान ने बखूबी किया है और उसके निर्माण के लिए पचास एकड़ जमीन दान में दी है। अतः इस महान कार्य के लिए मुख्यमन्त्रीजी के हाथों सोपान का शॉल और श्रीफल देकर सत्कार किया गया। मुख्यमन्त्रीजी भाषण के लिए खड़े हुए। उन्होंने ग्रामवासियों से कहा, ''किल्लारी में बनने जा रहा यह चीनी मिल किसान भाइयों के जीवन में वास्तव में ही नई क्रान्ति और परिवर्तन ले आएगा। इसीलिए अब ईख की फसल की ओर अधिक ध्यान देते हुए चीनी मिल को अच्छी तरह चलाना आपकी जिम्मेदारी होगी। इस जिम्मेदारी को निभाते हुए उसे आपको अपने बच्चे की तरह सँभालना होगा, क्योंकि मैं जनता हूँ कि आनेवाले समय में यही सारे किसानों को सँभालेगा।'' इस प्रकार कारखाने की महत्ता को समझाते हुए और सहकार्य की अपेक्षा रखते हुए भाषण समाप्त हुआ।

भूमि-पूजन होते ही बड़ी तत्परता से कारखाने के काम की शुरुआत हुई और यह लगातार चलता रहा। चीनी मिल की सारी मशीनरी अब पहुँच चुकी थी और विशेषज्ञ भी मुम्बई से किल्लारी आ पहुँचे थे। चीनी मिल का अधिकतर काम ठेकेदारों को सौंपा गया था। इसी कारण सबसे पहले ठेकेदारों ने कारखाने तक पहुँचने के लिए सड़क बनाई और लोग वहाँ से आने-जाने लगे। बाहरी गाँवों से आनेवाले लोगों की सुविधा के लिए सड़क के किनारे चाय-पान, बीड़ी-सिगरेट की टपरी और होटल खुल गए। इस कारखाने के खुलने से ग्रामवासियों तथा किसानों के जीवन में खुशियाँ छा जाएँगी, यह आशा लिए लोग खुश दिखाई देते थे।

राजनीतिक नेताओं के साथ उठने-बैठने के कारण उनका असर सोपान पर भी दिखाई दे रहा था। वह भी अन्य नेताओं की तरह खादी के कपड़े पहने दो-चार कार्यकर्ताओं को साथ लिए बगुले की तरह घूमता रहता। कारखाने के काम में जी-जान से व्यस्त रहता और वहाँ के गेस्टरूम में घंटों काम करता। परन्तु उसे यह पता न था कि वह चीनी मिल का नामधारी सेक्रेटरी ही है। बढ़ई का डिग्गू सोपान का खास दोस्त था। इसी कारण वह हमेशा सोपान को टोकता रहता। एक दिन कुछ सोचते हुए डिग्गू ने सोपान से कहा, "तेरी...की तो सा...सरपंच, मेरे दिमाग को एक बात रह-रहकर कुरेद रही है कि अपने गाँव में एक सोसाइटी है। इस सोसाइटी के कामों की चिट्ठी-पत्री सेक्रेटरी के हाथों में होती है। लेकिन इतने बड़े चीनी मिल के सेक्रेटरी होते हुए भी कारखाने के लिए कितना रुपया आ रहा है, ठेकेदारों को कितना दिया जा रहा है, इस बात का पता तो बड़े बप्पा आपको लगने ही नहीं देते ! अब मुझे बताइए सरपंचजी, बड़े बप्पा मन्त्रीजी हमारे गाँव से कितनी दूरी पर रहते हैं ? दूसरी बात यह कि चीनी मिल का सारा कारोबार और फैसले आपके बगैर ही किए जा रहे हैं, जैसे आप पर विश्वास ही न हो। कारखाने की सारी जिम्मेदारियाँ, अधिकार बड़े बप्पा ने अपने भाई के हाथों सौंप दिए हैं। यह सारी बातें मेरी समझ में नहीं आतीं। सरपंचजी, आपके दिमाग में यह बातें आ रही हैं क्या ?"

डिग्गू की ये बातें सुनकर सोपान ने उसे समझाते हुए कहा, "सुनो डिग्गू, मुझे सारी बातों का पता चल चुका है। परन्तु अच्छे कामों में टाँग नहीं अड़ाया करते। कोई कुछ भी कहे, परन्तु चीनी मिल हमारे गाँव में बनाई जा रही है। इसका लाभ हमारे आस-पास रहनेवाले तमाम लोगों को होगा और किसानों को तो यह लाभ होगा ही न ?" डिग्गू ने कुछ नहीं कहा, परन्तु सोपान सोच रहा था कि कारखाना शुरू होने के पश्चात बड़े बप्पा शायद मुझे ही कारखाने का चेयरमैन नियुक्त करेंगे। अतः वह परिश्रमपूर्वक जी-जान से कारखाने के कामों में जुटा रहा।

चीनी-कारखाने के कारण किल्लारी के आसपास की बंजर भूमि की कीमत भी बढ़ने लगी। इस खाली जमीन के लिए छोटे-बड़े खरीददार, व्यापारी सोपान के पीछे पड़े थे। कई लोग होटल और अन्य दुकानें बनवाने के लिए खुली जमीन माँग रहे थे। बहुत सारे किसान सोपान से विनती करने लगे कि कारखाना शुरू होते ही हमारे बेटों को कारखाने में लगा दीजिए। सोपान सबकी बातों को शान्ति से सुनता रहता। अब कारखाने में सारी मशीनरी लग चुकी थी और कारखाना चीनी के उत्पादन के लिए तैयार हो चुका था। अतः ठेकेदारों ने जल्दबाजी में सारा काम समाप्त कर शक्कर कारखाने को संचालक के हाथों सौंप दिया।

चीनी कारखाने में बॉयलर प्रज्ज्वलित करने का शुभ दिन तय किया गया तथा खरीदे जानेवाले गन्ने के दाम भी तय हो गए। मराठवाड़ा अंचल के आसपास के गाँवों में रहनेवाले मजदूर भाई गन्ने की कटाई के लिए अपनी बैलगाड़ियों पर सामान लादकर कारखाने के आसपास तम्बू लगाए अपने परिवारों के साथ आ बसे। इन मजदूरों से शक्कर कारखाने में काम देने का वादा कर कितने ही दलालों ने एडवांस रुपए ले रखे थे। यही दलाल आवश्यकतानुसार मजदूरों को ले आने का आश्वासन मिल-मालिक को दे रहे थे। मजदूरों की दलाली करनेवाले यह लोग गरीब तबके के सामान्य बंजारा तथा खानाबदोश जनजातियों को लालच देकर काम का आश्वासन देते थे। अतः गन्ने की कटाई करने के लिए सबसे पहले खानाबदोश बंजारों का छोटा-सा परिवार कारखाने के आसपास आकर बस गया था। यह लोग घुमन्तू होने के कारण अपना सामान पीठ पर लिए घूमते रहते और प्रतिदिन दलालों से गन्ना कटाई के कामों के लिए पूछते रहते।

बड़े बप्पा राजनीतिक खेलों को अच्छी तरह समझते थे, अतः चीनी मिल का काम शुरू होने से पहले ही मन्त्रीजी ने 'चेयरमैन' के पद पर धूर्ततापूर्वक अपने भाई का चुनाव कर उन्हें सर्वाधिकार सौंप दिया। शायद बड़े बप्पा को भी राजनीतिक दृष्टि से सोपान जैसे व्यक्ति को बढ़ावा देना मंजूर न था, क्योंकि सोपान का उज्ज्वल भविष्य उन्हें दिखाई दे रहा था। इसी भय से वे सोपान को कारखाने का चेयरमैन नहीं बनाना चाहते थे। कारण, चेयरमैन बनाने के बाद सारे अधिकार सोपान को सौंप देने होंगे और उसकी ही हुकूमत के नीचे कारखाने का सारा कारोबार चलेगा। परिणामस्वरूप लोक-सम्पर्क बढ़ेगा और कारखाने के व्यवहार में अधिक धन कमाते हुए भविष्य में हमारे साथ राजनीतिक सत्ता-स्पर्धा में उतरकर हमारी बराबरी में आ जाएगा। बप्पा का इस प्रकार सोचना सही था, जिसका डर उन्हें खाए जा रहा था। शुरू से ही सारे गाँव का जनमत सोपान की

ओर झुका हुआ था। अतः समाज में सोपान का महत्त्व और प्रतिष्ठा कहाँ तक बढ़ानी चाहिए, इसका राजनीतिक हिसाब बड़े बप्पा पहले ही लगा चुके थे।

चीनी-मिल का सारा कारोबार बड़े बप्पा के भाई साहब श्रीपतराव सँभाल रहे थे। कारखाने में होनेवाले किसी भी व्यवहार का पता वे सोपान को न लगने देते। सोपान चीनी मिल का नाममात्र का सेक्रेटरी बनकर रह गया था। बड़े भाई साहब के मन्त्री होने के नाते श्रीपतराव ने कारखाने में लगनेवाली मशीनरी, अन्य वस्तुएँ, ट्रक आदि खरीद लिए थे। खरीद के इस काम में श्रीपतराव बेहिसाब धनराशि हड़प कर रहे हैं, ऐसी चर्चा सारे सभासदों में चल रही थी। परन्तु श्रीपतराव के विरोध में कुछ कहने की हिम्मत किसी में न थी। जिसने भी इस बात का विरोध किया, उस व्यक्ति का गन्ना कारखाने में नहीं लिया जाएगा, इस बात की वास्तविकता को सभी जानते थे। अतः सारे चुप बैठे थे।

किसानों की भीड़ अब कारखाने पर जमा होने लगी। साथ ही रिश्वत लेने-देने का सिलसिला भी शुरू हो गया। प्रत्येक व्यक्ति ईख की फसल काटने की पर्ची को हथियाना चाहता था, अतः कारखाना शुरू होने के साथ-साथ लोगों की शिकायतें भी बढ़ती जा रही थीं। सारे किसान श्रीपतराव के सन्दर्भ में शिकायत लेकर आ रहे थे कि वे हमारा गन्ना लेने में जान-बूझकर देरी कर रहे हैं, क्योंकि चुनाव में हम लोग उनके विरोध में चले गए थे। यदि गन्ने की कटाई न हुई तो गन्ने के वजन में कमी आ जाएगी। नुकसान हमारा होगा। बड़ी दीनता के साथ यह बातें सोपान से कही जा रही थीं। किसान भाई सोपान से विनती करते हुए कह रहे थे कि आप तो कारखाने के सेक्रेटरी हैं ! यदि आपने इस सन्दर्भ में श्रीपतराव से कुछ कहा तो पुण्य का काम होगा। इन बातों को सुनकर सोपान का हृदय द्रवित हो जाता। अपने किसान भाइयों की परेशानियों को वह भली-भाँति जानता था, परन्तु...

यह बात सही है कि चीनी मिल किसानों की भलाई के लिए बनाया गया था और सारे किसानों को समान रूप में न्याय मिलना चाहिए था। परन्तु यहाँ तो कुटिल राजनीति की शुरुआत हो चुकी थी, जिसके कारण सोपान व्यथित था। इस सन्दर्भ में सोपान की दौड़ कारखाने के गेट तक सीमित थी। एक विशिष्ट सीमारेखा सोपान के लिए खींच दी गई थी। उसे पार कर कुछ कर पाना सोपान के लिए सम्भव न था। परन्तु अपनी प्रतिष्ठा की खातिर वह किसानों को काम करने का विश्वास दिलाते हुए उनके मन को भरोसा देना चाहता था। रोजमर्रा के इन झंझटों के कारण वह तंग आ चुका था। अन्त में सोपान ने कारखाने से अपना मुँह मोड़ लिया।

चीनी मिल अब शुरू हो चुका था और गाँव के उद्यमी लोग सन्तुष्ट और सुखी थे। एक प्रकार की खुशहाली ग्रामवासियों में दिखाई देने लगी थी। व्यापारी और किसानों के पास रुपयों की खनखनाहट सुनाई दे रही थी। कारखाने के कारण गाँव में पुलिस-चौकी आ गई थी। बीयर-बार और होटल शुरू हो गए। अतः अब लमानियों की देसी शराब बन्द होकर सरकारी शराब बिना किसी रोक-टोक के मिलने लगी। साथ ही प्रतिदिन ग्राहकों को होटलों में मुर्गी, मटन, बिरयानी मिलने लगी थी। चीनी मिल ने किल्लारी गाँव की ही नहीं, अपितु लातूर जिले की शान में चार चाँद लगा दिए थे। किल्लारी के आसपास की जमीन उपजाऊ थी और किसान वर्ग सम्पन्न था। कोई बेकार न था। इसीलिए समृद्ध-उद्यमी किसानवर्ग अपनी बेटियों का विवाह किल्लारी के युवकों से करना चाहते थे। पिता को यह पता था कि यदि लड़कियाँ अच्छे घर में ब्याही जाएँ तो उन्हें किसी बात की कमी न होगी और वह सुखी रहेंगी। इसी कारण लड़की का पिता अच्छे लड़के की तलाश में निकल पड़ता और अपनी हैसियत से अधिक दहेज देने की तैयारी करता। परिणाम यह रहा कि इस गाँव के आसपास रहनेवाली लड़कियाँ ब्याह लाने के लिए एक होड़-सी लग गई। गाँव का वातावरण सौम्य और उत्साहवर्धक था। लोग सन्तुष्ट थे। यहाँ के स्त्री-पुरुष गोरे-चिट्टे, नाक-नक्श से अच्छे और शरीर से हट्टे-कट्टे थे। इसलिए वे दूर से पहचाने जाते।

चीनी मिल का काम अब जोर-शोर के साथ चल रहा था। आसपास के देहातों में रहनेवाले लोग मजदूरी के लिए किल्लारी आते। गाँव की सम्पन्नता को देखते हुए अपना बोरिया-बिस्तर सँभाले वहीं घर बसाने के इरादे से कामधन्धों में लगे रहते। गाँव के लोग बड़े दिलवाले थे। अतः उन्हें अपना मानकर खपा लेते थे। यहाँ आए लोगों को खेतों के भी बहुत सारे काम मिल जाते। इसी कारण यह मजूर वर्ग सरकारी दफ्तरों में काम करनेवाले सेवकों से हर माह अधिक तनख्वाह लेता था। इस समृद्धि के साथ-साथ तेरणा में आनेवाली बाढ़ की तरह किल्लारी में आए लोगों की बाढ़ भी बढ़ती जा रही थी।

किल्लारी के आसपास के गाँवों में बच्चों की शिक्षा के लिए कोई खास व्यवस्था न थी। इसी कारण सोपान ने कारखाने के पास खुली जगह में पाठशाला और महाविद्यालय शुरू करवाने के प्रयास किए। यह बात चेयरमैन श्रीपतराव तक पहुँच गई और श्रीपतराव ने बड़ी तत्परता से 'हाईस्कूल' और 'महाविद्यालय' का प्रस्ताव मंजूर कर और एक संस्था स्थापित की तथा अपनी माता के नाम से हाईस्कूल और महाविद्यालय शुरू किया। इस कार्य के लिए उन्हें अपने भाईसाहब मन्त्रीजी से पूरा सहयोग मिला। अब श्रीपतराव की पाँचों उँगलियाँ घी में थीं, और

उनके सामने सोपान की अवस्था दयनीय थी। इस सबको जानते हुए सोपान के मन में राजनीतिक लोगों के प्रति घृणा उत्पन्न होने लगी। अतः अब वह इन सारी बातों से हटकर अपनी खेती-बड़ी की प्रगति के बारे में सोचने लगा। रात-बिरात सोपान कारखाने से घर लौटता तब माँ उसे डाँटकर कहती—"अरे बाबा, सोपान !"

सोपान माँ की बात को हँसकर टाल देता और अपने कामों में लगा रहता।

चीनी मिल शुरू हुए अब चार साल बीत गए थे। पहले दो सालों में कारखाने को अच्छा लाभ होता रहा। किसानों और मजदूरों को दीवाली के त्यौहार के निमित्त मुफ्त में चीनी की बोरियाँ दी गई थीं। श्रीपतराव अब कारखाने के विस्तारीकरण की दृष्टि से नए-नए प्रश्न उठा रहे थे। उनकी निगाह अब चीनी मिल सहित किसानों के खेतों में लहलहाती ईख की फसल पर जा टिकी थी। चैन की बंसी बजानेवाले लोगों के मुँह से छूटनेवाला पानी दिन-ब-दिन बढ़ता जा रहा था, क्योंकि कारखाने का सारा कामकाज, भागीदारी और प्रतिशत के हिसाब से बँटने लगा था। राजनीति के इन धूर्त कारनामों के कारण सोपान ने कारखाने की ओर ध्यान देना छोड़ दिया। अब वह खेतीबाड़ी में ज्यादा समय देने लगा था। किल्लारी के आसपास के किसान ईख की फसल लेने में माहिर हो चुके थे। अब सारे किसान ट्रैक्टर के माध्यम से आधुनिक ढंग से खेती करने लगे थे और ईख की फसल से उन्हें अनेक लाभ हो रहे थे। वे अब सोच-विचार कर भूमि को अधिक उर्वर बनाने के लिए रासायनिक खाद—यूरिया, सुफला और कारखाने से निकलनेवाली मैली के खाद से अच्छी फसलें लेने लगे।

दीवाली का त्यौहार चार दिनों बाद शुरू होनेवाला था। उत्साह और प्रसन्नता से किसान और मजूदरों की खुशी का ठिकाना न था। इस अवसर पर चीनी मिल के मजदूरों ने हड़ताल की घोषणा की। अतः चेयरमैन श्रीपतराव की परेशानियाँ इतनी बढ़ गईं कि इन समस्याओं में वे खासे फँस गए। दीवाली का त्योहार नजदीक आ रहा था और मजदूरों की समस्या दिन-ब-दिन बढ़ती जा रही थी। केवल वेतन या बोनस तक ही बात सीमित न थी।

कारखाने की हड़ताल के सन्दर्भ में कामगार यूनियन के लीडर का पलड़ा श्रीपतराव से बढ़-चढ़कर था। कामगार यूनियन के इस लीडर ने लातूर के कई कारखाना मालिकों के छक्कों-पंजों को तोड़कर उनके कारखानों में अलीगढ़ के ताले लगवाए थे। अतः इस लीडर ने अपनी ही मस्ती में चूर रहनेवाले श्रीपतराव की नाक में दम कर रखा था। यूनियन का नेता बहुत धूर्त था। बड़ी चालाकी से षड्यन्त्र रचकर वह अपना उल्लू सीधा किया करता था। किल्लारी में यूनयिन का

यह नेता ऊपरी तौर पर कामगारों को वेतन और बोनस की बढ़ोत्तरी के लिए लड़ाई लड़ने का नाटक कर उनकी आत्मीयता हासिल कर रहा था और दूसरी ओर चेयरमैन श्रीपतराव द्वारा किए गए भ्रष्टाचार का हिसाब-किताब पूछकर उन्हें परेशान कर रहा था। कामगार लीडर की पूछताछ अपने ढंग से चल रही थी कि कारखाने की मशीनरी कितने में खरीदी गई और बिल कितने रुपयों का दिया गया ? बाकी के लाखों रुपयों का गबन किसने किया ? ऐसी बातों की वास्तविक जानकारी को वह सप्रमाण चेयरमैन श्रीपतराव के सामने रखते हुए गबन की गई राशि का आधा हिस्सा माँग रहा था। साथ ही श्रीपतराव के काले धन्धे और करोड़ों के भ्रष्टाचार को सप्रमाण सिद्ध कर खुलेआम लोगों के सामने रख रहा था। इस बहाने यूनियन के नेता ने श्रीपतराव को मछली बनाकर काँटे में फँसा लिया था। साथ ही इस मछली को कामगार यूनियन के काँटे में भी लटका दिया था। मजदूरों की माँगें निपटाने तथा हड़ताल समाप्त करने के लिए लीडर ने श्रीपतराव से पचास लाख रुपयों की माँग की। दूसरी ओर श्रीपतराव यह सोचकर अधिक परेशान थे कि यदि भ्रष्टाचार का भाँडा फूट गया तो बदनामी होगी। भाईसाहब का मन्त्री पद और अपना चेयरमैन पद दोनों संकट में आ जाएँगे। इसी डर से वे परेशान हो उठे।

कामगारों का यह नेता बहुत षड्यन्त्री था। किसी भी कारखाने में मजदूरों का संगठन बन जाने के बाद वह अपने आतंक के जाल को फैलाने लगता। कामगारों की बड़ी-बड़ी सभाओं का आयोजन गेट के सामने करता। कामगार वर्ग के लोगों से अधिकारियों की पिटाई कराता। मजदूरों की हड़ताल यदि अधिक समय तक चल रही है या टूटने-फूटने की अवस्था में पहुँच रही है, तो यह किसी दूसरे कामगार व्यक्ति से खून करवाने के तन्त्र को बेमालूम ढंग से अपनाता। इसी कारण इस नेता की अनेक कारखानों में धाक थी। कारखाने में यदि किसी ने यूनियन बनाई है तो उन लोगों के माध्यम से कारखाने के अन्दरूनी कारनामों को निकालकर उसे समाचार-पत्रों में प्रकट कर देता। इसी कारण चेयरमैन श्रीपतराव कुछ अधिक घबरा गए थे और अपनी प्रतिष्ठा को सँभालने के लिए यूनियन-नेता से समझौता करने को तैयार थे। अतः एक दिन रात के सन्नाटे में श्रीपतराव ने यूनियन नेता से भेंट की और कहा, ''मैं तुम्हें पचास लाख रुपए देने के लिए तैयार हूँ। परन्तु भ्रष्टाचार के इन मामलों को समाचार-पत्रों में छपाने की आवश्यकता नहीं है। दूसरी बात यह है कि कामगार के बोनस को बिना बढ़ाए हड़ताल खत्म की जाए।'' इस बात को सुनकर यूनियन-नेता ने केवल इतना ही कहा, ''आप मेरे सम्बन्धों में आत्मीयता बनाए रखें। कामगार वर्ग को यदि दो-चार

पैसे कम मिल रहे हैं तो मुझे कोई आपत्ति नहीं है।'' इस प्रकार दोनों में सौदेबाजी हो गई और हड़ताल समाप्त हो गई। सारे कामगारों ने मिल-जुलकर यूनियन लीडर के गले में फूलों की मालाएँ पहनाईं और उसे खुली जीप में खड़ा किया। पटाखों और बैंडबाजे के साथ उसका शानदार जुलूस निकाला गया।

इस यूनियन नेता का अपनी नीति निश्चित करने का एक अलग ढंग था। अपनी इस नीति को वह विशेष शैली और अदा से सबके सामने प्रगतिवादी विचारों के रूप में प्रकट करता, तो दूसरी ओर पुराने खयालों तथा समझौते की नीति को अपनाता। कारखानों के लाभ में कामगारों का हिस्सा और चेयरमैन के भ्रष्टाचार में यूनियन लीडर का हिस्सा तय था। इस तरह की दुहरी नीति को अपनाकर यूनियन का यह बादशाह लाखों रुपए कमाता। श्रीपतराव इस बात का अनुभव प्रत्यक्ष रूप में कर रहे थे और कामगारों का बोनस जाहिर करते हुए हड़ताल तोड़ने के प्रयास कर रहे थे। परन्तु यूनियन लीडर ने श्रीपतराव के हाथ पर धतूरा रखा था।

सोपान के मन को इस बात का सन्तोष था कि आखिर 'शेर को सवा शेर' मिल ही गया, क्योंकि श्रीपतराव नशे में चूर, मस्तचाल गेंडे की तरह पेश आ रहा था। यूनियन के लीडर ने अन्त में उसे अपना हाथ दिखा ही दिया।

चीनी मिल अब नेताओं का अड्डा बन चुका था। इसी कारण सोपान ने सेक्रेटरी पद से इस्तीफा देते हुए कारखाने से अपना मुँह मोड़ लिया था। वह अब अपनी खेती-बाड़ी की ओर ध्यान देते हुए उसे सुधारने, सँवारने में लगा था। कुछ सोच-विचार कर सोपान ने अपनी ईख की फसल को भी नष्ट कर दिया, क्योंकि चीनी मिल में गन्ने के लिए कोई विशेष मूल्य नहीं दिया जा रहा था। अब सोपान ने अपनी खेती को अंगूर के बगीचे में परिवर्तित किया। साथ ही पानबिडे के पौधों की बाड़ी का निर्माण किया। अब वह अंगूर के बगीचे में दिए जानेवाले पानी के बारे में सोच रहा था कि आखिर तेरणा माँ का पानी हमें कब तक मिलता रहेगा ? सारे किसान भाई हाथ धोकर पानी के पीछे पड़े हैं। रात और दिन वे ईख की फसल को पानी दिए जा रहे हैं। अतः भूमिगत पानी एक दिन समाप्त हो जाएगा। यह परिणाम तो आज भी दिखाई दे रहा है, जिसका असर हापसों और बोअरवैल पर हो रहा था। शायद कुछ दिनों में हालात यह होंगे कि गाँववालों को पीने के लिए भी पानी न मिले। इस बात को लेकर सोपान मन-ही-मन सोचने लगा कि अब हमें इस प्रकार की फसलों पर विचार करना होगा, जिसमें पानी की कम जरूरत हो और उत्पादन को बढ़ाते हुए रुपए भी कमा सकें। अतः सोपान

ने अंगूर की फसल तैयार की। उसका यह पहला प्रयास था। उसके कदम आगे ही बढ़ते चले गए। सोपान अपने बाग के अंगूरों का उत्पादन बढ़ाना चाहता था और अब तो बैंक भी सोपान की चौखट पर आकर कर्जा देने के लिए तैयार था। उसे मनचाहा कर्जा मिल गया। सोपान ने माँ की ममता से अंगूर के पौधों की देखभाल की और अंगूरों की बेलों को ऊपर उठाने के लिए छोटे-छोटे मंडप बनाए। रात और दिन मजदूर अंगूर के बगीचे में काम कर रहे थे। अंगूर की बेलों की कटाई-छँटाई, खाद और औषधि- छिड़काव एक साल तक चलता रहा। परिश्रम का परिणाम यह कि सोपान का अंगूरों का बाग फलने-फूलने लगा। अंगूरों के बोझ से मंडप झुकने लगा। सोपान के बाग के अंगूरों की खासियत यह थी कि वे बिना बीज के थे। सुनहरे रंग के और स्वाद में शहद जैसे मीठे थे। सोपान इन सारी बातों से बहुत खुश था।

सोपान के बगीचे के अंगूर जब बिक्री के लिए मार्केट में गए तो लातूर के व्यापारी इन अंगूरों पर टूट पड़े। पहले ये व्यापारी मुम्बई और पूना से अंगूर मँगवाते थे और उसे लाने का खर्चा भी उठाते थे। इसी कारण आज सोपान के अंगूर खरीदने के लिए उनमें होड़-सी लग गई थी। सोपान के अंगूरों का स्वाद अस्सल मराठाशाही था। सारे मराठावाड़ा में व्यापारियों ने यह अंगूर पहुँचा दिए और इसके साथ वे 'किल्लारी गाँव' का नाम भी रोशन करते जा रहे थे। इन व्यापारियों के पास धन की कोई कमी न थी। इसी कारण सारे भारत में तैयार बढ़िया माल लातूर के मार्केट में पहुँच जाता था। परन्तु व्यापारियों को सोपान के अंगूरों से अधिक धनलाभ हो रहा था। बहुत चाव से खानेवाले पारखी लोगों ने सोपान के अंगूरों का स्वाद पहचान लिया। अतः यह अंगूर पहले ही वर्ष बाजार में चर्चा का विषय बन गए।

सोपान ने पहले ही वर्ष में प्रति एकड़ तीन लाख रुपयों की पैदावार ली और अन्य किसानों के दिलों में हलचल पैदा की। अब लोगों की भीड़ चीनी मिल देखने नहीं, अपितु सोपान के अंगूर के बाग देखने आती। अंगूरों का यह बगीचा सड़क के किनारे था, इसलिए सड़क से गुजरनेवाले शहरी अपनी गाड़ियों को खड़ी कर सोपान के बगीचे में रुककर विश्राम करते और निकलते समय अंगूर खरीद ले जाते। इन लोगों के लिए सोपान का बाग एक हिल स्टेशन के समान था।

सोपान ने अंगूरों का उत्पादन विपुल मात्रा में करके यह साबित कर दिया था कि अंगूर की फसल का मूल्य ईख से बढ़कर हो सकता है। आँखों देखी इन बातों को सोचते हुए किसान ईख के साथ अंगूरों के पौधों को अपनी बाड़ी में लगाने के लिए आगे बढ़े। अब वे अंगूर और ईख में तुलना करने लगे थे कि

अंगूरों का उत्पादन ईख की फसल से अधिक लाभदायी हो सकता है। साथ ही अंगूरों का प्रति एकड़ उत्पादन काफी मात्रा में हो सकता है, और दूसरे यह कि अंगूरों के पौधों को थोड़े पानी में भी विकसित कर सकते हैं। इन बातों को सोचते हुए अधिकतर किसान सोपान के बगीचे से अंगूर के पौधों की जानकारी लेने लगे। किसान भाइयों की प्रगति को सोचते हुए सोपान बिना संकोच सब किसानों को जानकारियाँ दे रहा था। इन सारे परिवर्तनों को देखते हुए लातूर जिले के लोग यह कहने लगे कि किल्लारी गाँव की जमीन 'सोने की खान' है। इस भूमि में वे जो भी बो देते हैं, वही लाभ पहुँचाता है। इसी कारण अब किल्लारी के आसपास की जमीन के भाव आसमान छूने लगे थे। तेरणा नदी के किनारे की यह जमीन चीनी मिल के खुलने से पहले प्रति एकड़ दस-बीस हजार रुपयों में खरीदी जाती थी, परन्तु अब यही जमीन दो या तीन लाख रुपए प्रति एकड़ के भाव से खरीदी जा रही थी।

सोपान अपनी ओर से विपुल मात्रा में अंगूरों का उत्पादन बढ़ाने का प्रयास कर रहा था और अंगूरों का दर्जा ऊँचा बनाए हुआ था। इसी कारण चीनी मिल के सामने एक नई समस्या मँडरा रही थी। भविष्य में आनेवाले संकटों से श्रीपतराव और बड़े बप्पा भली-भाँति परिचित थे। इसी कारण बप्पाजी ने एक दिन सोपान को बुलावा भेजा और डाँटते हुए सोपान से कहा, ''देखो सोपान, तुम्हारा ध्यान केवल अपनी ही खेती-बाड़ी में रहे तो अच्छा होगा। दूसरों की खेतीबाड़ी में अंगूर के पौधे लगवाकर उन्हें जानकारी देते हुए प्रोत्साहित करने की क्या आवश्कयता है ? यहाँ करोड़ों की लागत से बनाया गया चीनी मिल बन्द करवाना चाहते हो क्या ?''

बप्पाजी की इन बातों को सुनते हुए सोपान ने बड़ी शान्ति से कहा, ''चीनी मिल से किसानों का भला हो रहा होता तो बात बहुत अच्छी थी। परन्तु यदि किसानों को छोड़कर केवल कारखाने के चेयरमैन, मैनेजर और दलालों को ही लाभ पहुँच रहा है तो कारखाने के बन्द होने से हमें कोई मतलब नहीं है।'' थोड़ा-सा क्रोध प्रकट करते हुए सोपान ने आगे कहा, ''देखिए मन्त्री साहब, आपके भाईसाहब के मुँह से मक्खी तक न उड़ती थी। परन्तु आपने उन्हें चीनी मिल का चेयरमैन बनाया। दूसरी बात यह कि कारखाने के लिए आपने संचालक-पद के लिए अपने ही तालुके के लोगों को स्थान दिया है और वे संख्या में भी अधिक हैं। आपके भाईसाहब चेयरमैन के पद पर बिराजे हैं, जो उसी तालुके हैं। जब से वे चेयरमैन बने हैं, भ्रष्टाचार बढ़ता ही गया है। हमारे गाँव के किसानों की कठिन परिस्थितियों का लाभ उठाकर आपने सैकड़ों एकड़ जमीन खरीद ली और उनका

जीवन कष्टमय बना दिया है। अब आप ही बताइए मन्त्री साहब कि केवल आपके कल्याण के लिए ही चीनी मिल क्यों जारी रहे ?''

बहुत दिनों से यह सारी बातें सोपान के हृदय में कील की तरह चुभ रही थीं। अतः इन सारी बातों को स्पष्ट रूप से मन्त्रीजी के सामने रखते हुए उसने अपने मन की भड़ास निकाल दी। परन्तु उसे शान्ति न मिली। अतः क्रोध से तमतमाते हुए सोपान ने कहा, ''मन्त्री साहब, यह शक्कर कारखाना हमारे खून-पसीने से बना हुआ है। इसी कारण किसान भाई अभी तक अपनी ईख की फसल कारखाने को देते रहे, कि आपके भाईसाहब प्रतिदिन तमाशा कम्पनी में जाकर नई-नई लड़कियों को नचाते रहें ? चेयरमैनजी से मैंने कितनी बार कहा है कि बाहरी गाँवों से आए किसानों को विश्राम के लिए एक 'किसान भवन' बनाइए परन्तु उन्होंने इस बात की ओर ध्यान न देते हुए अपनी और संचालकों की मौजमस्ती के लिए 'तमाशा थिएटर' बनवाया और कारखाने के आसपास की जगह में मलबे का ढेर लगा दिया। बताइए, किस कारण हम कारखाने की चिन्ता करें ?''

सोपान के इन तीखे व्यंग्यबाणों से मन्त्री साहब की आँखें खुल गईं। वे सोच रहे थे कि सीधा-सादा दिखाई देनेवाला यह नवयुवक काफी होशियार है। इसी के कारण चीनी मिल बनी थी और अब इसी के कारण बन्द भी हो सकती है। इस बात को गम्भीरता से समझते हुए बप्पा ने सोपान से कहा, ''सोपान, इस वर्ष मैं तुम्हें कारखाने का चेयरमैन-पद दे रहा हूँ और कारखाने का सारा कारोबार तुम्हें सौंपना चाहता हूँ।'' मन्त्रीजी की यह बात सुनते ही सोपान ने केवल यही कहा, ''भैंस जब दुधारू थी तो उसे आपने भाईसाहब के आँगन में बाँध दिया। अब जब उसने दूध देना बन्द कर दिया है, तो उसी भैंस को मेरे आँगन में बाँध रहे हैं, ताकि मैं उसे यों ही दाना-पानी देता रहूँ। बहुत देखा आपका न्याय ! मुझे तुम्हारा चेयरमैन पद नहीं चाहिए। मैं अपनी खेतीबाड़ी से खुश हूँ।'' कहते हुए सोपान वहाँ से चल पड़ा।

अब तो किल्लारी के साथ-साथ कवठा, सास्तूर, माकणी, तळणी, नारंगबाड़ी, सरबाड़ी, मृदगढ़ और उसके आसपास के देहातों में अंगूरों के बगीचे फलने-फूलने लगे। सोपान के मार्गदर्शन में किसान अंगूरों के उत्पादन में खूब धन कमा रहे थे और अंगूरों ने इस अंचल में नई क्रान्ति ला दी थी। अंगूरों की शहद भरी मिठास अपनी उत्तम श्रेणी के कारण व्यापारियों के सहारे परदेस के मार्केट में जा पहुँची। यह अंगूर अब अमरीका, जापान, सिंगापुर भेजे जा रहे थे, अतः व्यापारी उसे अधिक मात्रा में खरीदने लगे और किल्लारी गाँव का नाम इन अंगूरों के कारण

देस-परदेस में पहुँचने लगा। इन सारी बातों को समझते हुए सोपान स्वयं अंगूरों की पेटियाँ तैयार कर व्यापारियों के माध्यम से बाहरी देशों को भेजने लगा। परिणाम यह रहा कि सोपान के घर डॉलर के रूप में लक्ष्मी ने पैर जमा लिए। इस विपुल धन को वह किस प्रकार सँभाले, अब यही प्रश्न उसके सामने था।

सोपान के पुरखों ने एक गढ़ी बनाई थी। इस गढ़ीनुमा बड़े बाड़े में सोपान के दादा-परदादा एक जमाने से रहते आ रहे थे। गढ़ी में अनाज को सुरक्षित रखने के लिए बड़े-बड़े कणागार बने थे, जो एक छोटे तहखाने की तरह दिखाई देते थे। अनाज निकालने और रखने के लिए केवल नौकर ही इन कणागारों में उतरा करते। साथ ही खेतीबाड़ी में काम करनेवाले मजूरों के लिए, मेहमानों के लिए और घर की स्त्रियों और बच्चों के लिए अलग-अलग कमरे थे। अतः सोपान की यह गढ़ी दूर से शाही किले के समान दिखाई देती थी। गढ़ी के आसपास मिट्टी के ऊँचे-ऊँचे बुर्ज दिखाई देते थे। दूसरे गाँव से आनेवाले राहगीर को यह गढ़ी दूर ही से दिखाई देती। सोपान यदि चाहे तो अपने गढ़ी के दीवानखाने में बैठकर खेत में काम कर रहे नौकरों पर नजर रख सकता था। परन्तु अब यह पुरखों का बनाया हुआ बाड़ा चरमराने लगा था। बारिश के दिनों में कहीं कोई दीवार ढह जाती, कहीं टूटकर बिखर जाती। इसी कारण इस बाड़े को फिर से बनवाने की बात सोपान सोच रहा था। सोपान ने गढ़ी के अन्तर्गत अलग-अलग भागों में कमरों तथा दीवानखाने पर मजबूत छत बनाई। इन कमरों के अन्तर्गत दीवारों की चौड़ाई छह फुट थी। घर के भीतरी भाग की एक दीवार को गिराकर उसकी मिट्टी खेत में डालनी थी। अतः सोपान ने खेत में काम कर रहे मजूरों को बुलाया और ढह जानेवाली दीवार को तोड़ने का काम शुरू किया और अचानक दीवार से एक घड़ा भदद् से नीचे गिरा। सारे नौकर अवाक् होकर घड़े की ओर देखने लगे, क्योंकि उस घड़े में पीला जर्द सोना दिखाई दे रहा था। ज्वार के दानों के समान घड़े से सोने की मोहरें गिर रही थीं। नौकर तुरन्त सोपान को बुला लाया। सोपान ने घड़े से गिरती हुई सोने की मोहरों को देखा और गढ़ी का दरवाजा बन्द कर दिया। काम कर रहे अपने विश्वस्त नौकरों को भीतर बुलवाकर सोपान ने कहा, "इस बात की खबर गाँववालों को न चले। इस बात का ध्यान रहे।" सोपान सोच रहा था कि यदि इस बात की खबर पुलिस या सरकार को मिल गई तो समस्या गम्भीर होगी। इसी कारण सोपान इस गुप्त धन को होशियारी से रखने की तरकीब सोचने लगा।

चमकते हुए सोने के सिक्कों को देखकर एक नौकर बौरा गया और 'सोना-सोना...इतना सारा सोना मिल गया रे बाबा !' कहते हुए पागलों की तरह चिल्लाने लगा। यह शोर सुनकर आबा वहाँ आ पहुँचे और घड़े से गिरी सोने की

मोहरों को देखते ही उनके हाथ से छड़ी छूट गई और वे अपना सन्तुलन खो बैठे। इस सारी परिस्थिति को देखकर सोपान ने घड़े से सोने की सारी मोहरें निकालकर हौज में डाल दीं और हौज के ऊपर सीमेंट का चबूतरा बना दिया। थोड़े-से सोने के सिक्के नौकरों में भी बाँट दिए, ताकि उनका मुँह बन्द रहे और गाँववालों को इस बात का पता न चले। गुप्त धन के किस्से को सोपान ने होशियारी से रफा-दफा किया था। गुप्त धन तथा अंगूरों से प्राप्त धन ने सोपान को लखपति बना दिया था।

सोपान की माँ सुन्दराबाई अपने बेटे से बार-बार यही कहती थी, "सोपान बेटा, अब कमाई बहुत हो चुकी। आनेवाली अनेक पीढ़ियों तक यह धन समाप्त नहीं होगा, इतने रुपए आज हमारे पास हैं। अब तुम्हारे माता-पिता वृद्धावस्था की ओर जा रहे हैं। अतः हमारी आँखों के सामने तुम्हारा ब्याह हो जाए तो हमारी चिन्ता मिटेगी। और देरी होगी तो हमारे प्राण-पखेरू उड़ जाएँगे।" माँ की ममतामयी बातों ने सोपान के हृदय को छू लिया और वह शादी के लिए तैयार हो गया।

सोपान के दो छोटे भाई और एक छोटी बहन थी। इसी कारण सबसे पहले सोपान का ब्याह होना जरूरी था। सोपान की सारी जवानी खेती-बाड़ी को विकसित करने में लगी हुई थी, अतः अपनी शादी का खयाल तक उसे नहीं आया था। परन्तु सोपान की उम्र अब बढ़ती जा रही थी। विचारों में प्रगल्भता और अपने कामों में डूबे रहनेवाले सोपान के बालों में अब कहीं-कहीं चाँदी के तार भी चमकने लगे थे। यह देखकर सोपान मन में सोच रहा था कि यदि ईख की फसल को समय पर खाद और पानी मिल जाता है, तो वह हरी-भरी दिखाई देती है और न मिले तो सूख जाती है। मनुष्य के जीवन का सार भी यही है। इन्हीं दिनों यदि उसकी शादी होगी तो जीवन में आनेवाली बहार भी हरी-भरी होगी। अतः सोपान अपनी शादी-ब्याह की बातों में अपनी माँ को सहयोग दे रहा था। अब तक कई रिश्ते सोपान के लिए आ चुके थे, परन्तु उसकी जिद थी कि खेतीबाड़ी में प्रगति किए बिना वह ब्याह नहीं करेगा। परन्तु अब सारी बातें सोपान की इच्छानुसार हो रही थीं और वह खुश था। अतः सुन्दराबाई ने अपने सगे-सम्बन्धियों के रिश्तदारों में से एक लड़की पसन्द की, जो उसकी दृष्टि से लक्ष्मी समान सुन्दर थी।

एक दिन माँ ने सोपान से कहा कि लातूर जाकर पसन्द की लड़की देख आए। सोपान अपने कुछ मित्रों को साथ लिए लड़की के घर पहुँचा और उसने लड़की पसन्द कर ली। सोपान प्रगतिशील विचारों का देहात में रहनेवाला सीधा-सादा किसान का लड़का था, परन्तु अपनी कर्तव्यदक्षता और परिश्रम से सारे

किल्लारी गाँव में क्रान्ति ले आया था। अतः वह सर्वदूर परिचित था। इसी कारण मराठवाड़ा के कोने-कोने से प्रतिष्ठित लोग सोपान की शादी में पहुँचे थे। साथ ही लातूर के मन्त्रीजी तथा अन्य नेतागण भी शादी में उपस्थित थे। माँ-बाप के शुभ आशीर्वाद से सोपान का विवाह धूमधाम से सम्पन्न हुआ। किसी प्रकार के दहेज को स्वीकार न कर सोपान ने शादी की थी और किल्लारी के नवयुवकों के सामने एक आदर्श रखा था।

सोपान की पत्नी सोने में सुहागा थी। इसी कारण वह भी प्रसन्न था और घर-गृहस्थी का आनन्द उठा रहा था। सोपान का मन अब खेती-बाड़ी से अधिक अपनी सुशील पत्नी में झिलमिलाता रहता था।

किल्लारी के चीनी मिल की स्थिति अब चिन्ताजनक थी, क्योंकि चेयरमैन श्रीपतराव को कारखाने के लिए ईख मिलनी मुश्किल हो गई थी। ईख के अभाव में कारखाना बन्द होने की स्थिति तक पहुँच गया था। कारखाने के आसपास के किसानों को अंगूरों के उत्पादन से अधिक लाभ पहुँच रहा था। ईख की फसल की ओर किसानों ने ध्यान नहीं दिया। परिणामतः बड़े बप्पा तथा चेयरमैन श्रीपतराव का क्रोध किल्लारी के किसानों पर बढ़ता जा रहा था। गन्ने के लिए दोनों परेशान थे, अतः किसी प्रकार राह निकालते हुए इस वर्ष आन्ध्र तथा कर्नाटक राज्य के किसानों से गन्ना मँगवाकर चीनी मिल का काम चल रहा था। इन स्थितियों से जूझते हुए श्रीपतराव के दिमाग में एक बात बिजली की तरह कौंध गई। उन्होंने एक योजना बनाई तथा अपने भाईसाहब बड़े बप्पा को इस योजना में शामिल करने की तरकीब भी सोची। संयोगवश बड़े बप्पा का दौरा उसी भाग में चल रहा था। चेयरमैन श्रीपतराव ने अपने गाँव पहुँचकर बड़े बप्पा से भेंट की और अपने गाँव तथा कारखाने के लिए लाभदायी सिद्ध होनेवाली योजना के सन्दर्भ में बातें करते हुए जानकारी दी। साथ ही बप्पाजी से यह भी कहा कि यदि यह योजना वास्तविक रूप में साकार होगी तो हमारे कारखाने के लिए ईख की कोई कमी न होगी और इस बहाने किल्लारी गाँव के किसानों को हम अच्छा सबक सिखाएँगे। छोटे भाई की बातों को सुनकर बप्पा ने कहा, "कहिए हमें क्या करना होगा ?" श्रीपतराव ने तुरन्त कहा, "बप्पाजी, अभी तो जलसिंचन विभाग आपके अधीन है। अतः सबसे पहले हमें तेरणा नदी पर बाँध बनवाना होगा और बाद में तेरणा के पानी को रोककर दाईं ओर ले जाने की व्यवस्था करनी होगी। वहाँ से सीधे हमारे गाँव निलंगा तक पानी पहुँच सकता है। अतः नदी-जल का उपयोग कारखाने के लिए भी होगा। परिणामतः किल्लारी के किसानों की खेती-बाड़ी नष्ट होगी और तेरणा के पानी का लाभ हमारे गाँव के किसानों को

मिलेगा। सबसे बड़ा धनलाभ तो हमें ही होगा। हमारी पाँच सौ एकड़ जमीन तेरणा के जल से सिंच जाएगी और पानी की कमी न रहेगी। यदि माकणी में बाँध का निर्माण पूरा हो जाएगा तो हमारे निलंगा तालुके का नक्शा ही बदल जाएगा। इस बाँध के पानी से किल्लारी से भी अच्छी ईख की फसल हमारे आसपास के इलाकों में होगी।'' मन्त्री महोदय अपने भाईसाहब की इस योजना पर बहुत प्रसन्न थे, अतः बाँध बनवाने से पहले विशेषज्ञों से राय लेते हुए प्रोजेक्ट रिपोर्ट तैयार की गई। मुख्यमन्त्रीजी के हाथों इस योजना को सौंपते हुए बप्पा साहब ने कहा, ''साहब, यदि इस योजना को मान्यता मिल गई तो इस बाँध योजना के खर्चे से लातूर जिले के आसपास के अनेक भागों को नदी के पानी का लाभ मिलेगा और उनकी प्रगति होगी।'' यह सारी बातें बड़ी खूबी से मुख्यमन्त्रीजी को समझा दी गईं और शीघ्र ही केन्द्रीय मन्त्रियों की मीटिंग में बाँध-योजना को मंजूरी मिल गई।

किल्लारीवासियों को जब तक इस 'बाँध-योजना' का पता चला, तब तक चिड़ियाँ खेत को चुग गई थीं। अतः किल्लारी के लोगों के क्रोध की कोई सीमा न रही। इस सन्दर्भ में सोपान ने गाँव के सारे किसान भाइयों को इकट्ठा कर बैठक का आयोजन किया। सोपान श्रीपतराव के भीतरी षड्यन्त्रों से परिचित था, अतः उसे यह भी पता था कि इस बाँध के बनने से किल्लारी के किसानों को कोई लाभ नहीं होगा। इसीलिए किसानों की मीटिंग में सोपान ने श्रीपतराव और बड़े बप्पा के षड्यन्त्र का पर्दाफाश किया। साथ ही सोपान ने यह बात जाहिर की कि ''हमारे गाँव के किसानों पर वे दोनों भाई मिलकर अपना गुस्सा उतार रहे हैं, क्योंकि किल्लारी के सारे किसान ईख की फसल को महत्त्व न देते हुए अपनी जमीन से अंगूरों का उत्पादन ले रहे हैं। इसी कारण हमारे क्षेत्र में बाँध बनवाकर बड़े बप्पा तेरणा नदी का पानी अपने तालुके में ले जाना चाहते हैं। माकणी का बाँध यहाँ बनवाया गया तो हमारा सारा गाँव इस बाँध के नीचे आ जाएगा। यह बाँध ऊपर की ओर बनाया जाएगा और हमारे आसपास की उर्वरा भूमि डूब में चली जाएगी।'' इस बात की आशंका से सारे किसान घबरा गए और उन्होंने अपना इरादा पक्का करते हुए सोपान से कहा, ''अपने गाँव की सोने-जैसी जमीन पर हम बाँध नहीं बनने देंगे। इस योजना के विरोध में हम सब मिलकर लड़ेंगे, आवाज उठाएँगे। इस लड़ाई में चाहे जितने मनुष्यों की बली क्यों न चढ़ानी पड़े, हम सब इस बात के लिए तैयार हैं, क्योंकि यह बाँध किल्लारीवासियों के लिए लाभकारी योजना नहीं, अपितु मौत का सामान है।''

इस योजना के लिए करोड़ों रुपयों का बजट तैयार था। सत्ता, पैसा और योजना के सर्वाधिकार बड़े बप्पा के हाथों सुरक्षित थे। बड़े बप्पा जब बाँध के लिए

भूमि-पूजन को पहुँचे तो किल्लारी के किसानों ने इसका विरोध किया। विरोध करनेवाले सारे लोगों पर पुलिस ने लाठीचार्ज किया और उन्हें रोक लिया गया। उधर बप्पा के कर-कमलों से उद्घाटन कार्यक्रम सम्पन्न हुआ। अब प्रोजेक्ट निर्माण के लिए ट्रक भर-भरकर मशीनरी और अन्य सामग्री लाई जाने लगी, जिसे देखकर किल्लारीवासियों के हृदय में ज्वाला धधक उठी और एक रात को उन्होंने सारी साधन-सामग्री जलाकर नष्ट कर दी। यह देखकर बड़े बप्पा को चिन्ता हुई, क्योंकि लाखों रुपयों की सामग्री एक रात में जलकर राख हो गई थी। बड़े बप्पा ने इस वारदात में सोपान पर इलजाम लगाया और उसे गिरफ्तार किया गया। अब बाँध की रक्षा की दृष्टि से किल्लारी के आसपास एस.आर.पी. के जवानों को तैनात किया गया। फिर भी 'यह बाँध हमारे किसानों के विनाश का कारण है' कहते हुए किल्लारी के लोग प्रमुख अभियन्ता से मिलने गए। धारा 144 के तहत किसानों पर पुलिस ने अश्रु गैस के गोले दागे तथा फायरिंग की, जिसमें दो किसानों को प्राणों से हाथ धोना पड़ा।

शासकीय महासत्ता के आगे किल्लारीवासियों को घुटने टेकने पड़े, क्योंकि शासन की शक्ति, अधिकार और सत्ता सबसे बड़ी चीज होती है। अतः सरकारी कायदे-कानून से आगे जाकर बात नहीं बन पाती। इस बात का अहसास अन्त में सोपान और गाँव के लोगों को हो गया था। उन लोगों को भी यह पता था कि कुछ दिनों पश्चात मामला अपने आप ठंडा हो जाता है। अन्त में दो किसानों के अन्तिम संस्कार के बाद बाँध के काम की शुरुआत हुई, जिसे देखकर सोपान फूट-फूटकर रोया था, परन्तु सोपान के पास अब कोई उपाय बाकी न था। बहुत सारी मशीनरी, गाड़ियों और बुलडोजर के साथ माकणी प्रोजेक्ट का काम शुरू हुआ। बाँध बनवाने का काम शीघ्रता से किया जा रहा था। अनेक किसानों की जमीन इस बाँध के नीचे चली जाने से वे परेशान थे। गाँव के वृद्ध किसान दुखी होकर बीमार रहने लगे। बाँध बनवाने के लिए तीन-चार गाँव खाली किए जा रहे थे और सरकारी नोटिसों को पढ़कर गाँव में हाहाकार मचा हुआ था। परन्तु इस बात का असर शून्य रहा और अन्त में बाँध बनकर तैयार हो गया।

किसानों की जमीन की कीमत सरकार ने कौड़ियों के मोल में चुकाई। बाँध ऊपर की ओर बनाया गया, जो गहरे पानी से भरा हुआ था। उस पानी को देखकर नीचे की ओर रहनेवाले लोग अपनी जान मुट्ठी में लिए रहते थे। इस बाँध के कारण कुछ किसानों के कुएँ पानी से भरे रहते, परन्तु जिन किसानों की जमीन डूब में चली गई थी, उनका जीवन पूरी तरह बर्बाद हो चुका था। सबकी आँखों के सामने बड़े बप्पा ने किसानों के मुँह से रोटी का कौर छीन लिया था। किसानों

की दयनीय स्थिति को देखते हुए सोपान कहता, ''अरे हमारे साथ यह कैसा न्याय हुआ है ? मन्त्री है तो क्या हुआ। हमारे गाँव की जमीन तो बाँध के नीचे चली गई। बाँध बन गया है, परन्तु हमारे गाँव के किसानों को उसका कोई लाभ नहीं है। बाँध के लिए हमारे गाँव की जमीन का उपयोग किया और हमारे खेतों से पानी बहाकर अपने गाँव निलंगा पहुँचाते हैं। इस पानी का थोड़ा हिस्सा तो हमें मिलना चाहिए था।'' क्रोध से तिलमिलाते हुए यह बातें सोपान सरकारी अधिकारियों और नेताओं को बताया करता था। परन्तु वे लोग इन बातों को इस कान से सुनते और उस कान से निकाल देते।

राजनीतिक व्यक्ति कितना मतलबी, स्वार्थी और धूर्त हो सकता है, इसका ज्वलन्त उदाहरण हैं 'बड़े बप्पा'। सोपान अपनी खुली आँखों से इस सियासी व्यक्ति के काले कारनामों को देख रहा था। अपने स्वार्थ की खातिर कारखाने के पास चलाए जा रहे हाईस्कूल के शिक्षकों का वेतन उनके खेतों में काम करनेवाले मजदूरों को दिया जाता था, क्योंकि वे ही हाईस्कूल के सेवक हैं। दूसरी ओर इन्हीं सेवकों और शिक्षकों को कारखाने में झूठी हाजरी लगवाकर वेतन उठाने के लिए मजबूर किया जाता है। यह भला कौन-सी राजनीति है? दूसरी ओर हमारे गाँव में बाँध बनवाकर नहरों से अपने पाँच सौ एकड़ खेतों की सिंचाई करा रहे हैं और सारी मानवजाति के कल्याण की बातें कर शेखी बघार रहे हैं। ऐसे बगुला भगत जब राजनीति में शामिल होते हैं तो किसका भला सोचेंगे ? इसी कारण सोपान ने अब गाँव के किसानों को बाँध के आसपास के पानी को टिल्लू पम्प लगाकर खींचने की अनुमति दी, अतः बाँध के आसपास की खेत को पानी मिल रहा था।

सोपान के पास अभी किसी बात की कमी न थी। वह नियमित रूप से अपने गाँव की प्रगति तथा किसानों की भलाई के कामों को बढ़ावा देता था। किसानों के विकास के लिए उसने 'खरीदी-बिक्री संघ' नामक गोदाम बनवाया, जिसमें किसानों का माल रखने की व्यवस्था थी। इस कारण गाँव के वातावरण में धीरे-धीरे परिवर्तन हो रहा था। गाँव के लोग उद्यमी थे। धन की कोई कमी न थी। धन की सुभीता, सुधार और विकास के साथ-साथ उनकी मानसिकता में भी परिवर्तन हो रहा था और गाँव में अब धर्मवाद, जातिवाद आदि को बढ़ावा मिल रहा था। सोपान इस सबसे चिन्ता में डूब जाता।

इन्हीं दिनों देश में लोकसभा चुनाव की घोषणा हुई। चुनावों के कारण किल्लारी के आसपास के गाँवों को मेले का रूप प्राप्त हुआ। अब तक तो किल्लारी गाँव का मतदान सारे लोगों की सहमति से होता आया था। इसी कारण सारी पार्टियों

के उम्मीदवार किल्लारी के ग्रामदेवता नीलकंठेश्वर के चरणों में नारियल अर्पण कर अपनी पार्टी के प्रचार कार्यों की शुरुआत करते थे। पार्टी के सारे लोगों को सोपान अपने घर चाय-पानी-नाश्ते और भोजन के लिए आमन्त्रित करता था। चुनाव में किसी भी पार्टी का उम्मीदवार चुनकर आया हो, वह उसका स्वागत बड़े प्यार से करता था। किल्लारी में कांग्रेस पार्टी के उम्मीदवार को बहुत अधिक वोट मिल जाया करते थे। परन्तु अब गाँव की जनसंख्या में वृद्धि हो रही थी और समृद्धि बढ़ती जा रही थी, अतः लोगों की भूमिका और विचारों में परिवर्तन आने लगा था। इसी कारण गाँव के मतदाताओं पर अब उसका भरोसा न था। यदि उसने गाँववालों से कहा भी कि हमें चुनाव में इस पार्टी को मत देकर विजयी बनाना है, तो भी गाँव के लोग अपना मतदान मनचाहा कर लौटते थे। आपसी विश्वास और आत्मीयता अब धीरे-धीरे खत्म हो रही थी।

लगातार तीन बार से लिम्बाले पाटील यहीं से अधिक वोट लेकर चुनाव जीत रहे थे। लेकिन अब राजनीति में जाति और धर्म का प्रवेश हो चुका था, अतः लिम्बाले पाटील का चुनाव जीतना एक समस्या बनी हुई थी। वे एक निपुण हुनरमन्द राजनीतिक उम्मीदवार थे। जब चुनाव की घोषणा होती तो पाटील साहब गरीब गाय बन जाते और चुनाव जीतने के पश्चात शरारत से बाज न आते। परन्तु पाँच सालों के बाद चुनाव-प्रचार का नारियल फोड़ने के लिए नीलकंठेश्वर मन्दिर अवश्य पहुँचते। यदि किसी व्यक्ति ने अपने इलाके के कामकाज के सन्दर्भ में बात उठाई हो तो लिम्बाले पाटील राष्ट्रीय-अन्तर्राष्ट्रीय स्तर की गप्पें हाँकते हुए कहते, ''मेरे लिए यह भी कोई काम हुआ। जरा देश-विदेश के स्तर पर बड़े-बड़े काम बताइए। मुझे यह छोटे-मोटे काम शोभा नहीं देते। अतः यह काम तुम्हारे स्थानीय नेताओं को करना चाहिए। मैं तो हमेशा दिल्ली में रहता हूँ।'' किसी काम से गाँव का व्यक्ति दिल्ली पहुँचता, तो वे हाथ खड़े कर देते। इन सारी बातों को सोचते हुए आनेवाले चुनावों में लिम्बाले पाटील को वोट नहीं देना है, यह बात मतदाताओं ने मन में ठान ली थी। लिम्बाले पाटील के अपने अलग कायदे-कानून थे। किसी से बातें करते या हँसते समय वे माप-तौलकर हँसते थे। यदि वे किसी से भेंट कर रहे हों तो उनके चेहरे पर दिखाई देनेवाले भावों से अन्दाजा लगाया जा सकता था। अतः उनके माथे पर उभरनेवाली शिकन से कार्यकर्ताओं को पता चल जाता कि काम होगा या नहीं। हँसते समय उनकी दन्तपंक्तियाँ कभी दिखाई नहीं देतीं। जी खोलकर वे कभी हँसते ही न थे। अपने कपड़ों के बारे में वे सदा सजग रहते। साफ-सुथरे कपड़े पहनते और किसी शाही युवराज के समान बातें करते। लिम्बाले पाटील की विशेष बात यह कि जिस

इलाके से वे चुनाव लड़ने जा रहे हैं, उस अचंल में रहनेवाले लोगों की तरह वह अपनी पोशाक धारण करते और मतदाताओं के साथ नाटकीय व्यवहार करते। उनकी ढोंगबाजी को मतदाता अच्छी तरह समझ चुके थे। इसी कारण इस वर्ष लोकसभा चुनाव में जीत हासिल करना उनके लिए एक गम्भीर समस्या बनी हुई थी।

शायद लिम्बाले पाटील इन स्थितियों को जानते थे, अतः उन्होंने सोपान से विनती करते हुए कहा, ''सोपान राव, अब के चुनाव में मुझे आपसे पूरा-पूरा सहयोग चाहिए।'' लिम्बाले पाटील से सोपान का पुराना लगाव था, परन्तु गाँव के मतदाताओं की स्थिति को पहचानते हुए वह कुछ न कर सका। गाँव के वातावरण और लोगों की मानसिकता में परिवर्तन दिखाई दे रहा था। इसी कारण इस बार लोकसभा चुनाव में जाति-पाँति और धर्म को लेकर वाद-विवाद की समस्या किल्लारी के आसपास बढ़ने लगी थी। वास्तविक रूप में यह 'मराठा-लिंगायतवाद' था। जातिवाद को बढ़ावा मिलने के कारण समस्या गम्भीर बनती जा रही थी। सोपान गाँव का सरपंच होते हुए भी जातिवाद की इस गुत्थी को किस प्रकार सुलझाए, समझ नहीं पा रहा था। विरोधी पार्टी के उम्मीदवार थे शरणप्पा, जो लिंगायत समाज के थे और लिम्बाले पाटील 'मराठा समाज' के थे। अतः किल्लारी में प्रत्यक्ष रूप में सीधे-सीधे मराठा विरुद्ध लिंगायतवाद शुरू हो गया था।

धर्म और जाति-पाँति को आधार मानकर चलनेवाली राजनीति से सोपान अब ऊब चुका था। अब तक गाँव की परम्परा तो यही रही थी कि सारे धर्मों के तीज-त्यौहार गाँव के सब लोग मिल-जुलकर मनाते आए हैं। परन्तु अब यह भ्रष्ट सियासी लोग अपनी स्वार्थी राजनीति के कारण गाँव में हो-हल्ला मचाकर, धर्म और जाति के बीच की खाई को बढ़ा रहे थे। गाँव की परम्परा के अनुसार नीलकंठेश्वर मन्दिर में पूजा-विथि-आरती सब कुछ सहज ढंग से हुआ करता था। परन्तु चुनाव के दौरान लिम्बाले पाटील ने मन्दिर को एक लाऊडस्पीकर सेट भेंट किया। तभी से भगवान की आरती धूमधाम से लाऊडस्पीकर पर गाई जा रही थी। इस बात का परिणाम यह रहा कि मुसलमान लोग भी किसी राजनीतिक व्यक्ति से लाऊडस्पीकर सेट भेंट में लेकर स्पीकर पर नमाज अदा करने लगे। गाँव में प्रचार के तौर पर हरे, नीले, केसरिया झंडे तथा गली-गली में रंग-बिरंगी पताकाएँ लहरा रही थीं। परन्तु चुनाव के सन्दर्भ में गाँव का वातावरण तंग दिखाई दे रहा था। जाति-धर्म के नाम पर राजनीतिक तिकड़मों का सहारा लेकर भ्रष्ट राजनीति को बढ़ावा देनेवाले नेताओं से सोपान अपने गाँव को बचाना चाहता था, अतः इन सारी बातों को गाँववालों को समझाते हुए स्वयं भी इन नेताओं से दूर रह रहा था। बैठे-बैठे सोपान अपने गाँव की गतकालीन स्मृतियों का स्मरण करने लगा कि इसी

गाँव के चौराहे पर लोग आपस में मिलते-जुलते, पान-तमाखू खाते एक-दूसरे के सुख-दुख की बातें करते थे, परन्तु अब जाने-माने पुतलों ने यह जगह अपना ली है। चुनाव के नाम पर लोग जाति-पाँति के नाते गुटों में विभाजित हो गए हैं। धर्म को लेकर उनमें चर्चा हो रही है। गाँव के इस आचारण और व्यवहार से सोपान परेशान हो चुका था। इसी कारण वह चुनाव-प्रचार में शामिल नहीं हुआ। वह सोच रहा था कि हमारे देश में प्रत्येक व्यक्ति को जनतान्त्रिक पद्धति से मतदान करने का हक है। अतः 'मतदान कीजिए' कहना भी गलत है। गाँव में जो बातें हो रही हैं, अब उन्हें सुनते रहने के अलावा कोई चारा न था।

सोपान का जन्म मराठा परिवार में हुआ था। घर-परिवार के लोग सन्तों के विचारों से प्रेरित थे, अतः परिवार में समयानुरूप भगवत भजन-कीर्तन का आयोजन हुआ करता था। सोपान इन्हीं संस्कारों में पला-बढ़ा था। इसी कारण साधु-सन्तों के विचारों से चलना उसे पसन्द था। समानता की दृष्टि से गाँव की जिम्मेदारी को सँभालता था। गाँव में महात्मा फुले, छत्रपति शिवाजी महाराज, महात्मा बसवेश्वर, डॉ. बाबा साहेब आम्बेडकर और मुहम्मद साहब आदि महापुरुषों की जयन्ती के अवसरों पर कार्यक्रमों का आयोजन कर सारे गाँव को समानता और एकता के सूत्र में बाँधने का प्रयास करता था। परन्तु लातूर की घटनाओं का प्रभाव किल्लारी के लोगों पर तुरन्त दिखाई देता था। अबकी बार लातूर चुनाव में 'मराठा- लिंगायतवाद' शुरू हो गया था, जिसका असर धीरे-धीरे किल्लारी गाँव में दिखाई दे रहा था। सोपान इसी बात से चिन्तित था कि चुनाव के राजनीतिक दाँव-पेचों के कारण किल्लारी का वातावरण मलिन हो रहा है। गाँव में मराठा समाज अल्पसंख्यक था, परन्तु चुनाव सम्बन्धी बातों पर यदि सारा लिंगायत समाज संघटित हो जाता तो दोनों के बीच बेवजह मार-पीट का कारण बन जाता। इन सारी बातों की वास्तविकता को समझने की कोशिश सोपान कर रहा था। लिम्बाले पाटील स्वयं मराठा थे और राजनीतिक नेता होने के नाते उनका सोचने का ढंग अलग था। यदि उनके चुनाव क्षेत्र में लिंगायत-मराठा और अल्पसंख्यकों को लेकर विवाद शुरू होता है तो उनके विचारों में दोनों के वोट उन्हें मिलेंगे। इसी कारण वे मराठा- लिंगायत विवाद को बढ़ावा देकर चुनाव में जीत हासिल करने के सपने देख रहे थे। अतः लोगों ने लिम्बाला गाँव में होनेवाली सभा पर पत्थरों की वर्षा की। इसका परिणाम यह रहा कि दूसरे दिन महात्मा बसवेश्वर स्मारक के आसपास 'मारो-मारो, मराठों को पीटो' कहते हुए विरोधी पार्टी के उम्मीदवारों ने वहाँ से गुजरनेवाले व्यक्ति को मारा-पीटा। इस वारदात से गाँव में हो-हल्ला मच गया। इन सारी परिस्थितियों के कारण सोपान महात्मा बसवेश्वर जी

के बारे में सोचने लगा कि एक जमाने में उन्होंने जाति-धर्मों के विरोध में जाकर अन्तरजातीय विवाह को बढ़ावा दिया था, जिससे ऊँच-नीच की खाई समाप्त करने का प्रयास हुआ था। किसी ने यदि गले में शिव लिंग धारण किया होता था तो उसकी एक ही जाति 'मानवता' मानी जाती थी। इसमें अमीर, गरीब, दलित सभी वर्गों के लोग शामिल हैं। उन्होंने सम्पूर्ण मानवजाति के लिए लिंगायत धर्म-स्थापन किया था। दूसरी ओर शिवाजी महाराज ने गरीब तबके के सर्वसामान्य लोगों को, जिनमें सभी जाति-धर्म के लोगों का समावेश था, 'मावला' नाम से एक छत्र के नीचे इकट्ठा किया और स्वयं 'निधर्मी' राजा कहलाए। अर्थात् शिवाजी महाराज किसानों तथा मराठी जनता के राजा थे। उन्होंने यहीं राजकाज सँभाला था। यों आज दोनों के अनुयायी दोनों का जय-जयकार करते हैं, परन्तु उनके मार्गदर्शक विचारों को नहीं समझते और आपस में ही मार-पीट कर झगड़े-फसाद खड़े करते हैं। सोपान इन बातों से परेशान होकर महात्मा बसवेश्वर और शिवाजी महाराज के पुतलों को निहार रहा था और वर्तमान राजनीति को कोस रहा था। इन राजनीतिक नेताओं ने देश को बरबाद कर दिया है। साथ ही ग्रामीण प्रदेशों में एक संघ रूप में जीनेवाली संस्कृति को समाप्त कर दिया है। गाँव में अगर किसी ने कहा कि मराठा मर गया, लिंगायत मर गया या मुसलमान मर गया तो किसी के भी घर चूल्हा न जलता था। सारा गाँव दुख-दर्द की छाया में घिर जाता था। लेकिन आज उसी गाँव में जाति और धर्म को लेकर दंगे-फसाद हो रहे हैं। चाकू-छुरियाँ चल रही हैं। लोग एक-दूसरे का मुँह देखना भी पसन्द नहीं करते। यह सब कैसे घटित हुआ ? यही सब सोचते हुए सोपान गाँव के बड़े-बूढ़ों से बातचीत करता।

इधर-उधर के चुनाव समाप्त हुए। मत-पेटियाँ गाँव से बाहर गईं और जातीयता का ज्वर उतरने लगा। परन्तु आपस में कानाफूसी चल रही थी। जातीयता के कारण लिम्बाले पाटील बहुमत से विजयी घोषित हुए। वे स्वयं को अल्पसंख्यकों की जाति का समझते थे। अतः छोटी जातियों के लोगों का स्पर्श न करते, परन्तु चुनाव घोषित होते ही छोटी जाति के लोगों में घुलने-मिलने लगते थे और स्वयं को अल्पसंख्यक कहते हुए शासन की सारी सुविधाओं का लाभ किस प्रकार मिल सकता है, उन्हें समझाते नहीं थकते थे। दूसरी ओर इन सारी बातों में राजनीति को शामिल करते। मराठा राजनीतिज्ञ होने के नाते अपने ही समाज के लोगों की प्रगति की बातें सोचते। इसी कारण लातूर जिले में दो पार्टियों के कार्यकर्ता और लोग आर्थिक दृष्टि से सम्पन्न हो गए थे। बाकी सारे कार्यकर्ता इन नेताओं के आगे-पीछे लार टपकाते घूमते। इसी बात का दुख सोपान को था।

वह सन्तों के वारकरी सम्प्रदाय से जुड़ा हुआ था और जाति से अधिक इंसानियत को महत्त्व देता था। यही कारण था कि लातूर जिले की राजनीति में वह कभी शामिल न हुआ। केवल अपने गाँव की भलाई के लिए काम करता रहा।

राजनीतिक चुनाव के इन छक्के-पंजों से सोपान ने एक अच्छा पाठ सीख लिया था। वह यह कि आगे चलकर हमारे गाँव में फिर से यह बातें घटित नहीं होनी चाहिए, क्योंकि जनतान्त्रिक राज में प्रत्येक मतदाता अपनी इच्छा के अनुसार मतदान कर सकता है। यदि चुनाव-प्रचार के दौरान गाँव में कोई राजनीतिज्ञ आ जाए तो उसका आदर-सत्कार करके भेज दो, परन्तु राजकारण से सभाएँ मत होने दो। यह कामना करते हुए सोपान ने गाँव के सारे नवयुवकों को संगठित किया। अपने गाँव का वातावरण फिर से स्वस्थ बनाने हेतु नए परिवर्तन की शुरुआत की और गाँव फिर से सुख-समृद्धि की ओर बढ़ने लगा।

यह बात सही है कि जब से किल्लारी का विकास हुआ, तब से लातूर और किल्लारी का घनिष्ठ सम्बन्ध स्थापित हो गया है। अतः लातूर में घटित प्रत्येक घटना का असर किल्लारी में दिखाई देता है। किल्लारी के व्यापारियों की लातूर के मार्केट में अच्छी प्रतिष्ठा थी, इसी कारण लाखों रुपयों का लेन-देन व्यापारियों में चला करता। इंजीनियर, डॉक्टर, वकील, व्यापारियों का प्रतिदिन आना-जाना लगा रहता। सोपान खेती के कामों के लिए सप्ताह में चार-पाँच बार लातूर का चक्कर लगाया करता। लातूर में सोपान की ससुराल थी। उसे किसी बात की चिन्ता न थी। ट्रैक्टर के काम से वह लातूर आया था। अचानक पुलिस की गाड़ियाँ सड़कों पर सूचना देते हुए घूमने लगीं कि "लातूर शहर में कर्फ्यू लगाया गया है। अतः कोई घर से बाहर ना निकले।"

वह 6 दिसम्बर, 1992 का दिन था। सोपान समझ गया कि अब ससुराल में डेरा लगाना होगा। लातूर में रहने के कारण सोपान प्रतिदिन नए-नए समाचार सुनता। कभी कोई कहता कि कार-सेवकों ने बाबरी मस्जिद ध्वस्त करा दी। इस कारण हिन्दू-मुसलमानों में मार-काट हो रही है। दूसरी ओर से यह बात भी सुनाई दे रही थी कि हिन्दुओं ने मस्जिद तोड़ दी और राम का मन्दिर बना रहे हैं, साथ ही मुसलमानों पर हमला हो रहा है। सोपान को यह बात समझ में नहीं आ रही थी कि वारदातें कहीं और हो रही हैं, लेकिन असर यहाँ कैसे हो रहा है ? यहाँ के हिन्दू-मुसलमानों ने मिलकर ऐसी कौन-सी बात कर दी है जिसकी वजह से कर्फ्यू लगाया गया। ऐसी स्थिति में एक दिन सोपान का साला सुबह घर से बाहर निकल गया, तो एस.आर.पी. के जवानों ने पीट-पीटकर उसका हुलिया बिगाड़

दिया। पैर की हड्डियाँ टूट गई थीं। किसी तरह रिक्शा में बिठाकर उसे घर लाया गया। उसकी दशा देखकर सोपान का दिल धड़कने लगा तथा उसने लातूर के बाहर पाँव न रखने की कमस खाई।

अब तो लातूर शहर में युद्धजन्य परिस्थितियाँ दिखाई दे रही थीं। सड़कों के आसपास, जहाँ तक नजर पहुँच रही थी, हेलमेटधारी पुलिस हाथों में डंडे लिए घूमती दिखाई देती। सड़कों पर वीरानी छाई थी। मस्जिदों के पास चुप्पी साधे हुए पुलिस बैठी रहती। यदि कोई मुसलमान नमाज अदा करने आता तो पुलिस उसे उठाकर गाड़ी में डाल देती। उसे कौन-सी जेल में भेजा गया है, इस बात का पता भी न चलता था। मुसलमानों के सन्दर्भ में यदि किसी ने बातें छेड़ दी हों तो उसे उठाकर पुलिस हवालात में बन्द कर देती। उनके घरों में घुसकर घर की तलाशी लेती और प्याज काटने के चाकू तक जप्त कर लेती। इस आतंक से लोग घर से बाहर झाँकने की हिम्मत न करते। इन स्थितियों में लातूर शहर से थोड़ी दूरी पर उदगीर गाँव में मुसलमानों पर अत्याचार हो रहे थे। अपने बीवी-बच्चों को घर में बन्द कर वे स्वयं दरवाजों पर पहरा देते। इस हादसे में अधिकतर हिन्दू-मुसलमानों ने व्यापारियों की दुकानें लूटीं। इस फसाद का मूल कारण था उदगीर का एक पुलिस-अफसर। वह कार-सेवकों से मिला हुआ था। वास्तव में वह बचपन से ही एस.एस.एस. के संस्कारों में पला-बढ़ा था। इसी कारण अपने मन की भड़ास निकालने हेतु उसने मुसलमानों पर अत्याचार किए हैं, लोगों का यही कहना था। इस भाग में एस.एस.एस., बजरंग दल, सेना आदि संगठनों का आधिक्य था। अतः परम्परावादी हिन्दुओं ने दुकानें लूटीं और मुस्लिम मोहल्लों पर धावा बोल दिया। अनेक मुसलमानों पर चाकू-छुरियाँ चलीं और मार-पीट हुई। कहा जाता है कि इस समय पुलिस अधिकारी ने एस.एस.एस. समर्थक हिन्दुओं को भीतर से आदेश दिए कि मुसलमानों की दुकानों को लूटना है तो लूटो, मारना है तो मारो। कार्रवाई कुछ समय पश्चात की जाएगी। इसी कारण यह दंगा-फसाद बहुत आक्रामक रूप से चलता रहा। ऐसे हालात में दुकानों को तोड़कर टी.वी., फ्रिज, व्ही.सी.आर. कपड़ों की दुकानें लूटी गईं। साथ ही दुकानों से चावल की बोरियाँ उठा ली गईं। जिन लोगों से ये बोरियाँ उठाई न जातीं, वे गरीब मजदूर को पकड़कर बोरियाँ उठवा लेते थे।

इस दरमियान उदगीर के पुलिस-अधिकारी पुलिस स्टेशन में शराब और बिरयानी का आनन्द ले रहे थे। अतः अल्प समय में उदगीर के बहुसंख्यक हिन्दुओं ने मुसलमानों पर अपना क्रोध उतारते हुए उनके घरों और मकानों को जलाकर राख कर दिया और उन्हें सड़कों पर पटक दिया। इस आतंक के कारण

कई मुसलमान अपने बीवी-बच्चों सहित जंगल की ओर भाग गए और कुछ अपने प्राणों को मुट्ठी में लिए झाड़ियों में जा छिपे। कर्फ्यू के दौरान केवल मुसलमानों पर हुई फायरिंग के कारण अनेक मुसलमानों की मौत हो गई। कहा जाता है कि महाराष्ट्र में अनेक जगह कार-सेवकों की ओर से काम करनेवाले पुलिस अधिकारियों ने इस प्रकार के आदेश दिए थे कि मुसलमानों को इसी बहाने मारो-पीटो, गोलियाँ चलाओ, दुकानें लूटो और उन पर अपनी धाक जमाओ।

लातूर में बैठे हुए सोपान को हिन्दुओं की शौर्यगाथाओं के अनेक किस्से सुनाई दे रहे थे, क्योंकि सोपान की ससुरालवालों के पड़ोस में उदगीर-निवासी पाठक नामक कार-सेवक का घर था। वहाँ उनकी सारी योजनाओं का पता चल जाता था कि कौन-सी जगह हिन्दू मुसलमानों को लूट रहे हैं। यह खबरें पुलिस के माध्यम से इस कार-सेवक के घर पहुँच जातीं। अब तो लातूर की स्थिति बहुत बिगड़ चुकी थी, जिसे देखते हुए सोपान का अन्तःकरण दुख और चिन्ता से भरा हुआ था। कर्फ्यू के दौरान कुछ समय के लिए लोगों को छूट दी जाती, ताकि वह आवश्यक वस्तुओं को खरीद सकें। अतः बाजार में लोगों की भीड़ लगी होती।

पड़ोस में रहनेवाले पाठक ने एस.एस.एस. के प्रमुख होने के नाते अपने घर समिति की गुप्त बैठक बुलवाई। उसमें यह तय किया गया कि बेगमपुर के पास जो हिन्दू लोगों की बस्ती है, उसी में पिछले वर्ष हनुमान मन्दिर बनवाया गया था। अब उसी मन्दिर को हम लोग रात के अँधेरे में नष्ट करा देते हैं, और प्रातः हो-हल्ला मचाते हुए कहें कि मुसलमानों ने हमारे हनुमान मन्दिर को ध्वस्त कर दिया है। समाचार पत्रों में भी यह खबर छपवा देंगे। परिणाम यह होगा कि हिन्दू जनता फिर से क्षुब्ध होकर मुसलमानों को पीटेगी-मारेगी, जिससे कर्फ्यू की अवधि और बढ़ेगी। इन सारी गुप्त बातों का पता सोपान को पहले ही दिन चल चुका था।

दूसरे दिन सोपान दंग रह गया। जिस घटना के बारे में पहले दिन उसने कुछ सुना था, वही वास्तविक रूप में घटित हो चुकी थी। 'मुसलमानों ने हनुमान मन्दिर नष्ट किया।' इस समाचार को पढ़कर वह सोच रहा था कि "यह लोग हिन्दू हैं या शैतान ? यदि वास्तव में ये हिन्दू होते तो इस प्रकार अपने देवताओं के मन्दिर को हानि न पहुँचाते और ना ही मुसलमानों को बदनाम करते हुए हिन्दुओं की भावनाओं को भड़काते। बाबरी मस्जिद ध्वस्त कराने के पीछे इन्हीं लोगों का हाथ होगा। इस प्रकार लोगों की भावनाओं से जुड़े प्रश्नों पर परिषदों का आयोजन करने से तो यह अच्छा होगा कि एस.एस.एस. गरीब किसानों और खेतिहारों की समस्याओं को सुलझाते हुए विरोध प्रकट करती। यथार्थ रूप में तो हिन्दू-मुसलमान सामाजिक विषमता के बारे में बहस नहीं करते और हमारी हिन्दू

जनता मुसलमानों के क्रोध को भड़काने का प्रयास करते हुए जान-बूझकर बाबरी मस्जिद नष्ट कर देती है। सदियों से हिन्दू-मुसलमान भाईचारे से रहते चले आए हैं। इन रिश्तों में दुश्मनी क्यों पैदा की जाती है ?" इस प्रकार के प्रश्नों के भँवर में सोपान का मन उलझ जाता था। यथार्थ रूप में यह झगड़ा राम और मस्जिद का नहीं था, अपितु कुर्सी का था। किल्लारी में भी श्रीराम और नीलकंठेश्वर का मन्दिर है। वहाँ आज भी तमाम हिन्दू-मुसलमान एकता की भावना से रहते हैं। अपनी जिन्दगी में मैंने पहली बार हिन्दू-मुसलमानों में दंगा-फसाद होते देखा है। लातूर और उदगीर की परिस्थितियों को देखते हुए सोपान को यह चिन्ता लगी रहती कि कहीं किल्लारी में कोई अशुभ घटना घटित न हो जाए। इसी कारण वह परेशान और चिन्तित रहता।

लातूर में अब दिन में लगाया कर्फ्यू समाप्त कर दिया गया था, अतः आसपास के देहातों में जानेवाली गाड़ियाँ बस-स्टैंड से छूटने लगी थीं और लातूर की स्थिति में परिवर्तन आने लगा था। इसी कारण सोपान अपने गाँव की ओर जाने की तैयारी कर रहा था। इसी समय कुछ मुसलमान नवयुवक लातूर की मस्जिद में इकट्ठे होकर आपस में विचार-विनिमय करने लगे कि हमारे बीवी-बच्चों तथा घर-परिवारों पर हिन्दुओं ने चारों दिशाओं से अन्याय-अत्याचार किया है, अतः हम लोग अब हिन्दुओं से बदला लेंगे। लातूर के मार्केट में बड़ी-बड़ी कपड़ा-दुकानों की लाइनें हैं। उन दुकानों के शटर उठाकर उनमें पेट्रोल से भीगे कपड़े फेंक देते हैं, ताकि उनकी दुकानें जलकर भस्म हो जाएँ। इस योजना की भनक पुलिस-अधिकारी को मिल चुकी थी, अतः खबर मिलते ही लातूर में मुसलमानों को पकड़ना शुरू कर दिया गया और फिर कर्फ्यू लगा दिया गया। सोपान अब बेचैनी महसूस करने लगा था, परन्तु वह करता भी क्या ? कर्फ्यू में किसी भी व्यक्ति को घूमने की छूट न थी। यदि कोई घर से बाहर निकल जाता तो उसकी पीटकर बुरी हालत बना देते थे। इस आतंक से सारे लोग भीगी बिल्ली की तरह घर में दुबक जाते थे। थोड़ी देर के लिए कर्फ्यू हटा दिया जाता तो लोग चींटियों के समान अपने बिलों से बाहर निकलने लगते और मार्केट में खरीददारी के लिए भीड़ लग जाती।

लातूर का वातावरण अब धीरे-धीरे सहज होता जा रहा था। मन्त्री महोदय का मुकाम इसी शहर में था। उन्होंने इस सन्दर्भ में सर्वधर्म-समभाव के नेताओं और विचारकों की एक बैठक का आयोजन किया। लूतार की हर गली में जाकर वे लोगों को धीरज बँधा रहे थे। सम्पूर्ण महाराष्ट्र में उदगीर में घटित घटना का डंका बज रहा था। अतः वहाँ शान्ति स्थापित करने तथा मुसलमान-हिन्दुओं में एकता

स्थापित करने तथा वहाँ की परिस्थिति को पूर्ववत बनाने हेतु मन्त्रीजी उदगीर पहुँचे। वहाँ के लोगों से भेंट कर शान्ति बनाए रखने का आह्वान उन्होंने किया। इस बहाने उदगीर के अनेक लोगों की शिकायतें मन्त्री के पास आने लगीं कि यहाँ के पुलिस-अधिकारी साम्प्रदायिकता को बढ़ावा दे रहे हैं, अतः सबसे पहले इन्हीं लोगों का तबादला किया जाए।

मन्त्रीजी ने लोगों की बातों को बड़ी आत्मीयता से सुना और तुरन्त अधिकारियों के तबादले की सूचना दी। अब मुसलमानों को संरक्षण दिया जाने लगा था। परिणामतः उजड़े हुए उस्मानपुरा और बेगमपुरा में बसनेवाले लोग अपने घरों में वापस आने लगे। अपने सुख-दुख को समझाते और एक-दूसरे के गले मिलते हुए रोने लगे थे। उन्हें सान्त्वना देने, धीरज बँधाने लातूर के मन्त्रीजी बेगमपुरा पहुँचे। वहाँ शान्ति प्रस्थापित करने के लिए मुस्लिम मोहल्ले में एक बैठक का आयोजन किया। इस बैठक में उन्होंने अपना निर्णय दिया कि इन दंगों में जिन मुसलमानों का नुकसान हुआ है, उनको मुआवजा दिया जाएगा। जिन व्यापारियों की दुकानों को हानि पहुँची है, उन्हें नई दुकानों के लिए कर्जा देने की व्यवस्था की जाएगी। इन दंगे-फसादों में जिन व्यक्तियों की जानें गई हैं, उनके परिवारों को सरकार की ओर से एक लाख रुपए की मदद दी जाएगी।

बैठक चल ही रही थी कि अचानक नगरसेवक महबूब खाँ उठ खड़े हुए। उन्होंने मन्त्रीजी से कहा, "साहब, दंगे-फसाद से भरे इस माहौल में अनेक हिन्दुओं तथा पुलिस-अधिकारियों ने मुसलमानों को मारा-पीटा है, और लूट के माल से अपने घरों को भर लिया है। आज भी उन लोगों के घरों में अनेक प्रकार की चीजें—कलर टी.वी., फ्रिज चावल की बोरियाँ आदि माल मिल सकता है।" महबूब खाँ के इस कथन पर गौर फर्माते हुए मनीजी ने पुलिस-अधिकारियों को इस प्रकार के गुनहगारों को खोज निकालने के आदेश दिए। पुलिस-अधिकारियों ने जब इस घटना की छानबीन की तब उन्हें पता चला कि मुसलमानों को लूटकर अपने घर भरनेवालों में राजनीतिक नेता और अधिकारियों का समावेश था। अतः वे सोच रहे थे कि यदि इन लोगों पर कार्रवाई की गई तो समस्याएँ अधिक बढ़ सकती हैं। इसी कारण पुलिसवालों ने मुसलमानों की बस्ती के पास रहनेवाले बेरड़ जाति के तथा कुछ पिछड़े वर्ग के लोगों को गिरफ्तार किया। लूटमार में थैले से गिरे हुए कुछ चावल और तेल के कुछ डिब्बे इनके घरों में मिल गए थे। अतः इन लोगों को गिरफ्तार कर सबूत के तौर पर थोड़े-बहुत चावल और तेल के डिब्बों जैसा सामान बरामद करते हुए इन्हीं पर कार्रवाई की गई।

दूसरे दिन समाचार-पत्रों में यह खबर छपकर आ गई कि बेड़ जाति तथा

दलितों के कुछ घरों में दस किलो चावल और तेल के कुछ डिब्बे मिल गए हैं, जिन्हें वे व्यापारियों की दुकानों से लूटकर लाए थे। इन लोगों को पुलिस ने हिरासत में ले लिया है। जब लोगों ने इन अखबारी समाचारों को पढ़ा तो उनकी प्रतिक्रिया थी कि "पुलिस ने बहुत अच्छा काम किया है जो चोरों को छोड़कर संन्यासी को फाँसी पर चढ़ा दिया।" इन कारनामों में बड़े-बड़े अधिकारी तथा प्रतिष्ठित व्यक्तियों पर आँच न आने पाए, इसीलिए गरीबों को पकड़कर घटना पर परदा डालने की कोशिश की गई थी।

दंगे-फसादों के मामलों को सुनकर सोपान ऊब चुका था। चुनाव-प्रचार के लिए मन्त्रीगण गाड़ियाँ लेकर जिस प्रकार पहुँचते हैं, उसी प्रकार इन वारदातों में मर गए लोगों को श्रद्धांजलि देने के लिए नेतागण और मन्त्रियों की गाड़ियाँ पहुँच रही थीं। गली-गली में वे राष्ट्रीय एकता, एकात्मता, सर्वधर्म-समभाव आदि विषयों पर भाषण देने लगे थे। हिन्दू-मुसलमान दंगे के कारण नेता और बुद्धिवादी विचारकों के भाव बढ़ गए थे। शान्ति स्थापित करने के लिए जुलूस निकाला गया और मृतकों के प्रति श्रद्धांजलि अर्पित की गई। ऐसे कार्यक्रम लातूर में पन्द्रह दिनों तक चलते रहे। इन परिवर्तित स्थितियों को देखते हुए सोपान को आपबीती बातों का स्मरण होने लगा। जब वह पहली बार लातूर आया था, उसे यह शहर बहुत अच्छा लगा था। लातूर की मंडी का भूषण था 'गंजगोलाई-मार्केट'। इस गंजगोलाई तक पहुँचने के अनेक रास्ते थे। यदि कोई व्यक्ति इस 'गोलाई' में गुम हो जाता तो घूम-फिर कर उसी जगह पहुँच जाता। इस गोलाई के आसपास स्टेशनरी और फलों की बहुत-सी दुकानें तथा पान के ठेले आदि लगे हुए थे। गोलाई के भीतरी भाग में हरी-भरी सब्जियाँ बेचनेवाली स्त्रियों की भीड़ दिखाई देती थी। इस प्रकार की मंडी आपको महाराष्ट्र में कहीं दिखाई न देगी। लातूर के गंजगोलाई मार्केट में शहर के सोलह रास्ते आकर मिल जाते हैं। उस मार्केट की सबसे बड़ी विशेषता यह है कि एक ही वस्तु की अनेक दुकानें एक ही लाईन में मिल जाती हैं। जैसे कपड़ा लाईन, सुनार लाईन, भुसार लाईन, मिर्ची लाईन आदि अनेक प्रकार की लाइनें शान से सजी हुई हैं। वहाँ ग्राहक अनेक वस्तुओं को आसानी से खरीद सकता है। इस प्रकार की सुन्दर मंडी आपको शायद ही कहीं दिखाई देती हो। इन बातों में खोए हुए सोपान की बीते दिनों की स्मृतियाँ जागृत हो रही थीं। मन-ही-मन वह सोचने लगा कि लातूर में 'सिद्धेश्वर यात्रा' का प्रतिवर्ष आयोजन किया जाता है। पाँच दिनों तक यह मेला लगा रहता था। आसपास के लोग इस मेले में शामिल होते हैं। भगवान सिद्धेश्वरजी के दर्शन के लिए चींटियों की तरह लाइनें लगी रहतीं। इस अंचल की आम जनता का यह

विश्वास है कि लातूर का 'सिद्धेश्वर मन्दिर' एक जाग्रत देवस्थान है। इस सन्दर्भ में कहा जाता है कि भगवान श्रीकृष्ण यहाँ रत्नापुर में सिद्धेश्वर के पास मुकाम करने आए थे। अब वही रत्नापुर लातूर के नाम से जाना जाता है।

इस क्षेत्र के आसपास खुदाई में हजारों साल पुरानी मूर्तियाँ और धन प्राप्त हुआ था। सिद्धेश्वर-मन्दिर में विवाहों का आयोजन हुआ करता था। उस समय अपने कुछ मित्रों के साथ सोपान बिना बुलावे के दावत में शामिल हो जाता था। यह पुराना मन्दिर प्राचीन वास्तुकला का सुन्दर नमूना है। इसे चारों ओर से पत्थरों से बनाया गया है। मन्दिर के ऊपर सोने का कलश दूर से ही दिखाई देता है। मन्दिर के पास ही साल-भर लबरेज रहनेवाला जलकुंड है। मन्दिर के सामने बहुत बड़ा नन्दी बैठा है, मानो अभी सींग उठाए मारने दौड़ पड़ेगा। उन दिनों खासकर मेले में सर्कस भी आया करता था। उस सर्कस की सर्चलाईट किल्लारी तक पहुँचती थी। यह मेला पाँच दिनों तक चलता था।

विद्यार्थी काल में इन सारे दृश्यों का आनन्द उठाने का मजा ही कुछ और था। अपने साथियों के साथ यहाँ आकर एकान्त में बैठकर अध्ययन करते थे। किराए की साईकिलें लेकर मन्दिर पहुँचते। जलकुंड में नहाकर घंटों तक अध्ययन करते। अब तो उस समय के लातूर और आज के लातूर में जमीन-आसमान का अन्तर दिखाई देता है। सोपान को इस बात का भी स्मरण हो आया कि महाविद्यालय में पढ़ाई करते समय जाति के नाम पर दंगे-फसाद की घटना लातूर में कभी नहीं हुई थी। फिर आज ऐसा क्यों हो रहा है ? आज यहाँ ऊँची-ऊँची इमारतें बनी हैं। विकास के नाम पर अनेक योजनाएँ यहाँ आई हैं। लातूर की गोलाईमार्केट के भीतरी भाग में अनेक लोग हरी-हरी सब्जी खरीदने आते हैं। परन्तु अब उस स्थान पर अतिक्रमण कर देवी का विशाल मन्दिर बना दिया गया है।

लातूर में अब दो वर्गों के लिए अच्छे-खासे दिन आ गए हैं, जिनमें लिंगायत और मराठा समाज सबसे आगे है। लिंगायतों की देवी ने गोलाईमार्केट की मौके की जगह पर अतिक्रमण किया है। मराठा समाज की देवी ने अपनी जगह पक्की करवाई है। अब देवी-दर्शन के लिए महिलाओं और बच्चों की भीड़ लगी रहती है, जिसका लाभ ट्रस्ट के लोग उठा रहे हैं। वे भक्तों की श्रद्धा-भक्ति का लाभ उठाते हुए धन-सम्पत्ति कमा रहे हैं। सुना था कि शुरू-शुरू में व्यापारी लोग धन-सम्पत्ति या पैसा कमाने के लिए ऐसी जगह पर अतिक्रमण किया करते थे, परन्तु आज देवी-देवताओं के नाम पर कब्जे हो रहे हैं। सोपान को अहसास हो रहा है कि आजकल के भगवान भी होशियार और जाग्रत हो गए हैं। तभी तो ऐसी मौके की जगह पर देवी-देवता आसन जमाकर बैठ जाते हैं ! सोपान के

अनुसार लातूर में एक बात सबसे अच्छी दिखाई देती है और वह यह कि मराठा और लिंगायत दोनों में भगवान के मन्दिर बनवाने की होड़ लगी रहती है। दूसरी ओर स्कूल और महाविद्यालयों को खुलवाने की अच्छी-खासी स्पर्धा भी है। इस स्पर्धा के कारण एक बात अच्छी हुई है कि सारे महाराष्ट्र में जितने प्रकार के महाविद्यालय हैं, उतने अकेले लातूर में शुरू हो गए हैं। बी.एड. महाविद्यालय से लेकर मेडिकल कॉलेज तक सारे महाविद्यालय यहाँ उपलब्ध हैं। परन्तु सच बात तो यह है कि लातूर के किसान और मजदूरों के पास इतना धन नहीं है कि वे 'डोनेशन' देकर अपने बच्चों की पढ़ाई पूरी कराएँ। इसी कारण संस्था चालकों को बाहर के प्रान्तों से आए युवकों से डोनेशन प्राप्त कर प्रवेश देना पड़ता है।

आज के प्रतिस्पर्धी युग में लातूर के दयानन्द महाविद्यालय और शाहू महाविद्यालय का नाम आन-बान-शान के साथ लिया जाता है। कहा जाता है कि इन महाविद्यालयों में छात्रों से गदहे की तरह मेहनत कराते हुए पढ़ाया जाता है। अतः सम्पूर्ण महाराष्ट्र राज्य में सबसे अधिक अंक प्राप्त करनेवाले विद्यार्थी इन्हीं महाविद्यालयों से निकलते हैं, परिणामतः सम्पूर्ण महाराष्ट्र में लातूर की शिक्षा-पद्धति को 'लातूर-पैटर्न' के नाम से जाना जाता है।

वास्तव रूप में लातूर के पालकमन्त्री इन सारी बातों के लिए जिम्मेदार हैं। वे बहुत अच्छे हैं। इसीलिए शहर के विकास की दृष्टि से अनेक योजनाएँ खींचकर ले आते हैं। उन्होंने लातूर शहर के चेहरे को ही बदल दिया है। यहाँ की सात-मंजिली इमारतें, बैंक, नगर परिषद की शानदार इमारत, पुलिस-मुख्यालय, कलेक्टर ऑफिस की इमारतें आदि लातूर के वैभव में चार चाँद लगा रही हैं।

लातूर की पुरानी बस्ती अब वीरान हो रही थी। उसके विकास और परिवर्तन की दिशा में नई-नई इमारतें बनती जा रही थीं और कल-कारखाने शुरू हो गए थे। सोपान के हिसाब से यह सारा परिवर्तन अच्छा रहा, परन्तु इन ऊँची इमारतों के साथ ऊँचे विचारों और दूसरों का आदर-सम्मान करनेवाले लोग क्यों नहीं आए ? मनुष्य की प्रगति के साथ उसकी मानवी बुद्धि का विकास क्यों नहीं हुआ ? धर्म और जाति के नाम पर घटित इन घटनाओं को देखते हुए सोपान के मन में ढेर सारे प्रश्न उपस्थित हो गए। वह सोच रहा है कि इंसान ने अपनी इंसानियत क्यों छोड़ दी ? लोग एक-दूसरे पर चाकू-छुरों से वार क्यों कर रहे हैं ? हम कहते हैं कि मराठवाड़ा की भूमि साधू-सन्तों की पावन भूमि है। इसी भूमि पर डॉ. बाबा साहेब आम्बेडकर के दलित बांधवों के घरों को जलाकर उन्हें बेघर किया गया था। आज बाबरी मस्जिद और राम-मन्दिर के नाम पर वही बातें हो रही हैं। सदियों से चले आ रहे हिन्दू-मुसलमान प्रेम में दरारें पैदा कर दंगे-फसाद

करने का कारण क्या है ? कर्फ्यू लगे इस दहशतभरे वातावरण में जिन्दगी जीने के लिए मनुष्य विवश क्यों है ? अब हमारी भूमि सन्तों की न रहकर शैतानों की कैसे हो गई ? यहाँ हर एक मनुष्य एक-दूसरे का दुश्मन बना पशुता के स्तर पर क्यों उतर रहा है ? ये सारी घटनाएँ मानव की मानवीयता को शोभा देनेवाली नहीं हैं।

लातूर में आज शान्ति छाई हुई थी। इसी कारण सोपान ने लातूर को राम-राम कहा और एस.टी. से सीधे अपने गाँव पहुँचा। गाँव में उतरते ही वह यह देखकर हैरान रह गया कि बाएँ हाथ पर दिखाई देनेवाली मस्जिद के आसपास कई लोग इकट्ठे थे। सोपान ने पूछताछ की तो पता चला कि रात अँधेरे में किसी ने मस्जिद के चार-पाँच पत्थरों को उखाड़ फेंका है, और पत्थरों को उखाड़नेवाले भाग गए हैं। सोपान ने सभी गाँववालों को समझाते हुए कहा कि बाहर से आए कुछ लोगों ने इस प्रकार की हरकतें हमारे गाँव में की हैं। परन्तु हम सब एक हैं और एकता की भावना से ही हमें गाँव में रहना है। बाहरी शहरों में इतने दंगे-फसादों के बाद भी हमारे गाँव में शान्ति कायम है और आगे भी रहेगी। एक-दूसरे की हिफाजत करते हुए हम सब गाँववाले साथ रहेंगे। मस्जिद का जो कुछ नुकसान हुआ है, उसकी भरपाई सारे हिन्दुओं को मिलकर करनी है और मस्जिद के गिराए गए हिस्से को फिर से बनाना है।

गाँव के एक मुसलमान चाचा बहुत समझदार व्यक्ति थे। उन्होंने सोपान से कहा, "बेटा, राम-रहीम सब एक हैं। हम सब खुदा के बन्दे हैं, अतः हम सबको मिल-जुलकर रहना चाहिए।" सोपान ने तुरन्त कहा, "चाचा, तुम्हारा कहना एकदम सही है। मजहब चाहे किसी भी कौम का हो, वह इंसान के लिए सदा कल्याणकारी होता है। पवित्र और शुद्ध आचारण रखो तथा सत्य बोलो, यही बातें हमें हर मजहब सिखाता है। परन्तु आज का मनुष्य अपने स्वार्थ के लिए अपनी जाति और धर्म का उपयोग कर रहा है। चाचा, अब तो हम सबका एक ही धर्म होगा और वह होगा 'समानता का धर्म'। इसीलिए हम सब लोग मिल-जुलकर सुख से एक साथ रहेंगे।"

सोपान ने चाचा से कहा, "देखिए चाचाजी, बचपन से ही आप हमें देखते आ रहे हैं। हमारा सारा मराठा परिवार सन्तों के सम्प्रदाय से जुड़ा है। जब हम छोटे थे तब से आप भजन-कीर्तन सुनने हमारे घर आया करते थे और हमारा रहमान तबला-पेटी के सुर में सुर मिलाते भजन गाया करता था। गाँव के सब लोग रमजान के महीने में एक-दूसरे से प्रेम से गले मिलते हैं। डोला और सवारी के जुलूस के साथ गाँव के हिन्दू-मुसलमान आज भी चलते हैं। इसी कारण अब हमें सावधान

और सतर्क रहना होगा। बाहर से आए दुश्मनों के शिकंजे में अब हमें फँसना नहीं है। कुछ ही समय पहले लातूर-बस से मैं अपने गाँव पहुँचा हूँ। वहाँ की स्थितियों को मैंने अपनी आँखों से देखा है, इसीलिए मैं अपने गाँव की ओर तुरन्त चला आया हूँ।''

शहर में मिले दंगे-फसाद के अनुभव से सोपान ने काफी कुछ सीखा था, अतः स्वयं कुछ रुपए खर्च कर उसने मस्जिद के उखड़े हुए चार-पाँच पत्थरों को नए सिरे से जोड़कर सब ठीक-ठाक कर दिया। इसी बहाने मस्जिद की पुताई भी करा दी गई। नमाज अदा करते वक्त गाँव के सारे मुसलमान सोपान को दुआ देने लगे थे।

गाँव के बनियारे का लड़का शिवाजी कुछ दिन पहले नौकरी ढूँढ़ने मुम्बई गया था और वहाँ के दंगे-फसाद से जान बचाकर किसी तरह गाँव लौटा था। गाँव में शिवाजी की भेंट सोपान से हुई। सोपान ने मुम्बई की स्थिति के सन्दर्भ में शिवाजी से पूछा तो स्वयं शिवाजी ने बड़ी तत्परता से कहा, ''क्या बताऊँ, मुम्बई में कैसी मार-काट शुरू हो गई बाबा ! मैं किसी तरह जान बचाकर भाग निकला हूँ। मुम्बई में हिन्दू और मुसलमानों के बीच मार-काट शुरू हो गई है, जिसमें अब तक हजारों लोग मर चुके हैं। मैं मुम्बई में एक मुस्लिम मोहल्ले में रहा करता था। ऐसी जान-लेवा परिस्थितियों में तीन दिनों तक एक कमरे में दरवाजा बन्द कर भीतर बैठा रहा। मेरे साथ मुम्बई में काम करनेवाले मित्र दस्तगीर ने मुझे बचा लिया। उस मुस्लिम मोहल्ले से बाहर निकालने के लिए अपने सिर की मुसिलम टोपी उसने मेरे सिर पर रख दी और मैं मुसलमान होकर उस मोहल्ले से बाहर निकल आया। जब मैं भाग रहा था तो एक हिन्दू मोहल्ले में मेरी टोपी को देखकर हिन्दुओं ने मुझे दबोच लिया। मुसलमान समझकर वे मेरी हत्या करना चाहते थे। परन्तु मैंने उनसे कहा कि मैं हिन्दू हूँ। मुझे मत मारो, मेरा नाम शिवाजी है। लातूर जिले के पास किल्लारी गाँव का रहनेवाला हूँ। मुसलमानों से अपनी जान बचाने के लिए मैंने मुस्लिम टोपी पहनी थी। आप लोग मुझे न मारें। इस प्रकार दीनता से गिड़गिड़ाने के बाद भी कुछ हिन्दुओं को मेरी बात पर विश्वास न था। इसीलिए उन्होंने मुझे पूरी तरह से नंगा करा दिया और मेरी सुन्नत हुई है या नहीं, यह देखने लगे। सुन्नत नहीं हुई थी। इसी कारण मैं मरने से बच गया था। कान छेदन के व्रण भी दिखाई दे रहे थे। कमर में करधनी थी। इसीलिए हिन्दुओं की गलियों से मैं जीवित निकल सका हूँ और आज अपने गाँव लौट आया हूँ। अगर मारा गया होता तो मेरा शव ही गाँव लौट पाता।'' दंगे में घटित अन्य घटनाओं का बड़ी बेबाकी से वर्णन करते हुए शिवाजी ने कहा, ''उस मोहल्ले में कुछ मुसलमानों ने घबराकर अपनी दाढ़ी मुँड़वा ली थी। बीवी-बच्चों के माथे पर कुंकुम की

बिन्दियाँ लगा दी थीं और हिन्दुओं की पोशाक पहनकर हिन्दुओं के चंगुल से भाग निकले थे।''

शिवाजी की दृष्टि में मुम्बई की स्थिति अधिक चिन्ताजनक और गम्भीर थी। मुसलमान जब घर से बाहर निकलते तो पुलिस उन्हें गोलियों से भून देती। दूसरी ओर गलियों में मुसलमानों ने कई हिन्दुओं के घरों को जला दिया था और मुसलमानों के घरों को हिन्दुओं ने जलाया था। यह अत्याचार इस स्थिति तक पहुँच गया था कि क्रोध की अग्नि में जलते हुए मुसलमानों ने अपने मोहल्ले में आए हुए हिन्दू को नंगा करके देखा। यदि कमर में करधनी और गले में जनेऊ दिखाई दे तो उसे छुरे से काटकर नाली में डाल देते थे। खौफ से भरी मुम्बई में लोगों का जीवन जीना मुश्किल हो गया था। इसी कारण सब लोग अपने गाँव की ओर लौटने लगे। मुम्बई की जनता यही कहने लगी कि इस दंगे-फसाद के कारण अब मुम्बई वीरान हो जाएगी। अपना पेट पालने आए तमाम लोग मेरी तरह अपने गाँव भागने के लिए बस स्टैंड और रेलवे स्टेशन पर चींटियों की तरह लाईन लगाए खड़े थे। उस समय सारी मुम्बई आग में जल रही थी। ज्वालाएँ भड़क उठी थीं और पिस्तौल से निकलनेवाली गोलियों की आवाजें चारों दिशाओं से सुनाई देती थीं। शिवाजी से इन बातों को सुनकर सोपान सुन्न हो गया। उसने लम्बी साँस छोड़ते हुए कहा, ''यह स्थिति तो लातूर और उदगीर से भी भयानक दिखाई दे रही है। मुम्बई की इन बातों को गाँव के लोगों से बताना नहीं है। अपने गाँव को इन बातों से बचाना है।''

सोपान अब अपने कामों में व्यस्त था। इन सारी घटनाओं को भूलकर किल्लारी गाँव के किसान अपनी खेती-बाड़ी के कामों में मशगूल थे। बरसात का मौसम सिर पर था। किसान जमीन की जोताई कर मशक्कत कर रहे थे। आसमान में अचानक आनेवाले बादलों से कुछ छींटे जमीन का स्पर्श कर निकल जाते। अचानक बरसनेवाली इन घटाओं की ठंडी फुहारों से गर्मी से राहत महसूस होती। बरसात की बूँदों से भीगी हुई मिट्टी से उठनेवाली सोंधी गन्ध से सारा वातावरण सुखद हो जाता। मजदूरों की सहायता से कचरा, घास-फूस आदि साफ कर भूमि को बीज बोने के लिए तैयार किया जा रहा था। गाँव की मंडी में व्यापारियों के लेन-देन का हिसाब रोजमर्रा की तरह चल रहा था। ग्राहकों की भीड़ लगी हुई थी। दंगे-फसाद के बखेड़ों से राहत पाकर गाँव के किसान खेत-खलिहानों के कामों में व्यस्त थे। लोगों की प्रतिदिन की इस व्यवस्था के बीच 'चीनी मिल' का भोंपू कामगारों के काम की पारी के अनुसार बजता रहता था। मजदूरों का साइकिल

की सवारी से गाँव आना-जाना जारी रहता।

बादल अब और जोर-शोर से मँडराने लगे थे और धारासार वर्षा होने लगी थी। धूप से तपती प्यासी धरती उसे पीने लगी थी। थोड़ी-सी हरी घास के लिए भी मवेशी गर्मी के दिनों में तरसा करते थे। परन्तु अब धरती पर उसकी कोई कमी न थी। इसी कारण खूँटों से छूटने के बाद सारे ढोर-डंगर सीधे जंगल-झाड़ियों की ओर दौड़ने लगते। इन मवेशियों के पीछे गाँव की औरतें और बच्चे गोबर उठाने के लिए लड़ते-झगड़ते निकल पड़े।

इस वर्ष बारिश का मौसम अच्छा रहा। बादलों से बरसती जलधाराओं को देख किसान खुशी और प्रसन्नता से झूमने लगे थे। ईख और अंगूर के पौधों में नई कोंपलें फूटने से वे हरे-भरे दिखाई दे रहे थे। किसान अपनी खेती की जुताई-बुवाई में लग चुके थे। सोपान की कोठी पर हल, बैल, और बीज के लिए अन्य किसानों की भीड़ लगी थी। सोपान बहुत खुश था। पुत्र-प्राप्ति के कारण इस खुशी में अब चार चाँद लग गए थे। खुशियों की इस झड़ी में खेत-खलिहानों में आई फसलें भी झूमने लगी थीं। देखते ही देखते फसल अब ठेहुने तक पहुँच गई और हवा के झोंकों से लहराने लगी। फसलों की कटाई-छँटाई के औजार ठीक करने के लिए बढ़ई और लुहारों के पास किसान भाई जा रहे थे। ज्वार के भुट्टों में अब दूध भर आया था। हाईब्रीड, शेरखंडी, मालदांडी, व्हराडी[1] आदि ज्वारों के भुट्टे पत्तों से बाहर झाँकने लगे थे। उड़द और मूँगफली में दाने पूरी तरह भर चुके थे। इन फसलों को घर ले आने की तैयारी में किसान लग गए थे। खेत पक गए थे। सोने की बालियाँ झूम रही थीं और अन्य फसलें भी धानी रंग की चुनरिया ओढ़कर नई-नवेली दुल्हन की तरह झूमने लगी थीं। खेतों में अलाव जलने लगे और उस अलाव में ज्वार के हरे भुट्टों को भूनने की सोंधी गन्ध हवा में मँडरा रही थी। गाँव के विद्यालयों में छात्रों की उपस्थिति कम रहती। मध्यान्तर की छुट्टी में छात्र घर भाग जाते और खेती के कामों में दिलचस्पी लेते। अब तो जंगल का मेवा उनकी जेब में होता और अपनी मस्ती में झूमते हुए हरी-भरी झाड़ियों में घूमते रहते। इसीलिए गाँव के विद्यालयों में इन दिनों दोपहर बाद वीरानी छाई रहती।

किसानों का प्रिय 'पोला'[2] त्योहार आ गया था। ग्राम-जीवन में पोला त्यौहार और उत्सव का बहुत अधिक महत्त्व है। किसान उसे बड़ी धूमधाम से मना रहे थे। पोखरों में अपने बैलों को नहला-धुलाकर सजा रहे थे। बैलों के शृंगार के लिए खास ढंग में फुंदे बने थे। पन्नी के हाथों बनाए गए फुंदेवाले पट्टे बैलों के माथे

1. हाईब्रीड, शेरखंडी, मालदांडी, व्हराडी—ज्वार के छोटे-बड़े दानों के प्रकार।

2. पोला : महाराष्ट्र में बैलों के प्रति श्रद्धाभाव से मनाया जानेवाला एक त्यौहार;।

की शोभा बढ़ाते। नीलकंठेश्वरजी के चबूतरे पर बच्चे जूट की रस्सियों से रंग-बिरंगी छड़ियाँ और चाबुक बना रहे थे। लोग अपने घरों को सफेद चूने से पोत रहे थे। रंग-बिरंगे रंगों से सजे ढोर-डँगर गोकुल में होने का आभास दे रहे थे।

सोपान अपने सारे ढोर-डँगरों को समेटकर पोखरे में नहलाने ले गया। नौकरों ने गाय और बैलों को रगड़कर नहलाया। गाँव के अन्य मवेशी भी पोखरे में आ पहुँचे और वहाँ अच्छी-खासी भीड़ लग गई। पोले के दिन बैलों को किसी प्रकार की तकलीफ न हो, इसलिए किसान उन्हें विश्राम कराते हैं। बारह महीने किसान बैलों से काम लेते हैं, परन्तु आज के दिन उनकी भक्तिभाव से पूजा कर उन्हें तुरन्त पुरणपोली[1] का नेवैद्य दिया जाता है। साल-भर परिश्रम करनेवाले किसानों तथा बैलों के प्रति श्रद्धाभाव अर्पित करने के लिए यह त्यौहार मनाया जाता है।

इस अवसर पर किसान अपनी खेती-बाड़ियों में काम करनेवाले खेतिहरों को भोजन के लिए अपने घर आमन्त्रित करते हैं। इसी कारण प्रत्येक घर की रसोई से पूरणपोली की महक हवा में तैरती है। बच्चे नए कपड़े पहनते हैं। महिलाएँ इरकली साड़ी पहनकर, गले में इकदानी और नाक में मोतियों की नथनी पहने पूजा के लिए तैयार होती हैं। परिवार में भोजन करने से पहले बच्चे गाँव के मन्दिरों में बसे देवताओं को भोग लगाने हेतु नीलकंठेश्वर, बसवेश्वर, हनुमान मन्दिर, पीरकट्टा, देवी-माता मन्दिर आदि में नेवैद्य चढ़ाते हुए घूम रहे थे। भोग की इस सामग्री पर झपटने के लिए कुत्ते आँख गड़ाए हुए दीवार की एक ओर चक्कर काट रहे थे। दूसरी ओर बच्चों की भोग की थाली पर आकाश से गिद्ध झपट्टा मारने की ताक में थे। इस त्यौहार के अवसर पर गाँव के ठाकुर-किसान अपने खेत-खलिहानों में काम करनेवाले नौकरों को भोजन के लिए बुलाते हैं। अतः वे भी अपना थाली-लोटा सँभाले मालिक के बाड़े पर भोजन के लिए निकले हैं। घर में नन्हे-मुन्ने अपने बाबा के साथ बाड़े पर भोजन के लिए जाना चाहते हैं, परन्तु कुछ दूरी तक बाबा के साथ चलकर लौट जाते हैं। माँग, ढोर, चमार, कुम्हार, बढ़ई, नाई, धोबी, घिसाड़ी, कोली आदि बारह बलूतेदार अपने मालिक के बाड़े पर भोजन कर परोसी गई मिष्टान्न की थालियों को घर ले आते हैं। सारा गाँव, पशु-पक्षी-प्राणी त्यौहार के इस अवसर पर मिष्टान्न का भरपूर आनन्द उठा रहे थे।

इस बीच अचानक किल्लारी गाँव की धरती से बादलों में बिजली के कड़कने जैसी घू ऽऽघूऽऽऽऽघूऽऽऽऽऽऽकी प्रचंड आवाजें आने लगीं। सारा गाँव इस तरह हिलने लगा मानो सूपड़े में फटकते हुए ज्वार के दाने। भूकम्प के झटकों से घर में भोजन

---

1. पूरणपोली : चना-दाल उबालकर गुड़ के साथ पिसी हुई चने की गरी भरकर बनाईजानेवाली मीठी पूरी—पूरनपूरी।

कर रहे लोग बैठे-बैठे हिलने लगे थे। थाली में रखी हुई कटोरियाँ हिल रही थीं। एक कौर मुँह में और एक कौर हाथ में लिए अपने परिवार सहित सारे लोग सड़कों पर दौड़ते चले आए। अचानक गाँव को क्या हो गया ? समझने के बाद भी यह बात किसी की समझ में न आई। अनेक घरों में ऊपर रखे बर्तन नीचे गिरे और कहीं टीन की चादरों से आवाजें सुनाई देने लगीं।

सन्ध्या का धुँधलका बढ़ता जा रहा था। एक ओर शाम की लाली लिए सूरज अपने बसेरे की ओर बढ़ रहा था, तो दूसरी ओर किल्लारी में बसे लोग अपने बसेरों को छोड़ सड़कों पर आ गए थे। गाँव की हालत शिकारी द्वारा पकड़ी गई भयभीत हिरनी जैसी हो गई थी।

घबराकर सारे गाँव के लोग नीलकंठेश्वर मन्दिर के पास इकट्ठा हो गए। घर से दौड़ते हुए सोपान भी वहीं पहुँचा। सब लोगों को सान्त्वना देते हुए उसने कहा, ''डरना नहीं है। भूकम्प आया है।'' नाई के सदानाना ने बीच में टोकते हुए कहा, ''सुनो सरपंचजी, हमारे बाप-दादा के समय भी इस प्रकार धरती कभी नहीं हिली थी और न ही उनसे इस प्रकार की बातें सुनी थीं। अब इस घोर कलयुग में क्या होनेवाला है, कौन जाने ! परन्तु यह घटना हमारे गाँव के लिए ठीक नहीं है। त्यौहार के शुभ अवसर पर आज यह अपशकुन हुआ है। निश्चित रूप से कुछ अघटित होने जा रहा है।'' सदानाना की बातों को सुनते हुए सोपान ने सब लोगों को सँभालते हुए कहा, ''घबराने से कुछ न होगा। आप सब धीरज रखिए। मैं पुलिस स्टेशन पहुँचकर लातूर के कलेक्टर साहब तथा मन्त्रियों को यह सन्देसा भेज रहा हूँ।''

सोपान की बातों को सुनते ही सुदाम देसाई ने आगे बढ़ते हुए कहा, ''अजी, कुछ नहीं हुआ, कुछ नहीं हुआ कहिए न ! गतवर्ष कोयना में इसी प्रकार का भूकम्प आया था और इसी प्रकार के झटके लगे थे। भू-वैज्ञानिकों ने भूकम्प के आने का कारण यह बताया था कि बहती हुई कोयना नदी पर बाँध बनाकर पानी को रोका गया। अतः रुका हुआ पानी गहराई तक रिसता हुआ लाव्हारस तक जा पहुँचा। परिणाम यह रहा कि गरम-गरम भाप ऊपर उठती रही और उसके दबाव से जमीन हिलने लगी। हमारे गाँव में भी बप्पा ने तेरणा पर बाँध बनवाया है। यह बाँध बनवाकर हम सबकी मौत को बुलावा दिया है। भूकम्प का झटका जो अभी हमारे गाँव को लगा है, वह माकणी पर बाँध के कारण ही लगा है। आप कुछ भी कहें सरपंच सोपानजी ! यह बाँध हमारे लिए खतरे की घंटी है। अनेक पीढ़ियों से हम यहाँ सुख-चैन से रहते आ रहे हैं, परन्तु यहाँ कभी भूकम्प नहीं आया, कभी इन कानों ने तो सुना नहीं है।''

भूकम्प के आतंक से घबराए सुदाम देसाई की इन बातों को सुनते हुए सोपान ने कहा, ''कल हम सब लातूर पहुँचकर कलेक्टर साहब तथा मन्त्री महोदय से निवेदन करेंगे कि इस भूकम्प की वैज्ञानिक तरीके से छान-बीन करके जानकारी दें। हमें तो अब यह भी पता नहीं कि यह भूकम्प केवल हमारे गाँव में आया है या मराठवाड़ा के अन्य अंचलों में भी इसका प्रभाव रहा है। कल हमें इन सारी बातों का पता चलेगा।''

भूकम्प के डर से सारा गाँव नीलकंठेश्वर मन्दिर के पास इकट्ठा हुआ था और लोग उसके सन्दर्भ में अपनी-अपनी जानकारी दे रहे थे। इसी समय कोली की राधाबाई दौड़ती हुई मन्दिर के पास पहुँची और कहने लगी, ''अरे भाइयो, सुनो तो, मेरे पि-या को इधर से आते हुए किसी ने देखा है ? मेरा बुढ़वा तो इन झटकों से पागलों की तरह हरकतें कर रहा है। बुखार से पहले ही उसका शरीर थका हुआ था। अभी-अभी कुछ खाने लगा था कि भगवान् ने यह कौन-सा संकट हमारे सामने खड़ा कर दिया है ?'' 'अरे पि-या रे ऽऽ' चिल्लाती हुई निकली राधाबाई की इस आदत से सारा गाँव परिचित था। इसी कारण उसकी ओर किसी ने गम्भीरतापूर्वक ध्यान नहीं दिया।

पि-या दिशा-पानी के लिए गाँव से बाहर नाले की ओर गया था। वह धीरे-धीरे मन्दिर की ओर से गुजर रहा था। उसे देखते हुए सोपान ने कहा, ''अरे पि-या, तेरी तो...इधर ऊपर आ। गाँव के सारे लोग भोजन करना छोड़ भूकम्प के डर से दौड़ते हुए मन्दिर में जा पहुँचे हैं और तू मालिक की पूरण-पोली पर हाथ मारकर आ रहा है। थोड़ा कम खाया होता तो यह नौबत न आई होती और लोटा लेकर भागने की जरूरत न होती। तुरन्त घर पहुँचो। तुम्हारी अम्मा सारे गाँव में तुम्हें ढूँढ़ती घूम रही है कि मेरे बाबा को कुछ हो गया है। तबीयत यदि बिगड़ गई हो तो आकर बता देना। डॉक्टर को भेज देते हैं।''

आधी रात बीत चुकी थी। सारे गाँव के लोग मन्दिर के पास बैठे थे। इस सारी परिस्थिति को देखते हुए सोपान ने कहा, ''देखिए रात बहुत हो गई है। अब हमारा अपने घर लौटना ठीक रहेगा। चालीस-पचास लोगों का हम दल बना लेते हैं और सारी रात पारी-पारी से पहरा देते हुए जागते रहेंगे। यदि धरती में कोई हलचल या झटके महसूस होने लगे या कोई गड़बड़ी दिखाई दी तो मन्दिर में लगी यह घंटी जोर-जोर से बजाई जाएगी। उस समय सब लोग तुरन्त घर से बाहर निकल आएँ।'' लेकिन जमीन के हिलने से परेशान लोग सो नहीं पाए। गाँव की बड़ी-बूढ़ी औरतें तो कह रही थीं कि आज त्यौहार के दिन अन्न का एक कौर भी मुँह में ठीक से नहीं जा पाया। सारे गाँववालों को इस अशुभ घटना ने झकझोर

दिया है। बुढ़वा पर आई इस विपत्ति से कोली की राधाबाई अपनी उँगलियों को चटकाते हुए भगवान को कोसने लगी थी। दुख से भरी राधाबाई नीलकंठेश्वरजी से कह रही थी कि यदि मेरे बुढ़वा का कुछ भला-बुरा हो गया तो मैं तुम्हारे आगे सिर पटक-पटककर जान दे दूँगी। सारी रात राधाबाई ने रोते-रोते काट दी।

सूरज निकलते ही रात का अँधेरा छँट गया था। राधाबाई ने अपने पति को नींद से जगाया और चूल्हे पर पतीली रख उसमें गुड़ की डली और चायपत्ती डाल दी। दूध के लिए बकरी के पास उसके बच्चे को छोड़ दिया। लोटे में थोड़ा दूध निकालकर चाय में उँड़ेल दिया। टूटे कप से चाय को हिलाया और एक छोटी-सी कटोरी में उसे ठंडा करने को रखती हुई बूढ़े के सिरहाने जा बैठी। राधाबाई मन-ही-मन सोचने लगी कि हे भगवान ! कुछ भी हो जाए, यह बूढ़ा मेरे सिन्दूर का धनी है। यह घर में बैठा ही क्यों न रहे। यही मेरे लिए सब कुछ है। आखिर औरत जात के लिए सिन्दूर का धनी जीवित रहना जरूरी है। यह गया तो गाँव में उजला माथा लिए मैं जी न सकूँगी। मेरे पति को बचा ले भगवान ! राधाबाई ने सहायता के लिए पि-या को आवाज लगाई और पति की गर्दन के नीचे हाथ का सहारा देते हुए बूढ़े को उठाकर बिठा दिया। बूढ़े ने जैसे-तैसे कटोरी से दो घूँट चाय पी। अब कहीं जाकर राधाबाई की जान में जान आई। भूकम्प का जानलेवा गहरा असर बूढ़े पर हुआ है, इस बात का अहसास राधाबाई को हो रहा था।

सुबह होते ही गाँव के सारे लोग नीलकंठेश्वरजी के मन्दिर पहुँचे और महादेवजी से प्रार्थना कर कहने लगे—हे बाबा, महादेवजी बाबा, हमें तो आपने बचा लिया और आप ही हमारी रक्षा करनेवाले हो। स्त्री-पुरुष, बाल-बच्चे महादेवजी के आगे मत्था टिका रहे थे। रात-भर जागते रहने से सोपान की आँखें लाल हो चुकी थीं। नौकर को एस.टी. स्टैंड भेजकर कुछ समाचार-पत्र मँगवा लिए थे। आज के समाचार-पत्र का मुख्य समाचार यह था कि किल्लारी के साथ लातूर शहर को भी भूकम्प का हल्का झटका लगा है। भूकम्प से लोगों में घबराहट है और उसका मुख्य केन्द्र-बिन्दु किल्लारी है। इस समाचार को पढ़ते ही सोपान बेचैनी महसूस करने लगा और सोच में डूब गया कि अब आगे क्या किया जाए।

अगले ही दिन मन्त्रीजी तथा कलेक्टर साहब अपनी गाड़ियों से किल्लारी आ पहुँचे। गाँव में सूचना दी गई और गाँव के सारे लोग एक जगह इकट्ठा हो गए। भूकम्प से चिन्ताग्रस्त गाँववासी कलेक्टर और मन्त्रीजी के आते ही बिलों से निकलनेवाली चींटियों की तरह नीलकंठेश्वर मन्दिर के पास इकट्ठे हो गए। कलेक्टर तथा मन्त्री महोदय ने धीरज बँधाते हुए लोगों से कहा कि इस गाँव में भूकम्प के सन्दर्भ में जो घटना घटित हुई है, उसकी पूरी जानकारी सरकार को दी

जाएगी तथा भूकम्प की जाँच के लिए भूकम्प-वैज्ञानिकों को किल्लारी भेजा जाएगा। सोपान और सुदाम देसाई ने इस बात पर जोर देते हुए कहा कि मन्त्री महोदयजी, भूकम्प का असल कारण तो माकणी में बनाया गया बाँध है। सबसे पहले इस बाँध को खाली करवा दीजिए।

इस बात पर मन्त्रीजी ने सान्त्वना देते हुए कहा, ''ठीक है, हम लोग भूकम्प के सही कारणों की जाँच करवाते हैं। जो निष्कर्ष निकलेगा, उसी प्रकार हम निर्णय लेंगे। आप लोग कोई चिन्ता न करें। इस प्राकृतिक आपत्ति से न घबराते हुए अपने प्रतिदिन के काम-धन्धों को सँभालें।'' दोनों के आत्मीयता और सान्त्वना भरे शब्दों को सुनकर ग्रामवासियों का धैर्य थोड़ा-सा बढ़ गया था। सोपान सोच रहा था कि कल-परसों घटित दंगे-फसादों की वेदना को हम लोग अभी भूल भी न पाए थे कि यह नई समस्या हमारे गाँव के लिए खड़ी हो गई है। इन सारी घटनाओं को अनदेखा करते हुए किसान अपनी खेती-बाड़ी के कामों में व्यस्त हो गए। खेतों में लहराती हरी-भरी फसलों को देखते हुए किसान भूकम्प की घटना को भूल गए। किल्लारी के खेतों-खलिहानों की फसलें अपनी खास अदा में झूम रही थीं। ज्वार के भुट्टों में दाने भर आए थे, जिसकी सूचना पंछियों को मिल चुकी थी। अतः भारी संख्या में चिड़ियों के झुंड दाना चुगने के लिए बबूल, नीम, इमली के पेड़ों पर जमघट लगाए, दानों से भरे भुट्टों पर नजर गड़ाए चिवचिव करते घूम रहे थे। ये पंछी खेतों में लहरा रही फसलों को नष्ट न कर दें, इस डर से किसान अपने खेतों में घास-फूस से बनाया एक बिजूका खड़ा कर देते। परन्तु इस वर्ष चिड़ियाँ भी बड़ी ढीठ बनी रहीं। उन्हें भगाने का प्रयास करते ही चिड़ियों का झुंड उड़कर दूसरी जगह बैठ जाता और तब किसान उन्हें किसी ऊँची ढलान पर खड़े होकर अपनी गुलेल से कंकड़ों को दागते हुए भगाता। उड़कर वे चिड़ियाँ तुरन्त ही बन्धारों के पेड़ पर बैठ जातीं।

लहलहाती हुई हरी-भरी फसलों को देखते हुए सोपान अपने खेत से आगे बढ़ रहा था। धान तथा सरसों की फसलों से गुजरते हुए कलगी में लगी फलियों की महक हवा में बिखरने लगी थी। अपने हरे-भरे खेतों-खलिहानों को छोड़कर किसान अब कहीं नहीं जाते। रात-भर पहरा देने के लिए जलाए गए अलाव में रेशमी मुलायम कच्चे ज्वार के भुट्टों को भूनकर उन्हें पत्थरों के टुकड़ों से रगड़ते हुए गरम-गरम होला बनाते, जिसे हरी मिर्च और नमक के साथ खाने से होले का स्वाद बेहद बढ़ जाता था।

सोपान को ज्वार के भुट्टों का रेशमी मुलायम होला बहुत पसन्द था वह अपने मित्रों को भी प्रतिवर्ष गरम-गरम होला खाने के लिए बुलाता था। परन्तु इस

वर्ष भूकम्प तथा अन्य कामों के कारण वह निमन्त्रण नहीं दे पाया। फलतः इन गर्म भुट्टों पर अब घर के नौकर-चाकर हाथ मार रहे थे। जाड़ों के दिन थे। अतः अपनी खेती की रखवाली हेतु किसान भाई सिकुड़ते हुए सुबह ही खेतों की ओर दौड़े चले आते। इन दिनों जाड़ा इतना बढ़ गया था कि ठंड से होंठों का रंग स्याह पड़ गया था, और बातचीत करने में कठिनाई महसूस होती थी। सोपान के पैरों में बूट होते हुए भी ठंड से बिवाई पड़ गई थी। तेरणा नदी के किनारे ठंड कुछ ज्यादा ही बढ़ गई थी। गाँव के पास से ही तेरणा नदी बहती थी और गाँव समतल प्रदेश में बसा हुआ था। इसी कारण ठंड की लहरों से शरीर के रोंगटे खड़े हो जाते। जाड़े से बचने के लिए गाँव की गली-गली में बड़े-बूढ़े और बच्चे अलाव जलाए ताप रहे थे। यदि अलाव के पास कोई सेंकने आ जाता तो उससे कहा जाता, "पहले सासूजी को लाकर अलाव में डाल दे, फिर बदन में गरमी महसूस कर।" अतः छोटे-बड़े बच्चे सड़क पर पड़ा कचरा, कूड़ा-करकट उठाकर अलाव में डाल देते और बदन सेंकने बैठ जाते !

किल्लारी की मंडी में नए अनाज के रूप में उड़द और मूँग आ गए थे। गाँव के व्यवहार रोज की तरह चल रहे थे। गाँववाले भूकम्प की घटना को लगभग भूल चुके थे। खुशी और प्रसन्नता की लालिमा से सोपान का चेहरा दमक रहा था। मंडी में ताजी सब्जियों की बाढ़-सी आ रही थी। ग्राहक कद्दू, कटहल, घिया, देशी भिंडी, मेथी, पालक, गवार, परवल, टमाटर, बैंगन आदि सस्ते दामों में खरीद कर तृप्त हो रहे थे। फसल की कटाई-छँटाई के लिए गाँव में मजदूर मिलना अब मुश्किल हो गया था, अतः किसानों ने मजदूरों के रोजगारी के दाम दुगुने कर दिए थे, ताकि ज्वार की फसल का नुकसान न हो। इस वर्ष खेतों में अनाज की पैदावार से खुश होकर किल्लारी के आसपास रहनेवाले गरीब लोग कटनी के मौसम में अपने परिवार सहित छोटी-बड़ी पोटलियों को सँभाले हुए किल्लारी कारखाने के पास आ बसे थे।

गाँव में किसानों ने फसलों की कटाई-छँटाई जोर-शोर से शुरू की थी। खलिहानों में ज्वार की राशि बिखरी पड़ी थी। रात-दिन बैल अपने कामों में जुटे हुए थे। अतः सोपान को भी फुर्सत न थी। प्रतिदिन खलिहानों से बोरियाँ ट्रैक्टर पर लादकर घर पहुँचाता। 'हाईब्रीड ज्वार क्रय-विक्रय संघ' के ऑफिस में किसानों की लाइनें लग चुकी थीं। उनका माल काँटे तक पहुँचने में चार-चार दिन लग जाते थे। किसानों के घर खलिहानों से आए अनाज से भर गए थे, अतः व्यापारियों ने अनाज की कीमतें गिरा दीं। व्यापारी लोग खाली बोरियों को बेचने लगे थे।

'क्रय-विक्रय संघ' के गोदाम में ज्वार की आवक अधिक मात्रा में होने से ज्वार रखने के लिए जगह न थी। अतः किसानों का माल खुली जगह में रखा हुआ था और भरी हुई बोरियों पर सूअर और गदहे अपना हक जमाने लगे थे। बोरियों को फाड़कर वे बड़े चाव से ज्वार खाते।

'क्रय-विक्रय संघ' के लोगों ने एक बोर्ड बाहर लटका दिया था, जिस पर लिखा था—'यहाँ काली पड़ गई ज्वार नहीं ली जाएगी।' इससे निराश होकर कुछ किसान अपनी ज्वार को कम दामों में व्यापारियों को बेचने लगे। दूसरी ओर इसी संघ के अधिकारी, भीतर-ही-भीतर व्यापारियों से साठगाँठ करते हुए ज्वार खरीद रहे थे। यह बातें सोपान तक पहुँच रही थीं। व्यापारी-वर्ग इस वर्ष बहुत प्रसन्न दिखाई दे रहा था। गाँव के सारे जानवर ज्वार के भुट्टों को खाकर परेशान थे। आन्ध्र तथा कर्नाटक के व्यापारी अनाज की खरीद के लिए किल्लारी पहुँचते और खरीददारी कर ट्रक भरकर ले जाते। इस वर्ष ग्रामसेवकों के पास भी ग्रामपंचायत की अच्छी-खासी रकम जमा थी। 'इस वर्ष बहुत सारा धन किसानों के घर आया है, अतः क्यों न हम सब मिलकर गाँव के विकास-कार्य के सन्दर्भ में सोच-विचार करें !' इस प्रकार के खयालों में सोपान डूब चुका था।

किसानों के घर खलिहानों से आए हुए अनाज के ढेर लग चुके थे। सब ओर खुशहाली और प्रसन्नता दिखाई दे रही थी। इसी कारण गाँव की मंडी में सराफे तथा कपड़ों की दुकानों में भीड़ दिखाई देती थी। कटनी के मौसम में गाँव गुलजार हो गया था। गाँव के आसपास भालूवालों, मदारियों, मसान जोगियों और बाजीगरों के परिवारों की आमद बढ़ने लगी और उनके आँगनों में चूल्हे जलने लगे। गाँव के चौराहे पर बाजीगारों के छोटे बच्चे लंगूर की तरह कूदते-फाँदते लोगों को खेल-तमाशे दिखा रहे थे।

भीमा नाम का नट ढोल बजाता हुआ एक लम्बे बाँस को दाँतों में दबाए हुए था और तीन साल की अपनी बच्ची को उस पर चढ़ाए खेल दिखा रहा था। भीमा की पत्नी लक्ष्मी ने अपनी साड़ी अच्छी तरह कसकर बाँधी हुई थी। बालों में पिन लगाकर दो चोटियाँ पीठ पर छोड़ रखी थीं। पैरों में घुँघरू बाँधे वह 'कचनार की कली' ठुमक-ठुमककर नाच रही थी। लक्ष्मी ने अपनी चोटी से बड़ा-सा पत्थर बाँधकर उसे ऊपर उठाया था। गाँव के लोग इन लोगों की कलाबाजियों को देखते हुए कुछ अनाज और पैसे दे रहे थे। घुमक्कड़ भालूवाले गाँव में घर-घर पहुँचकर भालू का खेल दिखाते और हर घर से अपना हक वसूल लेते। स्कूल के छोटे बच्चे भालू के बालों को नोंचते। उन्हें वे अपनी कमर में बाँधे होते थे, इसलिए वे उसके पीछे-पीछे घूमते।

गाँव में पिंगला जोशी[1] नाम का एक गरीब आदमी रहता था। वह रोज सुबह उठकर नीलकंठेश्वर मन्दिर के पास खड़े ऊँचे पेड़ पर चढ़कर पिंगल पक्षी[2] की तरह उलटा जा लटकता और मुँह से उसी की तरह आवाजें निकालता। इस दृश्य को देखते हुए मन्दिर में दर्शन के लिए आई हुई स्त्रियाँ कुछ अनाज और पैसे पेड़ के नीचे फैलाए उसके कपड़े पर डाल देतीं। इस प्रकार जीवनयापन करनेवाली घुमक्कड़ जाति के अनेक लोगों को किसान जी भरकर अनाज और पैसे दिया करते। इससे ये लोग साल-भर की आदमनी के रूप में अनाज की एक-दो बोरियाँ निश्चित रूप से हरेक गाँव से इकट्ठा करते और फिर दूसरे गाँव की ओर बढ़ जाते।

गाँव में अब कैकाड़ियों का धन्धा बहुत जोरों में था। पूरे साल का अनाज सुरक्षित रखने के लिए किसान कणगर बनाने का काम कैकाड़ियों को सौंप रहे थे। कैकाड़ी[3] केशव का परिवार इन कामों में माहिर था। बाँस के कमचों को काट-काटकर वह बड़ी तल्लीनता से खत्ता बनाने के काम में जुटा हुआ था। सारा गाँव ही अपने-अपने कामों में व्यस्त था। गाँव-गाड़े की रचना ही कुछ इस प्रकार है कि गाँव में अट्ठारह जाति-जमाती के लोग एक साथ खुशी से अपना जीवन बिता रहे थे। इस प्रकार गाँव के सारे लोगों की खुशहाली और सुख-शान्ति की कामना करते हुए सोपान नीलकंठेश्वर भगवान से मन-ही-मन प्रार्थना कर रहा था।

अगहन की फसल अब खत्म हो गई थी और रबी की फसल की तैयारी में सोपान जुटा हुआ था। मोरखंडी के खेत में गेहूँ, चना, ज्वार आदि के बीच घमोय के बीज बोने की सूचना सोपान ने नौकरों को दे रखी थी। अपनी मोटरसाइकिल से वह निरन्तर खेतों का चक्कर काट रहा था। आज सुबह से ही गाँव में बरसात की रिमझिम शुरू हो गई थी। कीचड़ के कारण आज वह पैदल ही खेत में पहुँचा था। खेती के कामों का अन्दाजा लेते हुए दोपहर में बीज बोने की सूचना नौकरों को देकर सोपान पेड़ तले सुस्ता रहा था। इसी समय के-या कोली दौड़ता हुआ खेत में पहुँचा और हाँफते हुए सोपान से कहने लगा, "मालिक, बहुत गड़बड़ हुई है !" सोपान ने के-या से कहा, "के-या, हुआ क्या है ? ठीक से कुछ बताओ !" पसीने से तर हाँफते हुए के-या ने कहा, "मालिक, गाँव में बहुत गजब हो गया है। अपनी मालकिन ने मंगन[4] की पारी को बिटौरे से कुछ कंडे ले आने के लिए कहा था। बाँस का छबड़ा लेकर पारी उपले निकालने पिछवाड़े बने बिटौरे की ओर

---

1. पिंगला जोशी : डुग्गी बजाकर भीख माँगने और भविष्यकथन करनेवाली जाति का आदमी।
2. पिंगल पक्षी : एक तरह का छोटा उल्लू।
3. कैकाड़ी : एक खानाबदोश जाति। इस जाति के लोग बाँस के टोकरे आदि बनाते हैं।
4. मंगन : दलित वर्ग, भिक्षुक।

चली गई और उपले निकाल ही रही थी कि अचानक नाग ने उसके हाथ को डँस लिया। असली नाग था, सब लोग कह रहे हैं। साँप के डँसते ही पारी के मुँह से झाग निकलने लगा और वह साँप-साँप कहते हुए बड़बड़ाने लगी।" यह सुनकर तुरन्त वे दोनों गाँव की ओर चल पड़े।

सोपान ने खेतों में बहनेवाले नाले के किनारे से बढ़ते हुए गाँव में पहुँचते ही पारी को देखा। पारी बेहोश पड़ी थी। उसका सारा शरीर स्याह हो रहा था। अब तक कोली की राधामाई ने इलाज शुरू कर दिया था। राधामाई मुर्गियाँ लिए बैठी थी। वह नाग द्वारा दंशित स्थान पर मुर्गी के गुदास्थान को चिपकाकर पारी के शरीर में फैले विष को कम करने का प्रयास कर रही थी। इस प्रकार विष उतारने की कोशिश में पन्द्रह मुर्गियाँ मर चुकी थीं, परन्तु पारी में किसी प्रकार का परिवर्तन दिखाई नहीं दे रहा था। गाँव के अनेक तान्त्रिक-मान्त्रिक भी इकट्ठे हो गए थे। पारी के शरीर से जहर उतारने के सभी प्रयास जारी थे। राधामाई नीम की पत्तियों को पारी के मुँह में जबर्दस्ती ठूँसते हुए पूछ रही थी कि पत्तियाँ 'कड़वी' लग रही है या 'मीठी' ? लेकिन उसके सभी प्रयास विफल जा रहे थे।

सोपान ने गाँव के डॉक्टर गुजगुजमला को बुलाया। डॉ. गुजगुजमला ने कहा कि साँप का विष उतारने का इंजेक्शन मेरे पास नहीं है, अतः पारी को तुरन्त लातूर के सरकारी अस्पताल में लेकर पहुँचना होगा। डँसनेवाला नाग बहुत विषैला मालूम देता है। पारी के सारे शरीर में विष फैल चुका है। अब तो इसका जीवन भगवान नीलकंठेश्वर के हाथों में है। डॉक्टर की बात को सुनते ही सोपान ने पारी को ट्रैक्टर-ट्राली में बिठा दिया और शब्बीर ने ड्राइविंग के तमाम हुनर को अपनाते हुए कुशलतापूर्वक ट्रैक्टर लातूर के सरकारी अस्पताल के सामने जा खड़ा किया।

सारे किल्लारी में पारी को नाग के डँसने का समाचार फैल गया। इस बात को सुनते ही गाँव के लोग अपना क्षोभ नाग पर प्रकट कर रह थे। उसने आज मंगन की पारी को डँसा है, कल किसी और को डँसेगा ! गाँव के लोगों ने साँप को मारने के लिए दगड़्या मुसलमान को बुलाया। यह दगड़्या थोड़ा-बहुत जादू जानता था, जिसके बल पर उसने अब तक कितने ही साँपों को जीवित पकड़ा था। साँप से खिलवाड़ करते हुए देखने आए लोगों के सामने ही वह उसे जान से मार देता था। दगडू एक हाथ में बहुत बड़ा लट्ठ लिए आया और सोपान के घर के पिछवाड़े बने बिटौरे की ओर चला गया। बिटौरे की आजू-बाजू कूड़े-करकट का भी ढेर लगा हुआ था। घर के पिछवाड़े की ओर साँप को ढूँढ़ना बहुत मुश्किल काम था। आसपास झिंझुरटा[1] और गोखरू के छोटे कँटीले फल बिछे हुए थे।

1. झिंझुरटा और गोखरू : झाड़ियों में लगनेवाले कँटीले छोटे फल।

गोखरू के काँटे दगड्या के पैरों में चुभने, खरोंचने लगे थे। इन मुश्किलों से गुजरते हुए दगडू उपलों के ऊँचे ढेर के पास पहुँचा और कुछ बुदबुदाने लगा। किसी पेड़ की पत्तियों और बैटरी को हाथों में थामे वह साँप को खोजने लगा।

दगडू की ओर देखते हुए सोपान ने कहा, "दगड्या, जरा सँभलकर। साँप बड़ा जहरीला है और असली नाग है। तुम्हारी सारी जिन्दगी अभी बाकी पड़ी है। सब कुछ होना बाकी है। इस समय अगर कुछ बुरा हो गया तो मेरी जान आफत में आ जाएगी।" इन बातों को सुनते ही दगड्या ने वहीं से कहा, "सरपंच, गाँव की भलाई के लिए यदि मैं मर भी जाऊँ तो बेहतर है। परन्तु नाग को मैं यहाँ से निकालकर रहूँगा। मुझे 'नूर उस्ताद का चेला' कहते हैं।"

दगड्या बड़ी सावधानी से उपलों की ढेरी से एक-एक कंडे को हटाता हुआ नाग को ढूँढ रहा था। तभी कंडों की एक कतार के पीछे नाग की पूँछ दिखाई दी। दगड्या बहुत खुश हुआ और उसने कहा, "सरपंचजी, नाग बहुत बड़ा है। अब तक मैंने अनेक साँप पकड़े हैं परन्तु इतना बड़ा नाग अभी तक नहीं देखा।" दगड्या मुँह से बातें कर रहा था, परन्तु उसका सारा ध्यान नाग की ओर था। अगले ही क्षण नाग अपना फन निकालकर फुफकारने लगा। दगड्या एकदम पीछे हटा और उसने हिम्मत के साथ 'नागफन' पर जोर से लाठी का वार किया। दगड्या के इस वार से नाग दस जगह उलटा-पलटा होते हुए उपलों में मुँह छिपाने लगा। लेकिन दगड्या ने तत्परता से अनेक वार कर नाग को बन्धक बना लिया। उसकी पूँछ पकड़कर उसे खींचते हुए वह बाहर ले आया। रस्से की तरह मोटा, और फन पर उगे हुए बाल। वह जल्दी ही अपनी केंचुली छोड़नेवाला था। नाग में अभी थोड़ी जान बची हुई थी। उसकी हिलती हुई पूँछ को देखते ही बच्चे, "अभी जीवित है रे बाप !" कहते हुए भाग रहे थे। दगड्या ने नाग को खींचते हुए नीलकंठेश्वर मन्दिर के चौक में लाकर डाल दिया। नाग के शरीर पर उसने थोड़ा-सा मिट्टी का तेल उँड़ेला तो वह कुछ जीवित हुआ। नाग को दगड्या अब छेड़ रहा था और लाठी से ठोंकते हुए यातना दे रहा था। दर्शकों के सामने इस प्रकार नाग को मारने में उसे विशेष आनन्द मिल रहा था।

पारी को डँसनेवाला नाग कैसा है, यह देखने के लिए किल्लारी की सारी स्त्रियाँ अपने बाल-बच्चों सहित भीड़ लगाए हुई थीं। इसी कारण शेर मारने जैसा शौर्य और मर्दानगी दगड्या के चेहरे पर झलक रही थी। बड़ी तत्परता से दौड़ती हुई राधाबाई वहाँ पहुँची और दगड्या से कहने लगी, "अरे दगड्या, तेरा सत्यानाश हो। तेरी मति कैसे बिगड़ गई रे बाबा ! तूने नाग को मार दिया। अरे ! यह मुझे दो बार खेत के रास्ते बढ़ते हुए दिखाई दिया था और इसे मैंने पाटील के अहाते

में घुसते हुए देखा था। उसने कभी हुस-फुस भी न किया। अरे गधे ! यह नाग नीलकंठेश्वर का ही अवतार था। देख जरा, नाग की यह गर्दन, अपने नीलंकठेश्वर की तरह नीली है कि नहीं ? अरे, नीलकंठेश्वर भी नाग बाबा का ही अवतार है !''

राधाबाई की सारी बातों को शान्ति से सुनते हुए दगड्या ने कहा, ''राधा माई, नीलकंठेश्वर का अवतार यदि नाग है, तो इस नाग ने पारी को क्यों डँस लिया ?'' दगड्या की इस बात को सुनते ही राधाबाई ने कहा, ''अरे चंडाल, तू तो मुसलमान का मुसलमान ही रहा। किसी की जान लेना, यही तुम्हारा धर्म है रे चंडाल ! अरे, पारी के नसीब में बस इतने ही दिन जीवित रहना लिखा होगा तो हम क्या कर सकते हैं ? शायद, पारी ने पिछले जनम में कोई पाप किया होगा, चंडाली ने। इसीलिए ऊपरवाले ने उसकी जीवन-डोरी काट दी और नीलकंठेश्वर बाबा ने ही नाग को उसकी जान लेने का आदेश दिया होगा।'' दगड्या ने राधाबाई से कहा, ''तुम्हें तो इस प्रकार बड़बड़ाने की आदत-सी हो गई है। यदि आज इस नाग ने तुम्हें डँस लिया होता तो पता चलता कि भगवान का अवतार कैसा होता है।'' यह राधाबाई हमारे गाँव की महामाया है। सोपान ने कहा कि यह जहाँ भी जाती है, इसका मुँह बकरी की भाँति पचर-पचर हिलता रहता है और बिना वजह पटर-पटर करती चली जाती है। फिर भी राधामाई का महत्त्व गाँव के लिए बहुत बड़ा है। गाँव में किसी की जचकी से लेकर किसी के मरने तक की खबर उसे सबसे पहले मिलती है और वह हाजिर हो जाती है। आटे की चक्की की तरह राधाबाई का मुँह गाँव में कहीं ना कहीं चलता ही रहता है।

गाँव के पास ही शब्बीर के ट्रैक्टर खड़े करने की आवाज आई। शब्बीर ने ट्रैक्टर को गाँव के बाहर नीम के पेड़ तले लाकर खड़ा किया। सोपान मन-ही-मन समझ गया कि अब पारी नहीं रही। सारा गाँव नीम के पेड़ तले इकट्ठा हुआ। शब्बीर और पारी के पति ने उतरते ही सोपान से कहा, ''सरपंच, लातूर पहुँचने से पहले ही पारी ने वासनगाँव के पास दम तोड़ दिया था। वहीं से हम वापस लौटे हैं।'' रुकम्या सरपंच से रोता हुआ कह रहा था, ''यदि पारी को हम अस्पताल ले जाते तो डॉक्टर पारी की चीरफाड़ करते। इसलिए मैं इसे वापस ले आया हूँ।'' रुकम्या अपनी पत्नी की स्मृतियों में खो गया था और उसे स्मरण कर रो रहा था। सोपान उसे धीरज बँधाते हुए समझा रहा था कि रुकम्या, अब धीरज धरो। अपने नसीब से आगे कोई गया है क्या ? नसीब में जो लिखा है उसे कोई कैसे रोक सकता है ? पारी के तीन साल के बच्चे को अपने हृदय से लगाते हुए रुकम्या छाती पीट रहा था–''मेरी पारी रे, तू मुझसे रूठकर क्यों चली गई ? मुझे और अपने बच्चे को छोड़कर क्यों चली गई ? सुबह ही सुबह हमसे रूठकर तुम सदा के लिए

मायके चली गई हो !'' अब वह रुकम्या सोपान से लिपटकर रो रहा था।

पारी के मरने पर सारे दलित और मंगन बस्ती के लोग उसके अन्तिम संस्कार के लिए चले आए थे। पारी की ओर देखकर हरेक का हृदय द्रवित हो उठा था। उसके अच्छे गुणों को याद कर सभी दुखी अन्तःकरण से बातें कर रहे थे। इन सारी बातों को जानते हुए राधाबाई ने कहा, ''सब लोग चुप बैठो ! पारी अभी मरी नहीं, वह तो भगवान के घर गई है। बेचारी कैसे शुभ अवसर पर मरी है। आज पूरनमासी के दिन मरना उसके भाग्य में लिखा था। अरे भाइयो ! एक ना एक दिन हमें भी ईश्वर के घर जाना है। स्त्रियों के लिए सुहागन रहते हुए मर जाना किसी भाग्यवान के नसीब में ही होता है। कहते हैं, सुहागन स्त्री मरने के पश्चात सीधे भगवान के घर पहुँचती है। पारी, बेचारी अच्छा नसीब लेकर आई थी।'' सबको समझाते हुए राधाबाई पारी की अर्थी की तैयारी करवाने लगी थी। उसकी मृत्यु गाँव से बाहर हुई थी, इसी कारण गाँव से बाहर ही उसके दाहसंस्कार की तैयारी की जा रही थी। गाँव की बड़ी-बूढ़ी औरतें पारी को हल्दी-कुंकम लगाते हुए पैर छू रही थीं। पारी को नीमतले नहलाया गया और हरी चूड़ियाँ और हरी साड़ी पहनाई गई। नई-नवेली दुल्हन की तरह साज-शृंगार कर उसे अर्थी पर रखा गया। पारी का छोटा बच्चा माँ को देखकर माँ-माँ करते हुए दूध पीने के लिए रो रहा था। पारी की अर्थी को उठाए लोग दलित श्मशान-भूमि की ओर बढ़ रहे थे। जिस ढेर से वह कंडे निकाल रही थी, उन्हीं उपलों पर पारी को रखा गया और उसके पति रुकम्या ने उसे अग्नि दी। धू-धूकर पारी का मुर्दा शरीर जलने लगा।

पारी के अचानक चले जाने से सारा किल्लारी गाँव हाय-हाय कर उदास हो गया था। मन-ही-मन सोपान को अहसास हो रहा था कि पारी की मृत्यु के लिए वह भी जिम्मेदार है। इसी कारण सोपान ने रुकम्या की सहायता के लिए पारी के लड़के की शिक्षा का सारा खर्चा देने के साथ-साथ रुकम्या को अंगूर के बगीचे में पानी देने और बगीचे की रखवाली का काम सौंप दिया। पारी के मृत्यु-ऋण से मुक्ति पाने का यह छोटा-सा प्रयास सोपान ने किया था।

किल्लारी में अब रबी का हंगामा चल रहा था और फसलों की बुवाई हो रही थी। खेती-बाड़ी के कामों के लिए नौकर-चाकर और मजदूर सुबह ही घर से बाहर निकल जाते और स्त्रियाँ घर के काम में डूब जातीं। दीवाली का त्योहार कुछ दिनों बाद आ पहुँचा था और लोगों को उसके कामों से फुर्सत न थी। अपने घर को लीप-पोतकर सजाने हेतु गाँव की स्त्रियाँ सफेद चिकनी मिट्टी लेने सोपान की खदान पर पहुँच जातीं। दीवाली पर प्रत्येक व्यक्ति अपना घरबार रंग-रोगन से

सजा रहा था। किल्लारी में जिन लोगों के घर उनके पुरखों ने बनवाए थे, परन्तु आज घूस और चूहों ने उनकी दीवारों को कमजोर कर दिया था, उन्हें गीली मिट्टी से ठीक-ठाक करने का प्रयास चल रहा था। राधाबाई तो अपने घर-आँगन को गेरु और चूने से लीपकर ऐसे सुन्दर बना रही थी, मानो अपने लड़के की शादी करने जा रही है। खेत से आए धान को ओखली में कूटकर औरतें चावल तैयार कर रही थीं, तो दूसरी ओर गेहूँ को पानी में भिगोकर सूजी के लिए तैयार किया गया था। घर में मिष्ठान्न और पकवान बनाने की तैयारियाँ शुरू हो गई थीं।

गाँव के लोग साल-भर जिस त्यौहारों की प्रतीक्षा करते हैं, उसी पाँच दिन की दीवाली का आगमन हो चुका था। अश्विन मास के कृष्ण पक्ष की त्रयोदशी (धन-तेरस) से कार्तिक मास के शुक्ल पक्ष की द्वितीया (भैया दूज) तक दीवाली धूमधाम से मनाई जाती है। गाँव के चरवाहे मवेशियों के गले में बाँधने के लिए रंग-बिरंगे पट्टे और कागजी फूलों की गेंदें तैयार कर रहे थे। धन-तेरस के दिन वे इन्हें मवेशियों के गले में बाँध देते हैं। बाल-गोपाल तेरणा नदी के नीचे की नर्म-मुलायम मिट्टी से छोटे-छोटे दीये बनाने में मशगूल थे।

सोपान इस वर्ष की दीवाली को खास ढंग से मनाना चाहता था और घर-बाहर के सारे लोगों की झोलियों को खुशियों से भरना चाहता था। इस अवसर पर वह लातूर के मार्केट में पहुँचा और मनचाही वस्तुएँ खरीद लाया। इस वर्ष गाँव के किसानों तथा सोपान के खेतों में जमकर फसल हुई थी। अंगूर के बगीचे से सोपान को लाखों रुपयों का लाभ हुआ था। इसी खुशी में वह खेत-बाड़ियों में काम करनेवाले नौकर-चाकरों के लिए नए कपड़े खरीद लाया। अनाज की अधिक पैदावर और धन-वृद्धि के कारण किल्लारी के आसपास के गाँवों में खुशहाली छाई हुई थी। लोगों ने अपने घर के सामने अनेक प्रकार के आकाश-दीप लटकाए थे। स्कूल से छूटते ही बच्चे रंग-बिरंगे आकाशदीप बनाने में जुट जाते। प्रत्येक घर में महिलाएँ सेवई और पकवान बनाने में जुटी हुई थीं।

धनतेरस दीवाली का पहला दिन था। साफ-सुथरे आँगन में स्त्रियों ने गोबर के पाँच पांडव और गोकुल बनाकर उनकी पूजा की। घर-घर में हल्दी और दही लगाते हुए गोमाता की पूजा की गई। चरवाहे लड़कों ने गाय-बैलों के सामने दीप जलाए और गाय-बछड़ों की आरती उतारी।

"दीप-दीप दीवाली
गाय-बछड़ों की
आरती उतारी।

गाय-बछड़े किसके ?
लक्ष्मण राजा के।
क्या-क्या हुआ भई !
क्या-क्या हुआ ?
डुब्बा हुआ !"

इस प्रकार प्रसन्नता से छोटे बच्चे मवेशियों के गोठे में गीत गुनगुना रहे थे। दीवाली का यह पहला दिन स्त्रियों के लिए महत्त्वपूर्ण होता है। प्रातः ही स्त्रियाँ बालों में सुगन्धित तेल और उबटन लगाकर नहाती हैं। जिस प्रकार कभी गोकुल में बालों की लटें पीठ पर खुली छोड़कर और सँभालकर रखी गई आकर्षक साड़ी पहनकर बनी-ठनी गोपियाँ निकलती थीं, उसी प्रकार गाँव में यह ललनाएँ घूमती हैं। इस वर्ष किल्लारी में दीवाली बहुत धूम-धाम से मनाई जा रही थी। गाँव में छाई प्रसन्नता और उत्साह को देखते हुए सोपान आज बहुत खुश था। इस अवसर पर गाँव में कोई भी छोटा-बड़ा किसान-मजूदर दो दिनों तक खेतों में काम पर नहीं जाएगा। घर-घर में बनाए गए लड्डू, भुजिया और अनेक मिठाइयों का समाचार लेने के पश्चात गाँव में छोटे-बड़े सारे लोग बम और पटाखे उड़ाने में मजा ले रहे हैं। आतिशबाजी से दीवाली का समूचा माहौल गूँज उठा था। परिवार के सारे सदस्यों को सुबह से ही घर की महिलाएँ तेल और उबटन लगाकर नहला रही थीं। नहाने के पश्चात नए कपड़ों को पहनकर नीलकंठेश्वर मन्दिर के आँगन की ओर तमाम बड़े-बूढ़े चले आ रहे थे। हवा के साथ गाँव की चारों दिशाओं में सुगन्ध फैल रही थी, मानो किल्लारी गाँव में खुशबूदार अतरों की फुहारें छूट रही हों। दीवाली के शुभ अवसर पर सोपान ने घर-बाहर का काम करनेवाले सारे नौकरों तथा बनीहारनी के लिए नए कपड़े बनवाए थे। इसीलिए सोपान के घर-बाहर का काम करनेवाले बहुत खुश थे। दीवाली के शुभ अवसर पर सोपान ने गाँव के लोगों को नाश्ते के लिए निमन्त्रित किया था। उस्मानपुरा और मोमीनपुरे के मुसलमान दीवाली की शुभकामनाएँ देने हिन्दू भाइयों के घर पहुँच रहे थे और बड़ी प्रसन्नता और आग्रह के साथ मिठाइयाँ और पकवानों का स्वाद ले रहे थे। कोयल के कूकने से वातावरण और अधिक उत्साहमयी खुशियों से भर गया था।

अचानक सोपान के अंगूर बगीचे से बहते झरनों की ओर मोर का केकारव सुनाई देने लगा। नीलकंठेश्वर मन्दिर के पास के पेड़ों पर बैठे कौवों और कुत्तों के विशेष स्वर भी सुनाई दे रहे थे। कुछ जानकार बड़े-बूढ़े लोगों का कहना था कि यह भूकम्प के आने का पूर्वाभास करा रहे हैं। वे कह रहे थे कि हमारे गाँव में जब पहली बार भूकम्प आया था, तो भी इसी प्रकार की आवाजें सुनी गई थीं।

मानव पर जब प्राकृतिक विपदा आती है तो ऐसी स्थिति में मनुष्य को होशियारी बरतनी चाहिए। इस प्रकार की बातें आपस में चल रही थीं। दूसरी ओर त्यौहार की खुशी में लोग खाने-खिलाने का लुत्फ उठा रहे थे। दिन अब ढलने लगा था। गाँव के रास्तों पर बत्तियाँ जल उठी थीं और शाम का धुँधलका फैल रहा था।

इसी समय धरती से कड़कड़...घुई ऽऽ-घुईऽऽ की डरावनी आवाजें सुनाई देने लगीं, मानो दीवाली में हजारों पटाखों की लड़ियाँ और बम फोड़े जा रहे हों। भूमि से निकलनेवाली इन भयावह आवाजों को सुनकर लोग घबराकर इधर-उधर अस्त-व्यस्त से दौड़ने लगे। कई लोग भोजन की थालियाँ छोड़कर सड़कों पर आ गए। किल्लारीवासियों को पुनः भूकम्प आने का अहसास हो गया था; अतः बड़ी तत्परता से लोग नीलकंठेश्वर मन्दिर के चौराहे पर इकट्ठे होने लगे। सोपान बड़ी तत्परता से मन्दिर में पहुँचा और वहाँ टँगे हुए घंटों को जोर-जोर से बजाकर लोगों को सावधान करने लगा। साथ ही सब लोगों को खुले मैदान में इकट्ठे होने की सूचना भी देने लगा। भूकम्प की खौफनाक घटना से सारा किल्लारी गाँव फिर से सड़कों पर आ गया। उसके झटके से लोग अपनी जगह खड़े-खड़े ही पेड़ की पत्तियों की तरह हिलने लगे थे।

यह आकस्मिक प्राकृतिक प्रकोप था। इस घटना ने किल्लारीवासियों को हिलाकर रख दिया। सबके दिल की धड़कनें बढ़ गई थीं। ऐसी स्थिति में राधाबाई छाती पीटते हुई हाय-हाय करती दौड़ी आई और कहने लगी, ''अरे भाइयो, भूमि से यह कैसी आवाजें आ रही हैं ? अभी कुछ क्षण पहले धरती से उठनेवाली भयावह आवाजें कैसी थीं? वह आवाज तो मनुष्य के कानों के पर्दे फाड़े दे रही थी। मेरे घर की छत की टीन से तड़तड़ आवाजें आ रही थीं। अरे बाबा सोपान, अपने गाँव की अब कोई खैरियत नहीं। अबकी बार तो भगवान ने हमें खूब चमत्कार दिखाया है। सुख से भरे इस त्यौहार पर भूकम्प कैसे आ रहा है ? अभी दो-तीन महीने भी नहीं हुए कि यह बला हमारे गाँव में फिर से आ गई है। इस घटना से मेरा बूढ़ा अब जीवित नहीं बचेगा। कुछ दिनों पहले गाँव में जो भूकम्प आया था, उसी से उसकी कमर टूट चुकी है। किसी प्रकार दो-चार कौर खाकर जी रहा है। अब तो वह बहुत ही घबरा गया है। इसी कारण उसे घर से बाहर लाकर आँगन में बिठा दिया है।''

गाँववालों की स्थिति को देखते हुए देसाईजी सोपान से कहने लगे, ''अब तो सारे ग्रामवासियों को होशियार रहना चाहिए। ऐसे हालात में अपने घर में रात को सोना ठीक नहीं होगा।'' अतः सोपान ने गाँववालों से कहा कि अपने

बिछाने-ओढ़ने के कपड़ों को घर से बाहर ले आएँ और इस खुले मैदान में आकर सोएँ। नीलकंठेश्वर मन्दिर में लगे लाऊडस्पीकर का माईक हाथ में लिए सोपान सबको धीरज बँधाते हुए कहने लगा, ''किसी को भी घबराने की आवश्यकता नहीं है। अब हम सब खुले मैदान में आ गए हैं। अतः सब लोग शान्ति से सोने की कोशिश करें। इससे आगे भूकम्प का झटका यदि बड़ा भी होगा तो किल्लारीवासियों के घर ही नष्ट होंगे। इसीलिए आज की रात हमें आकाश के नीचे बितानी होगी। गाँव के सारे जवान रात-भर पारी-पारी जागते हुए सबकी निगरानी करते रहेंगे।'' भूकम्प के इस भयावह अहसास से किल्लारी गाँव की माँ-बहनों की हृदयद्रावक चीखों और रुदन को सुनकर सोपान का दिल बैठने लगा था।

अपने परिवार के सारे लोगों को सोपान बाहर ले आया और खुली जगह में सोने के लिए कहा। फिर नौकरों को ध्यान रखने को कहते हुए स्वयं निकल पड़ा। सोपान कुछ युवकों को और शब्बीर को साथ लेकर गाँव के गली-कूचों से गुजरते हुए लोगों को धीरज बँधा रहा था। इस आकस्मिक घटना से लोग इतने घबरा गए थे कि उन्हें अपने जीवित रहने की आशा ही जाती रही। वे सोच रहे थे कि यदि अब भूकम्प से धरती का पेट फटा तो हम सब उसमें समा जाएँगे। इस खौफनाक आशंका से कोई भी सो न सका और सब लोगों ने सारी रात आँखों ही आँखों में काट दी।

पौ फटने में अभी कुछ देरी थी। इसी समय भूमि फिर से गड़गड़ाकर हिलने लगी। बिजली के कड़कने की आवाजें जमीन से उठने लगीं। सारा गाँव आतंकित हो उठा। प्रत्येक व्यक्ति अपने बाल-बच्चों को सँभालते हुए गाँव से बाहर भागने की कोशिश में ऊँचे मैदानी टीले पर इकट्ठा होने लगा। तमाम दिशाओं में हलचल पैदा हो गई और चीखने-चिल्लाने की आवाजें सुनाई देने लगीं। आज 'भइया दूज' के अवसर पर किल्लारी गाँव में भूकम्प की आपदा ने हाहाकार मचा दिया था। सोपान ने पुलिस को वायरलेस किया और जिलाधिकारी को सूचना देने के लिए कहा। अब तो किल्लारीवासियों की स्थिति शिकारी के शिकंजे में फँसे पंछी की तरह हो गई थी। घबराकर सब इधर-उधर देख रहे थे। प्रातःकाल के सूरज की किरणें धीरे-धीरे ऊपर चढ़ आई थीं। धूप फैल चुकी थी। छोटे बच्चे भूख-प्यास से परेशान शोर मचाने लगे थे। परन्तु घर में जाने की हिम्मत किसी में नहीं थी। कुछ लोग अपने घर की स्थिति और बच्चों के खाने-पीने के इन्तजाम के लिए धीरे-धीरे घर की ओर बढ़े भी, परन्तु उन्हें अपने मिट्टी के घर की दीवारों में दरारें पड़ी दिखाई दीं। इन दरारों को देखकर उन लोगों का जी घबराने लगा। सोपान ने नीलकंठेश्वर मन्दिर का सूक्ष्म निरीक्षण किया तो उसे महसूस हुआ कि मन्दिर

की एक दीवार एक ओर झुक गई है और यहाँ से वहाँ तक उसमें एक लम्बी दरार पड़ी हुई है। नीलकंठेश्वर मन्दिर में महादेव की पिंडी से पानी भी निकलना बन्द हो गया था।

सुबह होते ही कलेक्टर साहब किल्लारी गाँव आ पहुँचे। उन्होंने पूरे किल्लारी का निरीक्षण किया और सोपान से कहा कि लातूर शहर को भी भूकम्प का अच्छा-खासा झटका लग चुका है। रात में जब मैं पलंग पर सोया था तो मुझे किसी के झकझोर कर हिलाने जैसा आभास हो रहा था। उसी समय मेरे मन में शंका उत्पन्न हुई कि किल्लारी में निश्चय ही कहीं कुछ घटित हुआ होगा। सरकारी अधिकारियों ने किल्लारी गाँव में घूमते हुए निरीक्षण किया। जिन घरों की दीवारें ढह चुकी थीं या जिनकी दीवारों में दरारें पड़ चुकी थीं, सरकारी अधिकारी उनका पंचनामा कर रहे थे। जिलाधिकारी ने ग्रामवासियों की बैठक बुलाई और कहा कि आज से आपके गाँव में दो पुलिस इंस्पेक्टरों का पहरा रहेगा और भूकम्प के कारण गाँव में किसी की जीवन-हानि या वित्तहानि न हो, उसकी पूरी जिम्मेदारी सरकार ले रही है।

कलेक्टर साहब की बातों को सुनते हुए सोपान के पिता आबा ने जिलाधिकारी से कहा, "साहब, हमारे किल्लारी को भूकम्प का झटका पहली बार नहीं, बल्कि अब तक दस बार लग चुका है। इस घटना से पहले भी आपने हमें विश्वास दिया था कि भूवैज्ञानिकों-विशेषज्ञों से जानकारी प्राप्त कर भूकम्प के सही कारणों का पता लगाया जाएगा। पर आप तो हमें भूकम्प के सही कारणों का पता लगने नहीं देंगे न। ग्रामवासियों का कहना है कि यह भूकम्प माकणी पर बनाए गए बाँध के कारण आया है। इसलिए सबसे पहले तो आप माकणी के जलाशय का पानी तेरणा नदी में छोड़ें। नहीं तो हमारा अब इस गाँव में रहना मुश्किल है। बल्कि गाँव में जीवित रहना भी हमारे लिए कठिन समस्या बन गई है। अतः कहीं दूसरी जगह हमारे गाँव के पुनर्वास की व्यवस्था भी कर दें।"

आबा की बातों को सुनते हुए अधिकारी ने कहा, "देखिए, आप लोगों की जो भी माँगें हैं, उनकी सूचना तुरन्त सरकार को दी जाएगी और भूकम्प-विशेषज्ञों को तत्परता से बुलाया जाएगा। वे यहाँ आएँगे और भूकम्प के कारणों की खोज करेंगे। आप अब चिन्ता न करें और गाँव छोड़कर न जाएँ।" अधिकारी की बातों को सुनते हुए राधाबाई अचानक उठकर कहने लगी, "देखिए साहब, यह घटना घटित होने से पहले भी आपने हमें यही कहा था कि आपके किल्लारी को कुछ नहीं होगा। कहा था ना ? घुमा-फिराकर अब फिर से वही बातें हमें समझा रहे हो ? भूकम्प के कारण मेरा बूढ़ा पति मर गया तो क्या मैं तुमसे वापस नया ले

लूँगी ! बोलो, जिन लोगों को गाँव में रहना है, आराम से रहें। मैं तो अपने पति और बहू-बेटे को लेकर खेत में जाकर रहूँगी। अगर मेरे बूढ़े पति को कुछ हो गया तो मैं रंडी-मुंडी हो जाऊँगी और बेवा की जिन्दगी जीने के लिए मुझे मजबूर होना पड़ेगा। यदि गाँव में रहते हैं तो किसी भी समय यह धरती माँ हमें निगल लेगी, जिसका अब कोई भरोसा नहीं।'' इस प्रकार बड़बड़ाती राधाबाई को शब्बीर ने टोकते हुए कहा, ''राधाबाई, इस प्रकार घबरा क्यों रही है ? नीलकंठेश्वर भगवान की जो इच्छा होगी, वही होगा। गाँववालों को छोड़कर अकेली जंगल में क्यों जा रही है ? और जंगल में जाकर तू क्यों रहेगी ? हम सब लोग तेरे साथ हैं।''

शब्बीर की बात सुनकर राधाबाई ने कहा, ''यह बात तो ठीक है बाबा ! उसकी करनी को किसने रोका है ? परन्तु हमारी जान भी तो कीमती है, उसे सँभालकर रहेंगे।'' राधाबाई सीधे अपने घर पहुँची और घर से बोरिया-बिस्तर बाँधकर बाहर आ गई। उसके पीछे-पीछे राधाबाई का बूढ़ा पति छड़ी टिकाए चल रहा था। राधाबाई का बेटा सिर पर आटे-दाल की पोटली सँभालते हुए और एक हाथ में बकरी की गर्दन में बँधी रस्सी को पकड़कर हर्ऽऽ थिर ऽऽऽ थिर ऽऽऽ करते हुए रास्ते से चल रहा था। बकरी के तीन बच्चे ब्या ऽऽब्या ऽऽ करते हुए पीछे-पीछे चल रहे थे। पि-या की पत्नी भैंस के पाड़े को जबर्दस्ती आगे खींच रही थी।

राधाबाई को इस प्रकार गाँव से बाहर जाते हुए देख सारी कोली गली गाँव से बाहर जाने लगी। इस बात को समझते हुए सोपान ने राधाबाई से कहा, ''राधाबाई, तुम तो इस गाँव की सोच-समझकर चलनेवाली बुजुर्ग और समझदार औरत हो। हमें धीरज बँधाना तुम्हारा कर्तव्य है, परन्तु आज तुम स्वयं गाँव छोड़कर जा रही हो तो गाँव के और लोगों का क्या होगा ! आज आप यहीं गाँव में ठहरें। जमीन से फिर भूकम्प के झटके आने लगें तो हम सब मिलकर कुछ-न-कुछ इलाज जरूर करेंगे। पर अब जब तुम घर से बाहर आ ही गई हो तो उस ऊँचे टीले पर मवेशियों के लिए बनाए गोठे में पति को साथ लेकर रहो। उसे भी खुली हवा में राहत मिलेगी।'' सोपान की भावनाओं को समझते हुए राधाबाई ने कहा, ''ठीक है बाबा सोपान, पर गाँव को छोड़ मैं वहाँ कैसे जाऊँगी ? सो जो भी होना होगा, सबके साथ होगा। नीलकंठेश्वरजी के मन में कौन-सी बात है कि किसी अशुभ समय में हमारा गाँव भूकम्प की चपेट में आ गया है। यह भूकम्प और कहीं क्यों नहीं जाता।'' राधाबाई ने सोपान के बताए गोठे में सामान रखकर अपने पति को खाट पर बिठा दिया। खाट पर बैठे-बैठे बूढ़ा गले को साफ करते हुए एक तरफ बलगम थूक रहा था। त्यौहारों के लिए बनाए गए मिष्ठान्न को खाने की इच्छा भी खत्म हो गई थी। किसी ने एक भी कौर मुँह में नहीं डाला।

किल्लारी में आए सरकारी अधिकारी पंचनामा कर लातूर लौट गए थे। सारे ग्रामवासियों को इकट्ठा कर सोपान ने कहा, "भाइयो ! ध्यान से सुनिए ! अब किल्लारी में बाहर से कई लोग आएँगे और समझा-बुझाकर चले जाएँगे। परन्तु गाँव की रक्षा हमें ही करनी होगी।" इस पर सारे ग्रामवासियों ने सोपान से कहा, "हमारे गाँव पर शायद ईश्वरीय कोप हुआ है। इसी कारण हमारे गाँव को बार-बार भूकम्प के झटके लग रहे हैं। अतः गाँव की शान्ति बनाए रखने के लिए सारे ग्रामवासी मिल-जुलकर गाँव के देवी-देवताओं की पूजा करेंगे। नीलकंठेश्वर भगवान का अभिषेक होगा। भजन-पूजन-कीर्तन एक साथ चलते रहेंगे।" गाँववालों की बातों को सुनते हुए सोपान ने कहा, "ठीक है, आपकी जैसी मर्जी हो करें। कल से ही हम सब मिलकर शुभ कार्य की शुरुआत करते हैं। जब तक नीलकंठेश्वरजी हमारे गाँव में हैं, तब तक गाँव की कोई हानि न होगी। बस यही एक मार्ग है। उन्हीं के पास चलकर अपनी सारी मन्नतें-मुरादें पूरी करते हैं और संकटमोचन की प्रार्थना करते हैं। गाँव का हर एक व्यक्ति चाहे वह किसी भी धर्म या जाति का क्यों न हो, अपने गाँव के संकट के निवारण और खुशहाली के लिए प्रयास करेगा। अतः जो लोग देवी-देवताओं की उपासना में विश्वास रखते हैं, सभी मिलकर श्रद्धा-भक्ति के साथ पूजन करेंगे।"

इस बीच सोपान को टोकते हुए आबा ने कहा, "जरा मेरी ओर भी ध्यान दे। दस-बारह साल की उम्र के लड़के-लड़कियों को नहाकर, गीले कपड़ों में ही गाँव के सारे देवी-देवताओं पर जल चढ़ाना होगा, क्योंकि ये बालक-बालिका ईश्वर का प्रतिरूप होते हैं। शायद भगवान इन छोटे बच्चों की बात को मान ले।" आबा की इस बात का सम्मान करते हुए गाँव के लोग स्वयं को धीरज बँधाते हुए घर पहुँचे। कई रात-भर जागते रहे और मृत्यु के डर से ईश्वर का नाम-स्मरण करते रहे। दूसरे दिन प्रातः गाँव के सारे बालक-बालिकाएँ स्नान कर भीगे कपड़ों से नीलकंठेश्वर तथा अन्य देवी-देवताओं का दूध और जल से अभिषेक कर आए और गाँव के लोगों ने भगवान की आरती उतारते हुए प्रार्थना की।

एक ओर गाँव में धूमधाम से देवी-देवताओं की पूजा-अर्चना हो रही थी तो दूसरी ओर गाँव के मुसलमान दिन में चार बार मस्जिद में जाकर अल्लाताला के सामने नमाज अदा करने लगे। घर बैठे कुरआन-शरीफ पढ़ने लगे थे। अपने गाँव, बाल-बच्चों पर कोई आँच न आने पाए, इसीलिए अल्लाह से दुआ माँगने लगे।

अचानक मंगलवार के दिन बेरड की शेवन्तमाई के शरीर में देवी माँ का संचार हुआ और दनदनाकर झूमते हुए वह कहने लगी, "सुनो ! ग्रामवासियो, हमारे गाँव

पर 'मरी माता' की वक्रदृष्टि पड़ी हुई है। यदि हम देवी माँ की मन्नतें पूरी न कर पाएँ, तो सारे गाँव को वह पछाड़ देगी। उसके कोप-भाजन हम सब किल्लारीवासी बनेंगे !'' शेवन्तमाई के पास पहले ही पाँच-दस बूढ़ियाँ बैठी थीं। उन्होंने तत्परता से पूछा, ''कहिए देवी माँ, आपकी क्या इच्छा है ? गाँववालों से क्या गलती हुई है ? आपकी शान्ति के लिए हमें क्या करना होगा ?''

यह सुनते ही बेरड की भक्तिन शेवन्तमाई झूमते हुए दाँतों को किटकिटाने लगी। होंठों को भींचते हुए दोनों हाथों को पीछे कसकर बाँधे शरीर को झटके देते हुए माई कहने लगी, ''सुनो भक्तगण, गाँव के होनहार सरपंच के हाथों गाजे-बाजे के साथ मेरे दरबार में मन्दिर के सामने एक जीवित गाभिन बकरी को जमीन में गाड़ना होगा। यदि इस प्रकार बलि चढ़ाओगे तो मैं आपके गाँव को बचाऊँगी। अन्यथा मेरे कोप से गाँव के सारे लोग जमीन में समा जाएँगे। गाँव पर आई इस आपत्ति से यदि तुरन्त बचना चाहते हो तो अमावस की रात में मन्दिर के सामने भूमि में जीवित गाभिन बकरी को गाड़ दीजिए।'' पुजारिन शेवन्तमाई की यह खबर सारे गाँव में हवा की तरह फैल चुकी थी।

शेवन्तमाई तुळजापुर की भवानी माता की आराधिका थी, अतः गाँव में हर मंगलवार को शेवन्तमाई स्त्रियों और बच्चों के लिए शकुन देखा करती। गाँव में यदि किसी की तबीयत बिगड़ती जा रही हो और दवा का कुछ असर न हो रहा हो तो शेवन्तमाई तबीयत ठीक कराने हेतु झाड़-फूंक करा देती। कहीं कुछ जन्तर-मन्तर, टोने-टोटके की बात हो तो उसे समाप्त करने के उपाय बताती तथा देवी माँ की भस्म उस व्यक्ति को लगाते हुए घर में आटे की चक्की के खूँटे पर उलटा लोटा लटकाती। फिर उसे चारों ओर गोबर से लीपते हुए सँभालकर उठाती। कभी-कभी बड़ी-सी थाली या परात में चार-आठ आने के सिक्के को चिपकाकर शकुन देखा करती। बाहर से पीड़ा देनेवाली टोने-टोटके की बातें हों या मरी माता की मन्नतें पूरी करने में कुछ कमी रही हो तो उस सबको बता देती। इसी कारण हर मंगलवार को शेवन्तमाई की झोंपड़ी के सामने हाथों में नारियल लिए लोगों की भीड़ लगी रहती। देवी माँ के चरणों की वह सच्ची भक्तिन थी। लोगों का कहना है कि वह बाल-विधवा है, अतः उसका वचन निश्चित रूप से सही होता है। ऐसा विश्वास होने के कारण एक प्रकार का भय लोगों के मन में बसा हुआ था। गाँव के लोगों का कहना था कि उसे 'मरी माता' सिद्ध है, इसलिए उसके कहे हुए वचन कभी-कभार सच हो जाते हैं। मुक्ता मासाल वहाँ बैठी थी और अन्य लोगों को यह बातें सुना रही थी।

ग्रामवासियों की इन बातों और उपायों से सोपान परेशान था। वह समझ नहीं

पा रहा था कि किसकी बातों को महत्त्व दे। सुने या अनसुना कर दे। भूकम्प के भय से कोई भी व्यक्ति चला आता और अनचाहे उपायों को बता देता। कोई आकर कहता कि नीलकंठेश्वर भगवान को दूध-दही का अभिषेक कराओ। दूसरा कहता कि मन्दिर में हरिनाम सप्ताह शुरू कीजिए। अन्य लोग आकर कहते कि गाँव की विपदा खत्म करने के लिए होम-हवन कीजिए और हवन में शुद्ध घी तथा अनाज की आहुति दीजिए। एक नहीं, अनेक सुझावों को लेकर गाँववाले चले आते। अब शेवन्तमाई का कहना है कि मरी-माता मन्दिर के सामने गाभिन बकरी को मेरे हाथों जीवित गाड़ा जाए। दुविधा की मनःस्थिति में सोपान फँस गया था। क्या करे, उसकी समझ में नहीं आता। सिर पर हाथ धरे वह सोच रहा था कि गाँववालों के मन की शान्ति के लिए इन सारे सुझावों को मानना होगा और लोगों की मानसिक शान्ति के लिए कुछ बातें करनी भी होंगी।

सोपान स्वयं वारकरी सम्प्रदाय के संस्कारों से जुड़ा था। इसलिए उसने अपने बाड़े में हरिनाम सप्ताह, भजन-कीर्तन की शुरुआत की। सोपान के बाड़े में रात-दिन हरिनाम की वीणा बजने लगी। वीणा बजानेवाले भक्त अपनी गर्दन में वीणा लटकाए चौबीस घंटे खड़े रहते। इस दरमियान वह वीणा को गले से निकालकर जमीन पर नहीं रख सकते थे। अतः वीणा लिए वे खड़े ही रहते हैं। दूसरी ओर नीलकंठेश्वर मन्दिर में सम्पूर्ण रामायण पाठ की शुरुआत हो गई थी। हनुमन्त पाटील रामायण का पाठ कर रहा था। रोकडोबा कोली रामायण का अर्थ समझा रहा था। मुसलमानों के मोहल्ले में भी रात-दिन नमाज अदा करने की खबर सुनाई दे रही थी।

भजन-कीर्तन, रामायण-पाठ आदि से गाँव का वातावरण मंगलमय हो गया। इसी बीच अमावस तीथि समीप आ गई। तुकाराम गड़रिया मरी माता के लिए एक गाभिन बकरी ले आया। यह भेंट उसने मरी माता के लिए मुफ्त में दी थी। अमावस के दिन सुबह भक्तगण गले में कौड़ियों की माला पहने, झाँज बजाते हुए निकल पड़े। आराधकों के शरीर में देवी का संचार हो गया था और वे गजब के झटके शरीर को देते, झूमते हुए सड़क पर चल रहे थे। बाकी आराधक ढोल-ताशों के ताल पर झूम रहे थे। कुछ लोग 'आई-राजा उदं-उदं' करते हुए अम्बा माता की जय-जयकार कर रहे थे। पूरा जुलूस मन्दिर की ओर बढ़ रहा था। गाभिन बकरी को फूलों की माला पहनाकर उसके माथे पर हल्दी और कुंकुम लगाते और उसे खींचते हुए मरी माता के मन्दिर की ओर ले जा रहे थे।

देवी माँ का संचार शेवन्तमाई के शरीर में हो गया था, अतः माता के मन्दिर में पहुँचने तक वह झूम रही थी और अपने दाँतों से नींबू को कटकटाकर चबा

रही थी। हाथों को मरोड़ते हुए होंठों को भींच रही थी। इस बीच चक्कर आते ही शेवन्तमाई गिर पड़ी। यह देख नारायण भक्त ने 'आई-राजा उदं-उदं' का मन्त्र शेवन्तमाई के कानों में फूँक दिया और शेवन्तमाई फिर से झूमने लगी। मरी माता का मन्दिर समीप आ गया। रुकम्या मांग और के-या कोली सिर पर गैस बत्ती लिए अँधेरे में बढ़ते हुए आगे-आगे चल रहे थे। गड़रिया सुरवदे और विष्णा ढोल-नगाड़ों को बड़े जोश के साथ बजा रहे थे। सारे ग्रामवासी माता के मन्दिर पहुँच गए।

गाँव के करतबगार सरपंच ने श्रद्धा-भक्ति से मरी माता की पूजा की और प्रार्थना करते हुए कहा, "मरी माँ, किल्लारी के सारे ग्रामवासी आपके दरबार में शरण लेने आए हैं। हे शक्तिरूपा माँ ! तुम्हारा गुणगान कैसे करें, तुम तो हरे-भरे पेड़ को क्षण में जलाकर भस्म कर देती हो, माँ ! किल्लारी की धरती में भड़कनेवाली अग्नि की ज्वालाओं को शान्त कर भूकम्प की इस विपदा से हमें बचाकर हमारा रक्षण कीजिए माँ !" अन्त में सरपंच सोपान ने माँ को साष्टांग दंडवत् किया। सरपंच की पूजा समाप्त होते ही शेवन्तमाई ने 'जय जगदम्बे माँ' की जय-जयकार के साथ भवानी माता, येडेश्वरी माता, तुलजा भवानी माता, काली माता, मरी माता, अम्बे-जगदम्बे कहते हुए माँ से प्रार्थना की और कहा, "हे जगदम्बे माता, आपके चरणों में सारे ग्रामवासी आए हैं। सबकी रक्षा करो। हे माँ, हे जगत-जननी, उन्हें खाली हाथों न लौटाना, माँ ! भूकम्प की विपत्ति से सारे गाँव का रक्षण कीजिए माँ !" इसके बाद शेवन्तमाई ने अपने गले में पड़ी कौड़ियों की माला को निकालकर सोपान के सिर पर घुमाया और पीठ पर हल्के से मारा। भस्म को सोपान के माथे पर लगाया। अब सारे ग्रामवासी मरी माता के दर्शन करते हुए गाभिन बकरी के पैर छूकर वन्दन करने लगे। गाभिन बकरी भय से काँपते हुए ब्याँ-ब्याँ करती हुई चिल्लाने लगी थी। अन्त में एकनाथ कोली ने उस बकरी को खुदवाए गए गहरे गड्ढे में धकेल दिया। बकरी जोर-जोर से ब्याँ-ब्याँ कर चीखती रही। सोपान से सबसे पहले बकरी पर मिट्टी डाली। अब जैसे किसी मुर्दे को दफनाते समय उसके शरीर पर मिट्टी डाली जाती है, उसी प्रकार गाँव के सारे लोगों ने गहरे गढ्ढे में मिट्टी डालते हुए उस जीवित बकरी की आवाज को सदा के लिए बन्द कर दिया। गढ्ढा जब अच्छी तरह मिट्टी से भरा गया तो सभी लोग अपने घर लौट गए।

महात्मा फुले, डॉ. बाबा साहेब आम्बेडकर के विचारों का आदर करनेवाले दलित कार्यकर्ता दिनकर काम्बले ने गाँव के इस भयावह, विकृत कृत्य को देखकर आगबबूला होते हुए अपने मित्र से कहा, "तेरी माँ की तो..मराठवाड़े के लोग कभी

नहीं सुधरेंगे। अन्धश्रद्धा के कारण वे किसी भी हद तक जाकर भयंकर कामों में प्रवृत्त होते हैं। संकटों का सामना करने से पहले ही अन्धश्रद्धा की बलि चढ़ जाते हैं। सैकड़ों सालों से चली आ रही रूढ़ियों का पालन करते हुए ऐसे विकृत और भयावह कृत्यों को बढ़ावा देते हैं। कहीं गाभिन बकरी को जीवित गाड़ने से, पोथी-पुराणों को पढ़ने से, या फिर कीर्तन-भजन-पूजन करने से आनेवाला भूकम्प रुक सकता है ?'' दिनकर की बातों को सुनकर सुभाष गड़रिए ने कहा, ''जब से तुम लोग बौद्ध हो गए हो, हिन्दू धर्म की किसी भी रीत को बिना वजह कोसने लगते हो।'' और फिर सारा दिन वह काम्बले पर ही अपना क्रोध उतारता रहा।

किल्लारीवासियों ने भूकम्प की शान्ति के लिए जो भी उपाय बताए, गाँव की सुख-शान्ति के लिए सोपान ने वे सारे कार्य धीरज के साथ पूरे किए। इन सारी बातों की उठा-पटक करते हुए वह थक चुका था। इन दिनों रात में वह ठीक से सो न सका था। अतः हनुमान मन्दिर में पोथी-पुराण को सुनते-सुनते सोपान की आँख लग गई। वह मन्दिर के एक बाजू में थोड़ा लेट गया। गाँव के लोग एक-दूसरे को धीरज बँधाते हुए नहाने तथा भोजन के लिए घर में प्रवेश कर रहे थे—इस विश्वास के साथ कि गाँव के सारे देवी-देवताओं की मनचाही पूजा-प्रार्थना सबने की है। मरी माता के सामने गाभिन बकरी की आहुति दी है। अब हमारे गाँव पर कोई आपत्ति नहीं आएगी और न ही भूकम्प आएगा। इस प्रकार सभी लोग अपने मन को समझाते हुए अपने कार्यों में व्यस्त रहने लगे।

प्रातःकाल किल्लारी पुलिस स्टेशन को वायरलेस से खबर दी गई। लातूर जिले के पालकमन्त्री किल्लारी गाँव को सहायता देने पहुँच रहे हैं। गाँव के सरपंच सोपान को यह सूचना फौजदार ने आकर दी और कहा कि मन्त्री महोदय सुबह दस-ग्यारह के दरमियान यहाँ पहुँच जाएँगे। सुबह ग्यारह बजे लाल बत्ती की गाड़ी किल्लारी पहुँची। मन्त्रीजी की गाड़ी के आगे पुलिस की गाड़ी का सायरन बज रहा था और उसके पीछे अन्य नेताओं की गाड़ियों का जमघट था। सायरन की आवाज सुनकर सारा गाँव घबरा गया। भूकम्प के भय से लोग पीड़ित थे ही। लाल बत्ती की गाड़ी से पालकमन्त्री लिम्बाले पाटील नीचे उतर आए। सारे गाँववासी मन्त्री को देखते ही इस प्रकार रोने लगे, जिस प्रकार कोई बच्चा अपनी माँ के आँचल से लिपटकर रोता है। किल्लारीवासियों को ऐसे रोते-बिलखते देखकर मन्त्रीजी की आँखों में पानी भर आया और वे भी रोने लगे। उन्होंने सोपान राव से कहा, ''अभी आप चिन्ता न करें। आपका दुख-दर्द अब सारे लातूर जिले का दुख-दर्द है। आपके गाँव को हम हर प्रकार की सहायता देंगे। आपके गाँव को अब सरकार गोद ले चुकी है। कल के भूकम्प से गाँव का जो नुकसान हुआ है, नियमानुसार

उसके पंचनामे हो गए हैं, अतः क्षतिग्रस्त लोगों को तुरन्त मदद दी जाएगी।''

अपने मतदाताओं को धीरज बँधाते हुए लिम्बाले पाटील ने कहा, ''किल्लारीवासियों को चिन्ता करने की आवश्यकता नहीं। भूकम्प एक प्राकृतिक आपदा है। इस प्राकृतिक प्रकोप का आगमन बिना किसी पूर्वाभास के होता है। हमारे देश में सब बातों पर शोध हो रहा है। अतः ऐसी प्राकृतिक आपदाओं से किस प्रकार निपटा जाए, इस पर हमारे भूकम्पीय और भू-भौतिकी वैज्ञानिक लगातार काम कर रहे हैं। आज दोपहर को हवाई जहाज से मैं दिल्ली पहुँच रहा हूँ। इस सन्दर्भ में प्रधानमन्त्रीजी को सारी बातों की जानकारी देते हुए आनेवाले भूकम्प के खतरों से अवगत कराऊँगा। साथ ही भूकम्पीय कारणों की जाँच के लिए बड़े-बड़े भूभौतिकी विशेषज्ञों को किल्लारी भेज रहा हूँ। भूकम्प के कारणों की जानकारी प्राप्त होते ही सरकारी दरबार में तुरन्त दस्तन्दाजी की जाएगी। गाँव की सुरक्षा की दृष्टि से निश्चित निर्णय लिए जाएँगे। अब अधिक चिन्ता न करें। खुशी और प्रसन्नता से त्यौहार मनाएँ। किस बात के लिए आप इतना घबरा रहे हो ? सारा भारत आपके पीछे खड़ा है। इस जिले के प्रतिनिधि के नाते आपका दुख मेरा दुख है। परन्तु किल्लारीवासियों का दुख सम्पूर्ण भारतवासियों का दुख भी है। इन बातों का आदर करनेवाले लोगों में से मैं हूँ। आप चिन्ता न करें। मेरे साथ अन्य मन्त्रीजी पधारे हैं। यहाँ की घटना की उन्हें भी जानकारी प्राप्त हुई है। वे भी आपकी सहायता करेंगे।''

मन्त्रीजी की बातों को ध्यानपूर्वक सुनते हुए सोपान ने कहा, ''साहब, किल्लारी गाँव की आबादी बीस-बाईस हजार के आसपास है। लातूर जिले में यह सबसे बड़ा गाँव है। इस नाते किल्लारी की अपनी अलग पहचान है। साहब, आप तो इस बात से परिचित हैं कि चुनाव में इस क्षेत्र के सारे मतदाताओं ने सम्पूर्ण मतदान कर आपको विजयी घोषित किया है। इन बातों से आप अन्दाजा लगा सकते हैं कि आपके प्रति हमारे मन में एक प्रकार का स्नेह और आत्मीयता है। अतः आप से हाथ जोड़कर विनती है कि आप दिल्ली में रहते हुए हमारी ओर से निगाहें न फेरें। भूकम्प से भयभीत इस गाँव का कोई इलाज कीजिए। भूकम्प के डर से सारा गाँव सड़कों पर आ गया है। घर में रहने और सोने के लिए कोई तैयार नहीं। बाहर ठंड में सिकुड़ते हुए लोग रात बिताते हैं। आप तुरन्त भूकम्प के कारणों का सही पता लगाइए। यदि माकणी बाँध के कारण भूकम्पीय तनाव की आशंका हो तो पूरे जलाशय के पानी को तेरणा नदी में छोड़ दें, अन्यथा हमारे गाँव का पुनर्वास कराएँ। यों हमारा गाँव स्वयं समर्थ है। पूरी शक्ति से हम लोग अपने पैरों पर खड़े होंगे, परन्तु भूकम्प के सन्दर्भ में सरकार की लापरवाही न हो।

केवल हमारे ही गाँव को भूकम्प के झटके क्यों लग रहे हैं, इस बात की सही जाँच होनी चाहिए। आपका अनन्त उपकार होगा।'' सोपान की बातों पर ध्यान देते हुए मन्त्रीजी ने कहा, ''सोपान, अब आप लोग चिन्ता करना छोड़ दें। आपके गाँव को अब किसी बात की परेशानी न होगी और न नुकसान पहुँचेगा। भौतिकी विशेषज्ञों ने यही कहा है। आप सब सुख-शान्ति से रहें।''

राधाबाई सबके बीच से उठते हुए कहने लगी, ''मन्त्री साहब, मुझे एक बात आप से कहनी है।'' लिम्बाले पाटील ने कहा, ''कहिए बाई, क्या कहना है ?'' राधाबाई ने कहा, ''साहब, भूकम्प के पहले झटके से मेरा बूढ़ा पति हौला खाकर बीमार हो गया और दूसरे झटके का खौफ उसके दिल में इतना गहरा उतर चुका है कि उसने अपना अन्न-पानी छोड़ दिया है। मेरा परिवार, मेरा सारा गाँव इस भूकम्प के कारण सड़कों पर आ गया है। साहब, आप तो कहते हैं कि सब लोग अपने घर जाकर सुख-शान्ति से रहें, पर यदि फिर भूकम्प का झटका लगा और हमारी जान जाती रही, तो क्या आप जिम्मेदारी ले रहे हैं ?'' राधाबाई मानसिक सन्तुलन खो चुकी थी। ऐसी स्थिति में वह बड़बड़ाने लगी—''...माटी-मिला जो भी नेता गाड़ी में बैठकर यहाँ आता है, 'अब कुछ नहीं होगा, सब लोग सुख-चैन से रहें' कहते हुए चला जाता है। मैं कहती हूँ कि कोई नेता हमारे बीच रहा है ? किसी ने चार-पाँच दिन यहाँ मुकाम किया है ? भूकम्प आने के बाद गाँव का माहौल कैसा हो जाता है, किसी ने देखा है ? हमारे साथ रहते हुए कभी यह देखा होता तो हमें भी भला लगता। इन माटी-मिलों का हमें केवल समझाने से क्या बिगड़ रहा है !'' राधाबाई इसी प्रकार बड़बड़ाती जा रही थी। सोपान ने उसे टोकते हुए कहा, ''चुप रहो राधाबाई, मन्त्री साहब हमारी भलाई की ही बातें कर रहे हैं।'' परन्तु राधाबाई के तेवर को देखते हुए मन्त्री महोदय ने अपनी सभा को समेट लिया और चाय-नाश्ते के लिए सोपान के बाड़े की ओर चल पड़े। रास्ते में लिम्बाले पाटील ने ड्राइवर को गाड़ी रुकवाने के लिए कहा और नीलकंठेश्वर भगवान के दर्शन किए। सोपान के घर पर चाय-नाश्ता लेकर सारे मन्त्री चले गए।

भूकम्प के बाद अब गाँव में अपने घर की रक्षा का भार बुजुर्गों को सौंपा गया। बाकी लोग रसोई का सामान खेतों पर ले जाते थे। गाँव के सारे बच्चों ने स्कूल जाना छोड़ दिया और गाँव से बाहर लँगड़ी, टिक्करे, लुका-छिपी खेलते हुए समय बिताने लगे। दीवाली की छुट्टियाँ अभी लग चुकी थीं। मास्टरजी अपने गाँव चले गए थे। किल्लारी को भूकम्प के छोटे-छोटे झटके प्रतिदिन लग रहे थे। फसल कटाई के दिनों में बाहर गाँव से पेट भरने आए बनिहारी अब अपने गाँव लौटने लगे। दीवाली पर मायके आई बहनें 'भैया-दूज' के दिन अपने भाई को टीका

लगाकर आरती उतारती हैं तथा मिष्ठान्न खिलाती हैं। परन्तु भूकम्प के डर से वे तुरन्त अपनी ससुराल पहुँचने की जल्दी में थीं। दीवाली के शुभ अवसर पर बहनों को भैया की ओर से साड़ी-चूड़ियों का उपहार दिया जाता है, परन्तु इस वर्ष वे खाली हाथों लौट रही थीं। भाइयों के मन को इससे दुख पहुँच रहा था, परन्तु कोई उपाय न था।

गाँव की इस दयनीय अवस्था को देखते हुए सोपान सोच रहा था कि शायद किसी की बुरी नजर हमारे गाँव को लगी है। सुख और शान्ति से भरे-पूरे गाँव की हालत दिन-ब-दिन बिगड़ती जा रही थी, जिसे देखकर सोपान का हृदय विकल हो रहा था। भूकम्प आए करीब पन्द्रह दिन बीत चुके थे। लोग अपनी जमीन-जायदाद सँभालने के लिए अपने खेतों में घूम रहे थे। गाँव में लगनेवाला साप्ताहिक बाजार लग चुका था। आसपास के लोगों की भीड़ खरीदी के लिए जमा होने लगी थी, परन्तु पहले जैसी रौनक न थी। दोपहर का समय था। ग्राहकों का लेन-देन तथा अन्य चीजों का क्रय-विक्रय चल रहा था। लोग इस बहाने बाजार में इधर-से-उधर घूम रहे थे। इसी समय अचानक कौवों की काँव-काँव का शोर सुनाई देने लगा। मोरों का केकारव सुनाई देने लगा और कुत्तों के भौंकने की आवाज आने लगी। इन सारी स्थितियों को देख सोपान के मन में आशंका उत्पन्न हुई और उसका दिल धड़कने लगा। उसे समझने में देर न लगी कि गाँव में फिर भूकम्प आएगा। यह सोचते हुए वह भागता हुआ नीलकंठेश्वर मन्दिर पहुँचा और पूरी शक्ति से मन्दिर का घंटा बजाने लगा। घंटे की आवाज सुनते ही सारा गाँव बाहर आ गया। बाजार में आए सारे स्त्री-पुरुष घबराकर इधर-उधर भागने लगे। इसी बीच जमीन से घुई ऽऽऽऽऽऽऽऽऽ घुई ऽऽऽऽऽऽऽ की आवाज उठने लगी और वर्षा से पहले होनेवाली बिजली की कड़कड़ाहट जैसी सुनाई देने लगी। तभी सारी जमीन पानी की लहरों की तरह हिलने लगी। जिस प्रकार गहरी नींद में सोए किसी व्यक्ति को अचानक हिलाकर उठाया जाए, तो उस व्यक्ति की जो स्थिति होती है, वैसी ही अवस्था सबकी हो रही थी।

धरती हिलने से सब लोग तिरछे होकर खुले मैदान में गिरने लगे। बाजार में मौजूद लोगों की अवस्था बहुत दयनीय थी। कुछ व्यापारी बाजार में अपनी चीजों और माल को छोड़कर भागने लगे। समय दिन का था, अतः सब लोग खुली जगह में इकट्ठा होने लगे। इस समय पुलिस ने आकर सबको सूचना दी और कहा कि 'शान्त रहें, शोरगुल न बढ़ाएँ। लातूर में वायरलेस के जरिए साहब को सूचना दी गई है।' पुलिस हाथों में डंडे सँभाले घबराई हुई इधर-से-उधर घूम रही थी। अब सोपान को अहसास हो रहा था कि इस गाँव में अब कोई सुरक्षित नहीं रह पाएगा।

यही सब सोचते हुए वह विचारों में खो गया। भूकम्प आने के बाद लोग एक-दूसरे से कहने लगे कि इस बार भूकम्प का झटका बड़ा नहीं था। 'जमीन थोड़ी-सी हिली है' कहते हुए सभी एक-दूसरे को धीरज बँधा रहे थे।

उधर गाँव के खुले मैदान से राधाबाई के चीखने-चिल्लाने की आवाज सुनाई दे रही थी। सोपान उस टीले पर पहुँचा तो देखा कि राधाबाई के पति की मृत्यु हो चुकी है। सोपान की ओर देखती राधाबाई सीना पीटते हुए रोने लगी थी और कह रही थी कि...मेरा बूढ़ा मुझे छोड़कर चला गया। अब मैं यह सूना माथा लिए गाँव में कैसे जीऊँगी। हे भगवान ! मेरे ही पति को ले गए ? मुझे भी साथ ले गए होते। हे भगवान ! हम लोगों ने तुम्हारा क्या बिगाड़ा था ? भूकम्प से गाँव का तो सत्यानाश हो ही चुका है, अब मेरे पति को उठा ले गया ! मेरे घर का सत्यानाश कर दिया और हमें नाचने के लिए छोड़ दिया। हे भगवान ! तुम्हारा भी सत्यानाश हो जाए। राधाबाई अब ईश्वर को कोसने लगी। भगवान को धिक्कारते हुए कहने लगी कि तुम भगवान होते हुए भी हमारे गाँव के लिए बैरी बने बैठे हो। हमें तुमने किस भयानक आपत्ति में धकेल दिया है ! इस प्रकार बड़बड़ाते हुए राधाबाई ने भगवान से पूछा, "हे भगवान ! तुम्हारे लिए हम लोगों ने क्या कुछ नहीं किया है। सारे गाँव ने तुम्हें लाड़-प्यार किया है। तुम्हारे नाम से जपतप-उपवास किए हैं। मरी माता को गाभिन बकरी की भेंट चढ़ाई है। फिर भी तुम हमारे गाँव को निगलने आ गए ? हे भगवान, अब मैं क्या करूँ ? राँड़ होकर अब मैं कैसे जी पाऊँगी। मेरा बूढ़ा तो आखिर मुझे छोड़कर चला ही गया। सोपान, अब तुम ही कहो, अब मैं कैसे जीवित रहूँ ? मैं तो पहले से ही कह रही थी कि उसे किसी दूसरी जगह ले जाऊँगी। भूकम्प से वह बहुत घबरा गया था, परन्तु गाँववालों ने मुझे कहीं जाने नहीं दिया।" कहते हुए राधाबाई गला फाड़कर रोती जा रही थी।

सोपान ने कहा, "हमारे गाँववालों पर एक से एक बढ़कर संकट आ रहे हैं। कुछ दिन पहले पारी को साँप ने डँस लिया, वह मर गई। उसके दुखों को हम अभी भूल भी न पाए थे कि गाँव को भूकम्प के झटके लगने लगे और सारा गाँव दुखसागर में डूब गया। अब राधाबाई के पति की मृत्यु हो गई।" हताश होते हुए सोपान ने कहा, "हमारे नसीब में केवल दूसरों के दुखों को देखते रहना ही लिखा है क्या ?"

राधाबाई अपने पति की यादों में खोई रो-रो कर कह रही थी, "मेरा पति थोड़ी देर पहले मुझसे बातें कर रहा था और रोटी के दो कौर मैंने उसे अपने हाथों से खिलाए थे। अब के भूकम्प में तो बूढ़ा खाट पर पड़ा सूपड़े में हिलते

दानों की तरह हिल रहा था। उसने जान कब छोड़ दी, पता ही न चला !'' शेवन्तमाई उसकी बातों को सुन रही थी। ''अन्त में दूध-पानी भी उसके मुँह में न गया। भगवान के मन में यह सब क्या चल रहा है ? शायद इस गाँव को पूरी तरह निगल लेने की बात सोच रखी है उसने !''

पिता की मृत्यु के कारण पि-या घुटनों में गर्दन दिए हुमस-हुमसकर रो रहा था। गाँव के लोगों ने बूढ़े की अर्थी तैयार की और उसे नहलाकर नए कपड़ों में लपेट दिया। गाँव की औरतों ने राधाबाई के माथे का सिन्दूर मिटा दिया और हाथ की चूड़ियाँ तोड़ दीं। ऐसी स्थिति में राधाबाई जोर-जोर से रोती हुई बड़बड़ाती जा रही थी—''मुझे बेवा क्यों बनाया ? मुझे अकेले यहाँ छोड़ स्वर्ग क्यों चले गए ? तुम्हारे साथ कठिनाइयों का सामना करते हुए मैंने हिम्मत से सारा कुछ किया है। धनी, भूखे पेट तुम्हारे साथ दिन बिताते हुए भी मैं सुख से रही। हे भगवान, पता नहीं हमारी जोड़ी को तुमने क्यों तोड़ दिया ? इसीलिए शायद गाँव में भूकम्प आया था, भगवान !'' कहते हुए राधाबाई लगातार छाती पीटती हुई रो रही थी। ऐसी स्थिति में बेरड की शेवन्तमाई राधाबाई को समझाते हुए कह रही थी, ''चुप बैठो राधाबाई, कितना रोएगी, रो-रोकर अब पति वापस तो न लौटेगा ? उसके नसीब में जितने दिन जीना लिखा था, उतने दिन जी लिया। उसका हुक्का-पानी अब खत्म हो गया था। इसीलिए भगवान के घर से उसे बुलावा आ गया। इसमें अब हम क्या करते ? राधा अब खुशी से अलविदा कहते हुए उसे मिट्टी दो। अच्छा ही हुआ, बूढ़ा भी भूमि पर लेटे-लेटे ऊब चुका था। जीवित होते हुए भी वह मृत्यु की यातना को भुगत रहा था। देखो राधा, अब बेमतलब के आँसू आँखों से न गिराओ। रो-रोकर तुम्हारी आँखें लाल हो गई हैं। हिम्मत मत हारो, सारा गाँव तुम्हारे साथ है।'' अब बाजे उलटे ढंग से बजने लगे थे। बूढ़े को अर्थी पर रखा गया। चार लोगों ने अर्थी को कन्धा दिया और श्मशानभूमि में बूढ़े के शव को चिता पर रखा। राधाबाई के गले में पड़े मंगलसूत्र से एक मणि निकालकर बूढ़े के मुँह में रखी गई। पि-या ने अन्तिम बार अपने पिता के मुँह में पानी डाला और चिता को अग्नि दी।

बूढ़े को मिट्टी देकर लोग गाँव की ओर आ रहे थे। इसी समय कौवों की काँव-काँव और मोर का केकारव फिर से सुनाई देने लगा। सोपान ने सोचा कि अभी तो हम बूढ़े की चिता को अग्नि देकर लौट ही रहे हैं। भूकम्प की बला फिर से आ रही है क्या ? उसने घबराकर इधर-उधर देखा। जमीन के भी कुछ हिलने का आभास हुआ। इस बार फिर मन्दिर के सामने सब लोग इकट्ठे हो गए। किसी ने सोपान से कहा कि भूकम्प से राधाबाई के पति की चिता ढहने लगी

थी। इस बात को सुनते ही राधाबाई बिलख-बिलखकर रोती हुई कहने लगी, ''अरे नीलकंठेश्वर, मेरे पति को स्वर्ग जाते समय तो सुख की साँस लेने दे। जीवित रहते हुए पति की कोई खास सेवा मैं कर न पाई। अब चिता पर तूने भी उसके शव को ठीक से नहीं जलने दिया। हे भगवान, क्यों मुझे बनवास दे रहे हो !''

लोगों ने राधाबाई को समझाया। सोपान ने बूढ़े की चिता को फिर से रचाकर कुछ लोगों को लेकर अग्नि देने के लिए भेजा। आधा जला बूढ़े का शव चिता से खिसकने के कारण भूने गए सूअर के समान दिखाई दे रहा था। लोगों ने फिर से बूढ़े के शव पर कुछ लकड़ियाँ और उपलों को और ऊपर से मिट्टी का तेल डाल दिया। एक बार फिर चिता को अग्नि दी गई। सोपान हताश था। वह कह रहा था कि हमारे गाँव में जब से भूकम्प आया है, हमारा जीना हराम हो गया। चारों तरफ दुख का अँधेरा छाया हुआ है। अब वह क्या करे, कुछ समझ में नहीं आ रहा।

भूकम्प के डर से गाँव के सारे लोग गाँव छोड़कर बाहर जाने को तैयार थे। शेवन्तमाई कहने लगी, ''अब यह गाँव हमें निगलकर ही दम लेगा।'' गाँव छोड़ने की तैयारी में उसने बोरिया-बिस्तर बाँध लिया। इस प्रकार उसे गाँव छोड़ते हुए देख अन्य लोग भी घर-बार छोड़कर सगे-सम्बन्धियों के यहाँ चले गए। कई लोग रसोई का सामान उठाए अपने खेतों में जाकर रहने लगे। देखते-ही-देखते गाँव का कोली बाड़ा, बेरडों की बस्ती, मांग, दलित, बंजाराबस्ती, मोमीनपुरा, बढ़ईबस्ती आदि बस्तियाँ खाली हो गईं। इस समय प्रत्येक मनुष्य सोच रहा था, 'जान सलामत तो पगड़ी हजार'। जान से प्यारी कोई वस्तु नहीं है। यही सोचते हुए किल्लारी के लोगों ने गाँव खाली कर दिया।

किल्लारी की परिस्थितियों को देखते हुए सरकारी मशीनरी भी परेशान और हताश थी। इन संकटों का सामना किस प्रकार करे, किसी को कुछ समझ में नहीं आता। अभी तक भूकम्प के सही कारणों का पता नहीं चला था। जिलाधिकारी परेशान थे। सोपान ने खीजते हुए कहा, ''अभी कुछ दिन पहले मन्त्रीजी हमारे गाँव आए थे। गाँव की सभा को सम्बोधित करते हुए बड़ी आत्मीयता और विश्वास से उन्होंने कहा था कि दिल्ली पहुँचते ही हम भौतिकी वैज्ञानिकों को किल्लारी भेज देंगे। उसके बाद किल्लारी को भूकम्प के पचास झटके लग चुके हैं। परन्तु अभी तक भौतिकी वैज्ञानिक किल्लारी नहीं पहुँच पाए।'' इन बातों की गहराई तक पहुँचने की कोशिश सोपान प्रतिदिन कर रहा था। अधिकारियों को फोन पर खबर देते और शिष्टमंडल ले जाते हुए सोपान परेशान हो गया था। अब तो अधिकारियों को भी अहसास होने लगा था कि 'जो रोज मरेगा उसे कौन

रोएगा।' अधिकारी वर्ग भी अब कहने लगा, "यदि किल्लारी को दिन में चार-पाँच बार भूकम्प के झटके लग रहे हों तो क्या करें ?" वे भी इन घटनाओं से परेशान थे। लातूर की पत्रकार मंडली प्रतिदिन किल्लारी पहुँचती थी और अपने समाचार पत्रों में किल्लारी की खबरें छाप रही थी। जो लोग किल्लारी छोड़कर बाहर चले गए थे, वे समाचार पत्रों के माध्यम से अपने गाँव के हालात और सरकार की ओर से हो रही कार्यवाही को समझने की कोशिश करते थे। किल्लारी-भूकम्प की आँखों देखी खबरें प्रतिदिन सामचार पत्रों के पहले पन्ने पर छपती थीं। किल्लारी में अब वीरानी और श्मशानवत् शान्ति छाई हुई थी। प्रत्येक मनुष्य एक-दूसरे से मिलते हुए भूकम्प की ही बातें छेड़ता था। ग्रामवासियों से किल्लारी में ही रहने का आग्रह सोपान कर रहा था, परन्तु उसे कोई प्रतिसाद न मिला। भूकम्प के आतंक से सारा गाँव खाली हो चुका था। ऐसी स्थिति का लाभ चोर आसानी से उठा रहे थे। उन्होंने लोगों के घरों में तोड़-फोड़कर चोरियाँ कीं। वे निडर होकर चोरी कर रहे थे। इसी कारण कुछ धनी किसानों ने एक मत से यह निर्णय लिया कि अपने बाड़ों की रक्षा के लिए नौकरों को रखा जाए। ये धनवान किसान चोरी की वारदातों को लेकर बहुत परेशान थे। अतः कुछ नौकरों को बाड़े की रक्षा के लिए रखा गया।

अब सरपंच सोपान ने अपनी गढ़ी पर ताला लटका दिया। गाँव के बाहर की बंजर जमीन पर मवेशियों के गोठे में अपने माँ-पिता, बहन-भाई, पत्नी तथा बच्चे को ले आया। कुछ आवश्यक वस्तुओं को साथ लेते हुए सोपान का परिवार मवेशियों के गोठे में रहने लगा। कभी दहलीज के बाहर कदम न रखनेवाली और पर्दों में रहनेवाली स्त्रियाँ भूकम्प के कारण बाहर मैदान में आकर रहने लगीं। सरकारी अफसर, भूगर्भ वैज्ञानिक किल्लारी आ रहे थे और गाँव से माटी-मसान ले जाते थे। कुछ अन्दाजा लगाकर समाचार पत्रों में छाप देते थे। सभी विशेषज्ञ भूकम्प को लेकर अपने मतों और विचारों को व्यक्त कर रहे थे, हालाँकि इनके मतों में कहीं समानता नहीं थी। छत्तीस के आँकड़े के समान सबके मत अलग-अलग थे। भू-भौतिकी वैज्ञानिकों के विरोधी सुरों से यही प्रकट हो रहा था। इन दोनों के बीच किल्लारी गाँव के लोग परेशान तथा हताश हो चुके थे। मृत्यु की आशंका से सारे भयभीत थे। स्कूली बच्चों के लुका-छिपीवाले खेल के समान भूकम्प के झटके दिन में चार-पाँच बार महसूस होने लगे थे। पुलिस भी बार-बार उन्हीं सूचनाओं को देकर तंग आ चुकी थी। प्रतिदिन के झटकों की सूचना शुरू-शुरू में वह अपने अधिकारियों को देती रही, परन्तु अब दिन में कई बार किल्लारी में भूकम्प के झटके आने लगे थे। अतः पुलिस दिन-भर में आए भूकम्प की सूचना अब एक ही बार शाम में देने लगी। किल्लारी गाँव की वीरानी से

पुलिस भी घबराने लगी थी। वह भी गाँव में रहने से कतरा रही थी। सिपाही सोचते कि यदि भूकम्प का भारी झटका लगा और धरती काँप उठी तो उनके परिवार और सगे-सम्बन्धियों का क्या होगा ? यदि हमारा कुछ भला-बुरा हो गया तो हमारे बाल-बच्चों का भविष्य क्या होगा ? यही सब सोचते हुए वे मजबूरी में अपनी हथेली जान पर लिए अपना कर्तव्य निबाह रहे थे। अपने 'पुलिस' नाम की खातिर भूकम्प की सूचनाएँ देते हुए वे किल्लारी में डेरा डाले पड़े थे।

कई पुलिस अफसर भूकम्प के डर से अपने कोर्ट-कचहरी के कामों के बहाने लातूर में मुकाम करते थे। अधिकारी वर्ग बहुत-से काम अपने कर्मचारियों और जमादारों को सौंपते हुए निश्चिन्त रहता था, और भूकम्प से जुड़ी बातों के सन्दर्भ में प्रतिक्रिया देने में कतराता था। भूकम्प मानो प्रतिदिन आनेवाला मेहमान था। किल्लारी में अब किसी को कुछ सुनाने और कहने के लिए कोई नया विषय नहीं रह गया था।

किल्लारी में आनेवाले भूकम्प के कारण लातूर जिले के विकास में रोड़े अटक गए थे। इसी कारण अधिकारी वर्ग ने किल्लारी की ओर विशेष ध्यान देना छोड़ दिया था। किल्लारी में यदि कोई राजनीतिक नेता आ रहे हैं, तो केवल उतने समय तक ही वे उनका साथ देते। सोपान इस बात को अच्छी तरह समझ चुका था कि सरकार ने गाँव की ओर ध्यान देना छोड़ दिया है। अतः गाँव के कुछ प्रतिष्ठित लोगों का शिष्टमंडल लिए सोपान लातूर के जिलाधिकारी के ऑफिस पहुँचा। जिलाधिकारी के सामने सब लोगों ने एक ही माँग रखी कि वे तुरन्त हमारे गाँव का पुनर्वास करें। जिलाधिकारी ने शिष्टमंडल से कहा, "कार्यवाही जारी है। फिर भी आपकी माँग और सूचनाएँ सरकार के सामने रख दी जाएँगी।"

किल्लारी की इन सारी परिस्थितियों को देखते हुए सोपान शान्ति से न बैठ पाता। अतः लातूर के अनेक नेताओं से मिलते हुए किल्लारी की गम्भीर स्थिति की जानकारी दे रहा था। कभी वह अपने जिले के पालकमन्त्री से मिल रहा था तो कभी दिल्ली स्थित लिम्बाले पाटील को पत्रों से सूचना देते हुए विनती कर रहा था कि हमारे गाँव की गम्भीर स्थिति की जाँच करते हुए तुरन्त कुछ निर्णय लेना आवश्यक है। गाँव के अन्य प्रतिष्ठित नागरिकों को साथ लिए वह गाँव को भूकम्प से बचाने की फिक्र में घूम रहा था। परन्तु ठीक से साथ देनेवाला उसे कोई नहीं मिला। ऐसी स्थिति में कुछ नेता तो उसे छेड़ते हुए कहते, "क्यों सोपान राव, प्रतिदिन सुबह उठकर भूकम्प तुम्हारे ही गाँव क्यों चला आता है ? आपके गाँव ने कुछ अधिक पाप किया है क्या ?" जिला परिषद के अध्यक्ष ने सोपान राव से बड़े विश्वास से पूछते हुए कहा, "कुछ बातें तो मेरी भी समझ में नहीं

आतीं कि आपके गाँव में यह हो क्या रहा है ? मैं किल्लारी के लोगों से मिलने आ रहा हूँ।'' अब सोपान सहित अध्यक्ष साहब कार से किल्लारी पहुँचे। किल्लारी गाँव में जो थोड़े-बहुत लोग रहते थे, उनको सम्बोधित करते हुए अध्यक्षजी ने कहा, ''मेरी बातों की ओर ध्यान दें। अब आप अधिक चिन्ता न करें, क्योंकि मुझे यह अहसास हो रहा है कि अब किल्लारी में भूकम्प नहीं आएगा। गाँव छोड़कर चले गए ग्रामवासियों से मैं यह विनती करता हूँ कि सब लोग अपनी खेती-बाड़ी को सँभालने के लिए अपने घर वापस लौट आएँ और अपना जीवन सुख-शान्ति से बिताएँ।'' इस प्रकार अध्यक्ष महोदय धीरज बँधाते हुए कुछ बातें समझा रहे थे। इसी समय भूकम्प के पूर्वाभास की चेतावनी-स्वरूप कौवों की काँव-काँव और मोरों के टेहूँ-टेहूँ के स्वर गूँजने लगे। लोग भूकम्प के डर से घबरा गए थे। लोगों का विश्वास भू-भौतिकी वैज्ञानिकों तथा भूकम्पमापक उपकरणों से अधिक मनुष्य के आसपास रहनेवाले जीव-जन्तुओं पर था। गाँववालों को अब तक यह अहसास हो चुका था कि भूकम्प आने से पहले कौवे, कुत्ते तथा मोर अपनी हरकतों से भूकम्प की चेतावनी देते हैं। वास्तव में ही भूकम्प उसी समय आता है और धरती काँपने लगती है।

अध्यक्षजी सोपान से बातें कर रहे थे। उन्होंने सोपान से पूछा, ''लोग इधर-उधर क्यों भाग रहे हैं ?'' सोपान ने कहा, ''साहब, अब कुछ ही क्षणों में हमारे गाँव में भूकम्प आएगा। इस बात की पूर्वसूचना मोर, कौवे तथा कुत्ते अपनी खास शैली में गाँववालों को दे रहे हैं।'' सोपान की बातों पर अध्यक्ष महोदय अभी आश्चर्य प्रकट कर ही रहे थे कि भूमि से अचानक कड़कड़ाकर आवाजें उठने लगीं और धरती कँप-कँपाने लगी। ऐसी स्थिति में अध्यक्षजी घबरा गए और दौड़ते हुए अपनी कार की ओर बढ़े। वे तुरन्त कार में बैठ गए और हड़बड़ी में सोपान से कहा, ''लातूर में कई कार्यक्रमों का आयोजन है। वहाँ पहुँचना मेरे लिए आवश्यक है। अतः अब मैं निकल रहा हूँ।'' अध्यक्षजी की घबराई हुई स्थिति को पहचानते हुए सोपान ने कहा, ''साहब, थोड़ी देर के लिए और ठहर जाते तो आपको भी पता चलता कि भूकम्प का झटका गाँव को कैसे लगता है और लोग किस प्रकार बेहाल और परेशान होते हैं। आपको भी थोड़ा-सा अनुभव तो होता। साहब, आपने अभी-अभी हमें विश्वास दिलाते हुए कहा था कि किल्लारी में अब भूकम्प नहीं आएगा। वैज्ञानिकों ने भी कहा था। परन्तु यह सब कैसे हुआ ? साहब, इस बार तो जमीन जरा-सी हिली थी, तो भी आप लोग सभा से भागने लगे !'' इस प्रकार सोपान की अध्यक्ष से नोंक-झोंक हो रही थी। सोपान की बातें सुनते हुए अध्यक्ष ने कहा, ''सोपान, प्रत्यक्ष अनुभव से आपके

गाँव की गम्भीर स्थिति का अहसास मुझे अब हुआ है। गाँव की परिस्थितियों के सन्दर्भ में आपने जो कहा था, वह यथार्थ है, सत्य है। इन सारी भयावह परिस्थितियों को उद्घाटित करते हुए मन्त्रीजी को आपके गाँव के लिए तुरन्त कुछ करने के लिए कहूँगा।'' कहते हुए अध्यक्षजी कार से अपने गाँव की ओर चल पड़े। अपने ड्राइवर को सूचना देते हुए उन्होंने कहा, ''जितनी जल्दी हो सके, अपनी कार किल्लारी से बाहर निकालो। क्या पता बिना वजह इस भूकम्प में हमारा ही भला-बुरा हो जाए।''

किल्लारी में अब श्मशानवत् सन्नाटा छाया हुआ था। गाँव में एक प्रकार की उदासी छाई हुई थी। पुलिस अधिकारी कभी-कभार गाँव की रक्षा हेतु मुँह में तम्बाकू दबाए जमीन पर लाठी पटकते हुए घूमते थे। सारे धनी किसानों ने अपने खेतों में काम करनेवाले नौकरों को अपने बाड़ों की रखवाली के लिए बिठाया था। किल्लारीवासी अब अपने गाँव को छोड़ चुके थे। कई लोग सगे-सम्बन्धियों, रिश्तेदारों के यहाँ रहने लगे। कई लोग सड़के के किनारे, खेतों में या गाँव के बाहर खुले मैदान में जहाँ कहीं उन्हें सहारा मिला, मुकाम करने लगे। लातूर की गली-गली में अब किल्लारी के लोग दिखाई दे रहे थे। लातूरवासी, भूकम्प पीड़ितों की दयनीय दशा को जानते हुए अपने भोजन से कुछ हिस्सा किल्लारीवासी भूखे बाल-बच्चों का पेट भरने के लिए निकाल देते। किल्लारी पर आई इस भयावह प्राकृतिक आपदा से परेशान लोगों की परेशानियों तथा बेहाल स्थिति को समझते हुए सारा लातूर भूकम्प पीड़ितों की सहायता में जुटा हुआ था।

किल्लारी में लगातार आते भूकम्प के झटकों से परेशान लोग गाँव छोड़कर अन्य कहीं चल पड़े थे। लातूर में रहनेवाले सगे-सम्बन्धियों के यहाँ लगातार भीड़ बढ़ती जा रही थी। वैसे किल्लारी के किसानों को किसी से याचना करने की आवश्यकता न थी, परन्तु आज सम्पन्न किसानों को भी दूसरों के आगे हाथ फैलाने के लिए विवश होना पड़ा था। गाँववालों की इस दयनीय, असहाय अवस्था को देखते हुए सोपान सोचने लगा कि एक समय वह था जब अपना पेट पालने के लिए बाहर से लोग किल्लारी चले आते थे और आज किल्लारी के लोगों को भूकम्प की बला ने औरों के दरवाजे पर पेट पालने के लिए मजबूर कर दिया है। अपने भरे-पूरे संसार को छोड़कर अपने परिवार के पालन-पोषण की जिम्मेदारी को निबाहने के लिए किल्लारी के लोगों को लातूर में कामकाज करने के लिए विवश होना पड़ा था। बारह-बारह बैलों की जोड़ियों को सँभालनेवाले किसानों की दयनीय अवस्था को देखकर सोपान का दिल रो रहा था।

किल्लारी गाँव के अधिकतर लोग लातूर में जा बसे थे, अतः कामकाज करनेवाले लोगों की संख्या वहाँ बढ़ने लगी। जिस प्रकार मंडी में सब्जियों की दुकानें लगती हैं, उसी प्रकार अब लातूर के शिवाजी चौक में, गंजगोलाई में मजदूरों का समूह खड़ा रहता कि कोई इन हाथों को काम दे। इस आशा से घंटों तक वे खड़े रहते, जिनमें जवान मजदूरों तथा बिना बाल-बच्चोंवाली औरतों को प्रधानता दी जाती। बड़ी-बड़ी बिल्डिंग बनवाने के लिए राजगीरी करनेवाले कुशल मिस्त्री इन मजदूरों को काम के लिए ले जाते। बड़े-बूढ़े और बाल-बच्चोंवाली औरतों को काम देने में वे आनाकानी करते।

इस प्रकार विवश हो मायूसी की स्थितियों में किल्लारीवासी अपने दिन गुजार रहे थे। आए दिन समाचार-पत्रों में खबरें छपकर आया करतीं—'किल्लारी में अब भूकम्प नहीं आएगा।' लेकिन अखबारों में छपी हुई खबरों और नेतागणों के आश्वासनों से किल्लारीवासियों का पूरी तरह विश्वास उठ चुका था, अतः कुछ लोग ज्योतिषियों और मान्त्रिकों का सहारा लेते हुए भविष्य में आनेवाले भूकम्प के सन्दर्भ में चौकसी बरतने लगे थे। इस सुनहरे मौके का फायदा उठाते हुए मान्त्रिक, तान्त्रिक और ज्योतिषी अपने-अपने ढंग से आनेवाले भूकम्प की तारीखों को जाहिर करते। अतः इन दिनों इन लोगों की गाड़ी तेजी से दौड़ रही थी।

किल्लारी के पास मल्लिनाथ महाराज का मठ था। इस मठ में भविष्य में आनेवाले भूकम्प के सन्दर्भ में पूछताछ के लिए लोगों की भीड़ लगी रहती। मल्लिनाथ महाराज बीच-बीच में मुँह से कुछ बुदबुदाते और शंख बजाते थे। भूकम्प-वार्ता को जाहिर करते हुए वे कहते, 'शुक्रवार की सुबह चार बजे भूकम्प आए।' तो कभी 'दस-तारीख की मध्यरात्रि में भूकम्प आएगा, अतः आप सभी सतर्क रहें'। इस प्रकार मल्लिनाथ महाराज भूकम्प-वार्ता में चार-पाँच तिथियाँ बता देते। संयोगवश बताई गई किसी एक तारीख में भूकम्प आ ही जाता और मल्लिनाथ महाराज सच्चे शिवभक्त के रूप में पहचाते जाते !

मल्लिनाथ महाराज के मठ में प्रवचन सुनने के लिए लोग जाते थे। एक दिन मल्लिनाथ महाराज ने प्रवचन करते हुए कहा, "अब यह कलयुग समाप्त हो जाएगा और नवयुग आ रहा है। कलयुग का यह कलि सारे मनुष्यों को लेकर डूबनेवाला है।" महाराज के ऐसे वचनों को सुनकर किल्लारी के लोगों की धड़कनें तेज हो जातीं और दिल बैठने लगते। लोग आपस में बातें करते हुए कहते—अब हमारा गाँव धरती के नीचे समा जाएगा। महाराज के इन वचनों का असर इतना गहरा था कि किल्लारी के आसपास खेतों में रहनेवाले लोग भी भय से अपना बोरिया-बिस्तर सँभाले गाँव छोड़कर चले जाते। एक दिन केवल और गया

दो सहेलियाँ आपस में बातें करती हुई जंगल की ओर दिशापानी के लिए निकली थीं। केवल ने गया से कहा, "हाय राम, अब क्या करें। अब तो हमारा गाँव ही धरती के भीतर समा जाएगा। मल्लिनाथ महाराज ने यह बात कही है। जिस प्रकार सीतामाई को धरती ने अपनी गोद में समा लिया था, उसी प्रकार अपना यह किल्लारी गाँव भी भूमि में समा जाएगा। महाराज के यह वचन क्या सचमुच सत्य होंगे ? सीतामाई के समान ही हमारे गाँव की स्थिति होगी क्या ?" इस प्रकार की अद्भुत वार्ताएँ गाँव में हवा की तरह फैलते देर न लगती थी।

भूकम्प के कारण किल्लारी मंडी की हालत खराब थी। पहले सप्ताह में एक दिन बड़ा बाजार लगा करता था। अब वह बाजार लगना बन्द हो चुका था। चीनी कारखाने में काम करना मजूदरों ने छोड़ दिया था, अतः वह कारखाना बन्द हो गया था। गाँव के मवेशियों के मालिक का पता न होने से मवेशी बेछूट गाँव के खेत-खलिहानों में भटकने लगे। साथ ही खेतों में खड़ी फसलों को नष्ट करने लगे थे। दूसरी ओर गाँव में लोगों के चले जाने से गलियों में बिल्लियाँ और कुत्ते सुर में रोने लगे थे। रात के सन्नाटे में उनकी आवाजें दूर तक सुनाई देतीं और गाँव के बड़े-बूढ़े कहते कि कुत्तों के इस तरह रोने से गाँव के गाँव डूब जाते हैं। शेवन्तमाई भूकम्प के डर और कुत्तों के रोने को सुनकर रात में सो न पाती और सारी रात आँखों ही आँखों में काट देती।

किल्लारी गाँव में उदासी छाई थी। भूकम्प के डर से सारा गाँव सूना पड़ा था। गाँव के लोग किसी तरह जीवन जी रहे थे। सगे-सम्बन्धियों या रिश्तेदारों के यहाँ भूकम्पपीड़ित लोग कितने दिन रहते ? मेहमानों की मेहमाननवाजी कितने दिन की जाएगी ? उन्हें सँभालने की कोशिशें भी कहाँ तक होती रहेंगी ? भूकम्प के सन्दर्भ में निश्चित कुछ कह पाना भी सम्भव नहीं था। इन सारी बातों को सोचते हुए किल्लारीवासी अपने गाँव लौटने की बात मन-ही-मन सोचने लगे थे। गाँव का सरपंच सोपान अपने परिवारसहित अंगूर-बगीचे में अपना बैल-बारदाना सँभाले रहता था। भूकम्प के झटकों से हुई मकानों की क्षति आदि बातों की जानकारी भी कभी-कभार गलियों में घूमते हुए सोपान लिया करता। भूकम्प का तांडव करीब एक महीने से किल्लारी में चल रहा था।

बीते पच्चीस-तीस दिनों से धरती शान्त थी। कहीं से कोई आवाज या भूकम्प का झटका नहीं आया था। अतः किल्लारी के पुलिस स्टेशन से यह जानकारी दी जा रही थी कि भूकम्प शान्त हो गया है। वह अब नहीं आएगा। इसी बीच लातूर के मन्त्री भू-भौतिकी-विशेषज्ञों को लेकर किल्लारी पहुँचे। विशेषज्ञों ने किल्लारी का सूक्ष्म निरीक्षण करते हुए भूकम्प के सन्दर्भ में जाँच की और अनुमान लगाते हुए

कहा, ''अब किल्लारीवासियों को भूकम्प के डर से घर छोड़ने की आवश्यकता नहीं है, क्योंकि भूकम्प के झटके कुछ दिनों तक लगातार आने के बाद यदि रुक जाते हैं, तो उस क्षेत्र में कम-से-कम दस साल तक भूकम्प नहीं आएगा।'' इस बात को स्पष्ट करते हुए विशेषज्ञों ने कहा, ''यदि हम नदी के जल में किसी कंकड़ को उठाकर फेंक देते हैं, तो पानी की सतह पर तरंगें उठने लगती हैं और वह दूर-दूर तक दिखाई देती हैं। उसी प्रकार जमीन के भीतरी भाग में मौजूद लावे में होता है। भूकम्प के झटके से तरल लावा यदि एक बार भी हिल जाता है तो उसका असर दस-पन्द्रह दिनों से लेकर एक माह तक रहता है, जिससे जमीन रह-रहकर काँपती रहती है। अतः अगर पन्द्रह या अधिक दिनों तक जमीन जरा भी न हिले तो लावे को सदा के लिए शान्त हो गया समझना चाहिए। अतः यह अनुमान लगाया जाता है कि किल्लारी के आसपास की भूमि में मौजूद लावा अब शान्त हो गया है।''

भूगर्भ-विज्ञान-विशेषज्ञों के अनुमान पर विश्वास प्रकट करते हुए किल्लारीवासी अब अपने घर लौटने लगे थे। भूकम्प के कोई आसार अब नजर नहीं आ रहे थे। इसी कारण अधिकारीगण, विशेषज्ञ, मन्त्रीगण और ग्राम-सरपंच सोपान ग्रामवासियों को समझा रहे थे। अतः उसी जगह सब लोगों ने एक पत्रकार सम्मेलन का आयोजन किया। अधिकारीवर्ग, विशेषज्ञों तथा मन्त्रीजी ने मिलकर कहा कि अब किल्लारीवासी भूकम्प की अफवाहों पर भरोसा न करते हुए अपने गाँव की ओर लौट आएँ और सुख-शान्ति से अपना काम करें। गाँव से बाहर खुली जगहों पर, खेतों में तथा और कहीं भी रुके हुए सभी ग्रामवासियों से मेरी विनती है कि वे वापस अपने घर लौट आएँ। इसके बाद मन्त्रीजी ने विश्वास देते और धीरज बँधाते हुए किल्लारीवासियों को आश्वस्त करते हुए कहा, ''यदि भविष्य में किल्लारी में भूकम्प आया तो सरकार किल्लारी गाँव के लोगों के पुनर्वासन की जिम्मेदारी स्वयं लेगी।''

दूसरे दिन इस प्रकार की खबरें मराठवाड़ा के गली-कूचों में समाचार पत्रों के माध्यम से पहुँच चुकी थीं। भू-भौतिकी विशेषज्ञों ने अखबारों के माध्यम से अपने विचारों को प्रकट करते हुए कहा था कि यदि हाथी की पीठ से चींटी गुजर जाती है तो क्या हाथी को पता चलता है ? यही बात जमीन के भीतरी भाग में होती हलचलों के बारे में है। इस छोर से उस छोर तक फैली धरती हल्की-सी हिल जाती है तो इसमें घबराने की कोई बात नहीं।

इस प्रकार आशा की किरणें समाचार पत्र बिखेरने लगे थे। अखबारों में छपनेवाली इन खबरों को पढ़कर सोपान सोचने लगा था कि इस तरह भूकम्प के डर से बीवी-बच्चों को साथ लिए लोग इस जाड़े में कितने दिन गुजारेंगे और

कितने दिनों तक बाहर खुले मैदान में पड़े रहेंगे। अब तो किल्लारी में वैज्ञानिकों ने आकर जाँच-पड़ताल की है और कहा भी है कि किल्लारी में भूकम्प नहीं आएगा। यदि सबसे पहले गाँव में रहने के लिए मैं ही चला जाऊँ तो शायद गाँव के अन्य लोग भी चले आएँगे। अतः एक दिन सोपान ने अपना बोरिया-बिस्तर समेट लिया और गाँव में जाकर रहने की ठानी। इसके बाद उसने अंगूरों के बगीचे में बसाए छोटे-से संसार को ट्रैक्टर में समेट लिया और परिवार सहित अपने पुराने बाड़े में पहुँचा। दूसरे दिन अखबारवालों ने खबर भी छाप दी—'किल्लारी के सरपंच सोपान राव और अनेक किसान परिवार गाँव में वापस लौट आए हैं। अब किल्लारी में भूकम्प नहीं आएगा। अतः सभी ग्रामवासियों को अब अपने गाँव लौट जाना चाहिए। इस प्रकार की अपील किल्लारी के सरपंच सोपान राव ने की है।' समाचार पत्रों में छपी इन खबरों को पढ़कर बड़े विश्वास के साथ किल्लारी गाँव के धनी किसान, व्यापारी वर्ग, गरीब मजदूर तुरन्त लौटने लगे। अपने गाँव से बाहर रहने के कारण सब लोग पहले ही परेशान थे। किल्लारीवासियों की अवस्था बसेरे के लिए आए पशु-पक्षियों के समान ही हो गई थी। अब यह पंछी अपने भले-बुरे अनुभवों को साथ लिए अपने घर पहुँच रहे थे। भूकम्प के कारण अपने रिश्तेदारों को होनेवाली तकलीफ और परेशानियों से सब परिचित थे, अतः रिश्तेदार भी सोच रहे थे कि भूकम्प एक बड़ी समस्या बन चुकी है। ऐसे में समस्याग्रस्त लोगों की मेहमाननवाजी और कितने दिनों तक करनी होगी ? मेहमानों का मुकाम दिन-ब-दिन बढ़ने के कारण भी वे नाक-भौं सिकोड़ने लगे थे। परिणामतः गाँव का प्रत्येक मनुष्य पंछियों की तरह अपने बसेरे की ओर लौट रहा था।

गाँववालों के लौटने के कारण गाँव की स्थिति में धीरे-धीरे परिवर्तन आने लगा। मानो श्मशान में पड़े मुर्दों के शरीर में फिर से जान आने लगी हो। करीब डेढ़ महीने से वीरान किल्लारी में अब जीवन की रौनक दिखाई दे रही थी। गाँव के नीलकंठेश्वर मन्दिर में सुविधा के अनुसार लोग दर्शन करने पहुँच रहे थे और एक-दूसरे के सुख-दुख के सम्बन्ध में पूछताछ कर रहे थे। बीते हुए दिनों को याद करते-करते उनकी बातों में रंग भर जाता। आज डेढ़ महीने बाद किल्लारी के सारे देवी-देवताओं के मन्दिर में दीया-बाती, भजन-कीर्तन, आरती-उदबत्ती की खुशबू हवा में लहरा रही थी। आज तक मन्दिरों की सफाई भी किसी ने नहीं की थी। परन्तु आज भजन- पूजन-कीर्तन की मधुर धुन किल्लारीवासियों के कानों को आनन्द देने लगी। नीलकंठेश्वरजी तथा हुनमानजी को लोग नारियल चढ़ा रहे थे और केसरियों का ढेर लग रहा था। गाँव की खुशहाली की कामना से प्रत्येक व्यक्ति नारियल चढ़ाते

हुए कहता, नीलकंठेश्वरजी ने हमें संकटों से बचा लिया है।

मन्दिर की घंटियों की आवाज अब सुबह-शाम सुनाई देती। गाँव के उस्मानपुरे की मस्जिद में नमाज अदा करने से पहले अजान की आवाज लाऊडस्पीकर पर प्रतिदिन सुनाई दे रही थी। पाठशाला में बजनेवाली घंटी को सुनते ही बालक-बालिकाओं के समूह स्कूल की ओर बढ़ते दिखाई देते थे। सेवक वर्ग पाठशाला की साफ-सफाई में जुटे थे और धीरे-धीरे मास्टरजी भी छात्रों की पढ़ाई में रुचि ले रहे थे। मजूदरों के न होने से चीनी कारखाना अब तक बन्द था, परन्तु अब उसका भोंपू दिन में तीन बार बजने लगा था। कारखाने के आसपास की चाय की दुकानें खुल गई थीं। व्यापारी वर्ग अपनी दुकानों में जमी हुई धूल को साफ करते हुए ग्राहकों की राह देख रहे थे। परन्तु किल्लारी की मंडी में लगनेवाले साप्ताहिक बाजार में अभी तक रौनक न थी।

बहुत दिनों से गहरे सन्नाटे की धुन्ध में खोया कोली-बाड़ा, गड़रियों की गली, बेरड बस्ती, दलित बस्ती, बंजारा तांडा, उस्मानपुरा, तेलीगली, लुहार, चमार, मांग, मराठा, लिंगायतों आदि की गलियों में लगे खम्भों पर दीयों का प्रकाश जगमगा रहा था। घर-घर में भी दीये जलने लगे थे। सारे गाँव को आनन्द में खोया हुआ देख सोपान खुश होकर राहत की साँस ले रहा था।

परन्तु भूकम्प का भय लोगों के दिलों से अभी समाप्त नहीं हुआ था। मन की गहराई में बैठा यह डर इतना खौफनाक था कि रात के समय बिल्ली या चूहे ने घर में किसी चीज को नीचे गिराया हो तो नींद में खोए लोग घबराकर घर से बाहर दौड़ने लगते। इस पर जब कहीं कोई कहता कि भूकम्प नहीं आया, बल्कि चूहे ने थाली नीचे गिराई है, तभी लोग दोबारा सो पाते। फिर भी सावधानी के लिए सरपंच सोपान राव ने सारी रात पारी से जागते रहने के लिए गाँव के पच्चीस-तीस युवकों के तीन दल तैयार किए। यह पहरा गाँव की रक्षा के लिए लगाया गया। किल्लारी में लोग घर में केवल रसोई बनाते और बाकी समय आँगन में बैठे गप्पें हाँकते और अतीत की यादों में खो जाते। खेत-खलिहानों में आई फसल को गाँव के मवेशियों ने गटक लिया था, अतः खेतों के काम में किसानों का मन न लगता था।

किल्लारी की सर्वसामान्य गरीब जनता घर में बचाए कुछ धन के सहारे अपना पेट पाल रही थी। ऐसी विकट अवस्था में सोपान का सारा ध्यान अपने गाँव के लोगों की ओर लगा रहता। गाँव की गलियों में घूमते हुए वह लोगों की पूछताछ करता। ऐसे ही घूमते हुए सोपान उस्मानपुरा पहुँचा। करीम चाचा ने सोपान से कहा, ''सरपंचजी, अपने गाँव में अब शान्ति है। परन्तु कुछ समय पहले उदगीर

में दंगे-फसाद की घटना में कुछ मुसलमानों को नुकसान हुआ था। जिनका नुकसान हुआ, सरकार ने उन्हें मुआवजा दिया है। इसलिए किल्लारी वापस आनेवाले कुछ मुसलमान वहीं रुक गए हैं।''

दिन बीत रहे थे और धीरे-धीरे लोगों को भूकम्प का विस्मरण होने लगा था। सब लोग अपने-अपने कामधन्धों में लगे रहते। एक दिन सरकारी अधिकारी गाँव में पहुँचे। किल्लारी में भूकम्प के कारण जिन लोगों को हानि पहुँची थी, या घरों का नुकसान हुआ था, उन लोगों को वे मन्त्री जी के कर-कमलों द्वारा मुआवजा देना चाहते थे। अतः अधिकारी वर्ग और मन्त्रीजी किल्लारी में दाखिल हुए। सारा गाँव इकट्ठा हुआ था। किल्लारी लौट आए सारे लोगों का कहना तो यही था कि अब तो इन अधिकारियों और मन्त्रीजी का हमारे यहाँ आना जरूरी था। रोते हुए लोगों के आँसू पोंछते हुए यह लोग थोड़ी-बहुत सहायता देते हुए यहाँ से चल देंगे और समाचारपत्रों में यही खबर बढ़ा-चढ़ाकर छपवाएँगे।

भूकम्प के कारण जिन लोगों को नुकसान पहुँचा था, मन्त्रीजी के हाथों उन्हें पाँच हजार से लेकर पचास हजार रुपयों के चेक दिए जाने थे। अधिकारीगण किल्लारी के मकानों का सूक्ष्म निरीक्षण कर रहे थे। जिनके घर की दीवारों के कुछ ही पत्थर ढहे थे, उन्हें मुआवजे के रूप में पचास रुपए की रकम तय की गई थी। भूकम्प में गिरे घरों को सरकार पचास हजार रुपयों का मुआवजा देनेवाली थी। यह खबर हवा की तरह गाँव में फैल गई। गाँव के दलित कार्यकर्ता काम्बळे ने अधिकारी से कहा, ''साहब, यह हमारा घर है, इसलिए उसकी कीमत आप केवल पचास रुपए लगा रहे हो, है ना ! या यह पचास रुपए आप हमारे कफन को दे रहे हो ? इन पचास रुपयों में आज एक किलो तेल भी नहीं मिलेगा। जरा आप ही सोचिए।''

सरकारी अधिकारी ने काम्बळे की बातों को शान्ति से सुनते हुए कहा, ''देखिए काम्बळेजी, मुआवजा देते समय सरकारी नियमों का पालन करना हमारा कर्तव्य है। इस सन्दर्भ में सरकार ने यही नियम बनाए हैं। भूकम्प के कारण जिन लोगों के मकानों को नुकसान पहुँचा है, उन लोगों ने पंचनामा करते समय यही लिखा था कि उनके घरों की दीवार से पाँच-छह पत्थर ढहे हैं। इन पाँच-छह पत्थरों को ठीक से बिठाने में कितना खर्च होगा, इसी सबका हिसाब लगाते हुए सरकारी नियमों के अनुसार रकम निश्चित की गई है। अतः जिन लोगों के घर केवल मिट्टी से बने थे, वह भूकम्प में ढह चुके हैं। मिट्टी के ये मकान एक दिन में भी बनाए जा सकते हैं, अतः बनवाने का खर्चा भी उतना ही लगाया जाएगा।

जिनकी दीवारें सीमेंट की बनी हैं, उन दीवारों के सीमेंट तथा गिलावे के खर्चे पर ध्यान देते हुए रुपयों का हिसाब लगाया गया। उनके लिए मुआवजे की रकम पाँच हजार रुपए निश्चित की गई है। यहाँ सारी बातें सरकारी नियमों के अनुसार हो रही हैं। यदि आप लोग चाहते हैं तो एक राय देना चाहूँगा। इस सन्दर्भ में आप लोग कोर्ट में जाकर दावा दाखिल करें। कोर्ट ने यदि अधिक मुआवजा देने का आदेश दिया, तो वह हमें देना होगा। यह बातें मैं सरकारी अधिकारी की हैसियत से नहीं अपितु सहानुभूति की भावना से कह रहा हूँ। अतः आप सब लोगों को मिल-जुलकर वकील की राय लेनी होगी। वकील साहब आपको शासन की ओर से अधिक मुआवजे की रकम दिलवा देंगे। वैसे एक सरकारी अधिकारी के नाते मुझे यह सलाह नहीं देनी चाहिए। परन्तु आप लोगों ने जो अविश्वास अधिकारियों पर व्यक्त किया है, उसे मिटाने का यही रास्ता है। इसीलिए इन बातों को मैं स्पष्ट रूप से कह रहा हूँ।''

मन्त्री महोदय जब किल्लारी से निकल रहे थे, उस समय अधिकारियों ने मन्त्री से बातचीत करते हुए कहा, ''साहब, भूकम्प पीड़ितों को इतनी अल्पमात्रा में मुआवजे की रकम देने में हमें मानसिक शान्ति नहीं मिल पा रही है।'' इस पर सोपान से मन्त्रीजी ने कहा, ''यहाँ से निकलते ही हम लोग सरकार से अधिक पैसा उपलब्ध कराने की कोशिश करेंगे।'' इन बातों को सुनकर सोपान ने कहा, ''साहब, सरकार से हमें कुछ नहीं चाहिए। हमारी माँगें न कभी पूरी हो पाईं और न ही भविष्य में होंगी। आप से यह बात न बनेगी। किल्लारी गाँव के लोग अपना पालन-पोषण करने में स्वयं समर्थ हैं। गाँव के लोगों को किसी से दान-धर्म नहीं चाहिए। हमारे गाँव की धरती सोना उगलती है। भूकम्प के कारण ही हमारे गाँव की स्थिति ऐसी असहाय हो गई है, पर हमें कोई चिन्ता नहीं। एक न एक दिन हम सब फिर से अपने पैरों पर खड़े होंगे।'' सोपान की इन बातों को सुनते गाँववालों ने रुपए लेने से इनकार कर दिया। इस बहाने सोपान अपने मन की भावनाओं को ही व्यक्त कर रहा था। उसने कहा कि सारे सरकारी अधिकारियों तथा नेताओं ने हमारे गाँव को अनदेखा कर आँखें फेर ली हैं। लगातार कोशिशों के बाद भी हमें किसी प्रकार की सहायता नहीं मिली और न ही हमारे पुनर्वास की बात सरकार ने सोची। सोपान के मन में सरकार के प्रति क्रोध उभर रहा था।

किल्लारी में जब लगातार भूकम्प के झटके आ रहे थे, निलंगा के बड़े बप्पा तब भी किल्लारीवासियों से मिलने नहीं आए और न ही उनके हालचाल पूछे। बात यह थी कि अब बड़े बप्पा मन्त्रीपद पर आसीन नहीं थे। इस मन्त्री पद पर अब उस्मानाबाद के बिराजदार साहब बैठे थे। सोपान सोचने लगा कि शायद इसी

कारण बड़े बप्पा हमें मुँह दिखाने नहीं आए। तेरणा नदी पर बाँध बनाने के कारण सारे लोगों का क्रोध अभी उन पर बना हुआ था। यदि बड़े बप्पा ने बाँध न बनवाया होता तो भूकम्प कभी न आता। अतः अच्छा ही हुआ कि बड़े बप्पा का मन्त्रीपद चला गया और सिंचाई विभाग उस्मानाबाद के मन्त्रीजी को सौंपा गया। एक आशंका सोपान के मन में जाग उठी। कहीं ऐसा न हो कि अपने गाँव की भलाई की सोचते हुए यह मन्त्रीजी कहीं दूसरी नहर खुदवाकर बाँध का पानी उस्मानाबाद की ओर मोड़ ले जाएँ। यह बात भी सुनने में आई है कि बड़े बप्पा के क्षेत्र में बनाई गई पहली नहर को बन्द कर दूसरी बड़ी नहर उस्मानाबाद के मन्त्रीजी ने बनवाई है। दोनों मन्त्रियों में नदी का पानी अपने गाँव की ओर ले जाने की होड़-सी लगी है। दोनों में संघर्ष की शुरुआत हो गई। इन दोनों की होड़ में यदि बाँध को ही नष्ट करा दिया जाए, तो यह बात हमारे गाँव के लिए शायद लाभदायी हो सकेगी। इस प्रकार की चर्चाएँ गाँववालों में चला करतीं।

किल्लारी की मंडी में गुरुवार के दिन लगे बड़े बाजार में रौनक छाई हुई थी। व्यापारी खुश थे। सप्ताह में लगे बड़े बाजार के लिए कवठा, सास्तूर माकणी, राजेगाँव, नदीहरगा तळणी, कारला मंगरुल, बुद्रवाडी आदि गाँवों के लोग वस्तुओं की खरीद-बिक्री और अन्य कामों से किल्लारी पहुँचते तथा अपने सगे-सम्बन्धियों और रिश्तेदारों से मिलते हुए भूकम्प के सन्दर्भ में पूछताछ करते थे। प्रतिदिन किल्लारी में आनेवाले रिश्तेदारों की संख्या बढ़ रही थी। गाँव के सारे किसान अपनी खेती-बाड़ी के कामों में व्यस्त थे।

सोपान भी अपने बाग-बगीचे के कामों में खोया था। अंगूर का बगीचा ठीक-ठाक करते हुए पौधों पर दवाई छिड़कने का काम नई गति से किया जा रहा था। अंगूर की लताएँ, मंडपों से नीचे तक झूलने लगी थीं। सोपान के घर लगातार लोगों का आना-जाना लगा रहता। इसी कारण चाय की केतली चूल्हे से नीचे न उतरती। दूर-दूर से सगे-सम्बन्धी भूकम्प का हालचाल पूछने चले आते और सुख-दुख की बातें चला करतीं। रिश्तेदारों से मिलनेवाली इस आत्मीयता और स्नेह से सोपान प्रसन्न था।

गाँव के कोलीबाड़े में रहनेवाली राधाबाई का रोना-धोना अब कभी-कभार सुनाई देता। वह आज भी अपने पति के दुख को भुला न पाई थी। शेवन्तमाई से अपने मन की पीड़ा को व्यक्त करते हुए कहती, "हे भगवान, मेरा तो नसीब ही फूटा है। मैं करमजली बेवा अब इस सूने माथे को लेकर गाँव में कैसे जाऊँगी ? इसीलिए घर में बैठी हूँ...हाय रे शेवन्ता !"

शेवन्तमाई पूर्णिमा एवं मंगलवार के दिन देवी माँ की चँगेरी हाथ में लिए और

गले में कौड़ियों की माला पहने गाँव के हरेक घर में अम्बाबाई का जोगवा[1] माँगती और माँ-बहनों से गप्पें हाँकते हुए समय बिताती थी। अतः सारे गाँव की खबरों का खजाना अपने पास सहेजकर रखती। गाँव के हर घर की खबर उसे बारीकी से होती। किसके घर मेहमान आए हैं, किसके घर लड़का या लड़की पैदा हुई है। कई समस्याओं का पता लगा लेती और किसी के पूछते ही सारी खबरें सुना देती।

दिनकर गोसावी प्रतिदिन सुबह केसरिया झोला लटकाए 'अलख निरंजन' की गुहार लगाता गाँव में भिक्षा माँगते हुए घूमता रहता था। सुबह-शाम भिक्षा में मिलनेवाले आटे से उसकी झोली भर जाती थी। दिनकर गोसावी की पत्नी काफी मात्रा में मिलनेवाले आटे को गाँव की कोली बस्ती और बेरड बस्ती में सस्ते दामों बेचती हुई गोसावी की अनुपस्थिति में रुपए कमाती। दिनकर गोसावी और ब्राह्मण देसाई दोनों मित्र थे। अतः देसाई जान-बूझकर दिनकर गोसावी को छेड़ते हुए कहता, "क्यों बगुला भगत गुसाईजी, बारह घरों की भिक्षा समेटते हुए चरबी चढ़ गई है क्या ? आज मुझे प्रणाम किए बिना ही घर से निकल पड़े ?" आनाकानी करते हुए गोसावी ने कहा, "देसाई अण्णा, कसम से मैंने आज आपको देखा ही नहीं।" इस बात का हिसाब लेते हुए दिनकर गोसावी ने कहा, "तमाखू है क्या ?" दिनकर गोसावी और देसाई अण्णा, दोनों मन्दिर के कट्टे पर बैठ जाते। दिनकर ने कहा, "देसाई अण्णा मैं तो केवल बारह घरों से भिक्षा माँग पेट भरता हूँ परन्तु आप तो सारे गाँव में घूमते हो और दलितों की भिक्षा भी नहीं छोड़ते। उसका हिसाब कहाँ लगाया है ?" देसाई ने क्रोध प्रकट करते हुए कहा, "अरे जा-जा दिनकर, तू तो लोगों की घी-चुपड़ी रोटियाँ खाता है, इसीलिए तेरी तोंद फटने जा रही है। जरा उसका भी ध्यान रख।" अन्त में गोसावी ने कहा, "जाने भी दो यारो ! हम दोनों गुसाई हैं, और गाँव के सहारे ही जीते हैं।" तमाखू को मुँह में दबाते हुए दोनों आपस में बातें करने लगे। दिनकर ने कहा, "नीलकंठेश्वरजी ने देरी से ही क्यों न हो, परन्तु गाँव की प्रार्थना को स्वीकार कर लिया। हमारा गाँव अब भरा-पूरा और खुशहाल दिखाई दे रहा है।" दोनों की बातों में रंग भरने लगा था। अचानक हनम्या जाधव अपने घर की ओर दौड़ पड़ा। गोसाईं अण्णा ने दिनकर से पूछा, "यह हनम्या घर की ओर क्यों भागा है ?" दिनकर ने जवाब देते हुए कहा, "उसकी घरवाली के पाँव भारी थे, अतः अब छूट गई होगी और लड़का हुआ होगा। शायद इसी खुशी में घर की ओर भाग रहा होगा।" शेवन्तमाई और राधाबाई भी बड़ी शीघ्रता से हनम्या के पीछे-पीछे जा रही थीं। दिनकर गोसावी ने जाती हुई राधाबाई से पूछ लिया, "क्या राधाबाई ?

1. अम्बाबाई को जोगवा : देवी के नाम पर माँगी जानेवाली भिक्षा।

हड़बड़ाई चली जा रही हो, क्या बात है ?'' राधबाई ने कहा, 'अरे बाबा, हनम्या की घरवाली रुक्मणि के पेट में बच्चा अटक गया है। जचकी की वेदना से वह दो घंटों से लगातार कराह रही है।'' कहते हुए राधाबाई तेजी से निकल पड़ी।

'महारानी' कही जानेवाली गाँव की स्त्रियों की प्रसूति भी सही-सलामत कराती आई शेवन्तमाई और राधाबाई दोनों हनम्या के घर पहुँचीं। हनम्या की जोरू नाटे कद की और कुछ कम साहसी थी। इसी कारण पहली बार होनेवाली प्रसव वेदना से चीखने लगी। दोनों के अथक प्रयासों के बाद भी रुक्मणि के पेट से बच्चा सीधा बाहर नहीं आ रहा था। उसकी हालत देखते हुए गाँव की सारी औरतें घबरा गई थीं।

भूकम्प के बाद डॉ. कुलकर्णी लातूर से मरीजों को देखने किल्लारी आते थे। परन्तु आज वे किल्लारी नहीं पहुँचे। ऐसी अवस्था में क्या किया जाए, सोपान की समझ में कुछ नहीं आ रहा था। फिर भी सोपान ने शब्बीर को मोटर साइकिल देते हुए लातूर से डॉ. कुलकर्णी को तुरन्त ले आने के लिए कहा। अब तो रुक्मणि की हालत बहुत अधिक बिगड़ती जा रही थी और प्रसूति की पीड़ा से हाथ-पैरों को पटक रही थी। अन्त में इस दुखदायक वेदना से लड़ते-लड़ते पैरों को रगड़ती हुई रुक्मणि ने जान छोड़ दी। अब ठंडे बर्फ की तरह रुक्मणि की देह भूमि पर पड़ी हुई थी। राधाबाई ने अपनी आँखों के आँसुओं को पोंछते हुए कहा, ''इसे कहते हैं औरत का जनम। हे भगवान ! हमें कुत्तों और बिल्लियों के वंश में पैदा करो, परन्तु औरत जाति में जनम देते हुए इस धरती पर मत भेज। देखो शेवन्ता, किसी नए जीवन को जनम देते समय औरत का भी नया जनम ही होता है। रुक्मणि का बच्चा पैदा होने से पहले ही रुक्मणि को गटक गया। अरे भाई, कोख से सही-सलामत बच्चा पैदा होने के लिए भी औरत को भग्यवान होना चाहिए।'' राधाबाई इस बहाने अपने दुख को हल्का करते हुए कहे जा रही थी, ''सुनो शेवन्ता, एक के बाद एक आई इन विपत्तियों से हमारा गाँव गुजर रहा है। अभी तो मैं अपने पति के मरने का दुख भुला रही थी कि आज इस रुक्मणि का शव देखना पड़ा।''

लोग रुक्मणि की अर्थी उठाने की तैयारी में लगे हुए थे। हृदय को छू लेनेवाली इस मृत्यु ने सारे गाँव को हिला दिया था। राधाबाई ने कहा, ''सोपान, अब रिश्तेदारों की राह न देखो। रुक्मणि की तुरन्त मुक्ति करनी होगी, क्योंकि इस तरह मरनेवाली को अधिक देर रखना ठीक नहीं होता।'' गाँव के लोगों को साथ लेते हुए सोपान ने रुक्मणि की अर्थी उठाने की तैयारी की और उसे श्मशान भूमि में अग्नि की भेंट चढ़ा दिया।

मृत्यु की खबर सुनते ही रुक्मणि के माता-पिता बेटी का मुँह देखने श्मशान

भूमि में आ पहुँचे। रुक्मणि की माँ अपनी बेटी की बातों को स्मरण कर सीना पीटते हुए रो रही थी, "मेरी हिरणी तू इस तरह क्यों चली गई रे ! तुम्हें तो मैंने फूल के समान, जी-जान से पाला-पोसा था। अच्छे-खासे घर में धूमधाम से तेरी शादी की थी। यह सुखी संसार भगवान से देखा नहीं गया। मेरी माँ, मेरी हिरणी, अब मैं क्या करूँ ?" कुछ औरतें उसे वहाँ से अलग ले गईं।

रुक्मणि की मिट्टी पार करते हुए राधाबाई ने कहा, "दो-चार मर्द यहीं ठहरें। मुर्दे की कपाल-क्रिया करके ही गाँव आएँ। प्रसूति स्त्री के शव को पूरा भस्म होने तक डर होता है। इसके जलकर भस्म होने तक यहीं रुकना जरूरी है। उसकी खोपड़ी को यदि कोई ले गया तो गाँव के लिए वह भारी विकट होगा।"

गाँव की ओर बढ़ते हुए सोपान सोच रहा था कि अब कहीं जाकर लोगों के मन से भूकम्प का डर मिटने लगा था और उन बातों को वह भुलाते हुए अपने काम-धन्धों से लगे हुए थे। अब हनम्या की पत्नी की मृत्यु प्रसूति में हो गई। दुखों को देखते रहने की हमें आदत-सी हो गई है। सोपान अपने बाड़े पर नहाने के लिए चला गया। हनम्या जाधव अपनी पत्नी की मृत्यु के कारण हिम्मत हार चुका था। उसका हरा-भरा संसार उजड़ चुका था। वह असहाय होकर हाथ-पैर पसारे लगातार रो रहा था। हनम्या की इस दीनता को देखते हुए सोपान वहाँ पहुँचा और समझाते हुए उसे धीरज बँधाने लगा।

इस बीच छह महीनों की अवधि बीत चुकी थी। इन छह महीनों के बीच किल्लारी गाँव को भूकम्प का एक भी झटका नहीं लगा था। इस बात की खुशी और प्रसन्नता सोपान तथा ग्रामवासियों के चेहरों से झलक रही थी। अब गाँव का मंडी मार्केट 'जोर' की गेंद की तरह खिलता जा रहा था। गाँव की चारों दिशाओं में खुशियाँ बिखर रही थीं और बालक गिल्ली-डंडा, लुका-छिपी आदि खेलों में खो गए थे। कबड्डी खेलते हुए बच्चों का शोरगुल सुनाई देता था।

'श्रीगणेश-उत्सव' समीप आ रहा था। युवक हाथों में रसीद बुक लिए चन्दा वसूली के लिए गाँव की गलियों में घूम रहे थे। मंडी में आ ग्राहकों को एक रुपए की पावती थमाते हुए रुपए जमा कर रहे थे। इस वर्ष का गणपति उत्सव वे जोर-शोर से मनाना चाहते थे। महाविद्यालय के छात्र सड़कों पर आने-जानेवाली गाड़ियों को रोककर गणपति के लिए चन्दा वसूल करने में लगे थे।

आनन्द और प्रसन्नता से भरे इस वातावरण में गाँव की प्रत्येक गली में 'गणपति' स्थापना की तैयारियाँ चल रही थीं। सोपान सोच रहा था कि यदि 'एक गाँव एक गणपति' की स्थापना को हम साकार करते हैं तो इस वर्ष यह उत्सव अलग ढंग से मनाया जाएगा। अतः अपने मन की बात अपने बचपन के जिगरी

दोस्त डिगु सुतार के सामने व्यक्त की। डिगु सुतार सरकारी नौकरी से एक माह की लम्बी छुट्टी लेकर गाँव आया था। दोनों मित्र सोच रहे थे कि गणपति-उत्सव बड़े पैमाने पर मनाया जाए तो भूकम्प का डर लोगों के मन से समाप्त हो जाएगा। मनोरंजन कार्यक्रमों की दृष्टि से डिगु सुतार ने सोपान से कहा, ''मेरा एक अच्छा दोस्त पूना के आर्केस्ट्रा में काम करता है। गणपति-उत्सव के बहाने हम लोग उन्हें मनोरंजन-कार्यक्रम के लिए गाँव आने का निमन्त्रण दे सकते हैं।'' सोपान ने अपनी सहमति व्यक्त की। इस बहाने सोपान के बचपन की स्मृतियाँ जाग्रत होने लगी थीं। लड़कपन में मनाए गए गणपति-उत्सव की बातों में वे दोनों डूब चुके थे।

सरपंच सोपान ने गाँव के प्रतिष्ठित व्यक्तियों को बुलाकर अपने मन की बातों और विचारों को प्रकट किया और 'एक गाँव एक गणपति' की कल्पना को स्पष्ट किया। गाँव के लोगों ने कहा, ''हमें कोई एतराज नहीं है। इस बहाने गाँव की बहू-बेटियों और बच्चों का भी मनोरंजन होगा।'' सोपान ने सबसे नम्रतापूर्वक कहा कि इस सार्वजनिक गणपित-उत्सव में भूकम्प के डर का जिक्र करते हुए रंग में भंग न करें तो सारे काम सफलतापूर्वक हो सकेंगे। आज छह महीनों के बाद गाँव के लोग कुछ राहत की साँस लेने का अनुभव कर रहे हैं। नीलकंठेश्वर भगवान की कृपा-दृष्टि से इन छह महीनों में गाँव को हल्का-सा भी भूकम्प का झटका नहीं लगा। ईश्वर की कृपादृष्टि से सब काम अच्छे ही होंगे। डिगु सुतार ने कहा, ''सार्वजनिक गणेश-उत्सव के लिए गाँव के आठ-दस युवक मिलकर चन्दा इकट्ठा करते हैं और उत्सव के माध्यम से सामाजिक कार्यक्रमों को बढ़ावा देते हैं।'' एक गाँव एक गणपति-उत्सव में आयोजित क्रायक्रमों के लिए गाँव के सारे लोगों ने मिल-जुलकर सहायता की। अतः चन्दे के रूप में भरपूर रुपए जमा हो गए। गाँव के गोरख कुम्हार से सोपान ने कहा, ''गणेशजी की मूर्ति बनाने के लिए हम तुम्हें एक हजार रुपए दे रहे हैं। परन्तु इस बात का ध्यान रहे कि पल-भर के लिए ही सही, पर प्रत्येक देखनेवाला गणेशजी की मूर्ति में खो जाना चाहिए। सारा गाँव तुम्हारे गणपति की प्रशंसा करे। गोरख, इस बहाने अपनी मूर्तिकला को प्रस्तुत करने का सुअवसर भी तुम्हें मिल रहा है।'' गोरख कुम्हार ने बड़ी नम्रता से सोपान से कहा, ''सरपंचजी, आप चिन्ता न करें। मैं गणेशजी की सुन्दर मूर्ति बनाऊँगा और वह उठाने में भारी भी होगी। लातूर में दिखाई देनेवाली गणेश मूर्तियों से भी बढ़-चढ़कर मूर्ति न बनाई तो नाम का गोरख नहीं।'' गोरख ने बड़े विश्वास के साथ यह काम स्वीकार किया और सोपान अन्य कार्यक्रमों की तैयारी में जुटा रहा।

अपने दो गदहों को साथ लिए गोरख कुम्हार खेत की ओर चल पड़ा और

रेशमी, चिकनी, मुलायम मिट्टी गदहों पर लादकर घर ले आया। मिट्टी की आली बनवाकर दो दिनों तक उसे तपाया गया। गोरख गुणी मनुष्य था। चिकनी मिट्टी से सुन्दर-सुन्दर घड़े, मटके और अन्य वस्तुएँ बनाता था। सुन्दर घड़ों और मटकों के साथ गोरख का नाम हर घर में पहुँच गया था। इसी कारण गोरख की भट्ठी बारहों माह हमेशा जलती रहती। किल्लारी बाजार में गोरख के मटके, घड़ों की भरपूर बिक्री होती और कमाई भी अच्छी होती। अब तो श्रीगणेश की मूर्ति बनाने की बड़ी जिम्मेदारी गोरख को सौंपी गई थी, इसलिए उसने बाकी सारे काम बन्द कर दिए थे। अपना नाम और ख्याति बढ़ाने की इच्छा से केवल सुन्दर गणपति मूर्ति बनाने में वह एकाग्रता से जुटा रहा। उसने मिट्टी को मनपसन्द मलीदे के समान मुलायम बनाया। परन्तु गोरख इस मुलायम मिट्टी को मक्खन की तरह बनाना चाहता था। इसीलिए उसने अपने दो गदहों को कोल्हू के बैलों की तरह मिट्टी पर घुमा-घुमाकर उसे मक्खन जैसा बना दिया।

गोरख ने सबसे पहले एक बड़ा चूहा बनाया और फिर गणेश। लगता था कि गणपति घोड़े पर बैठे हों ! परन्तु गणपति चूहे राजा पर ही बैठे थे। वे चतुर्भुज थे। एक हाथ में फरसा, दूसरे हाथ में शंख, तीसरे में चक्र को घुमाते और चौथे में लड्डू पकड़े हुए। गणपति का मुँह हू-ब-हू हाथी के मुँह के समान था और बाकी सारा शरीर मनुष्य की तरह था। गोरख ने गणपति को सुनहरे रंग से सजाया था। अतः श्रीगणेश सोने की तरह चमक रहे थे। उसकी बनाई सुन्दर मूर्ति को किसी की नजर न लगे, इसीलिए गोरख ने उस पर भिलावाँ और कौड़ी बाँध रखी थी, और उसे ढँक रखा था। मूर्ति पर अन्तिम हाथ फेरना शेष था। अब तो गोरख द्वारा बनाई गई गणपति मूर्ति की चर्चा गाँव भर में शुरू हो गई थी। लोग कह रहे थे कि इस साल गोरख ने बड़ा कमाल का गणपति बनाया है। प्रतिदिन मूर्ति देखने बच्चों के झुंड आते और बच्चों की भीड़ कम करने के लिए गोरख उन्हें एकाध बार मूर्ति के दर्शन करा देता।

गोरख द्वारा बनाई सुन्दर गणपति मूर्ति को देखकर सोपान बहुत खुश हुआ। इसी खुशी में सोपान ने गोरख से कहा, "भई गोरख, तू तो सच्चा कुम्हार निकला। इतना सुन्दर गणपति बनाया है कि मुझे विश्वास ही नहीं हो रहा। इस वर्ष गणपति उत्सव ऐसी धूमधाम से मनाएँगे कि आसपास के गाँववाले देखते ही रह जाएँ।"

अब किल्लारी गाँव गणपति-उत्सव की तैयारी में जुट गया था। बस स्टैंड के पास के खुले मैदान में गणपति-मंडप बनाया गया। मंडप को राष्ट्रीय एकात्मता दर्शानेवाले और भारत माता के चित्रों से सजाया गया था। उत्सव के दस दिनों में अलग-अलग प्रकार के कार्यक्रमों का आयोजन किया गया। उनमें एक

अच्छा-सा नाटक भी था। लोगों के मनोरंजन के लिए आर्केस्ट्रा और वीडियो फिल्म आदि दिखाना भी तय था। साथ ही राष्ट्रीय एकात्मता विषय पर प्रा. सूर्यनारायणजी का भाषण तथा भजन-कीर्तन का आयोजन किया जाना था। इन सारे कार्यक्रमों का नियोजन डिगु सुतार ने किया था और तारीख पक्की करवा ली थी।

सन् 1993 का सार्वजनिक गणपति-उत्सव किल्लारी में बड़ी धूमधाम और शान के साथ मनाया जा रहा था। सारे किल्लारीवासी अपने खेतों के कामों को छोड़कर गणपति-उत्सव के कामों में मगन थे। दस दिनों तक चलनेवाले कार्यक्रमों का कार्यभार सोपान ने योजनानुसार हर एक को सौंप दिया गया था। अतः उत्सव में किस व्यक्ति को कौन-सा काम करना है, यह निश्चित था। लेझिम और उसे खेलने की तैयारी का काम शब्बीर को सौंपा गया था। लाठियाँ घुमाने की अच्छी-खासी तैयारी दगड्या मुसलमान कर रहा था।

सोपान के ट्रैक्टर को आज खूब सजाया गया था। चमकीली झिरमिरियों और अनेक रंगों के फूलों से गणपति का आसन सुशोभित किया गया था। गणपति को ऊँचे आसन पर बिठाया जा रहा था, ताकि सबको उनके दर्शन हो सकें। मुख्य मंडप में लाऊडस्पीकर की तैयारी भी थी। ढोल-ताशे और बैंडबाजे की धुन में ट्रैक्टर ट्राली गोरख कुम्हार के घर के सामने रुकी। गाँव के चार-पाँच हट्टे-कट्टे लोगों ने चूहे पर सवार गणेश जी को बड़ी सावधानी से उठाया। उनके उठाते ही गाँव के लोगों ने जय-जयकार करते हुए नारा लगाया—'गणपति बप्पा मोरया', 'गण्या, गण्या गणपति, गण्या की तोंद चमकीली !'

विठ्या मांग ने अपनी डफली पर नए चमड़े का आवरण चढ़ाया था, अतः उसकी डफली की आवाज खनकती हुई आ रही थी। दलित बस्ती का तुलसीराम अपने बैंड-बाजे पर किसी पुराने फिल्मी गीत की धुन बजा रहा था। दूसरी ओर सन्तराम अपने होंठों में तुरही को दबाए और अपने गालों को गुब्बारे की तरह फुलाए तुरही से मधुर आवाज निकाल रहा था। ऐसे सन्तराम का कंठ मेढक की पेट की तरह ऊपर-नीचे हो रहा था। अपनी ओखली में बारूद भरकर बाजीराव कोली धड़ाक ऽऽधूम की आवाजें निकाल रहा था। इन पटाखों की आवाज से पेड़ों पर बैठे पंछी सुईग कर उड़ जाते और आकाश में बारूद का धुआँ छा जाता। गणपति के आगे-आगे विष्णु गड़रिया ढोल बजाते हुए इधर-से-उधर फुदक रहा था। लेझिम खेलनेवाले सारे युवक सुर-ताल और एक कतार में सबसे आगे खेल रहे थे। गाँव के चौक की खुली जगह में मुसलमान दगडू लाठियाँ घुमा रहा था। दगडू जब लाठियों को घुमाता तो वह हवा में तैरती हुई दिखाई देती थीं और कभी तो देखनेवाले दर्शकों की आँखें उन्हें ठीक से देख भी नहीं पाती थीं। बैंड-बाजा, ढोल-ताशा और पटाखों

के शोरगुल में धीरे-धीरे गणपति को लिए ट्रैक्टर सड़कों से गुजर रहा था। लोग बड़ी उमंग के साथ गाते-बजाते-नाचते हुए गणपति के जुलूस में शामिल थे। सभी छोटे-बड़े अबीर को हवा में उड़ाते हुए 'आया रे आया गणपति बप्पा आया', 'किल्लारी में बप्पा आया' कहते हुए एक-दूसरे के माथे और गालों पर अबीर मलते हुए नाच-गा रहे थे। जुलूस में शामिल सारे लोगों के सिर और कपड़े गुलालों से रंगीन हो चुके थे।

गाँव के गणपति-उत्सव में मुसलमान लोग भी शामिल थे। अतः अबीर मलने से उनके चेहरे भी लाली-लाल हो गए थे। गाँव की सारी माँ-बहनें रास्ते के दोनों ओर खड़ी रहकर मनोयोग से गणपति को प्रणाम कर रही थीं। छोटे बालक इस दृश्य को जी-भरकर देख रहे थे। इस शुभ अवसर पर गाँव का हर व्यक्ति अपने व्यक्तिगत दुख को भूलकर उत्सव में शामिल था। उमंग और खुशी भरे इस दृश्य को देखकर सोपान का दिल भी खुशी से भरा हुआ था।

गणपति बप्पा बैंड-बाजे के साथ अपने मुकाम पर पहुँच गए थे। सबने मिलकर गणपति बप्पा को सँभालकर नीचे उतारा और सभामंडप में सजाए गए मंच पर बिठा दिया। सारा मंडप प्रकाश से जगमगा रहा था। रंग-बिरंगी लाईट के छोटे-छोटे बल्ब चमचमाने लगे थे। प्रतिदिन गणपति की सज्जा को देखने के लिए स्त्रियों और बच्चों की भीड़ लगी रहती। पुरुष और महिलाओं की अलग-अलग कतारें लगवाकर स्वयंसेवक दर्शन की व्यवस्था सँभाल रहे थे। दर्शनार्थी गणपति के सामने लड्डू, नारियल, पेठा आदि भोग-सामग्री चढ़ा रहे थे। स्कूल के छात्र रात देर तक नाचते-खेलते हुए थककर घर पहुँचते। उत्सव के कारण सारा गाँव ट्यूबलाईट की रोशनी में नहा रहा था। रात और दिन धुली हुई चाँदनी में सारा गाँव दमक रहा था। गोरख श्रीगणेश की मूर्ति की ओर देख रहा था और मन-ही-मन सोच रहा था कि मैंने जो गणपति बनाया है, वह वाकई बहुत सुन्दर है। लोग जब गोरख की प्रशंसा करते, तब वह फूला न समाता। उसका सिर शान से ऊँचा हो जाता। वह अभिमान के साथ कहता—यह गणपति मैंने, गोरख कुम्हार ने बनाया है ! आज की रात उत्साही नवयुवकों ने खेलने-कूदने और नाच-गाने में बिता दी। सारी रात जागने से कई लोगों की आँखें लाल हो गई थीं। सुबह होते ही सब अपने-अपने घर जाने लगे। सोपान भी थक चुका था और घर जाकर सोना चाहता था।

सन्ध्या-समय गणपति के सामने बच्चों का शोरगुल सुनाई दे रहा था। कुछ नवयुवक फिल्मी गीतों पर थिरकने लगे थे। जब से गणपति बप्पा बिराजे थे, सारा गाँव मस्ती में झूम रहा था। आज रात लातूरकर महाराज के भजन-कीर्तन का कार्यक्रम रखा गया था। लोग भोजनादि से निवृत्त हो कीर्तन के लिए इकट्ठे होने

लगे। महाराज ने वीणा हाथों में लिए कीर्तन की शुरुआत की।

'ज्ञानेश्वर माऊली, ज्ञानराज माऊली तुकाराम' के जयकारे के साथ लोग लयबद्धता से थिरकते हुए उनके पद गा रहे थे। धीरे-धीरे उन पदों के अर्थ समझाते हुए महाराज ने कहा, "इस दुनिया में जो लोग दीन-दुखी गरीब जन को अपना कहते हैं, वही मेरी नजरों में साधू पुरुष हैं और उन्हीं में ईश्वर का निवास होता है। जो मनुष्य इन दुखियारे लोगों की सेवा निःस्वार्थ भावना से करता है और उनकी समस्या और पीड़ा को समझने की कोशिश करता है, वही साधू कहलाता है। अतः चींटियों और दीनों की सहायता के लिए तत्परता से दौड़नेवाला इंसान ही सच्चा साधू है। वह परमात्मा का परमभक्त होता है। ऐसे व्यक्ति को ही ईश्वर का साक्षात्कार होता है।"

लातूरकर महाराज अब दूसरे अध्याय के पदों का अर्थ समझा रहे थे। यह पद सन्त तुकाराम महाराज के थे। उनके विचारों को स्पष्ट करते हुए महाराज ने कहा, "तेरा, सब कुछ तेरे पास ही है, परन्तु उसे ढूँढ़ते हुए तुम गलत जगह आ पहुँचे हो। ईश्वर तो संसार के कण-कण में बसा हुआ है। उसी प्रकार आपके कर्म और कर्तव्यों में भी वही बसा हुआ है। अतः माता-पिता की सेवा करना ईश्वर की सेवा के समान है। यह प्रत्येक मनुष्य का कर्त्तव्य है। आज हम देख रहे हैं कि उनकी मृत्यु के बाद उनकी अस्थियों को काशी-मथुरा और गंगा की धारा में बहा देते हैं और पुण्य के भागीदार बनने का ढोंग रचाते हैं ? यदि जीते जी बूढ़े माता-पिता की सेवा प्यार से की होती तो उन्हें गंगा-रामेश्वर आदि की तीर्थयात्रा करने की आवश्यकता न होती। इसी कारण स्वयं तुकाराम महाराज ने इस सन्दर्भ में कहा है, "हे मानव, प्रथमतः स्व को पहचानो, सही इंसानियत की पहचान तुम्हारे कर्मों पर निर्भर है।" लातूरकर महाराज के मधुर वचनों को गाँव के बड़े-बूढ़े व्यक्ति एकाग्रचित्त होकर सुन रहे थे। गाँव के सारे बुजुर्गों को महाराज का यह कीर्तन खजूर की तरह मीठा लग रहा था। महाराज के वचनों को सुनते हुए राधाबाई ने कहा—"शेवन्ता, मेरा पि-या महाराज का कीर्तन सुन रहा है या नहीं ? माटी मिला हमेशा ही बीवी-बच्चों में मगन रहता है। साले हरामी को बेवा माँ की ओर ध्यान देने की फुर्सत ही नहीं। ठीक तरह से कभी मुझ से दो बातें भी करना नहीं चाहता। अगर मेरे पि-या ने इस बूढ़े का कीर्तन सुना हो तो उसे सद्बुद्धि शायद लौट आए।" महाराज के भजन-कीर्तन में डूबे लोगों का समय कैसे निकल गया, पता ही न चला। पाँच बज रहे थे। भगवान की प्रातःकालीन आरती की जा रही थी। भगवान की पूजा-आरती होते ही महाराज का कीर्तन समाप्त हो गया। लोग नींद के आगोश में खोए अपने घर पहुँच रहे थे।

आज गणपति-उत्सव के निमित्त जवानों का मनपसन्द कार्यक्रम रखा गया था। पूना

से ऑर्केस्ट्रा की गाड़ी किल्लारी पहुँच गई थी। इस बात की खबर मिलते ही गाँव के लड़के-लड़कियाँ जैसे पगला गए थे। ऑर्केस्ट्रा में नाचने-गानेवाली युवतियाँ भी आ पहुँची हैं, इस बात की सूचना गाँव के लड़के एक-दूसरे को दे रहे थे। शाम होते ही कलाकारों की गाड़ी मन्दिर के पास आ पहुँची। 'कला-मंच ऑर्केस्ट्रा' का फलक गाड़ी के ऊपर लटक रहा था। अतः पूना के कलाकारों को देखने के लिए भीड़ बढ़ने लगी। फिल्म के नायक-नायिका की तरह सज-धजकर उतरनेवाली लड़कियों और लड़कों को गाँव के लोग देखते ही जा रहे थे। ऊँची-ऊँची एड़ियों के चप्पल, होंठों पर लाली और लड़कों की तरह कटे बालों और उन्हीं जैसे कपड़ों में सजी-धजी लड़कियों को देखकर गाँव के लोग अचरज में डूब गए। बड़े-बूढ़े कहने लगे, "तेरी तो...तुम्हें कोई काम-धन्धा है या नहीं ? दूसरा कोई अच्छा कार्यक्रम रखा होता ! इन हिजड़ों को क्यों बुला लिया ?"

अब पूना से पधारे ऑर्केस्ट्रा के कलाकारों ने स्टेज पर आकर कार्यक्रम की शुरुआत की। रंग-बिरंगे कपड़े पहने ये युवक-युवतियाँ गीतों की धुन पर थिरकने लगे थे। मनोहारी प्रकाश-योजना में नृत्य करनेवाले युवक-युवतियों के रंग भी अलग दिखाई दे रहे थे। गाँववालों को सिनेमा में नाचने-गानेवाले नायक-नायिका का आभास हो रहा था। इस प्रकार मस्ती में झूमते-गाते हुए लड़के-लड़कियों को देखकर बूढ़े लोग घर की ओर निकल पड़े थे। इस प्रकार आधी रात तक कार्यक्रम हुआ। कार्यक्रम खत्म होने पर हँसी-खुशी से लोग अपने घर की ओर चल पड़े।

दस दिनों तक चलनेवाले गणपति-उत्सव में प्रतिदिन कार्यक्रम की चहल-पहल रही। प्रा. सूर्यनारायण रणसुभेजी का राष्ट्रीय एकात्मता को लेकर भाषण रखा गया था। इस विषय को लेकर वे कई स्थानों पर अपने विचारों को प्रकट करते थे। अतः मराठवाड़े के लोग प्रा. रणसुभेजी को जानते थे। आज वे हिन्दू-मुसलमान एकात्मता के सन्दर्भ में अपने विचारों को प्रकट करना चाहते थे। सन्ध्या समय भाषण सुनने के लिए लोगों की भीड़ इकट्ठी होने लगी थी। प्रा. रणसुभेजी गाँव में आते ही सोपान के घर पहुँचे। उनका अपना एक अलग व्यक्तित्व था। उनकी बड़ी-बड़ी आँखें, खल्वाट होता हुआ सिर, विशाल ललाट, आँखों पर चश्मा और मझोला कद। प्रा. रणसुभेजी के व्याख्यान में उनका बुद्धिवादी व्यक्तित्व साफ दिखाई देता था। रणसुभेजी सोपान के साथ सीधे मंच पर आए। सोपान ने मेहमानों का परिचय कराया। सोपान उनका विद्यार्थी रह चुका था। इसी कारण प्रा. रणसुभेजी का परिचय कराने में उसे कोई परेशानी महसूस नहीं हुई।

प्रा. रणसुभे मंच पर खड़े होकर अपने विचारों को प्रकट कर रहे थे। उन्होंने कहा, "किल्लारी गाँव के साथियो ! आज आप लोगों की जितनी भी प्रशंसा की जाए, वह

कम ही होगी। छह महीने पहले किल्लारी भूकम्प की चपेट में आ गया था। अब यह गाँव उस हादसे से उबरने लगा है, जिसका मूल कारण है यहाँ के लोग, जो आपस में मिल-जुलकर शान्ति से रहते आए हैं। मुझे यहाँ एक बात अच्छी लगी कि आप लोगों ने बड़े धीरज से भूकम्प जैसी विपत्ति का सामना किया है। बड़ी हिम्मत के साथ इस गाँव में सभी लोग एक परिवार की तरह रहते हैं। इसी कारण किल्लारी के समान सुन्दर गाँव शायद लातूर जिले में न हो। आपके गाँव का विकास और प्रगति को देखते हुए मुझे बहुत खुशी हो रही है। गाँव में रहनेवाले लोगों के अच्छे व्यवहार के कारण आपके गाँव का नाम रोशन हो रहा है। आप लोगों ने लातूर जिले में अपने गाँव का नाम अपनी आन-बान-शान से ऊँचा किया है। सोपान जैसे नवयुवक सरपंच के प्रयास से गाँव में हरितक्रान्ति की लहर आई है। किल्लारी का चीनी कारखाना, पान के बाग, अंगूरों के बगीचे, ईख की खेती आदि गाँव के आभूषण हैं। इस गाँव में तमाम जाति-धर्मों के लोग बसे हैं, परन्तु कभी आपस में झगड़े, दंगा-फसाद नहीं हुआ। सारे लोग मिल-जुलकर अमन और शान्ति से जीवन जीते हैं। इस बात की मुझे बेहद खुशी है।

"6 दिसम्बर, 1992 में महाराष्ट्र तथा लातूर जिले में बड़े पैमाने पर हिन्दू-मुसलमान झगड़े, दंगे-फसाद हो रहे थे, परन्तु आपके गाँव में कोई अनुचित घटना नहीं हुई। इसी कारण आपका गाँव एक 'आदर्श' गाँव है। ये बातें हमारे लिए महत्त्वपूर्ण हैं। पुराने जमाने में सारे जाति-धर्मों के लोग मिल-जुलकर रहा करते थे। परन्तु आज कुछ स्वार्थी राजनीतिक लोगों ने अपने मतलब की खातिर जाति-धर्म, देवी-देवता आदि का सहारा लेते हुए मनुष्य-मनुष्य में संघर्ष और वैर की भावना को बढ़ावा दिया है। प्रत्येक व्यक्ति यदि अपने धर्मानुसार नीति-नियमों का पालन करता है तो भेदभाव और ईर्ष्या की कोई आवश्यकता ही नहीं होगी।

"श्रीगणेशजी की मनोहारी मूर्ति यहाँ विराजमान है। इस उत्सव का मूल उद्देश्य यही है कि हम सब एक-दूसरे के साथ सद्भावनापूर्ण व्यवहार करें और शान्तिपूर्ण रहें। 'गणपति' का सीधा-सरल अर्थ है—गण, अर्थात् पुरानी भाषा में टोली या समूह और पति अर्थात् पालन-पोषण करनेवाला 'राजा'। यही 'गणपति' है। यह उत्सव गणपति का प्रसाद है। आप लोगों को कुछ पुरानी बातें याद आती होंगी कि हनुमान मन्दिर के चबूतरे पर बैठते हुए जब हम लोग रामकथा सुना करते थे तो प्रत्येक व्यक्ति अपने घर से प्रसाद ले आता था। रामायण का पाठ समाप्त होने पर वह सारा प्रसाद सबके हाथों पर रखा जाता था। बड़े-बूढ़े व्यक्ति वही प्रसाद एक-दूसरे को खिलाने के बाद स्वयं ग्रहण करते थे। प्रसाद बाँटते समय यदि दुश्मन भी सामने आ जाए तो वह उसके हाथों पर भी रखा जाता था। हमारे पूर्वज इस प्रसाद के बहाने

यही कहना चाहते हैं कि मनुष्य-मनुष्य के सम्बन्धों के बीच की दूरी यदि बढ़ गई है तो प्रसाद के माध्यम से इसे मिटाते हुए आपस में मिल जाएँ। इसी कारण प्रसाद का अपना एक अलग महत्त्व है। 'प्र' का मतलब है 'पराया मनुष्य' या 'दुश्मन'। इनके बीच जो खाई उत्पन्न हुई है, उसे मिटाकर इस अवसर पर हम एक-दूसरे के समीप आएँ। इसे ही हम 'प्रसाद' कहते हैं। परन्तु आजकल लोग इन सारी बातों को भूल चुके हैं और अलग अर्थ लगाते हैं।

"यह बात सही है कि किसी जमाने में किसी विशेष उद्‌देश्य को सामने रखते हुए गणपति-उत्सव का प्रारम्भ हुआ था। आज इस उत्सव के नाम पर लोग जबर्दस्ती चन्दा जमा कर लेते हैं। कुछ लोग शराब पीने और जुआ खेलने के कामों में इन रुपयों का उपयोग करते हैं। आज गली-गली में गणपति-उत्सव मनाए जा रहे हैं और लाऊडस्पीकर की ऊँची आवाज से लोग हैरान होते हैं। इस प्रकार की हरकत से छात्रों को पढ़ाई में या बीमार व्यक्ति को परेशानी हो सकती है। आपके किल्लारी गाँव ने इस सन्दर्भ में एक आदर्श उदाहरण सामने रखते हुए एक नए अभियान की शुरुआत की है। आपने 'एक गाँव-एक गणपति' का आयोजन करते हुए अनेक सुन्दर कार्यक्रमों का आयोजन किया है। अन्य गाँवों के लोगों को भी इस गाँव के आदर्श को वास्तविक रूप में अपनाना चाहिए।

"आज जिन परिस्थितियों से मनुष्य गुजर रहा है, उनमें प्रत्येक व्यक्ति को अपने जाति-धर्म-पन्थ के अनुसार अपने घर में श्रद्धा-भक्ति सहित अपने धर्म का पालन करना चाहिए। यदि इस प्रकार सोच-समझकर हम एक-दूसरे से बर्ताव करेंगे तो झगड़े-फसाद के लिए कोई जगह न होगी। आज हमारे यहाँ हर जगह तथा सरकारी कार्यालयों में जाति और धर्म को बढ़ावा दिया जा रहा है। कुछ लोग अपना स्वार्थ सिद्ध करने हेतु अपने देश को धर्म के नाम पर बेचने के लिए तैयार हैं, जिसकी हर तरह निन्दा की जानी चाहिए।" प्रा. रणसुभेजी प्रभावशाली ढंग से अपने विचारों को व्यक्त कर रहे थे। उनके अनुसार प्रेममार्गी लोगों के लिए तो राम सभी दिशाओं में और कण-कण में समाया हुआ है। परन्तु कुछ लोग स्वाँग रचाकर राम के नाम पर अपना उल्लू सीधा कर लेते हैं। राम को बदनाम करते हैं। इस सन्दर्भ में उनहोंने एक पद सुनाया—

मुख में राम बगल में छुरी
सारी दुनिया भूखी मरी
कुछ लोगों ने, 'राम' नाम पर
सिर्फ अपनी तिजोरी भरी !

अन्त में उन्होंने कहा कि राष्ट्रीय एकतात्मता के सन्दर्भ में कुछ अधिक कहने की आवश्यकता नहीं, क्योंकि आपका किल्लारी गाँव मूलतः राष्ट्रीय एकात्मता का जीता-जागता प्रतीक है।

इस प्रकार कार्यक्रमों की रेलपेल में गणपति-विसर्जन का दिन आ गया। इसीलिए आज स्कूल की छुट्टी की गई है। बालकों में उत्साह दिखाई देता था। गणपति-उत्सव का समापन होने जा रहा था। आज तक के सारे कार्यक्रमों की चर्चा गाँव में हो रही थी। इस आनन्दमय वातावरण में किल्लारी गाँव के लोग भूकम्प के डर को भुला चुके थे। उत्साही और रंगीन वातावरण के सारे कार्यक्रम सुन्दर ढंग से समाप्त होते जा रहे थे। इस बात की खुशी में सोपान फूला न समाता था। आज गणपति बप्पा अपने घर प्रस्थान कर रहे थे। विसर्जन की तैयारी हो रही थी। सुबह से ही गाँव के स्त्री-पुरुषों की भीड़ दर्शन के लिए लगी हुई थी। माईक हाथ में थामे देसाईजी महाराज गणपतिजी की आरती उतार रहे थे।

शब्बीर सुबह ही सोपान के बगीचे से केले के बड़े-बड़े खूँट तोड़कर ले आया था। केले के हरे पत्तों में ट्रॉली को सजाया था। बैंड बाजे के साथ गाँव से बाहर देशमुख की बाड़ी के कुएँ में गणपति का विसर्जन करना तय हो चुका था। सब लोग गणपति की मूर्ति को ट्रैक्टर ट्रॉली में धीरे से रखने के लिए तैयार थे। सन्ध्या के छह बज रहे थे और लोग गणपति बप्पा की जय-जयकार कर रहे थे।

सूरज अपनी लालिमा समेटे पश्चिम में ढलने लगा था। उसकी सुनहरी किरणों का प्रकाश छाया हुआ था। सूर्यास्त की बेला में पंछियों के झुंड पंखों को फड़फड़ाते हुए अपने बसेरे की ओर लौट रहे थे। पेड़ों पर बैठे पंछी चहकने लगे थे। कई आक्रामक भाव से जगह के लिए एक-दूसरे को चोंच मारते हुए लड़ रहे थे। करीम चाचा मवेशियों को हिफाजत से बाँधने का इशारा देते जा रहे थे। गाँव के किसान-मजदूर अपने सिरों पर घास-फूस का बोझा उठाए घरों की ओर बढ़ रहे थे।

इसी समय गणपति-विसर्जन का जुलूस निकलने की तैयारी में था। गणपति को उठाकर ट्रॉली में रखा जा रहा था। तभी गणपति की सूँड़ ट्रॉली की कील में अटककर टूट गई। डिगू सुतार ने क्रोध भरी आवाज से कहा, "तुम्हारी तो...सा... । आज तक हम सबने मिलकर बप्पाजी को जी-जान से सँभाला था। अब जब वे अपने घर जा रहे हैं तो आप लोगों ने हड़बड़ी में उनकी सूँड़ तोड़ दी !"

सोपान ने सारी बातों को सँभालते हुए कहा, "अब, जाने भी दो ! कोई किसी पर क्रोध न करे। अब तो हमें बप्पा का विसर्जन करना है।" विसर्जन के जुलूस में गाँव के बड़े-बूढ़े, स्त्रियाँ-बच्चे गणपति बप्पा की जय-जयकार करते हुए आगे-पीछे चल रहे थे। उत्साह के साथ यह कहने पर कि 'गणपति बप्पा मोरया, सुखकर्ता दुख

हर्ता कौन है ?' सब एक साथ कहते—'गणपति बप्पा मोरया !' और धीरे-धीरे जुलूस आगे बढ़ता जा रहा था। गली-गली से गणपति बप्पा के दर्शन के लिए लोग दौड़े चले आते थे। गणपति बप्पा की सवारी गाँव से इस प्रकार जा रही थी जैसे किसी जमींदार की कन्या ससुराल जा रही हो और लोगों की भीड़ लगी हो। गणपति की जय-जयकार से सारा वातावरण गूँज उठा था। बप्पाजी को आखिरी प्रणाम देने सारा किल्लारी गाँव उमड़ पड़ा था। अबीर और गुलाल के उड़ने से हवा में लाली छाई हुई थी। जुलूस पाटील के बाड़े से गुजरते हुए माली गली, कोली बाड़ा, पिंजार बस्ती, उस्मानपुरा, तेली गली, लिंगायत गली से गुजरते हुए कुम्हारबाड़ी से निकलकर गाँव के आखिरी छोर तक पहुँच गया। हर घर में उत्सव के निमित्त गणपतिजी की प्रतिमा का पूजन किया गया था। अतः गणपति की मूर्तियों को विसर्जित करने के लिए ट्रॉलियों में भी अनेक मूर्तियाँ रखी जा रही थीं।

उत्साह और उमंग से भरे वातावरण में किल्लारी गाँव के गणपति बप्पा जा रहे थे। प्रत्येक व्यक्ति खुशी से झूम रहा था। युवा वर्ग अपनी धुन में मगन नाचता-गाता-खेलता चला जा रहा था। रात बहुत हो चुकी थी। बारह बज रहे थे। लोग गणपति-बप्पा को उठाए देशमुख के कुएँ के पास पहुँचे और दुखी अन्तःकरण से मूर्तियों को विसर्जित किया। जल में छोड़ते ही गणपति नीचे गहराई में डूबते चले गए और फूलों की मालाएँ पानी की सतह पर लहराती हुई दिखाई देने लगीं।

'गणपति-विसर्जन' के पश्चात सोपान सीधे अपने खेत में पहुँचा। गणपति-उत्सव के इन दस दिनों में वह काफी थक चुका था और अपनी खेती-बाड़ी के कामों में भी ध्यान नहीं दे पाया था। देशमुख की बाड़ी से सोपान सीधे अपने अंगूर के बगीचे में पहुँचा। मजदूरों ने खेत में दीप जलाए हैं या नहीं, देखने के लिए शब्बीर भी बगीचे में पहुँच गया। गणपति-उत्सव में रात को प्रतिदिन जागने से सोपान की आँखें लाल हो गई थीं और वे नींद से झपक रही थीं। मालिक के इतनी रात गए खेत में पहुँचने का कारण न समझते हुए सारे मजूदर उसके पास चले आए। सोपान ने मजदूरों से बातचीत करते हुए कहा, "मैंने जिस प्रकार आप लोगों से कहा था, अंगूरों के पौधों पर उसी तरह फुहारनी हुई है ना ?" सबने कहा, "जी मालिक ! सारा काम अच्छे ढंग से किया गया है।" सोपान ने कहा, "शब्बीर, अब रात बहुत बीत चुकी है। अब हम खेत में ही सो जाते हैं।"

नौकर ने वहीं खाट डाल दी और सोपान के सोने की व्यवस्था की। सोपान की खाट के पास शब्बीर भी गुदड़ी ओढ़कर सो गया। सारे नौकर मवेशियों के गोठे की ओर सोने चले गए। सोपान का शरीर थककर चूर हो गया था। आँख कब लग गई,

पता ही न चला। पास में सोया शब्बीर खर्राटे भर रहा था। दूसरी ओर सारा किल्लारी गाँव भी नींद के आगोश में खो गया था। खेतों में हवा के झोंकों से लहरानेवाली फसलें भी चुप्पी साधे सो रही थीं।

भोर होने जा रही थी। सुबह के पाँच बज रहे थे। झरनों के पास रहनेवाले मोरों का केकारव सुनाई दे रहा था। सारे किल्लारीवासी गहरी नींद में लिपटे हुए थे, अतः किसी को कुछ भी सुनाई न दिया। तभी गहरी नींद से सोए सोपान का शरीर गदगदाकर हिलने लगा तथा खाट को किसी के धकेलने का अहसास भी हो रहा था। कुछ ही पलों में गहरी नींद में खोया सोपान पास में लेटे शब्बीर पर धम्म से जा गिरा। "मर गया रे बाबा !" कहते हुए शब्बीर चिल्लाने लगा। शब्बीर को यह आभास हो रहा था कि किसी चोर ने उसके ऊपर भारी-सा पत्थर डाल दिया है। सोपान हड़बड़ाकर उठा तो धरती हिल रही थी। खाट भी खड़खड़ाकर हिल रही थी।

सोपान ने शब्बीर से कहा, "शब्बीर, बहुत भारी भूकम्प है। अब हमारी खैर नहीं।" सोपान के मुँह से यह बात निकल ही रही थी कि मवेशियों के गोठे की ओर से "मर गया रे बाबा, बचाओ-बचाओ" की आवाजें गूँजने लगीं। सोपान ने शब्बीर से बैटरी जलाने को कहा। दोनों गोठे के पास पहुँचे। बैटरी के प्रकाश में जो दृश्य देखा, वह भयावह था। गोठे के टीन से बड़े-बड़े पत्थर नीचे गिरे हुए थे और दीवारें ढह चुकी थीं। मिट्टी से बनाई गई दीवारें मवेशियों पर गिरी पड़ी थीं। कुछ पशु मिट्टी के नीचे खूँटे से बँधे उससे छूटने का प्रयास कर रहे थे। बछड़े मिट्टी के ढेर के नीचे दबे थे। शब्बीर ने ट्रैक्टर लाईट गोठे की दिशा में बढ़ा दी। सोपान ने देखा कि रुकमा नौकर की गर्दन टीन से कट चुकी है और खून बह रहा है। दूसरी ओर एक नौकर पर पत्थरों के गिरने से उसके सिर का भेजा बाहर आ चुका है। इन सारे दृश्यों को देखकर सोपान घबराई अवस्था में गाँव की ओर दौड़ा। सुबह के शान्त वातावरण में गाँव की ओर से चीखने-चिल्लाने की आवाजें सुनाई दे रही थीं। कुत्ते भौंक रहे थे। सोपान का हृदय काँप उठा। उसने शब्बीर से कहा, "गोठे में होनेवाले लोगों की हालत इतनी भयंकर है तो गाँव की कोई खैरियत नहीं। चलो, तुरन्त गाँव की ओर बढ़ते हैं।" शब्बीर ने ट्रैक्टर चालू किया और दोनों गाँव की ओर चल पड़े।

गाँव की ओर से काफी शोर सुनाई दे रहा था। "मर गया रे बाबा' कहते हुए गाँव के रास्तों के किनारे बैठे दलित बंजारे लोग चीखते-चिल्लाते हुए रो रहे थे। रोने की आवाजें कर्णभेदी थीं। बाल-बच्चों और स्त्रियों की बचाओ-बचाओ की आवाजें सुनाई दे रही थीं। अपने परिवार के सदस्यों का स्मरण होते ही सोपान हिल गया। सीधे घर की ओर निकल पड़ा। बिजली न होने से सारे गाँव में अँधेरा छाया हुआ

था। मिट्टी की परतों से धूल हवा में उठने लगी थी। सोपान ट्रैक्टर को घर की ओर ले जाना चाहता था, परन्तु घर की ओर जानेवाले रास्ते पर मकानों से गिरी मिट्टी के ढेर लगे हुए थे। हवा में मिट्टी और धूल के बादल छाए हुए थे। भूकम्प के झटके धीरे-धीरे अभी तक लग रहे थे। मकानों के मलबे के नीचे हजारों लोग दब चुके थे। मलबे के नीचे दबे लोगों की 'हमें बचाओ हमें बचाओ' की आवाजें भी चारों दिशाओं से सुनाई दे रही थीं।

धीरे-धीरे सुबह हो रही थी। सूरज अपनी रोशनी बिखेरने लगा था। सोपान चारों ओर घूमते हुए अपने बाड़े को खोज रहा था, परन्तु गाँव के सारे मकान और बाड़े मिट्टी के ढेर में परिवर्तित हो चुके थे। किल्लारी गाँव सदा के लिए मलबे के नीचे सो गया था। सोपान भूकम्प से बचे हरेक व्यक्ति से गले मिलते हुए अपने हृदय की पीड़ा व्यक्त करते हुए कह रहा था, "हमारा सारा गाँव ध्वस्त हो चुका है। अब क्या करें। अरे बाबा, मेरी माई, भाई-बहन, बीवी-बच्चा शायद ही बाड़े में कोई जीवित बचा हो।" सोपान ने शब्बीर से कहा, "अपना गाँव अब बरबादी के घेरे में आ गया है। गाँव की सुख-शान्ति के लिए सारे देवी-देवताओं की उपासना, उपवास, व्रत-मन्नतें पूरी की गईं, फिर भी इस महानाश से हम गाँव को बचा नहीं पाए।" कहते हुए सोपान दहाड़ें मारकर रोने लगा।

सुबह की रोशनी पूरी तरह फैल चुकी थी। एक-दूसरे के चेहरे स्पष्ट दिखाई देने लगे थे। सोपान रोते हुए अपने परिवार के सदस्यों को पागलों की तरह खोज रहा था। सारा गाँव भूकम्प की चपेट में मलबे का ढेर-सा बन चुका था। इस ढेर में सोपान का बाड़ा भी अपनी पहचान खो चुका था। इसीलिए उसे ढूँढ़ पाना एक कठिन समस्या थी। भूकम्प की भारी चपेट में किल्लारी के सारे मकान धराशायी हो गए थे। अन्दाजा लगाते हुए सोपान अपने बाड़े के पास पहुँचा। उसे बड़े दरवाजे का एक कोना खुला दिखाई दे रहा था। केवल इसी के सहारे वह अपने माता-पिता की खोज में लग गया । थोड़ी दूरी पर आबा के सोने का कमरा था। उस कमरे का अन्दाजा सोपान को हो चुका था। जो लोग सोपान के पीछे थे, उनसे सोपान ने कहा, "आबा इसी जगह होंगे। मिट्टी का ढेर हटाने से शायद वे बाहर आ पाएँ।" सोपान के साथ आए कुछ लोगों ने मिट्टी के ढेर को हटाने का प्रयास किया, परन्तु मलबे में पाँच सौ किलो से लेकर एक हजार किलो वजन तक के पत्थर थे। वे पाँच-छह लोगों की इकट्ठी ताकत से भी हटाए न जा सके। सोपान की यह बड़ी गढ़ी उसके पुरखों के हाथों बनाई गई थी। आज उसी शानदार गढ़ी के नीचे परिवार के सारे सदस्य दबकर रह गए थे। स्थिति की गम्भीरता को जानते हुए सोपान ने कहा, "मेरे परिवार में अब किसी का जीवित रहना मुश्किल दिखाई दे रहा है।" और वह अपने हृदय

की वेदना को न सह पाया और बुक्का फाड़कर रोने लगा।

गाँव के दस-पन्द्रह लोग सोपान के साथ थे। स्वयं को इस गम्भीर हालत से सँभालते हुए सोपान ने कहा, "हमारे गाँव में और कितने लोग जीवित बचे हैं, यह देखिए।" जिन लोगों को सोपान बचा सकता था, उन लोगों को वह जी-जान से बचाने की कोशिश कर रहा था। एक ओर के मकानों के साथ मन्दिर-मस्जिद भी ध्वस्त हो चुके थे। सोपान सारे गाँव को घूम-घूमकर देख रहा था। गाँव के बड़े-बड़े आसामी व्यापारियों, बनियों, ब्राह्मणों तथा मराठों के बड़े-बड़े बाड़े, बेरी का पेड़ हिलाने के बाद जैसे बेर नीचे गिर जाते हैं, उसी प्रकार गिर गए थे। गाँव की इस बे-चिराग अवस्था को देखकर सोपान का हृदय वेदना से भर उठा। इस अवस्था में स्वयं का जीवित रहना उसे बोझ लग रहा था। इसलिए वह "मैं मर क्यों न गया ? जीवित रहकर भी क्या करूँगा" कहते हुए लगातार रो रहा था।

गाँव की चारों दिशाओं से मांस और खून की बू आ रही थी। कोलीबाड़े की ओर से राधाबाई के रोने से कोलीबाड़े के जीवित होने का अहसास हो रहा था। गाँव में जो महिलाएँ और बच्चे जीवित बचे थे, हर गली से उनके रोने-चिल्लाने की आवाजें आ रही थीं। मांग-बाड़े से लोगों के चीखने-चिल्लाने की आवाजें ज्यादा सुनाई दे रही थीं, अतः यह लग रहा था कि वहाँ बहुत-से लोग जीवित हैं। हनुमन्त वडार जोर-जोर से चीख रहा था—अरे भाइयो, सुनो। मेरे वहाँ बहुत-से लोग जीवित हैं। मेरे घर में मेरे बीवी-बच्चे फँस गए हैं। उन्हें बचाओ। मेरी मदद करो। वह लगातार चीख रहा था, परन्तु गाँव में प्रत्येक व्यक्ति का घर उजड़ चुका था और मलबे के नीचे हर घर का कोई-न-कोई फँसा हुआ था। कई मृत्यु की आगोश में खो चुके थे। भारी संख्या में मृतकों और घायलों को सोपान अपनी खुली आँखों से देख रहा था और रोने, चीखने-चिल्लाने की दिल दहला देनेवाली आवाजों से उसके कान सुन्न हो गए थे। गाँव की सहायता के लिए दौड़नेवाला युवा वर्ग भी धरती के गर्भ में समा चुका था। इस गम्भीर स्थिति का सामना कोई कैसे करे ? कोई उपाय सोपान को दिखाई नहीं दे रहा था। इस भयंकर स्थिति को देखते हुए मलबे के नीचे दबे अपने परिवार की सुध लेना भी सोपान भूल गया था। 'मेरा गाँव उजड़ गया रे बाबा !' हाय-हायकर सीना पीटते हुए वह पागलों की तरह गाँव में घूमने लगा।

कोलीबाड़े की ओर से राधाबाई आ रही थी। सोपान को देखते ही कह उठी, "सोपान, यह क्या हुआ रे मेरे बचुवा ! देखते-ही-देखते सारा गाँव खिलौने की तरह टूट गया। मैं माटीमिली बाहर आँगन में सोई थी, इसीलिए जीवित बच गई। परन्तु मेरा पि-या, बहू, बच्चे घर में सोए थे। सारे मलबे के नीचे दब गए हैं। मैंने बहुत शोर मचाया, चीखी-चिल्लाई परन्तु सहायता के लिए कोई नहीं आया। अरे ! सारा

गाँव धरती के नीचे दफन हो गया है, अब मेरी मदद कौन करेगा रे बाबा ! मेरा एकमात्र लड़का और बहू चली गई। अब मैं किसके लिए जीवित रहूँगी, हे भगवान ! मेरा पति पहले ही मुझे छोड़कर चला गया था, अब बेटा भी छोड़कर चला गया। अब मैं क्या करूँ ?" कहते हुए वह लगातार रो रही थी। सोपान ने राधाबाई को समझाते हुए कहा, "राधाबाई, सुनो। अब मेरा कहने के लिए गाँव में बचा ही कौन है ? और किसके लिए मैं तुझे धीरज बँधाऊँ ?" इसी सब रोने-धोने में सूरज चढ़ आया था। सोपान पुलिस चौकी की ओर चल पड़ा। वहाँ जाकर देखा कि सारी पुलिस चौकी ध्वस्त हो चुकी है। किसी तरह दो पुलिसवाले जीवित थे। उन्होंने दबा हुआ वायरलेस सेट बाहर निकालते हुए लातूर के अधिकारियों से सम्पर्क किया। कहा कि भूकम्प के भारी झटके से सारा किल्लारी नष्ट हो चुका है। गाँव के सारे मकान, बाड़े ढह चुके हैं। मिट्टी और धूल के बादल हवा में उड़ रहे हैं। गाँव में जीवित बचे लोगों के चीखने-चिल्लाने की आवाजें सुनाई दे रही हैं। पुलिस चौकी भी नष्ट हो गई है और दो पुलिस कर्मचारी मृत पड़े हैं। गाँव के लोगों को खाने तथा घायलों के लिए दवाइयों और अन्य सामग्री की बड़े पैमाने पर आवश्यकता है। सहायता के लिए अधिक पुलिस फोर्स की भी तुरन्त जरूरत है।

सोपान जमीन में आँखें गड़ाए सोच में डूबा था। पुलिस ने सोपान से कहा, "इस गाँव की तरह आसपास के भी कई गाँव भूकम्प की चपेट में आ गए हैं। किल्लारी के बीच के सारे बाड़े जमीनदोज़ हो गए हैं। कोई जीवित नहीं बचेगा, यह मेरा अनुमान है। परन्तु आप किस प्रकार जीवित बच सके ? शायद आप कल रात अपने बाड़े में नहीं थे ?"

सोपान ने कहा, "यही मेरी भूल थी। मैं गणपति बप्पा का विसर्जन कर खेत में जाकर सो गया। यदि मैं सबके साथ घर में सोया होता तो सबके साथ मर भी गया होता। यह दिन देखना न पड़ता। जीवित होकर भी अब मृत व्यक्ति की तरह जी रहा हूँ। सारे गाँव को मृतावस्था में देखने का कठिन समय मुझ पर आया है। मेरा घर-परिवार उजड़ चुका है। गिरे हुए मलबे के ढेर से यह अन्दाजा लगाया जा सकता है कि घर का कोई भी सदस्य जीवित नहीं बचा होगा।" सोपान दो पुलिसकर्मियों तथा आठ-दस दलित लड़कों को साथ लेकर बाड़े के पास गया और बाहर की ओर आबा की जगह की मिट्टी हटाने लगा। टनों मलबे और पत्थरों को हटाना बहुत मुश्किल काम था। तभी कुदाल की नोंक में आबा की धोती का टुकड़ा अटककर ऊपर आ गया। सोपान ने कहा, "मेरे आबा यहीं हैं। तुरन्त मिट्टी हटाइए। वे यहीं पर हैं।" आबा के चारों ओर की मिट्टी और पत्थरों को हटाया गया। सबने देखा कि निद्राधीन अवस्था में आबा के केवल पाँव दिखाई दे रहे हैं। कब्र में

गाड़े गए शव को जिस प्रकार खोद-खोदकर निकाला जाता है, उसी प्रकार लोग आबा को निकाल रहे थे। मिट्टी को हटाते हुए लोग आबा की गर्दन तक पहुँचे। देखा कि आबा के सिर पर एक बहुत बड़ा पत्थर गिरा था। यह पाषाण-खंड इतना बड़ा था कि दस लोगों से भी हटाया न गया। आखिर किसी प्रकार उसे हटाया गया। देखा कि आबा का सिर लोथड़े में बदल चुका है। सारे शरीर से खून बहकर आसपास की मिट्टी को कीचड़ बना चुका था। आबा की इस अवस्था को देखते ही सोपान ने आँखें बन्द कर लीं और झट से नीचे बैठ गया। लोगों ने आबा के आसपास की मिट्टी को हटाया तो देखा कि सोपान की माँ सुन्दराबाई भी नींद के आगोश में सदा के लिए खो चुकी थीं। सोपान एकटक अपनी माँ की ओर देख रहा था। माँ के माथे पर कुंकुम की बड़ी-सी बिन्दी थी और त्यौहार के अवसर पर पहनी नई इकरली साड़ी, हाथों में सोने के कंगन तथा गले में कंठहार पड़ा हुआ था। माँ की ऐसी स्थिति को देखकर सोपान अपना मानसिक सन्तुलन खो रहा था। माँ की यादों में खोया बड़बड़ाने लगा—'माँ ने कल शाम बहुत खुशी से गणेशजी की पूजा की होगी, सुख-शान्ति की कामना की होगी और फिर थककर सो गई होगी।' रोते-रोते ही वह कहने लगा—'गणपति बप्पा ने अब हमें सुख-शान्ति देने के बजाय दुखसागर में धकेल दिया है। खुद डूबने के साथ ही सारे गाँव को भी ले डूबे।' सोपान के माता-पिता अब सदा के लिए सो गए थे। अपनी इस असहाय अवस्था को देखकर सोपान का हृदय विकल होने लगा। वहाँ इकट्ठे हुए कुछ लोग सुन्दराबाई को उठाकर खुली जगह में ले आए। आबा को वहाँ से उठकार ले आने के प्रयास जारी थे, परन्तु उनका एक हाथ भारी पत्थर के नीचे दबा हुआ था। प्रयत्न के बावजूद वह पाषाण हिलने को तैयार न था। इस खींचातानी में आबा का हाथ काँधे से उखड़ गया। अब बिना हाथ और बिना चेहरे के धड़ को निकालकर लोग बाहर ले आए। सोपान की माँ जिस अवस्था में सोई थी, उसी प्रकार निकाली गई, परन्तु बदन पर पत्थर गिरने से पसलियाँ टूट चुकी थीं। सोपान के परिवार के तमाम लोगों को निकालने के लिए साथ आए लोग मिट्टी और पत्थरों के मलबे को हटाते-हटाते पसीने से तर हो चुके थे।

यों किल्लारी गाँव के सभी बड़े बाड़ों और मकानों की अवस्था ऐसी ही थी। यदि मलबे के नीचे कोई मनुष्य जीवित भी था, तो मलबे के ढेर को हटाने के लिए पर्याप्त मनुष्य जीवित न थे। सोपान के साथ आए हुए लोग केवल उसके माता-पिता को निकालकर थक चुके थे। उसके सद्व्यवहार के कारण इन लोगों ने इस गम्भीर स्थिति में उसकी सहायता की थी। गाँव के सरंपच जीवित हैं, यह सुनते ही आसपास के झोंपड़ों में रहनेवाले लोग, जिन्हें थोड़ी-बहुत चोटें आई थीं, दौड़ते हुए सोपान के पास पहुँचे। परन्तु किल्लारी के मध्य भाग में स्थित बड़े-बड़े व्यापारी और किसानों के बाड़े

और मकान पूरी तरह नष्ट हो चुके थे। घर के सभी सदस्य बाड़ों के नीचे दब गए थे। हाँ, झोंपड़ियों में रहनेवाले गरीब लोग जीवित थे। सोपान के पास आकर उन्होंने आपबीती सुनाई और उसके परिवारवालों के सन्दर्भ में पूछताछ की।

अब सूरज काफी ऊपर चढ़ चुका था और धूप खिल रही थी। अनुमान लगाया जा सकता था कि वे कौन लोग हैं, जिनके बाड़े, भयानक भूकम्प से ध्वस्त हो चुके हैं और उन बाड़ों में रहनेवाले कितने लोग मलबे के नीचे दबे हुए हैं। इस बीच कई मकानों के मलबे के नीचे दबे लोग अपने हाथ हिलाते हुए सहायता माँग रहे थे।

किल्लारी गाँव को जबर्दस्त भूकम्प का झटका लगा है, यह खबर पूरे लातूर में हवा की तरह फैल गई थी। सामाजिकता और इंसानियत का कर्तव्य निबाहनेवाले डॉक्टर, स्वयंसेवक, महाविद्यालय के लेक्चरर, नगराध्यक्ष, विद्यार्थी आदि सब लोग खबर सुनते ही किल्लारी पहुँच गए। जिन लोगों को वे बचा सकते थे, उन्हें निकालने की कोशिशें जारी थीं। लातूर से आए स्वयंसेवकों को सोपान ने देखा। उन्हें साथ लिए अपने बाड़े के पास पहुँचा। इसी बाड़े के मलबे में सोपान की बीवी-बच्चा और भाई-बहन दबे हुए थे। उन्हें निकालने के प्रयास चल रहे थे। स्वयंसेवकों ने देखा—लकड़ियों के भारी गर्डर के नीचे सोपान की पत्नी अपने मुन्ने को दूध पिलाते हुए सो गई थी। इस दृश्य को देखते ही सोपान पागलों जैसी हरकतें करने लगा और 'मुझे अकेला क्यों छोड़ गए' कहते हुए बीवी-बच्चे को चूमने लगा। रो-रोकर अब उसका गला बैठ चुका था। बिलख-बिलखकर रोते हुए अब उसके आँसू भी सूख चुके थे, मानो उसके शरीर का सारा पानी भी सूख गया हो। सोपान के भाई-बहन को भी स्वयंसवेक खोज रहे थे। परन्तु वे बाड़े के कौन से हिस्से में दबे हुए हैं, यह समझ पाना कठिन था। अन्य स्वयंसेवक और लेक्चरर मिट्टी के ढेर तथा बाड़े की छतों में लगे बड़े-बड़े गर्डरों और पत्थरों को हटाते हुए थक गए थे। सोपान का विशाल बाड़ा जो लामजना के काले पत्थरों को विशेष ढंग से तराशकर बनाया गया था, वही खूबसूरत पत्थर आज घर के सारे लोगों की मृत्यु का कारण बन गया था। अथक प्रयासों से ही सरपंच सोपान के परिवार के लोगों को मलबे से बाहर निकाला गया।

सोपान के बाड़े के पास ही बिराजदार का बाड़ा था। उसके मलबे के नीचे से 'बचाओ-बचाओ' की आवाजें सुनाई दे रही थीं। उसका अपना बहुत बड़ा कुटुम्ब-कबीला था। इतने बड़े बाड़े में अपने बाल-बच्चों, नौकर-चाकरों तथा अन्य परिजनों के साथ पच्चीस व्यक्ति रहा करते थे। अब वे सभी इस विशाल बाड़े के नीचे दबे पड़े थे। उनकी पुकारों को सुनकर भी बिराजदार के विशाल बाड़े के मलबे को हटाने की हिम्मत किसी में न थी। बिराजदार के परिवार में कितने लोग थे, यह बताने के लिए भी अब कोई बाकी नहीं था। उसका सारा खानदान नष्ट हो चुका

था। लोग कह रहे थे कि सोपान बहुत भाग्यशाली है, क्योंकि उसकी बुद्धि और भाग्य ने उसका साथ दिया है। गणपति-विसर्जन के बाद वह खेत में सोने के लिए चला गया, इसीलिए जीवित बच गया है। इस दुखद घटना से सोपान दुखी था। राधाबाई कहने लगी, "जरूर सोपान ने पूर्व जनम में पुण्य किया होगा। इसीलिए आखिरी समय में बापू को पानी पिलाने के लिए जीवित रह गया है। गाँव में इतने बड़े-बड़े लोगों के मकान हैं परन्तु अपने वंश का दीपक जलाए रखने के लिए भगवान ने किसी को भी जीवित नहीं छोड़ा रे भाई !" कहते हुए राधाबाई रो पड़ी।

दोपहर हो रही थी। सोपान सोचने लगा कि अब अपने मृत माता-पिता, बीवी-बच्चे का दाह-संस्कार करना होगा। आखिर कितनी देर तक हम अपने परिवार के शवों को देखते रहेंगे ? मन-ही-मन यह भी सोच रहा था कि एक न एक दिन हम किल्लारीवासियों को भूकम्प में मरना ही था। इसकी पूर्व जानकारी सोपान को थी। अतः इस प्राकृतिक आपदा का सामना भी उसे करना होगा। इस तूफान से निपटने के लिए वह तैयार हो गया था। सोपान ने परिवार के लोगों के शवों को उठाने के लिए न अर्थी तैयार की, न ही दाह-संस्कार के लिए लकड़ियों का बन्दोबस्त किया। सब कुछ लुट चुका था। विकल हो सोपान पुनः बड़बड़ाने लगा—'हे भगवान, मुझे यहाँ क्यों छोड़ दिया। यदि मैं भी अपने घर में सो जाता तो इस यातना को भी न भुगतना पड़ता। अब मैं अकेला जीवित रहकर भी क्या करूँगा ?' कहते हुए सोपान अपने दोस्त शब्बीर से लिपटकर रोने लगा। शब्बीर का परिवार टीन के शेड में रहता था, अतः भूकम्प में शब्बीर के माता-पिता को थोड़ी-सी चोट पहुँची। परन्तु परिवार के सारे लोग जीवित रहे। सोपान को धीरज बँधाने हेतु शब्बीर एक दोस्त का कर्तव्य निबाह रहा था। सारा गाँव भूकम्प के एक ही झटके में पूरी तरह तहस-नहस हो चुका था और जख्मी लोग दवा-पानी के लिए तरस रहे थे। तमाम लोग प्यास से बेहाल थे, परन्तु किसी भी हाथपम्प से पानी नहीं आ रहा था। संकट की ऐसी घड़ी में धीरज बँधाने और सहायता के लिए कोई बाकी नहीं था। सोपान के मृत परिजनों को कन्धा देकर श्मशान पहुँचाने के लिए भी आदमी न मिल पा रहे थे। इसी कारण शब्बीर ने अपनी बस्ती के दो मित्रों से सहायता की याचना की और उन्हें साथ ले आया। अब चारों मिलकर आबा के शरीर को ओढ़ी गई चद्दर में लपेटकर, उसके चारों कोनों को पकड़कर खुले मैदान में ले आए। इसी प्रकार बाकी शवों को भी ले आए। झोंपड़ियों में रहनेवाले सारे लोग जीवित बचे हैं, क्या उन्हें सहायता के लिए बुलाएँ ? शब्बीर सोपान से पूछ रहा था।

गाँव में भूकम्प की भारी चपेट से जीवित बचे लोगों के सन्दर्भ में शब्बीर सोपान को बता रहा था। उसने कहा, "गाँव में जिनके घर घास-फूस और लकड़ियों से बने

थे या फिर टीन के शेड से बने थे और जो झोंपड़ों में रहते थे, उन्हें यहाँ-वहाँ थोड़ी चोट पहुँची है। परन्तु परिवार के सारे लोग जीवित हैं। विशेष रूप से हमारे गाँव की दलित बस्ती, मांग बाड़ा, कोली बाड़ा, बंजारा और बेरड बस्ती में एक-आध व्यक्ति की ही मृत्यु हुई है। अधिकतर टीन के शेड गिरने से कुछ लोग जख्मी हुए हैं। बाकी सब ठीक हैं। अतः गाँव की दलित बस्ती में रहनेवाली अधिकतर जनता जीवित बच गई है।'' शब्बीर ने आगे कहा, ''हमारे गाँव की बारह आने जनता धरती में समा गई है और चार आने जीवित है।'' इसी प्रकार की रिपोर्ट पुलिस ने दी थी।

शब्बीर की बातों पर ध्यान देते हुए सोपान ने कहा, ''यदि सरकार ने हमारी सहायता की होती तो आज आठ आना गाँव जीवित रह सकता था। मुझे मेरे घरवालों के मरने का दुख तो है, परन्तु सुख-चैन से जीनेवाले मेरे खुशहाल किल्लारी गाँव को भूकम्प ने एक झटके में मिट्टी में मिला दिया है और कोई जीवित नहीं रहा। यही दुख मेरे दिल को खाए जा रहा है।''

सोपान अपने मृत परिवार के दाह-संस्कार की तैयारी में लगा था। उसने छत से गिरी हुई लकड़ियों को इकट्ठा किया, जिनका उपयोग वह माँ-बाप, बीवी-बच्चे के दाह-संस्कार के लिए करना चाहता था। इसी समय राधाबाई वहाँ पहुँची। उसने सोपान से कहा, ''अरे सोपान, मैंने चचेरे देवर को बुलवाकर किसी तरह पि-या को बाहर निकाला है। टीन के शेड पर रखे बड़े पत्थरों ने पि-या का घात किया। इन बड़े पत्थरों के नीचे पि-या का सिर चकनाचूर हो गया। मैं अभागी कल रात आँगन में बाहर सो गई और उन दोनों को कोठरी में सोने के लिए कहा था। इसी कारण मैं बच गई हूँ। मैंने अपने पि-या को कोठरी से निकाल आँगन में रखा है।'' पि-या की दुर्दशा को देखते हुए राधाबाई सीना फाड़कर रोए जा रही थी, और स्वयं को कोसते हुए कह रही थी, ''मेरे नसीब में भगवान ने यह दुख-भरे दिन देखने क्यों लिखे हैं ? भगवान ने ही इस विपदा से हमारे गाँव का खाना खराब किया है। हे भगवान, हमसे क्या भूल हो गई ? किसलिए हमारे सामने यह दुख-भरे पर्वतों का ढेर लगा रखा है, रे भगवान !''

राधाबाई के घर में अब कोई व्यक्ति जीवित नहीं था। इसी कारण सोपान राधाबाई को धीरज बँधाकर समझा रहा था। दुख से बेहाल सीना पीटती हुई राधाबाई कहने लगी, ''सोपान, अब मैं क्या कहूँ। तुम्हारे सारे लोगों को इस भूकम्प ने निगल लिया रे ! मेरा सारा गाँव देखते-ही-देखते भूकम्प के एक झटके में धरती में समा गया रे ! सोपान, अब सरपंच बनकर गाँव का कारोबार कैसे सँभालोगे ? गाँव के सारे देवी-देवताओं की भक्ति-भाव से पूजा-सेवा की थी, परन्तु इन दुश्मनों ने भी हमें सूचना न दी कि हमारे गाँव से यह कालरात्रि गुजरनेवाली है। ग्रामदवेता

नीलकंठेश्वर भगवान तो पत्थर बने बैठे हैं। गाँव का एक देवता भी हमसे प्रसन्न नहीं हुआ रे, सोपान !''

सोपान ने कहा, ''चुप बैठो राधाबाई, कितना रोओगी। देवी-देवता कहीं नहीं हैं। यह सारी बातें हमारे लिए झूठी साबित हुई हैं। अब मुझे यह बात समझ में आई है कि इस भूकम्प में जब भगवान स्वयं अपने मन्दिर की रक्षा न कर पाए तो दूसरों की रखवाली क्या कर सकेंगे ? धर्म-ईश्वर मेरे लिए सब बेकार की बातें हैं। सत्य केवल एक है और वह है मनुष्य। यही मनुष्य एक-दूसरे के काम आते हैं। देखा राधाबाई, प्रतिदिन गाँव में चिड़ियों का कलरव सुनाई देता था। गाय अपने बछड़े के लिए रम्भाती थी। पशु-पक्षी, मवेशियों की हलचल दिखाई देती थी। परन्तु आज इसी गाँव में मनुष्यों के रोने, चीखने-चिल्लाने की आवाजें सुनाई दे रही हैं। राधाबाई, अब मुझे बताओ मैं क्या करूँ ? गाँव का कर्ता-पुरुष होने के नाते मैं अब किसके घर, कौन-से बाड़ों में जाऊँ, कौन-सी गलियों से गुजरते हुए किसे पुकारूँ ? हमारा गाँव भूकम्प के एक झटके में सदा के लिए इस धरती में समा गया है।''

गाँव के हजारों लोग अपने घर-मकान-बाड़ों के नीचे दबे हुए थे। भाग्यवश जो जीवित थे, वे अपने सगे-सम्बन्धियों को बचाने के प्रयास में लगे थे। गड़रिया विष्णु अभी-अभी चौराहे की खुली जगह से दौड़ता हुआ आया। कुछ अजीब-सी ही हरकतें करते हुए कहने लगा, ''मेरा बाप जीवित है जी ! उनका एक पैर घर की चौखट से दबा हुआ। वे 'बचाओ-बचाओ' की आवाज लगा रहे हैं। मैं अकेला उन्हें निकाल नहीं सका। मेरे साथ कोई चले, मेरी मदद करे। मेरे पिता को वहाँ से निकालिए, नहीं तो वे वहीं जीते जी दम तोड़ देंगे।'' कुछ लोगों को साथ लिए सोपान विष्णु की गली में पहुँचा। विष्णु के पिता मलबे के नीचे दबे हुए थे। सबने मिलकर उनकी देह पर पड़ी मिट्टी और पत्थरों को हटाकर उन्हें निकाल लिया। पैरों में अच्छी-खासी चोट पहुँचने से खून बह रहा था। मुँह से पानी माँग रहे थे। पिता को जीवित रखने के लिए विष्णु ने अपने घर के एक कोने से मिट्टी हटाकर एक लुटिया निकाली। पानी के लिए वह इधर-उधर दौड़ने लगा, परन्तु सारा गाँव नष्ट हो चुका था और पानी किसी के भी घर में न था। विष्णु दौड़ते हुए गाँव से बाहर हापसे के पास पहुँचा और उसे ऊपर-नीचे हिलाने लगा। परन्तु नल से पानी की एक बूँद न टपकी। विष्णु की आँखों के सामने पानी के लिए तरसते बाबा का चेहरा घूमने लगा। बाबा की टाँगों से खून पानी की तरह बह रहा था और वह पानी के लिए तड़प रहा था। इस गम्भीर हालत में वह क्या करे, विष्णु समझ न पाया।

अन्त में वह कुछ सोचते हुए घर के पिछवाड़े ढह चुकी दीवार के पीछे गया और लोटे में स्वमूत्र भर लाया। पिता की दयनीय अवस्था को देखते हुए उसने यह निर्णय

लिया था। पानी कहीं न मिला और पानी के लिए बाबा तरस रहे थे। ऐसी स्थिति में विष्णु ने वही लोटा पिता के मुँह से लगाया और 'पानी' पीकर बाबा कराहते हुए किसी तरह खुली जगह में पड़े रहे !

घायल, प्यास से परेशान लोग पानी के लिए तरस रहे थे। मरनेवाले के मुँह में भी यदि दो बूँद पानी डालना चाहें तो पानी कहीं नहीं था। बहुत-से लोगों को शरीर में चोटें पहुँची थीं। घायल लोग पानी के लिए तरस रहे थे। कितने ही मौत के मुँह में चले जा रहे थे। अन्तिम घड़ी में अपने सगे-सम्बन्धियों के मुँह में लोग पानी भी न डाल पाएँ, इस बात की पीड़ा से अधिक परेशान हो रहे थे। गाँव की इस दयनीय दशा को देखते हुए सोपान ने कहा, "ऐसा वक्त किसी दुश्मन पर भी न आए। भगवान ने मुझे यहाँ जीवित क्यों छोड़ा ? शायद सारे गाँव के दुखों का बोझा ढोने के लिए ही तो !"

गाँव की स्थिति अब अधिक खराब होती जा रही थी। लाशों को गाँव की खुली जगह में चद्दरों में लपेट ले आते थे। जिस प्रकार भुट्टों को कटाई के बाद खलिहानों में डाल दिया जाता है, ठीक उसी प्रकार की अवस्था यहाँ लाशों की हो रही थी। लोग सैकड़ों शवों को खुले में रखते चले जा रहे थे। गाँव के असंख्य मृत मनुष्यों को देखकर सोपान अब पत्थर दिल बन चुका था। उसकी संवेदनाएँ लुप्त हो चुकी थीं। सुबह से ही लोगों के हाय-हाय कर रोने की आवाजें सुनाई दे रही थीं। अब उसकी आँखों का पानी सूख चुका था। भूकम्प में जीवित बचे लोग अपने सगे-सम्बन्धियों के दाह-संस्कार की चिन्ता में डूबे थे। दाह-संस्कार के लिए सूखी लकड़ियों की आवश्यकता थी, अतः भूकम्प में ढह चुके मकानों से वे लकड़ियों का बन्दोबस्त करने लगे।

सोपान पूरी तरह निराश हो चुका था। कितनी देर तक वह अपने माँ-बाप और बीवी-बच्चों की लाशों को देखता रहे। इन शवों को चद्दर में लेपटकर श्मशान भूमि पहुँचाने की बात मन-ही-मन सोच रहा था। परन्तु इतने शवों को उठाकर श्मशान तक ले जाने के लिए आवश्यक मनुष्यों का मिलना भी मुश्किल था। इसीलिए उसने शब्बीर को ट्रैक्टर ले आने को कहा। खुले में रखे सोपान के पिता के शव को चींटियों ने घेरा हुआ था और लाशें अकड़ने लगी थीं। सारे शवों पर मक्खियाँ भिनभिना रही थीं। सोपान सोच रहा था कि अन्तिम क्षणों में लाशों पर बैठी मक्खियों को उड़ाने के लिए भी कोई व्यक्ति जीवित नहीं है। मृत्यु के अन्तिम क्षणों में आबा की आँखें और मुँह खुला हुआ था। सोपान बार-बार खुले मुँह को ढँकने का प्रयास कर रहा था, परन्तु वह फिर से खुल जाता और उन पर मक्खियाँ भिनभिनातीं। फिर भी माता-पिता और बीवी-बच्चे अभी नींद में होने का आभास दे रहे थे। मृत्यु का ऐसा

भयंकर तांडव सोपान के हृदय को चीरता चला जा रहा था।

शब्बीर ट्रैक्टर ले आया था। सोपान ने कहा, ''शब्बीर, भूमि पर तितर-बितर पड़े इन शवों को देखना मेरे लिए मुश्किल हो रहा है। अतः हम दोनों ही इन्हें श्मशान भूमि ले जाएँगे।'' शब्बीर और सोपान अब मिलकर एक-एक शव को उठाते और ज्वार के बोरों के समान ट्रैक्टर ट्रॉली में रख देते। सारे शवों को ट्रॉली में रखा गया और वे श्मशान भूमि की ओर चल पड़े। इसी समय पुलिस की गाड़ियाँ वहाँ आ पहुँचीं। आँखें मलते हुए दस-पन्द्रह पुलिसवाले गाड़ी से नीचे उतरे। उन्होंने देखा कि सरपंच शवों को समेटे श्मशान भूमि की ओर जा रहे हैं, अतः जमादार ने ट्रैक्टर को रुकवाते हुए सोपान से कहा, ''सोपान राव, अभी किसी भी व्यक्ति का दाह-संस्कार न करें। पहले हमें इन लोगों का पंचनामा करना होगा।'' सोपान ने कहा, ''मुझे पंचनामा कराने की जरूरत नहीं है।'' पुलिस ने कहा, ''शायद आपको पंचनामे की जरूरत न हो। परन्तु हम लोग बगैर पंचनामे के किसी का क्रियाकर्म नहीं होने देंगे। सरकारी कायदे-कानून की जानकारी आप को भी है।''

क्रोध से खीजते हुए सोपान ने कहा, ''वाह रे तुम्हारा सरकारी कानून ! जीवित थे, तब किसी ने हालचाल न पूछा। अनेक तकरारों और निवेदनों के पश्चात भी हमारे गाँव का पुनर्वास न हो पाया। अब मरे हुए लोगों की मिट्टी भी नहीं करने देंगे क्या ? तुम्हें जो करना है सो करो। इन शवों को इस हाल में अब मैं नहीं देख पाऊँगा।'' सोपान की स्थिति को देखते हुए हवालदार ने कहा, ''आपके गाँव की यह दुर्दशा देख हमें भी दुख हो रहा है। गाँव के लोगों की यह अवस्था देख हमें भी कष्ट हो रहा है। लेकिन देखिए सोपान राव, बगैर पंचनामे के यदि शवों का क्रियाकर्म हो गया तो कल नुकसान-मुआवजे के लिए नई समस्याएँ खड़ी हो जाएँगी। उस समय हमें कोई दोष न दे।''

हवलदार की बातों को सुनकर सोपान ने कहा, ''हमें सरकार से कुछ नहीं चाहिए। अब हम लोग सरकार से किसके लिए सहायता लें ? जिस समय हमें सहायता की आवश्यकता थी, उस समय सरकार ने हमारी एक न सुनी। लोगों के मरने के बाद आपकी सरकार मदद देने पहुँची है। जाइए और अपनी सरकार से कहिए, भूकम्प से हमारे मकानों और बाड़ों के नीचे इतनी धन-सम्पत्ति गड़ चुकी है, जो जलाने से भी समाप्त न होगी। यदि पैसा चाहते हैं तो हमारे घरों से निकालकर ले जाएँ। अपने मृत माता-पिता के पैसों की भरपाई मुझे नहीं चाहिए। धन-सम्पत्ति लेकर अब मुझे करना ही क्या है ?'' सोपान दुखावेग से रोने लगा था। सोपान की इस अवस्था को देखकर पुलिसवालों के दिल भर आए। उनकी बातों को अनसुना करते हुए सोपान ने ट्रैक्टर को आगे बढ़ाया। पुलिस कांस्टेबल शिन्दे ने पुलिस

फौजदार से कहा, "साहब, कितने लोगों का पंचनामा करोगे। गाँव के अधिकतर लोग भूकम्प में मर चुके हैं। खेतों में पाड़े ठूँठों की तरह हजारों की संख्या में मनुष्यों के शव खुली जगह में लाकर डाल दिए गए हैं। उन लोगों का पंचनामा करने के लिए आपके पास कागज और स्याही भी पूरी न होगी। गाँव के लोगों ने अब तक अनेक शवों का चद्दरों में लिपटाकर श्मशान भूमि में दाह-संस्कार कर दिया है।" कांस्टेबल शिन्दे की बातों को सुनकर फौजदार ने पुलिस से कहा, "चार-पाँच पुलिस कांस्टेबल श्मशान भूमि जाकर ठहरें। जितनी लाशें जल रही हैं, उनका हिसाब रखिए। नहीं तो सरकार हमें कसूरवार ठहराएगी।" फौजदार की बातों को सुनकर शिन्दे ने कहा, "साहब, श्मशान भूमि में एक ही जगह में एक के ऊपर एक पाँच-छह शवों को रखते हुए उनका दाह-संस्कार किया जा रहा है। इस प्रकार आग में जलते हुए शवों की गिनती कर हिसाब-किताब किस प्रकार लिखें साहब, आप ही बताइए ? चारों ओर आग ही आग। अग्नि में जलनेवाले लोगों की संख्या का हिसाब रखना हमारे बस की बात नहीं।"

सोपान ने अपने बाड़े की छत से गिरी हुई लकड़ियाँ श्मशान भूमि में लाकर रख दी थीं। शब्बीर शव के दोनों पैरों और सोपान दोनों हाथों को पकड़ते हुए उन्हीं से बनी चिता पर शवों को रखते जा रहे थे। एक ही चिता पर परिवार के सभी सदस्यों को रखा गया और फिर सोपान ने उसे अग्नि दी। श्मशान भूमि में अग्नि-संस्कार के लिए बहुत बड़ी संख्या में शवों को लेकर लोग आने लगे और सारी श्मशान भूमि धू-धूकर जलने लगी। चारों ओर से आग की लपटें उठीं और धुएँ के काले-काले बादल किल्लारी गाँव पर छा गए। इस प्रकार भयानक पीड़ादायी दृश्यों को देखते हुए सोपान ने शब्बीर से कहा, "भूकम्प से पहले अपने गाँव में सोने का धुआँ निकलता था। आज इसी गाँव में मेरी आँखों के सामने, मेरे ही गाँव के प्रियजनों के शरीर जलकर राख हो रहे हैं। कैसी घोर दुर्दशा हो रही है हमारे गाँव की।"

सबका दाह-संस्कार करते हुए सोपान गाँव के चौराहे पर आ बैठा। स्थिति यह थी कि कुल्ला करने के लिए कहीं पानी नहीं था। अब तक गाँव में कुछ पुलिसकर्मी, स्वयंसेवक और कॉलेज के छात्र पहुँच गए थे। एक-दो सरकारी अधिकारी भी इधर-से-उधर घूमते दिखाई दे रहे थे। परन्तु भूकम्पग्रस्त लोगों की सहायता के लिए कोई सरकारी मदद नहीं पहुँची थी।

भाग्यवश भूकम्प की चपेट से जीवित घायल लोग सड़क के किनारे आ बसे थे। उन्हें खाने-पीने की सामग्री, दवाइयों और डॉक्टरों की आवश्यकता थी। गाँव से बाहर बेरडों की गली से कुछ दूरी पर खुला मैदान था। इस मैदान में घायल लोग इकट्ठा हो रहे थे। बेरड की गलियों से अभी भी शोर सुनाई दे रहा था—'चलो रे बाबा,

भागो भूकम्प आया है !'

तायप्पा बेरड राजगीरी करनेवाला परिश्रमी मनुष्य था। उसने अपना घर बिना मिट्टी के, परन्तु अच्छे ढंग से पत्थरों को एक के ऊपर एक रचाकर बनाया था। भूकम्प के झटके से वह पत्थर घर के सारे लोगों पर गिर पड़े थे और उनसे तमाम सोए लोगों के सिर फट गए थे। और तायप्पा के तीन बेटे भी सदा के लिए सो चुके थे। बच्चों के खून से तायप्पा के घर के पत्थर रँगे हुए थे। इन पत्थरों को देखकर महसूस हो रहा था कि किसी ने तायप्पा के लड़कों को पत्थरों से कुचलकर मार दिया हो ! तायप्पा हट्टा-कट्टा इंसान था, अतः घायल होने के बाद भी वह किसी तरह टीन के शेड को हटाते हुए बाहर निकल आया था। पर शरीर की पीड़ा को वह सह न सका। रोते हुए पानी के लिए तरस रहा था। परन्तु पानी कहीं नहीं था। पानी की तलाश में वह बेरड बस्ती के पास ढह चुकी देसी दारू की दुकान में जा पहुँचा। अब देसी शराब न सही, परन्तु पानी कहीं-न-कहीं मिल जाएगा। इस आशा से वह दुकान में घुसने का प्रयास कर रहा था। दुकान के गिरने से शराब की बोतलें फूट चुकी थीं। परन्तु एक कोने में प्लास्टिक के कैन में पानी दिखाई दे रहा था। तायप्पा ने उस कैन को उठाया और देखा। लेकिन वह भी देसी शराब से लबालब भरी थी। दुकान का मालिक वहीं एक ओर ढेर हुआ पड़ा था। उसे देख तायप्पा दुखी हुआ। परन्तु वह सन्तुष्ट था। सोच रहा था, पानी न सही, शराब से भरी कैन तो है। उस कैन को लेकर वह गली में आ पहुँचा। बेटों की मृत्यु से वह पहले ही बहुत दुखी था।

तायप्पा के हाथ में पानी की कैन देखते ही बेरड गली के लोग 'तायप्पा पानी ले आया' कहते हुए तुरन्त उसके पास पहुँचे। उन्होंने देखा कि कैन में देसी शराब है। पानी के लिए तरसते बेरड गली के लोगों ने पानी समझकर ही शराब पी। सबसे पहले तायप्पा ने अपने दुख को प्रकट करते हुए और मन का बोझ हल्का करने के लिए बेहिसाब शराब पी। तायप्पा को अब हल्का-सा नशा चढ़ गया था। नेता या सरकारी अधिकारी पूछताछ के लिए तायप्पा के पास पहुँचे तो वह माँ-बहनों की गालियाँ देने लगा। पुलिस के मामले में तायप्पा के तेवर देखने लायक थे। वह उनसे कहता, "अरे सरकार के पिल्लो, अब हमारे लोगों के मुर्दों की रक्षा करने आए हो ! हमारे गाँव के भूकम्प में डूबने से पहले कुछ किया होता। गाँव के बड़े-बड़े नेता भी किसी काम न आए। गाँव में कितने लोग मरे हैं, यही देखने आए हैं न ! अरे बाबा, यह नेता लोग हमारे मुर्दों की आँखों को खोलकर देखना चाहते हैं ! धत् तेरे की और तुम्हारी सरकार की !" नशे में चूर तायप्पा क्रोध से उबल रहा था। हृदय की पीड़ा को वह सह नहीं पा रहा था, अतः नशे में चूर गालियाँ बके जा रहा था। गाँव का

प्रतिनिधित्व करनेवाले लिम्बाले पाटील को भी तायप्पा ने नहीं छोड़ा। उसका नाम लेते हुए वह कह रहा था, "वह लिम्बाले पाटील पाँच साल में एक बार वोट माँगने के लिए गाँव में चला आता है। उसकी बाईजी की मैंने ही मदद की थी। आज तो वह दिल्ली चला गया होगा और अभी तक हमारे गाँव में मुँह दिखाने नहीं आया। कितनी बार हम लोगों ने लिम्बाले पाटील से कहा कि भूकम्प से पहले हमारे गाँव का कोई इलाज कीजिए। हमारे भूकम्पग्रस्त गाँव की ओर ध्यान दें। परन्तु अभी तक यहाँ कोई नहीं आया। किल्लारी में आनेवाले अनेक नेताओं से कितनी बार हम लोगों ने विनती की कि जरा सुनिए, किल्लारी में भूकम्प के झटके आ रहे हैं। अतः हमारे गाँव को कहीं और पुनर्वासित कीजिए। पर इस बात की ओर किसी ने ध्यान नहीं दिया। अब आएँ हमसे वोट माँगने। तेरी तो...सा...नेता चुनाव आने पर वोटों के लिए, कुत्तों की तरह हमारे आगे-पीछे दुम हिलाते हैं, वोट के लिए याचना करते हैं। अब तो हमारा सारा गाँव ही उजड़ चुका है। अब किससे वोट माँगने आओगे ! गाँव में अब वो वोट देनेवाले ही जीवित न रहे। नेताओं की बात ही कुछ अलग है। अपनी ओर से हमें दस-दस बार शराब पिलाते थे। और हमसे कई बार मतदान करवा लेते थे। वे हमें समझाते थे कि तुम्हारे संकट के समय और दुखों में हम लोग ही काम आएँगे। हमें चुनकर ले आइए। अरे कुछ तो सोचा करो। इस भूकम्प ने मेरे तीन लड़कों की जान ली है। मेरे बच्चे पत्थरों के नीचे कुचलकर मर गए। उन्हें कोई निकालने के लिए नहीं आया। तुम लोग हमारे दुखों में कभी शामिल नहीं होते। इस बात का मुझे पता था। राजनीतिक लोग बहुत स्वार्थी, धूर्त और ढोंगी होते हैं।" नशे में धुत्त तायप्पा अपना मानसिक सन्तुलन खो चुका था, फिर भी अपने बच्चों के मृत शरीर से पत्थरों को हटा रहा था। तायप्पा का इसमें कोई कसूर नहीं है। जो कुछ कह रहा था, वही सत्य है।

किल्लारी गाँव की रक्षा के लिए पुलिस दौड़ी चली आई, जबकि लातूर शहर के गणपति-उत्सव में वह सारी रात जागी थी। इन दिनों गणपति-उत्सव में वह रात-रात-भर जाग रही थी। दस दिनों के गणपति-उत्सव में रात और दिन की ड्यूटी देने से पुलिसमैन थक चुके थे। इसी कारण उनकी आँखें सूजी हुई और अडुम्बर के गूलर की तरह लाल दिखाई दे रही थीं। शायद इसीलिए पुलिस वर्ग सहायता करने की स्थिति में नहीं था। किसी व्यक्ति के गिरने, रोने, चिल्लाने या घायल लोगों की ओर उनका ध्यान न था। किसी पेड़ के सहारे या गिरे हुए मकान का सहारा लेते हुए वे झपकियाँ ले रहे थे। अपने वरिष्ठ अधिकारी के आदेशों के कारण वे किल्लारी पहुँचे थे। किल्लारी की दुर्दशा को देखते हुए कहते, "चारों दिशाओं में आग लगी है। कहाँ और कैसे बुझाएँ ?" एक ओर पुलिसकर्मियों की ऐसी अवस्था थी, तो दूसरी

ओर गाँव में चीखने-चिल्लाने, रोने-धोने का शोरगुल सुनाई दे रहा था। भूकम्प में जीवित बचे व्यक्ति एक-दूसरे से कहते, "हमारे परिवार के लोग अभी मलबे के नीचे जीवित हैं। उन्हें निकालने में सहायता कीजिए। भूकम्प में मरनेवाले मृतकों की संख्या हर पल बढ़ती जा रही थी, अतः चौराहे पर हर जगह लाशों के ढेर दिखाई दे रहे थे। स्वयंसेवक छोटे-बड़े बाल-बच्चों, स्त्री-पुरुषों के शवों को लाकर रखते जा रहे थे। ऐसी स्थिति में पुलिसमैन सिर्फ बैठे-बैठे मुर्दों की गिनती का काम कर रहे थे।

अपने परिवार के सदस्यों का दाह-संस्कार कर सोपान कुछ देर तक इधर-उधर घूमता रहा। आखिर वह थककर एक पेड़ तले बैठ गया। बैठे-बैठे उसके मन में विचार उठने लगे थे कि अनेक पीढ़ियों के परिश्रम से कमाई यह सम्पत्ति एक पल में भूकम्प में नष्ट हो गई है। अब मुझे कहीं रहने के लिए भी जगह नहीं है। पीने के लिए पानी नहीं है। खेतों में मजदूर और गोठे में मवेशी मर चुके हैं। जहर खाकर मैं भी अपनी जीवन यात्रा समाप्त क्यों न कर लूँ ? इस प्रकार के खयाल सोपान के दिमाग में चक्कर काटने लगे।

'लातूर जिले को भूकम्प का बहुत बड़ा झटका लगा है। हजारों की संख्या में लोग मर चुके हैं। उन्हें तुरन्त सहायता की जरूरत है।' यह खबर हवा की तरह चारों दिशाओं में फैल गई। अतः लातूर के महाविद्यालयों में पढ़ाई करनेवाले असंख्य छात्र, स्वयंसेवक, कार्यकर्ता बड़ी तत्परता से किल्लारी पहुँच रहे थे। अधिकतर लोग घायलों को खून देने के लिए लातूर में अस्पतालों के सामने कतारों में खड़े थे। सरकारी अस्पतालों में अनेक छात्र भूकम्प में घायलों को अपना खून दे रहे थे। कुछ लोग उन्हें खाने-पीने की सामग्री तथा दवाइयों की सहायता दे रहे थे। किल्लारी गाँव की इस भयंकर दुर्दशा को देख सारा लातूर शहर हौलदिल हो चुका था।

इस प्रकार की गम्भीर स्थिति में लातूर के पत्रकार श्री जयप्रकाश दगड़े और प्रा. गोपाल मग्गीरवार किल्लारी आ पहुँचे। किल्लारी के बच रहे लोगों से वे मिल रहे थे। वहाँ की स्थितियों और गम्भीर परिस्थितियों का आँखों देखा हाल प्रस्तुत कर रहे थे। दूसरे दिन के समाचार पत्र में भूकम्प की खबर छपी थी—"भूकम्प का भारी झटका। लातूर जिले के पास किल्लारी गाँव में भीषण तबाही। किल्लारी निवासी 30 सितम्बर, 1993 की रात हमेशा की तरह सोए थे। लेकिन उसमें से अधिकांश लोग दूसरे दिन का सूरज नहीं देख पाए। 30 सितम्बर, गुरुवार, 1993 की सुबह तीन बजकर पचपन मिनट पर आए भूकम्प ने उन्हें नींद में ही दबोच लिया। किल्लारी गाँव भूकम्प में पूरी तरह बेचिराग है। भूकम्प का झटका इतना भारी था कि उसने लातूर

और किल्लारी के आसपास के महत्त्वपूर्ण इलाके—उस्मानाबाद, बीजापुर, बीदर और गुलबर्गा आदि क्षेत्रों में 20-25 सेकंड में हड़कम्प मचा दिया। एक ही पल में किल्लारी गाँव पत्थरों और मलबे में परिवर्तित हो गया।

"अनेक साल पुराने यहाँ के मकान और बाड़े मिट्टी और तराशे हुए पत्थरों से बनाए गए थे। भूकम्प के कई झटकों को इन मकानों और बाड़ों ने सहा। पर कई बाड़ों में दरार आ चुकी थी। भूकम्प की इस भारी चोट में यहाँ के तमाम बाड़े ढह चुके हैं और उनमें रहनेवाले लोगों की बलि लेते हुए पूरी तरह तहस-नहस हो चुके हैं। इन बाड़ों में रहनेवाले अमीर किसान और व्यापारी अपने ही घरों के नीचे धरती में समा गए। आज किल्लारी गाँव की स्थिति इतनी गम्भीर है कि अपने ही मकानों के नीचे दबकर मरनेवाले लोगों में से कोई यह बताने के लिए भी जीवित नहीं है कि किस परिवार में कितने लोग थे और कितने मर चुके हैं। जहाँ तक हमारी नजर पहुँच रही थी, वहाँ तक हमें केवल लाशों के ढेर दिखाई दे रहे थे। गाँव का नीलकंठेश्वर मन्दिर तथा मस्जिद दोनों ध्वस्त हो चुके हैं। भूकम्प की चपेट से बचनेवाले अधिकतर लोग गरीब मजदूर, दलित, घुमक्कड़ और खानाबदोश जमातों के हैं, जो रोजी-रोटी के लिए मजूदरी करते हैं। झुग्गी-झोंपड़ों तथा टीन के शेड में रहनेवाली गरीब जनता इस भूकम्प के चपेट से बच गई है। परन्तु जो लोग जीवित हैं, उन्हें कहीं न कहीं चोट पहुँची है। भूकम्प में घायल होनेवाले लोगों की संख्या बहुत अधिक है। कई लोगों के हाथ-पैर टूट गए हैं। कई लोगों के सिर में चोट पहुँची है। लोग सड़कों पर पड़े कराह रहे हैं। गाँव में पीने का पानी तथा औषधोपचार की तुरन्त आवश्यकता है। परन्तु अभी तक किल्लारी गाँव में किसी प्रकार की सहायता नहीं पहुँच पाई है।"

इसके बावजूद लातूर से आए कुछ स्वयंसेवक, सामाजिक कार्यकर्ता गाँव के लोगों की सहायता कर रहे थे। फावड़े, कुदालें, टोकरियाँ आदि न होने के कारण केवल हाथों से मलबों के ढेर को हटाना मुश्किल हो रहा था। जहाँ केवल मिट्टी और ईंटों से बने घर थे, वहीं से कुछ जीवित घायलों को बचाया गया। उन्हें अस्पताल पहुँचाने के लिए कई सरकारी गाड़ियाँ काम कर रही थीं।

गाँव के लोग पुलिस को सूचना देते हुए अपने परिवार के लोगों को निकालकर, जहाँ भी खुली जगह मिल जाए, मृतकों का दाह-संस्कार कर रहे थे। पत्रकारों ने सोपान से भी भेंट की। सोपान ने अपने मन की पीड़ा व्यक्त करते हुए कहा, "सरकार ने यदि हमारी बातों, हमारी समस्याओं की ओर पहले ही ध्यान दिया होता तो हमारा गाँव आज इस दुर्दशा से बच जाता। गाँव के पुनर्वास के लिए कई बार हम लोगों ने सरकार से याचना की। परन्तु हमारी बातों की ओर सरकार ने गम्भीरता

से ध्यान नहीं दिया। परिणाम आपकी आँखों के सामने है।" इस प्रकार के गम्भीर आरोप सोपान राव ने शासन और सरकारी तन्त्र पर लगाए। गाँव का सरपंच होने के कारण अधिकतर लोग उससे मिलकर भूकम्प के सन्दर्भ में पूछताछ कर रहे थे। परन्तु वह इतना दुखी था कि इस विषय पर कुछ भी कहने के लिए तैयार न था। गाँव के अन्य परिवारों के लोग भी गम में डूबे हुए थे। हताशा और निराशा के भाव उनके चेहरों पर दिखाई दे रहे थे।

किल्लारी में घटित इस भयंकर प्राकृतिक प्रकोप के बाद सर्वसामान्य जनता तथा सगे-सम्बन्धी सहायता के लिए आ पहुँचे। कुछ गिने-चुने अधिकारियों को छोड़कर बाकी लोगों का अब भी पता न था। असल बात यह थी कि गणपति-उत्सव में प्रतिदिन कहीं-न-कहीं उन्हें ड्यूटी सँभालनी पड़ी थी, अतः सहायता के लिए वे तत्पर न थे। कुछ अधिकारी आराम से भूकम्पग्रस्त क्षेत्र में पहुँच रहे थे।

भूकम्प की चपेट से जो लोग जीवित बच गए थे, वे पानी के लिए तरस रहे थे। लोगों के लिए न पीने का पानी था, न भोजन-सामग्री। छोटे-छोटे बच्चे पानी-पानी कहते हुए रो रहे थे। बिना पानी सबके कंठ सूख गए थे और भूकम्पग्रस्तों के चेहरे मुरझा रहे थे।

जैसे-जैसे समय बीतता जा रहा था, भूकम्पग्रस्त भागों में आनेवाले लोगों की भीड़ बढ़ती जा रही थी। सैकड़ों ट्रकें, ट्रैक्टर, मोटरसाइकिलों आदि से लोग चले आ रहे थे। लातूर से किल्लारी जानेवाली एस.टी. बसें बिना टिकट लोगों को किल्लारी पहुँचा रही थीं। चारों दिशाओं से लोग किल्लारी पहुँच रहे थे। चींटियों की तरह लोग गाँव में घूमने लगे, पर किल्लारी तो पूरी तरह खाली हो चुका था और बचे हुए लोग सड़कों के किनारे डेरा डाले बैठे थे। उस्मानाबाद, लातूर आदि आसपास के भागों से आए स्वयंसेवी संगठनों के लोग, कार्यकर्ता, महाविद्यालयीन छात्र आदि मलबे में फँसे हुए लोगों को निकालने का प्रयास कर रहे थे। काम करते-करते ये तमाम लोग भी थक जाते और इधर-उधर घूमने चले जाते।

किल्लारी में अब लोगों की भीड़ इतनी बढ़ चुकी थी कि मनुष्यों का महासागर उमड़ता दिखाई दे रहा था। जहाँ तक नजर पहुँच रही थी, वहाँ तक लोगों के समूह और साथ आई गाड़ियों की लम्बी कतारें दिखाई दे रही थीं, जिनमें से अधिकतर लोग दर्शकों की भूमिका निबाह रहे थे। वास्तविक रूप में भूकम्पग्रस्तों की मदद करनेवाले लोग बहुत कम थे। लातूर-किल्लारी आने-जानेवाले वाहनों में बिना टिकट यात्रा करने से सारा लातूर जिला भूकम्पग्रस्त किल्लारी को देखने उमड़ पड़ा था। लातूर के मन्त्रीजी इस भीड़ भरी सड़कों से सबको धीरज बँधाते हुए किल्लारी पहुँचे थे। मन्त्रीजी को देखते ही लोग चीखते-चिल्लाते, रोते-बिलखते उनके पास पहुँचकर अपने मन

की उद्विग्नता को प्रकट कर रहे थे। वे कह रहे थे, "मन्त्री महोदयजी, अब पधारे हैं हमारे गाँव ! हमारे शवों पर मिट्टी डालने आए हैं ? शायद आप लोगों की यही इच्छा होगी कि किल्लारी के लोग पहले मर जाएँ और बाद में हम उनसे मिलने जाएँगे !" मन्त्रीजी से भेंट करते समय कुछ लोग बड़ी दीनता से अपनी समस्याओं को कहते जा रहे थे कि साहब, मेरे घर में आठ लोगों की मृत्यु हो चुकी है। किसी ने कहा, "मेरे परिवार में केवल मैं अकेला ही रह गया हूँ। साहब, अब मैं क्या करूँ, बताइए। मेरा घर-बार भूकम्प में खत्म हो गया। माता-पिता, बाल-बच्चे, मवेशी आदि सब मर चुके हैं।" अपनी व्यथा वेदना और पीड़ा को व्यक्त करने के लिए लोगों की भीड़ मन्त्रीजी के पास इकट्ठी हो रही थी।

गाँव की भयावह दुर्दशा को देखते हुए स्वयं मन्त्रीजी की आँखों से आँसू बहने लगे। वे किसी अपराधी की तरह कहते, "अब आप चिन्ता न करें। सारी बातों की ओर हमारा ध्यान है।" गाँव के सरपंच सोपान ने मन्त्री से भेंट की। हृदय में उमड़नेवाली उद्विग्नता और क्रोध को प्रकट करते हुए सोपान ने मन्त्रीजी से कहा, "साहेब, अब आप किसे सहायता देने आए हैं ? गाँव में आपकी सहायता लेने के लिए कोई बाकी नहीं रहा। जब हम लोगों ने आपसे किल्लारी के लिए मदद माँगी थी, उस समय हमारी ओर किसी ने ध्यान नहीं दिया। हमारी गम्भीर समस्या को समझने की कोशिश नहीं की। शासकीय अधिकारी हमारी बढ़ती भूकम्प की तकरारों को सुनकर थक चुके थे। अब आप लोग किल्लारीवासियों पर मिट्टी डालकर उनके अन्तिम दर्शन करना चाहते हैं ? साहब, अब हमारे गाँव का यह खेल सदा के लिए समाप्त हो गया है। अब तो हम लोग बर्बाद हो चुके हैं। आप लोग भी क्या करेंगे ! हमारे गाँव का भाग्य जो खोटा था !"

भारी भीड़ इकट्ठा होते देख राधाबाई दूर से दौड़ती चली आई। किसी की ओर उसने ध्यान नहीं दिया और सीधे जाकर मन्त्रीजी से कहा, "मन्त्री साहब, अब आए हो हमारे गाँव में वोट माँगने ? अरे बाबा ! अब तो किल्लारी के सारे लोग मर चुके हैं। वोट डालने के लिए भी कोई जीवित नहीं है। चुनाव के समय आप और अधिकारी हमारे गाँव में डेरा डाले रहते हैं। अब अपना डेरा कहाँ डालोगे बाबा ? जब जीवित थे, तो सहायता के लिए कोई नहीं आया और अब जब सारा गाँव नष्ट हो गया है, तो नदी की बाढ़ की तरह तुम्हारी इंसानियत उमड़ रही है। गाँव में इतने सारे लोगों को देखकर लग रहा है, जैसे हमारे गाँव में नीलकंठेश्वर का मेला लगा हो? हे भगवान, मैं क्या कहूँ ? अरे भगवान, हमारे गाँव की खुशहाली भी आपसे देखी नहीं गई। नींद में ही हमें इस दुश्मन ने कैसी दगा दी ?" राधाबाई की कड़वी परन्तु यथार्थ बातों से सबका हृदय बिंधता जा रहा था। उसकी दीन दशा तथा पीड़ादायक

आवाज को सुनकर लोगों की आँखों से आँसू बह रहे थे।

सम्पूर्ण भारत तथा विश्व-भर में प्रसार-माध्यमों से किल्लारी में आए भूकम्प की खबर पहुँच चुकी थी। बाहरी अंचलों से आनेवाले दर्शकों और सहायता के लिए आनेवाले लोगों की भीड़ बढ़ती जा रही थी। भूकम्प के जबर्दस्त झटकों से किल्लारी के आसपास के गाँव भी बेचिराग हो गए थे, परन्तु उन गाँवों के नष्ट होने की खबर किसी को न थी। किल्लारी के पास का खुशहाल-समृद्ध गाँव सास्तुर पूरी तरह तहस-नहस हो चुका था। आसपास के चालीस-पचास गाँव भूकम्प से तबाह हो गए थे। अभी तक इन गाँवों में किसी प्रकार की सहायता नहीं पहुँची थी। किल्लारी गाँव से तेरणा नदी बहती है। तेरणा के इस पार के गाँव लातूर जिले में आते हैं और नदी के उस पार के गाँव उस्मानाबाद जिले में हैं। परन्तु भूकम्प की खबर और चर्चा केवल किल्लारी गाँव तक ही सीमित रही। इसी कारण लातूर जिले के अधिकारी यहीं तक पहुँचे थे। उस्मानाबाद के भूकम्पग्रस्त इलाकों में अधिकारी वर्ग अभी तक नहीं पहुँच पाया था।

महाराष्ट्र राज्य के मुख्यमन्त्री भूकम्पग्रस्त क्षेत्र का दौरा कर उनकी सहायता के लिए आ रहे थे। उनका हैलिकॉप्टर हवा में लहरा रहा था, जिसकी आवाज सुनकर लोग घबरा गए थे। ऊपर उड़ते हुए हैलिकॉप्टर को देखते ही आपस में चर्चा होने लगी कि महाराष्ट्र के मुख्यमन्त्री पधार रहे हैं। सरकारी अधिकारी और पुलिसकर्मी सतर्क भाव से खड़े हो गए। कुछ पुलिसकर्मी गिरे हुए मकानों की मिट्टी या पत्थरों को हटाने के कामों में लग चुके थे।

अब मुख्यमन्त्रीजी का हैलिकॉप्टर खुली जगह में उतर चुका था। किसी से बात न करते हुए वे हैलिकॉप्टर से उतरकर सीधे भूकम्पग्रस्त किल्लारी गाँव की ओर बढ़े। सड़कों के दोनों तरफ इतनी भीड़ थी कि उन्हें जाने के लिए रास्ता बनाना मुश्किल था। पुलिस के लगातार प्रयासों के बावजूद मार्ग से भीड़ को हटाते-हटाते मुख्यमन्त्रीजी किल्लारी पहुँचे। भूकम्प से बच गए लोग मुख्यमन्त्रीजी के पास इकट्ठे हुए। सबसे पहले मुख्यमन्त्री ने पुलिस को सूचना दी कि दर्शकों की भीड़ हटाई जाए। भीड़ के कारण घायल भूकम्पग्रस्तों की सहायता के लिए आए डॉक्टर्स, स्वयंसेवकों को भोजन सामग्री और अन्य वस्तुएँ ठीक से पहुँचाने में दिक्कतें आ रही थीं। भीड़ ने मुख्यमन्त्री को भी सताया। फिर भी उन्हें भूकम्पग्रस्तों से बातें करते देख सारा अधिकारी वर्ग उनके आगे-पीछे घूमने लगा था।

किल्लारी चौराहे से गुजरते हुए मन्त्री महोदय ने पाँच सौ शवों को देखा। इससे वे उदास हो गए। भूकम्प का भयानक तांडव और किल्लारीवासियों के शवों को देखकर मुख्यमन्त्रीजी की आँखें भर आईं। दर्दनाक दृश्यों को देखकर उनकी आँखों

से आँसू झरने लगे। वे रो रहे थे। रोते-रोते ही कहने लगे, "हे नीलकंठेश्वर, आपने यह क्या किया ? जिन दृश्यों को हम देखना नहीं चाहते, वही सब देखने की बारी आज आई है।" कहते हुए मुख्यमन्त्रीजी आँखों को पोंछने लगे।

स्वयं मुख्यमन्त्रीजी को रोते हुए देख सभी भूकम्पग्रस्त किल्लारीवासी रोने लगे थे। राधाबाई रोते हुए कहने लगी, "साहब, इस वर्ष गणपति हमारा संकट दूर करने के बजाय हमारे गाँव को साथ लेकर डूबे हैं। साहब, किल्लारी के लोगों ने गाँव के सारे देवी-देवताओं को लाड़-प्यार किया था। क्या कुछ नहीं किया हम लोगों ने ? उपवास रखे, मन्नतें माँगी थीं, परन्तु कोई देवी-देवता हमारी मन्नतों से खुश नहीं हुआ।"

मुख्यमन्त्रीजी राधाबाई और सोपान को धीरज बँधाते हुए कहने लगे, "मैं स्वयं आपकी सहायता के लिए आ पहुँचा हूँ। आप चिन्ता न करें। मेरी सरकार सभी लोगों की मदद करेगी।" सोपान ने तुरन्त कहा, "साहब, भूकम्प के बाद हमारे गाँव में जीवित बचे लोगों को अब तक दाना-पानी और औषधोपचार नहीं मिला। कुछ लोग बिना पानी के प्राण त्याग रहे हैं। अधिकारियों से हमें अब तक कोई मदद नहीं मिल पाई है। भूकम्प से पहले भी हमारे गाँव को नजरअन्दाज किया गया था और आज भूकम्प के बाद भी सुबह से अब तक पीने के लिए पानी तक नहीं मिला।"

सोपान की बातों को सुनकर मुख्यमन्त्रीजी को बहुत दुख हुआ। अधिकारियों की ऐसी हरकतों और व्यवहार से वे क्षुब्ध हो गए। उन्होंने आजू-बाजू देखते हुए क्रोध से आँखें बड़ी करते हुए पूछा, "कौन हैं, यहाँ के अधिकारी ?" सरकारी अधिकारियों को सामने बुलाकर उनसे कड़क कर कहा, "आप लोगों के पास लाज-शर्म नाम की कोई चीज बची है या नहीं ? अरे, आज यदि आपके घर-परिवार के लोग मर गए होते तो आप इस प्रकार केवल तमाशा देखते हुए घूमते ? आप लोगों को शर्म आनी चाहिए। सच बात तो यह है कि भूकम्प की घटना से पूर्व किल्लारी की वास्तविक बातों की जानकारी ठीक से मुझे नहीं दी गई। आएँ-बाएँ ही मुझे बताते रहे। अब तो सारा गाँव ही श्मशानघाट बन गया है। जो लोग जीवित बचे हैं, उन्हें भी अभी तक अन्न और पानी तक नहीं दिया गया। इस प्रकार आप अपने कर्तव्य को निबाह रहे हैं ? अब मेरे आगे-पीछे न घूमते हुए अगर आपने तुरन्त भूकम्पग्रस्त लोगों के लिए खाने-पीने की व्यवस्था न की तो आपको काम से हटा दिया जाएगा।" मुख्यमन्त्रीजी की क्रोधभरी बातें सुनकर जिले के सभी अधिकारियों ने भाग-दौड़ शुरू कर दी।

मुख्यमन्त्रीजी के आगे-पीछे घूमनेवाले अनेक लोगों में अनेक राजकीय कार्यकर्ता, मन्त्रीगण तथा सांसद थे। क्रोध से तमतमाते हुए विशिष्ट उद्देश्य से मुख्यमन्त्रीजी

ने उनसे कहा, "नेताओं और कार्यकर्ताओं को भी शर्म आनी चाहिए। नेतागिरी करने तो चले आए, लेकिन जीवित बचे लोगों को अब तक पीने का पानी भी नहीं मिला। यही मानवता है ?" बिना वजह मुख्यमन्त्री के साथ सारे कार्यकर्ता मुँह उठाए इधर-उधर घूम रहे थे, जबकि भूकम्पग्रस्त लोगों को तुरन्त सहायता मिलनी चाहिए थी। इस बात का खयाल किसी के दिमाग में नहीं आया। अपने क्रोध को जाहिर करते हुए मुख्यमन्त्रीजी भूकम्प में घायल लोगों की पूछताछ करते हुए आगे बढ़ रहे थे।

सारी स्थितियों का अवलोकन करने के पश्चात मुख्यमन्त्री जी ने सोपान को गले लगाते हुए कहा, "किल्लारी पर आई यह प्राकृतिक आपदा है। अब इस संकट का सामना करने के अलावा दूसरा कोई मार्ग नहीं। इस भूकम्पग्रस्त क्षेत्र में मैं स्वयं मुकाम करूँगा और सारी परिस्थितियों का सूक्ष्मता से निरीक्षण करूँगा। अतः आपको मेरे रहते किसी भी प्रकार से सहायता में कमी नहीं होगी।"

सोपान ने मुख्यमन्त्रीजी से कहा, "साहब, भूकम्प में मेरा घर-परिवार नष्ट हो चुका है। किसी तरह मैंने लोगों की मदद से माँ-आबा और बीवी-बच्चे की मृतदेह को निकालकर क्रिया-कर्म किया है। परन्तु इसी बाड़े के नीचे मेरे भाई और बहन दबे हुए हैं। पता नहीं अब वे जीवित हैं भी या नहीं। यदि बाड़े की मिट्टी और पत्थरों को हटाया जाए तो उनके शव तो कम-से-कम मुझे मिल सकेंगे। गाँव के हालात तो यह हैं कि हजारों लोग अपने मकान के मलबे के नीचे दबे पड़े हैं। गाँव में ऐसे कितने ही मकान हैं, जिनमें रहते सारे व्यक्ति मलबे के नीचे ढेर हो गए हैं। यह बताने के लिए भी कोई जीवित नहीं कि घर-परिवार के कितने लोग मर गए हैं। ऐसे मकानों से लोगों को बाहर निकालने के लिए सहायता दीजिए। प्रयास करने पर शायद इन मकानों के नीचे कुछ लोग जीवित भी मिल जाएँगे। अभी तक इन मकानों के मलबे से बचाओ-बचाओ की आवाजें सुनाई देती हैं साहब !"

सोपान की बातों को सुनते ही मुख्यमन्त्रीजी तुरन्त खड़े हो गए। सोपान से कहा, "चलिए जरा गाँव की स्थिति को देख लेते हैं।" मुख्यमन्त्रजी किल्लारी के गिरे हुए मकानों और बाड़ों में बेझिझक घुसने लगे। भूकम्प के छोटे-छोटे झटके लग ही रहे थे, अतः ढह चुके मकानों के गिरने के डर से मदद करने आए लोग तथा सगे-सम्बन्धी भी उनमें जाने से डर रहे थे। ऐसी अवस्था में मुख्यमन्त्रीजी और अन्य मन्त्री अपनी जान की परवाह न करते हुए ध्वस्त घरों में घुसकर जानकारी ले रहे थे। परन्तु पुलिस-अधिकारी चिन्तित और परेशान थे। अधिकारी कहने लगे, "मुख्यमन्त्रीजी तहस-नहस हुए बाड़ों, मकानों को जाकर देख रहे हैं। यदि कुछ भला-बुरा हो गया तो उस बला के जिम्मेदार हम होंगे। मुख्यमन्त्रीजी से इस सन्दर्भ में खुलकर बात की जाए। लेकिन उन्होंने पहले ही सब पर अपना क्रोध प्रकट किया

है। कई मकान भूकम्प से टूटकर जर्जर चुके हैं और बाकी फटी दीवारें कभी भी गिर सकती हैं।'' इसके बावजूद मुख्यमन्त्रीजी सारा गाँव घूम-घूमकर देख रहे थे और पुलिस-अधिकारी भी अपनी जान मुट्ठी में लिए मुख्यमन्त्रीजी के आगे-पीछे थे।

किल्लारी गाँव को देख आने के बाद मुख्यमन्त्रीजी को तीव्रता से यह अहसास हो रहा था कि भूकम्प से गाँव में वाकई भयंकर दुर्दशा और हानि हुई है। किल्लारी की इस हालत को केवल पुलिस वर्ग, सामाजिक कार्यकर्ता या किसी अन्य संगठन के लोगों से ही नहीं सँभाला जाएगा। लोगों की सहायता के लिए कितने ही लोग क्यों न आए हों, परन्तु समस्या गम्भीर है। अतः अब मिलेटरी को बुलाया जाना चाहिए। यही सोचते हुए वे किल्लारी से जा रहे थे। किल्लारी से निकलते समय मुख्यमन्त्रीजी प्रत्येक भूकम्पग्रस्त व्यक्ति की पीठ पर स्नेह का हाथ फेरते जा रहे थे। 'चिन्ता न करो। आपका घर-संसार फिर से बसाकर देंगे', मानो यही सान्त्वना देते हुए वे किल्लारी से चले गए। मुख्यमन्त्री के इस प्रकार सान्त्वना देने से भूकम्प में जीवित बचे लोगों को थोड़ी-सी हिम्मत बँध गई। मुख्यमंत्रीजी के प्रति उनकी भावना बदल गई थी। कुछ लोग तो यह भी कह रहे थे—मुख्यमन्त्री हमारे लिए रो पड़े ! सारे किल्लारी को उन्होंने घूमकर देखा है। सभी किल्लारीवासियों को परिवार जनों की तरह समझाया और धीरज बँधाया है। कितने अच्छे व्यक्ति हैं मुख्यमन्त्रीजी !'

भूकम्प के भारी प्रकोप से किल्लारी के अलावा आसपास के अन्य अनेक गाँव—सास्तूर, राजेगाँव, तलेगाँव, कवठा, मंगरुलपीर आदि भी ध्वस्त हो चुके थे। इन गाँवों में भी भूकम्प से बचे लोग बेहाल थे। अन्न और पानी के बिना अधिकतर लोग मृत्यु की गोद में जा रहे थे। अनेक लोग जख्मी थे। औषधोपचार और समय पर डॉक्टरी सहायता न मिलने से आँखों के सामने ही अनेक लोगों की मृत्यु हो रही थी। सास्तूर गाँव किल्लारी की तरह सघन और समृद्ध था। वह पूरी तरह से बर्बाद हो चुका था। गिरे हुए मकानों के नीचे से अब तक 'बचाओ-बचाओ' की आवाजें सुनाई दे रही थीं। परन्तु दोपहर तक इन लोगों की सहायता के लिए कोई पहुँच नहीं पाया था। सहायता के बिना चीखते-चिल्लाते लोग मकानों के नीचे दबे गतप्राण हो रहे थे। कई जगह लोग मिट्टी के ढेर से सहायता के लिए उठाए गए हाथ हिलाते-हिलाते शान्त हो चुके थे। गाँव में जो लोग जीवित बचे थे, वे मृत परिजनों के दाहसंस्कार की चिन्ता में बैठे थे, क्योंकि उनके अग्निसंस्कार के लिए लकड़ियाँ तक उपलब्ध न थीं। छोटे बच्चों को तो जमीन में ही गड्ढा खोदकर दफनाया जा रहा था।

भूकम्पग्रस्त क्षेत्रों में आज चारों ओर से सहायता आ रही थी। ऐसी स्थिति में ही किसी व्यक्ति ने माकणी बाँध टूटने की सूचना दी। इस खबर से सारे लोग घबरा

गए, क्योंकि बाँध टूटने से लोगों पर एक नई तबाही आनेवाली थी। 'हम सब मर जाएँगे रे बाबा' कहते हुए लोगों का रोना-धोना, शोर-शराबा शुरू हो गया था। किल्लारी के लोग भी इधर-उधर दौड़ने लगे। इसी समय कुछ लोग मकानों में जीवित बचे व्यक्तियों को निकालने में जुटे हुए थे। बाँध टूटने की खबर सुनते ही वे भी घबराकर भाग गए। ऐसी स्थिति में भी दो व्यक्ति अपने घर में फँसे भाई को निकाल रहे थे। भाई जीवित था। उन्होंने उसे किसी तरह कमर तक निकाल लिया था। अपने हाथों को वह अच्छी तरह हिला रहा था और इधर-उधर देख रहा था। वह अपने दोनों भाइयों से कह रहा था, "मुझे अब तुरन्त बाहर निकाल दो। बस, अब सिर्फ मेरे पैर ही निकालने बाकी हैं।" इसी समय उन्होंने भी बाँध टूटने की खबर सुनी और वे डूब जाने के भय से आधे फँसे भाई को वहीं छोड़कर भागने लगे। असहायता और संकट में फँसे हुए भाई ने कहा, "अरे, मुझे इस तरह छोड़कर मत जाओ। थोड़ी-सी मिट्टी हटाने से ही मैं निकल आऊँगा।" परन्तु बाँध टूटने के भय से वह भाग गए। भूकम्प के बाद भी ऐसी कई घटनाएँ किल्लारी में घटित हो रही थीं। इसी प्रकार एक दर्दनाक दृश्य किल्लारी में और दिखाई दिया। गाँव की एक महिला भूकम्प के समय ही प्रसूत हुई थी। माँ और बच्चा दोनों जीवित थे। उसके परिवार में पति के सिवाय अन्य कोई जीवित नहीं बचा था। घर के सारे लोगों की मृत्यु हो चुकी थी। लोहे के पुराने टीन से उसके पति की गर्दन और हाथों में चोटें आई थीं। कपड़े खून से लथपथ थे। परन्तु ऐसी गम्भीर स्थिति में भी पुत्र-प्राप्ति की खुशी उसके चेहरे से झलक रही थी। स्वयं घायल होते हुए भी उसने अपनी पत्नी की प्रसूति कराई थी। बच्चे के पैदा होते ही उसकी नाल काटने के लिए कोई शस्त्र उपलब्ध न था, अतः उसने एक नोकदार पत्थर से नाल को काटकर बच्चे को अलग किया। फिर वह अपनी बीवी और बच्चे को सुरक्षित स्थान की ओर ले गया। माँ प्रसूति के बाद पीने के पानी के लिए तरस रही थी, परन्तु पीने के लिए पानी कहीं नहीं था। फिर बालक को नहलाने के लिए कहाँ से मिलता ? अतः वह भी सूखता जा रहा था। ऐसी स्थिति में माँ ने अपने स्तनों से दूध निकालकर बालक को पोंछा। दोपहर तक दोनों इसी हालत में रहे। ऐसी स्थिति में किसी कार्यकर्ता का ध्यान उस महिला की ओर गया। महिला की दयनीय स्थिति का अन्दाजा लगाते हुए उसने स्लाईन की बोतल तोड़कर उसे पीने को पानी दिया। उस स्त्री ने थोड़ा पानी पीते ही बाकी से अपने नवजात शिशु को धोकर साफ किया। भूकम्प की इस भयंकरता में भी बालक जीवित था। लेकिन शीघ्र ही यदि उन्हें अस्पताल पहुँचा दिया जाए, तभी शायद दोनों जीवित रह पाएँगे। परन्तु दर्शकों की भीड़ बढ़ने से भूकम्पग्रस्तों को तुरन्त सहायता मिलना मुश्किल हो रहा था।

भूकम्प आए यों अब बहुत समय बीत चुका था, फिर भी सरकारी मशीनरी ठीक ढंग से कार्यरत नहीं थी। मुख्यमन्त्रीजी के किल्लारी आने और अधिकारियों को डाँट-फटकारने से प्रत्येक व्यक्ति अब अपने काम में लग चुका था। लातूरवासियों के हरेक घर से भूकम्पग्रस्त लोगों के लिए भोजन सामग्री भेजी जा रही थी। खाने की वस्तुएँ, पीने का पानी तथा अन्य सामग्री कार्यकर्ताओं के हाथों भेजी जा रही थी। परन्तु लोगों की भारी भीड़ के कारण यह सारी वस्तुएँ भूकम्पग्रस्त लोगों तक पहुँचाने में दिक्कतें आने लगीं। इन सारी वस्तुओं को लोगों तक पहुँचाने का भार पुलिसकर्मी और कार्यकर्ता उठा रहे थे। असल में भय के कारण भूकम्पग्रस्त लोग पेड़ों के नीचे, सड़कों के किनारे और गाँव से बाहर इधर-उधर बिखर गए थे। इसी कारण इन लोगों तक खाने-पीने की वस्तुएँ ठीक से नहीं पहुँच पा रही थीं। उन्हें बिना अन्न-पानी के करहाते हुए दिन गुजारना पड़ रहा था।

एक और बात भी थी। भूकम्पग्रस्तों के लिए बाहरी गाँवों से आई सारी मदद को किल्लारी में आए तमाशबीन और पुलिस भी हड़प रही थी। इन बातों पर गौर करते हुए सोपान ने गाँव के लोगों से कहा, "यदि आप इस प्रकार पेड़ों के सहारे खेतों में बैठे रहोगे तो आपको किसी प्रकार की मदद नहीं मिलेगी। अतः सब साथ मिलकर सड़कों के किनारे बैठ जाएँ। तभी आपको सब प्रकार की सहायता मिल सकती है।"

अब तो भूकम्पग्रस्त भागों में ऐसी पेचीदा स्थिति भी पैदा हो गई कि सामाजिक कार्यकर्ताओं और सरकारी अधिकारियों के बीच तालमेल बैठना मुश्किल हो गया था। सम्पूर्ण मराठवाड़ा में भूकम्प की चर्चा होने लगी और किल्लारी में दर्शकों की भीड़ बढ़ती जा रही थी। अतः भूकम्पग्रस्त लोगों की खोज भी जरा मुश्किल हो गई थी। सरकारी अधिकारी भी अब और सतर्क हो गए थे। इसलिए बाहरी गाँवों से आई मदद प्रत्यक्ष रूप में भूकम्पग्रस्तों तक पहुँच रही थी। कुछ लोग दर्शकों को हटाकर घायलों को अस्पताल पहुँचा रहे थे। भूकम्प का झटका केवल किल्लारी गाँव को लगा है, यही सोचकर कार्यकर्ता किल्लारी में ही पहुँच रहे थे। इसी कारण आसपास के भूकम्पग्रस्त गाँवों में अल्प मात्रा में सहायता पहुँची थी। अतः कुछ भूकम्पग्रस्त गाँवों में दूसरे दिन भी सहायता नहीं पहुँच पाई थी। इसी कारण भूकम्प से बचे लोग पेट की आग बुझाने के लिए खेतों में दिखाई दे रही हरी सब्जियों से अपना पेट भरने की कोशिश में लगे हुए थे। भूकम्प के कारण अनेक लोग अपने परिवार से बिछुड़ चुके थे और कुछ अपने आत्मीयजनों को ढूँढ़ने का प्रयास कर रहे थे।

किल्लारी ने अब जैसे एक महत्त्वपूर्ण तीर्थस्थली का रूप धारण कर लिया था।

सारे महाराष्ट्र के लोग किल्लारी को देखने आ रहे थे। माहौल भीड़ से भरा था। भूकम्पग्रस्तों की सहायता के लिए लातूर की हर गली में, चौराहे पर अनेक संगठनों और पार्टियों के लोग तथा सामाजिक कार्यकर्ता मदद माँगते हुए घूम रहे थे। प्रत्येक घर से कुछ-न-कुछ मदद मिल जाती थी। अनाज, कपड़ा और रुपयों के रूप में यह सहायता दी जा रही थी।

लातूर मार्केट के मुस्लिम बन्धुओं ने आज अपना फलों का व्यापार पूरी तरह बन्द रखा। प्रत्येक फल-विक्रेता ने गोदाम में रखे फलों को ट्रकों और टेम्पो में भरकर भूकम्पग्रस्त इलाकों में भेज दिया था। भूकम्पग्रस्त लोगों में फलों को बाँटकर जहाँ कहीं भी गाड़ियाँ खाली हो जातीं, उन्हीं में घायलों को लादकर सरकारी अस्पतालों में भर्ती करा देते। दलित सेना, दलित पैंथर, राष्ट्रीय सेवादल, शिवसेना, गांधी कांग्रेस और अन्य सामाजिक कार्यकर्ता तथा सभी पार्टियों के लोग भूकम्पपीड़ितों को अस्पताल पहुँचाने का काम कर रहे थे।

किल्लारी में आए भयंकर भूकम्प से सारा लातूर शहर दुख की गहरी छाया में डूब गया था। चारों दिशाओं में उदासी छाई हुई थी। घायलों की खून की जरूरतों को पूरा करने के लिए महाविद्यालयों के छात्र-छात्राओं की कतारें अस्पताल के सामने लगी हुई थीं। अनेक राजकीय, सामाजिक कार्यकर्ता अब भूकम्पग्रस्तों की सहायता में जी-जान से जुटे हुए थे। घायलों की संख्या हर पल बढ़ती जा रही थी। अतः लातूर के सारे अस्पताल घायलों से खचाखच भर चुके थे। पैर रखने को भी कहीं जगह न थी। इसी कारण घायल स्त्री-पुरुष, बालकों का लातूर के अनेक महाविद्यालयों, स्कूलों में जगह बनाकर इलाज किया जा रहा था। किल्लारी के इस महाभयानक भूकम्प के तांडव को देखकर जनता दुखी अन्तःकरण से भूकम्पग्रस्त लोगों को सहृदयता से दान दे रही थी।

एक ओर सहृदयता से भूकम्पग्रस्त लोगों की मदद की जा रही थी तो दूसरी ओर कुछ लोग इस असहाय स्थिति का लाभ उठाते हुए उन्हें लूट रहे थे। भूकम्प की चपेट से बची हुई, लेकिन अर्ध बेहोशी की हालत में पड़ी स्त्रियों के तन से सोने के मंगलसूत्र, कंठहार, अँगूठी, चूड़ियाँ और कंगनों को निकालने का काम होशियारी से किया जा रहा था। किल्लारी गाँव के लोग खुशहाल और धनी थे। अधिकतर लोगों के गले में सोने का लॉकेट और हाथ में सोने की अँगूठी दिखाई देती थी। गणपति-उत्सव के अवसर पर महिलाओं ने खुशी-खुशी सोने के गहने पहने थे और वे देर रात सोई थीं। भूकम्प ने उसी रात अपना जाल बिछाया। अतः भूकम्पग्रस्त लोगों की सहायता की आड़ में कुछ लोग सोने के गहने उतार लेते थे। अच्छी-खासी भीड़ भी शायद इसी कारण जमा हो रही थी। धनवान लोगों के बाड़ों को खोजकर

वहाँ रहनेवाले लोगों के शवों को निकालने में वहीं रहनेवाले ढोंगी, फरेबी कार्यकर्ता विशेष रूप से सहायता कर रहे थे। मलबे को हटाते हुए यदि कोई स्त्री या पुरुष दिखाई देता, तो ये लोग उसके शरीर के गहनों का अन्दाजा लगाते और उसे तुरन्त निकालते। यदि अधिक मात्रा में शरीर पर सोना दिखाई न दे रहा हो तो मुश्किल से ही उसे बाहर निकालने का प्रयास किया जाता। इस प्रकार मृत मनुष्यों के शरीर से सोना हड़पने की कोशिश में लगी अनेक टोलियाँ भूकम्पग्रस्त क्षेत्रों में कार्यरत थीं।

किल्लारी गाँव की स्थिति असल में ऐसी ही थी, जैसे कहीं से कोई शिकारी आए और हिरन का शिकार कर उसकी नाभि स्थित कस्तूरी को लूटकर उसे वहीं पटक दे और चला जाए। ऐसी ही अवस्था भूकम्प में मृत मनुष्यों की भी हो रही थी। चोर-उचक्के आते और मदद के बहाने मृत शरीर से कीमती वस्तुओं को लूटकर चले जाते। परिणाम यह हुआ कि भूकम्पग्रस्त भागों से जितनी लाशें निकाली गईं, उनके शरीर पर भूलकर भी कहीं सोना दिखाई नहीं दिया। अस्पताल में बेहोशी की हालत में लाई गई महिलाएँ कह रही थीं कि मुझे कुछ-कुछ अहसास हो रहा था कि मेरे गले से कोई कुछ निकालने का प्रयास कर रहा है। परन्तु मैं कुछ कह नहीं पा रही थी। अन्त में स्त्रियाँ कहतीं कि सोने की नहीं, हमें तो अपनी जान की फिक्र थी।

एक ओर यह दृश्य दिखाई दे रहा था तो दूसरी ओर अपनी भूख-प्यास भूलकर स्वयंसेवक और ईमानदार सामाजिक कार्यकर्ता भूकम्पपीड़ितों की सहायता कर रहे थे। जी-जान से सहायता-कार्य में जुटे कार्यकर्ता आँखों देखा सुनाते हुए कहते—कैसे कहें ? रक्षक ही भक्षक बन रहे हैं। ये पुलिसकर्मी ही लाशों से गहने निकाल लेते हैं। कुछ स्वयंसेवकों का तो कहना था कि कुछ लोग अपने विशेष उद्देश्य को लेकर ही आगे बढ़ रहे थे। उनका कहना था कि यदि मदद के नाम पर सोना मिल रहा हो तो सहायता जरूर करेंगे। कहीं से भी फावड़े, कुदालें लेकर सोने की आशा में निकल पड़ते। परन्तु आश्चर्य की बात यह थी कि केवल सहायता उसे ही मिलेगी जो धनवान है, और बड़े-बड़े बाड़ों में रहते थे। अमीर घरों के लोगों को ही मलबे के नीचे से निकाला जाएगा। गरीबों की ओर कोई आँख उठाकर भी नहीं देखेगा ! और यदि गरीब जीवित भी है तो भी उसे नहीं निकाला जाएगा ! इसी क्षण यदि पुलिस की जेबों को टटोला जाए तो एक-एक की जेब से कम-से-कम बीस-पच्चीस तोला सोना निकल सकता है। बहुत ही उद्वेग और क्रोध से यह कार्यकर्ता अपनी भावनाओं को व्यक्त कर रहे थे। उनका कहना था कि ये लोग मनुष्य नहीं, हैवान हैं जो इंसानियत के नाम पर कालिख पोत रहे हैं और मदद के नाम पर मुर्दे की तालू का मक्खन खा रहे हैं।

‘भूकम्पग्रस्तों के लिए मदद’ बैनर के तले लातूर, उस्मानबाद जैसे शहरों की ही नहीं, अपितु सम्पूर्ण महाराष्ट्र में अनेक सामाजिक कार्यकर्ता, सामाजिक संगठन और स्वयंसेवी संस्थाएँ अकूत धनराशि इकट्ठा करने में लगी रहीं। कितने ही कार्यकर्ता साइकिल रिक्शा में बैठकर आने-जानेवाले लोगों से भूकम्पग्रस्तों की मदद के नाम पर रुपए इकट्ठा कर रहे थे और इन रुपयों से पीड़ितों की मदद करने के बजाय अपने संगठनों के नाम के सुन्दर बैनर, झंडे और लेबल तैयार करवा रहे थे। इस प्रकार कार्य करनेवाले कार्यकर्ताओं की संख्या महाराष्ट्र और लातूर शहर में बढ़ने लगी थी। ऐसे तमाम कार्यकर्ता सड़कों पर निकलकर जमा की गई धनराशि से अपने संगठन या पार्टी के प्रचार के लिए हाथों में झंडे और बैनर लिए और सीने पर संस्था का बिल्ला लगाए गलियों में घूमते रहते। कई बार गाड़ियाँ भी साथ चला करतीं, जिसका किराया जमा की गई धनराशि से अदा किया जाता। मदद के नाम पर यह गाड़ियाँ भूकम्पग्रस्त इलाकों में घूम रही थीं। इन सारे दृश्यों को देखकर लग रहा था कि ये सारे लोग भूकम्पग्रस्तों की सहायता को छोड़ अपनी पार्टी या संस्था का ही प्रचार कर रहे हैं।

भूकम्पग्रस्त क्षेत्रों में यह चित्र आमतौर पर ज्यादा साफ नजर आते। सभी ओर तिरंगे झंडे, केसरिया झंडे, हरे झंडे, नीले झंडे और कमल फूलवाले झंडे गाड़ियों पर लहरा थे। मानो दीपावली के त्यौहार पर रंग-बिरंगे आकाशदीप लटक रहे हों। बाहर से आए लोग इन दृश्यों को देख अन्दाजा लगाते कि क्या निश्चित रूप में यहाँ भूकम्प आया था ? बल्कि यहाँ तो चुनाव-प्रक्रिया जैसा माहौल दिखाई दे रहा है ! इस प्रकार के मनोरंजक नजारे भूकम्पग्रस्त भाग में दिखाई दे रहे थे। इसी कारण मानवता की दृष्टि से काम करनेवाले ईमानदार लोगों के मन में एक प्रकार की घृणा उत्पन्न होने लगी थी।

भूकम्पग्रस्त किल्लारी को देखने के लिए आनेवाले लोगों की संख्या लाखों में पहुँच रही थी। यदि कोई एम्बुलेंस से घायलों को अस्पताल ले जा रहा है, तो भीड़ से रास्ता निकालना कठिन था। तुरन्त औषधोपचार न मिल पाने से अनेक के प्राण-पखेरू बीच रास्ते में उड़ जाते थे। दर्शकों की भीड़ अब करीब लाख तक पहुँच गई थी और उसे काबू करने के लिए पुलिस और सरकारी अमला हतबल हो चुका था। कोई किसी की बात सुनने को तैयार न था। दर्शकों की कतारें करीब दस-पन्द्रह किलोमीटर तक पहुँच चुकी थीं। गिरे हुए मकानों के मलबे को हटाने में सामाजिक कार्यकर्ता और स्वयंसेवक जी-जान से जुटे हुए थे। भूकम्प के तीन दिनों बाद भी कुछ व्यक्ति जीवित निकल रहे थे। घायलों की संख्या बढ़ती जा रही थी, अतः लातूर और उस्मानाबाद के अस्पतालों में मौजूद सुविधाएँ कम साबित हो रही थीं।

भूकम्पपीड़ित लोगों को इलाज के लिए परभणी और सोलापुर भेजा रहा था। लातूर के सारे अस्पताल घायलों से भरे थे। इसी कारण अस्पताल पहुँचते ही सब ओर खून की गन्ध महसूस होने लगती।

लातूर के सरकारी अस्पताल में किल्लारी के लोगों को देखने के लिए भारी संख्या में स्त्री-पुरुषों की भीड़ लगी थी। किल्लारी के प्रत्येक घर के व्यक्ति को भूकम्प ने छीन लिया था। किल्लारीवासियों की यह दर्दनाक हालत देखकर हरेक मनुष्य का हृदय कराह रहा था। असहाय परिवारों का करुण क्रन्दन अस्पताल में सुनाई देता था। भूकम्पग्रस्त क्षेत्र से आई एक घायल स्त्री की गोद में उसका नन्हा बालक मर चुका था और माँ उसकी ओर टकटकी बाँधे देख रही थी। रो-रोकर अब उसकी आँखों के आँसू सूख गए थे। यह दृश्य बहुत हृदयद्रावक था।

फिर भी यह घायल माँ डॉक्टरों से अपने नन्हे की जान बचाने की विनती कर रही थी। डॉक्टर ने उस स्त्री से कहा, "बालक गुजर गया है। उसे हमें दे दो।" माँ का दिल धक्-सा हो गया। उसकी ममता आँसुओं में बहने लगी। उस महिला ने डॉक्टर से कहा, "नहीं डॉक्टर, मेरा मुन्ना मरा नहीं है। इस प्रकार अपशकुन की बातें न करें। परिवार के सारे लोग मर चुके हैं। कुल में केवल यही एक दीपक बचा है। यह नहीं रहा, ऐसा मत कहो डॉक्टर ! मेरा मुन्ना तो मेरी गोद में सोया है। थोड़ी देर बाद वह दूध पीने उठ जाएगा न डॉक्टर ?" मोह-माया और ममता में फँसी बावली माँ जैसे अपने आप से बड़बड़ा रही थी। डॉक्टर ने उसे नींद का इंजेक्शन लगाया और सुला दिया। मुन्ने को उसकी गोद से हटा लिया गया। अस्पताल के शवागार में इस प्रकार मृत बालकों की कतारें लगी हुई थीं, जिनमें एक साल से लेकर बारह वर्ष तक के बच्चे थे। करीब डेढ़ सौ बालकों के क्रियाकर्म की जिम्मेदारी लातूर के स्वयंसेवकों तथा सामाजिक कार्यकर्ताओं ने ली थी। इसी व्यवस्था में वे जुटे हुए थे।

भूकम्प का झटका इतना जबर्दस्त था कि सैकड़ों की तादाद में जख्मी लोगों की संख्या बढ़ने लगी और वे इलाज के लिए लातूर पहुँचने लगे थे। इनमें से भी अधिकतर लोग मृत्यु की गोद में पहुँच रहे थे। इस प्रकार मृतकों की संख्या बढ़ती जा रही थी। इन शवों को गाड़ियों में भरकर दाहसंस्कार के लिए लातूर की श्मशानभूमि में लाया जा रहा था, और एक साथ चार या पाँच लाशों को एक के ऊपर एक रखते हुए विद्युत भट्टी में मुर्गियों की तरह भूना जा रहा था। दाहसंस्कार के लिए लकड़ियाँ और अन्य सामग्री उपलब्ध ही नहीं थी।

किल्लारी में भूकम्प आए आज तीसरा दिन था। उसके आसपास के गाँव भी पूरी तरह से ध्वस्त हो चुके थे। परन्तु इस बात का पता लोगों को नहीं था। अतः

क्षतिग्रस्त इलाकों में तुरन्त सहायता न पहुँचने से वहाँ की भूकम्पग्रस्त जनता बेहाल थी। बिना अन्न-जल के अनेक लोग पैर पटक-पटककर मर रहे थे। यह सारे क्षतिग्रस्त गाँव शहर-मार्ग से अलग जंगलों में बसे थे। इन गाँवों में पहुँचने के लिए पक्की सड़कें उपलब्ध नहीं थीं। इसी कारण बाहर से आई सारी मदद किल्लारी में ही रुक जाती थी। ऐसे अनेक भूकम्पग्रस्त गाँव थे, जहाँ आसानी से पहुँच पाना कठिन था। सरकारी अधिकारियों से पहले सामााजिक कार्यकर्ता और स्वयंसेवी संस्थाओं के कार्यकर्ता दवाइयाँ तथा अन्य सामग्री लेकर पहुँच चुके थे और अपना कर्तव्य निबाह रहे थे। भूकम्पपीड़ित लोगों को भोजन की जगह ब्रेड, बिस्किट आदि वस्तुएँ दी जा रही थीं। परन्तु भारी परिश्रम कर पेट भरनेवाले देहातियों को ब्रेड और बिस्किट से तृप्ति नहीं मिल पा रही थी। असल बात यह थी कि भूकम्पग्रस्तों के लिए बाहर से भेजी जानेवाली मदद भीड़ के कारण उन तक पहुँच ही नहीं पा रही थी, क्योंकि मदद लेकर पहुँचनेवाले ट्रक, गाड़ियाँ, कतारों में फँसे हुए थे। अन्त में बीच रास्ते में ही भीड़ को वस्तुएँ थमाई जा रही थीं और सामग्री से भरी गाड़ियाँ बीच में ही खाली हो रही थीं।

किल्लारी का भूकम्प अब सबके लिए कमाने का बहाना बन गया था। भूकम्पग्रस्तों की मदद के लिए शहरों में अनेक दुकानें खुल चुकी थीं। कुछ लोग इकट्ठा की गई धनराशि या अन्य चीजों को भूकम्पपीड़ितों तक ईमानदारी से पहुँचा रहे थे तो कुछ की मानसिक और दिमागी विकृतियाँ भी दिखाई दे रही थीं। कई भागों में रंगदल एवं एस.एस.एस. संस्था के लोग मदद के बहाने सुबह से शाम तक घर-घर में जाकर अनगिनत रुपए लूट रहे थे। बड़े-बड़े बैनर, केसरिया झंडे हाथों में लिए खाकी चड्डी, सफेद शर्ट और सिर पर काली टोपी लगाए लोग हर चौराहे पर रुककर प्रत्येक से मदद माँगते तथा सड़कों पर आने-जानेवाली गाड़ियों को रोकते हुए काफी रुपए इकट्ठा कर रहे थे, मानो उनके लिए भूकम्प का आना पैसा कमाने का एक साधन बन गया था। ये सारे लोग क्षतिग्रस्त इलाकों में सबसे पहले पहुँचते। शाखा में कवायद करनेवालों की तरह चड्डी-कुर्ता और टोपी पहने घूमने लगते। उसी तरह एक लम्बे बाँस पर भगवा ध्वज फहराते हुए भूकम्पपीड़ितों की मदद करते। यदि भूकम्पग्रस्त इलाकों को देखने बाहर से कोई अतिथि पधार रहे हैं या फिर कोई पत्रकार, फोटोग्राफर या दूरदर्शन के लोग पहुँच रहे हैं, तो हाथों में कुदाली लिए मलबे से लोगों को निकालने का नाटक करते। वास्तव में ये लोग यही चाहते थे कि किसी प्रकार हम दूरदर्शन के पर्दे पर दिखाई दें, ताकि लोग यह जान सकें कि कितनी निष्ठा और लगन के साथ हम कामों में जुटे हुए हैं। इस प्रकार यह संगठन अनुशासनबद्ध फौज को साथ लिए अपने काम का प्रदर्शन तथा संस्था का प्रचार

करना नहीं भूलता।

भूकम्पग्रस्त क्षेत्रों में काम करनेवाले इंसानों ने किसी प्रकार का जाति-पाँति या धर्म का भेदभाव न मानते हुए भूकम्पपीड़ितों की सहायता की। दया, माया, प्रेम, स्नेह और सहृदयता के साथ एक दूसरे की पीड़ा और वेदना को समझते हुए वे अपना कर्तव्य निभा रहे थे। परन्तु एक जगह भूकम्पपीड़ितों की सहायता के नाम पर कुछ अलग-सा चित्र दिखाई दे रहा था। किल्लारी गाँव के पास सड़क के किनारे बसा एक छोटा-सा गाँव। उस स्थान पर सभी की नजर ठहरी थी। दूरदर्शन, पत्रकार तथा कैमरेवाले भी वहीं रुके थे। इस गाँव को एस.एस.एस. के लोगों ने दत्तक ले लिया और काम की शुरुआत कर दी थी। इस छोटे-से गाँव में रहनेवाले हिन्दू और मुसलमानों की संख्या समान थी। भूकम्प से दोनों को नुकसान पहुँचा था। सास्तूर गाँव में भूकम्प में मरनेवाले लोगों में मुसलमानों की संख्या अधिक थी। परन्तु आज इस गाँव में घटित घटना से मनुष्य का दिमाग चक्कर काटने लगा था। मनुष्य को मनुष्य के प्रति घृणा उत्पन्न होने लगी थी। श्री शेख़ नामक व्यक्ति अपने सास-ससुर को खोजने इस गाँव में पहुँचे थे। शेख मराठी के एक अच्छे कवि के रूप में पहचाने जाते थे। शेख की पत्नी भी साथ थी। वह अपने माँ-बाप को खोजने बाड़े की ओर गई। माँ-बाप जिस बाड़े में रहा करते थे, वह पूरी तरह नष्ट हो चुका था। शेख और उनकी बीवी फातिमा दोनों ध्वस्त बाड़े में इधर-से-उधर घूमते हुए उन्हें खोज रहे थे। तभी एक कोने में पलंग के नीचे से बचाओ-बचाओ की आवाजें फातिमा को सुनाई दीं। उसने धूल-मिट्टी और पत्थरों को हाथों से हटाया, परन्तु पलंग पर छत की भारी कड़ियाँ पड़ी थीं और पलंग के नीचे से फातिमा के अब्बा की आवाज सुनाई दे रही थी। शेख की समझ में कुछ नहीं आ रहा था। अब्बा को बाहर निकालना इन दोनों के बस की बात न थी। वे दोनों बाहर आए। गाँव में रहनेवाला सखाराम वहाँ से गुजर रहा था। शेख ने सखाराम से सहायता की याचना की। सखाराम ने शेख से कहा, ''हमारे गाँव में मदद के लिए लातूर से नवयुवकों की टोली आई है। वे लोग सड़क के उस पार मंडप लगाकर काम कर रहे हैं। वे आपकी सहायता जरूर करेंगे।''

शेख ने अपनी पत्नी से वहीं रुकने के लिए कहा और स्वयं दौड़ते हुए स्वयंसेवकों के पास पहुँचे। श्री पाठक कार्यकर्ता के रूप में वहाँ काम कर रहे थे। उनसे जाकर शेख ने कहा, ''सुनिए, मेरे ससुरजी मकान के मलबे के नीचे जीवित हैं। उनकी आवाज अब भी सुनाई दे रही है। यदि आप मेरे साथ अपने चार-पाँच कार्यकर्ताओं को भेजते हैं तो उनकी जान बच जाएगी।'' शेख की बातों को सुनते हुए पाठक ने अपने थैले से तुरन्त एक रजिस्टर निकाला और कहा, ''रजिस्टर में अपना पूरा नाम और पता लिखिए। मलबे के नीचे फँसे व्यक्ति से अपना रिश्ता

लिखिए।'' शेख को अपने ससुर की जान बचानी थी। उसने कहा, ''पाठकजी, यह सारी लिखा-पढ़ी और बातें बाद में होती रहेंगी। मैं मराठी का शायर हूँ और मेरा नाम शेख है। यदि आप मुझे तुरन्त मदद करेंगे तो मेरे ससुर जीवित बच जाएँगे।'' शेख की बातों को सुनकर पाठक ने कहा, ''अच्छा, तो आप मुसलमान हैं। हमारी एस. एस.एस. पार्टी आपकी सहायता नहीं कर सकेगी।''

इस बात को सुनते ही शेख ने कहा, ''सुनिए पाठकजी, सबसे पहले तो हम और आप इंसान हैं। राम-रहीम एक ही है, ऐसा माननेवालों में से ही मैं भी एक हूँ। प्रकृति ने बहुत बड़ा आघात इस गाँव को पहुँचाया है। ऐसी विपत्तिजनक स्थिति में अपने कर्तव्य को निबाहनेवाला इंसान कहीं जाति और धर्म का पालन करते हैं ?'' शेख की इन बातों को सुनकर पाठक का माथा ठनका। उसने कहा, ''देखिए शेखजी, आज की इन गम्भीर परिस्थितियों में हम लोग पहले हिन्दू जनता को सहायता दे रहे हैं। यदि वह जीवित है तो जीवित बाहर निकालना अपना परम कर्तव्य समझते हैं और मर गया है तो शव को निकालते हैं। शेख, अब आप मेरी बात समझ लीजिए। हमारे सामने बहुत बड़े-बड़े काम बाकी हैं। अतः आप पासवाले गाँव में चले जाइए। उस बस्ती में मुस्लिम लोगों का संगठन काम कर रहा है। वे लोग भी केवल मुसलमानों को ही सहायता देते घूम रहे हैं। उन्हीं की सहायता से आप अपने ससुर को निकालने की कोशिश करें।''

शेख ने बड़ी दीनता से पाठकजी से कहा, ''आश्चर्य है कि आप लोग इन गम्भीर हालात में इस प्रकार की बातें कर रहे हैं ! मुझे आप पाकिस्तान का मुसलमान न समझें। मैं एकनिष्ठ भारतीय मुसलमान हूँ। अतः ऐसी स्थिति में आप लोगों को मेरी मदद करनी चाहिए। आपकी सहायता के कारण मेरे ससुरजी के प्राण बच सकते हैं। मेरी हाथ जोड़कर प्रार्थना है कि शीघ्र ही कुछ निर्णय लीजिए। मुझे मुसलमान समझकर मेरी मदद आप भले न करें, परन्तु मैं एक मनुष्य हूँ और मनुष्य होने के नाते आप भी अपने कर्तव्य से मुँह न मोड़ें।''

शेख की विनती को सुनते हुए पाठक ने कहा, ''ठीक है, शेख साहब, हम आपकी मदद करने के लिए तैयार हैं। परन्तु इस रजिस्टर में आप लिखिए कि 'मैं भारतीय मुसलमान हूँ। मैं हिन्दुस्थान से प्यार करनेवाला एकनिष्ठ हिन्दुस्थानी मुसलमान नागरिक हूँ। अतः मुझे हिन्दुओं से सहायता मिले।' इस प्रकार लिखते हुए नीचे अपने दस्तखत कीजिए।''

पाठक की इन बातों को सुनकर शेख का मन भर आया और आँखों से आँसू बहने लगे। पाठक से शेख ने बस इतना ही कहा, ''मुझे माफ कीजिए। मैं ऐसा कुछ नहीं लिख पाऊँगा, क्योंकि मैं अपनी भारत माँ से प्यार करता हूँ। इस प्रकार

लिखकर देना उस माँ का अपमान है। इतना ही नहीं, इस बात को लिखकर माँ और बेटे के बीच अविश्वास की खाई खोदना भी होगा।'' दुखी अन्तःकरण से तहस-नहस शेख अपने बाड़े की ओर लौट पड़े।

आखिर पति-पत्नी ने मिलकर अथक प्रयास करते हुए अब्बा के आसपास पड़ी मिट्टी, पत्थरों और कड़ियों को हटाया। जिस कोने से बचाओ-बचाओ की आवाज सुनाई दे रही थी, उसी ओर से दीवार धड़धड़ाकर गिरने लगी। अब तो शेख और फातिमा बी का धीरज छूट गया। दीवार के ढहने से अब्बा की आवाज भी अब सुनाई नहीं दे रही थी। ऐसी स्थिति में फातिमा बी सीना पीटते हुए हाय-हाय कर रोने लगी और उस घर की मिट्टी को चूमते हुए दुखावेग से पिता की स्मृतियों में डूबी सिर के बाल नोंचने लगी।

शेख अपनी पत्नी को भरसक समझा रहे थे। उनके मन में मनुष्य की इंसानियत के प्रति अनेक विचार उठने लगे। वह अपना सिर पकड़े सोच रहे थे—धर्म और जाति-भेद के कारण मनुष्य अपने कुदरती प्रेम, स्नेह, आत्मीयता आदि गुणों को भूल चुका है। भूकम्प की इस भयावह परिस्थिति में धर्म और जातिवाद को महत्त्व देते हुए मनुष्य अपने कर्तव्य से मुँह मोड़ रहा है। धर्म तो मनुष्य की भलाई के लिए है ना ? धर्म तो मानवता से प्रेम करने की शिक्षा देता है। अतः दुखियारों की सेवा करना और संकट की स्थिति में उसकी सहायता करना ही मनुष्य का सच्चा धर्म है। फिर एस.एस.एस. के लोगों ने मेरी मदद क्यों नहीं की ? क्या मैं इंसान नहीं हूँ ? मैं धर्म से मुसलमान हूँ, परन्तु अपने वतन से मुझे प्यार नहीं है क्या ? मैं आज संकट की घड़ियों में फँसा हूँ। इन हालात में ये लोग मुझसे वह सब क्यों लिखवाना चाहते थे ? मनुष्य इस प्रकार निर्दयी कैसे बन सकता है ? यदि ऐसे समय में भी कुछ इंसान इस प्रकार की बातें सोचते हैं और जाति-धर्म से प्रेरित होकर काम करते हैं, तो ऐसे मनुष्यों को तो सर्वप्रथम भूकम्प को निगल ही जाना चाहिए। जो इंसान सर्व-धर्म-समभाव और लोकमंगल की भावना से अपने कर्तव्य को निबाहता है, वही सच्चा इंसान है। वही सच्ची मानवता है।

भूकम्पग्रस्त क्षेत्रों में दिन-ब-दिन शोर-शराबा और लोगों की भीड़ बढ़ती जा रही थी। कुछ लोग अब भूकम्पपीड़ितों की गम्भीर स्थिति और उनके सवाल को लेकर सहायता करने के इरादे से नहीं, बल्कि अपने स्वार्थ को लेकर राजनीति कर रहे थे। भूकम्पग्रस्त क्षेत्र में अब राजनीति के दाँव-पेंचों की शुरुआत हो चुकी थी और विविध पार्टियों के झंडे लहरा रहे थे। कार्यकर्ता अपनी पार्टी का प्रचार करते घूम रहे थे। भूकम्प से किल्लारी हर तरह बेहाल थी, लेकिन वहीं भूकम्पपीड़ितों के लिए आई हुई

कीमती चीजों को लूटने का प्रयास हो रहा था। किल्लारी गाँव को देखने आई जनता भी चीजों को बीच में ही लूट लिया करती थी। वास्तविक भूकम्पपीड़ितों तक मदद पहुँच पाना एक कठिन समस्या बन गई थी। कुछ अधिकारियों ने इन बातों से मुख्यमन्त्रीजी को अवगत कराया। यह सुनकर मुख्यमन्त्री ने खेद प्रकट करते हुए कहा, ''कभी-कभी इस प्रकार की गम्भीर परिस्थितियों में भी इंसान जानवरों से बढ़कर नीचता का बर्ताव करने लगते हैं।'' मुख्यमन्त्री ने सर्वप्रथम पुलिस अधिकारियों को सूचना देते हुए कहा, ''सबसे पहले भूकम्पग्रस्त क्षेत्रों में घूमनेवाली भीड़ को कम कीजिए और इस इलाके की ओर आनेवाली सारी सड़कों पर रोक लगा दीजिए।'' सारे पुलिस अधिकारी सतर्क भाव से मुख्यमन्त्री के आदेशों का पालन करने लगे। परिणाम यह हुआ कि भूकम्पपीड़ितों तक बाहर से आनेवाली चीजें और सहायता ठीक ढंग से पहुँचने लगी। भरपेट भोजन, पानी, औषधियाँ तथा उपचार- सामग्री अब भूकम्पग्रस्तों तक पहुँच रही थी। पीड़ितों को मदद के सारे सूत्र मुख्यमन्त्रीजी ने अपने हाथ ले लिए थे, अतः अधिकारी वर्ग और भी सचेत होकर अपना काम कर रहे थे।

अब ऐसा लग रहा था कि भूकम्पपीड़ितों के हालात कुछ सुधर गए हैं। अब तक वे खुले मैदानों में पड़े हुए थे। परन्तु आज वे टीन के शेड में रहने आए थे। जिस प्रकार मास्टरजी अपने छात्रों को अनुशासनबद्धता से रहना सिखाते हैं, उसी प्रकार मुख्यमन्त्री सरकारी अधिकारियों से अनुशासनबद्धता से सारे काम करवा रहे थे। बहुत दिनों से सुस्त, आलसी दिखाई देनेवाले अधिकारी अब स्फूर्ति से अपने कामों में जुटे हुए थे। हवाई जहाज से मिलिटरी के लोग भी आज भूकम्पग्रस्त इलाकों में आ पहुँचे थे। आते ही उन्होंने पहले अपने रहने का इन्तजाम किया और तुरन्त डॉक्टरी मदद पहुँचाने के लिए अपना छोटा-सा अस्पताल शुरू किया। आज तक किल्लारी गाँव में शुभ्र वस्त्र पहने, बगुलों की तरह घूमनेवाले लोग ही अधिक दिखाई दे रहे थे, परन्तु आज अपनी हरियाली को बिखेरते काम करनेवाले मिलिटरी के नौजवान अपने कामों में लग चुके थे। इन जवानों ने अपने भोजन-निवास आदि की व्यवस्था का काम केवल एक दिन में पूरा किया था। अब वे मलबे के नीचे दबे हुए शवों को निकालने में लगे थे। अतः सम्पूर्ण भूकम्पग्रस्त इलाके में सेना के लोगों का नियन्त्रण था। इस क्षेत्र को उन्होंने पूरी तरह से अपने कब्जे में ले लिया था। अब तो सेना की इजाजत के बगैर यहाँ किसी का भी प्रवेश वर्जित था। ये जवान प्रतिदिन सैकड़ों शवों को बुलडोजर और क्रेन के सहारे निकाल रहे थे और उसी जगह बहुत बड़ा गड्ढा खुदवाकर उसी में लाशों को दफना रहे थे। आज तीसरे दिन मिलिटरी के जवानों को कुछ जीवित व्यक्ति भी हाथ लगे थे। उन्हें तुरन्त सघन उपचार से बचाने का प्रयास किया जा रहा था।

भूकम्प के तीसरे दिन एक स्मरणीय घटना घटित हुई। मिट्टी और पत्थरों के मलबे को हटाते समय इन जवानों को माँ की गोदी में बैठी एक जीवित नन्ही-सी बालिका मिली थी। इसी प्रकार गाँव में ढह चुके बाड़ों के मलबे को हटाते समय सैकड़ों शवों में कुछ बेहोश तो कुछ जीवित लोग मिल रहे थे। कहीं-कहीं बुलडोजर के दबाव से मलबे के नीचे दबे व्यक्ति मरने भी लगे थे। क्रेन और बुलडोजर के उपयोग से कितनी ही लाशों के केवल हाथ, पैर या शरीर के अन्य भाग टूटकर बाहर आते दिखाई दे रहे थे। मलबे को हटाते समय एक जगह इन जवानों को माँ की गोदी में दूध पी रही बच्ची का दृश्य दिखाई दिया। उसे देखकर उन सबकी आँखों से आँसू बहने लगे। फिर उन दोनों को निकाला गया। ऐसे कई करुण दृश्य भूकम्पग्रस्त क्षेत्रों में दिखाई दे रहे थे।

एक बड़े बाड़े का मलबा हटाने का काम यह जवान कर रहे थे। इस बाड़े में चालीस लोगों के शव पाए गए। मिलिटरी के जवान यह काम रात-दिन अपनी भूख-प्यास को भुलाते हुए कर रहे थे। जिस प्रकार कारखाने में मजदूर रात और दिन की पारी में काम करते हैं, उसी प्रकार ये जवान सहायता कार्य में जुटे हुए थे। इससे कुछ जवान बीमार भी हो रहे थे। तहस-नहस मकानों में घुसते हुए कई बार दीवारें टूटकर गिरने लगतीं और कई जवान घायल भी हो जाते। किल्लारी गाँव में सारा काम अब अनुशासनबद्ध ढंग से किया जा रहा था। पुलिसकर्मी भी लज्जावश बहुत-से कामों में सहायता दे रहे थे। इनमें ऐसे पुलिसकर्मी भी थे, जो शवों के शरीर से कीमती वस्तुएँ हड़पने की कोशिश में लगे हुए थे। नीचता की यह प्रवृत्ति इस हद तक थी कि दो हवलदारों ने एक महिला के शव के गले में पड़े सोने के कीमती गहनों को निकालकर अपनी जेबों में रख लिया। परन्तु उस महिला के हाथों से सोने के कंगन निकालना मुश्किल था। उसके हाथ-पैर फूल चुके थे और कंगन हाथों में फँस गए थे। ऐसी स्थिति में उन निर्दयी हवलदारों ने एक धारदार पत्थर से स्त्री के हाथों को काटकर अपनी वर्दी की जेब में छिपा लिया। मिलिटरी के एक जवान ने इस हृदय विदारक दृश्य को देख लिया था। सूचना पाकर एक मेजर ने उन्हें बुलाया और उनकी जाँच की। उनकी जेबों से अनेक स्त्रियों के मंगलसूत्र, लाकेट, कंठहार आदि निकाले गए। इसके बाद जब मेजर ने दोनों की और कसकर तलाशी ली तो उन्हें वर्दी के अन्दरूनी हिस्से में सोने के कंगनों से भरे हाथ मिले। उन दोनों हवलदारों को मेजर ने हिरासत में लिया था। मिलिटरी कैम्प पर उन दोनों को ले जाते हुए मेजर ने पूछा, "ट्रेनिंग में यही बातें सिखाई जाती हैं क्या ? ऐसी गम्भीर हालत में ऐसी नीच और बेहूदा हरकतें कर रहे हो कफनखसोटो ! भड़वो, तुम्हें शर्म आनी चाहिए। हमारे मिलिटरी के जवान दिन-रात भूकम्पपीड़ितों की सहायता कर रहे हैं और तुम लोग

इस क्षेत्र के होते हुए भी लाशों को लूट रहे हो ! तुम्हें तो पता ही होगा, मिलिटरी के लोग देश के हित और उसकी रक्षा के लिए मर मिटने को तैयार रहते हैं। परन्तु जो लोग देश और मानवता से गद्‌दारी करते हैं, उन्हें हम यम के द्वार तक भी पहुँचा देते हैं।'' यह कहते हुए मेजर ने सर्वप्रथम उन दोनों को पुलिस की वर्दी उतारने के आदेश दिए। फिर दोनों को एक साथ खड़े करते हुए कहा, ''तुम जैसे गद्‌दारों को जीवित रहने का कोई हक नहीं है।'' अतः मेजर ने रिवॉल्वर से एक के पीछे एक गोलियाँ चलाईं और दोनों जमीन पर गिर गए। इसी समय भूकम्पग्रस्त क्षेत्र से निकाले गए शवों को दाहसंस्कार के लिए श्मशान भूमि ले जाया जा रहा था। मेजर ने दोनों हवलदारों के शवों को भी उसी ट्रक में डाल दिया और आदेश दिया की इन्हीं शवों के साथ इन गद्‌दारों का भी दाहसंस्कार कर दीजिए ! इस तरह की वारदातें भी भूकम्पग्रस्त क्षेत्रों में हो रही थीं, और कई तरह की अफवाहों को सुनकर लोग इन क्षेत्रों में आने से कतरा रहे थे।

किल्लारी के पासवाले गाँव में एस.एस.एस. संगठन के लोगों का काम चल रहा था। मिलिटरी के लोगों द्वारा गद्‌दार हवलदारों के साथ किए गए व्यवहार की खबर सुनते ही पाठकजी की समझ में सारी बातें आ गईं। इसलिए अपने लोगों को साथ लिए वे तुरन्त मैदान छोड़कर भाग गए। यह दुख एक कार्यकर्ता को सता रहा था। उसने अपने मन की बात पाठक पर प्रकट करते हुए कहा, ''यार पाठक, हम लोग जो भूकम्पपीड़ितों की सहायता कर रहे थे, उसका भी एक कारण था। हम प्रतिदिन अपने दूरदर्शन पर दिखाई देते थे। विशेष रूप से अपनी वर्दी और अनुशासनबद्धता के कारण हम देश और विदेश में, बी.बी.सी. लन्दन पर भी दिखाई देते थे। वास्तव में तो हम भूकम्पग्रस्तों के लिए कैसे काम में जुटे थे, यह हम जानते ही हैं। साथ में हमारी संस्था का प्रचार भी हो रहा था। अब ये सारी बातें खत्म हो जाएँगी।'' कार्यकर्ता की बात पर पाठक ने आहें भरते हुए कहा, ''जाने भी दो यार ! सबसे पहले हमारा जीवित रहना महत्त्वपूर्ण है। यथार्थ में तो यह सब हम पत्रकार और दूरदर्शनवालों के सामने ही किया करते थे। अब यहाँ मिलिटरी के जवान आ चुके हैं। हमारे जैसे लोगों का भूकम्पग्रस्त इलाकों में रहना अब बेकार ही है। मिलिटरी के लोग भी लोगों के गलत व्यवहार से नाराज हैं। वे हम पर भी गोलियाँ बरसाएँगे।'' जो भी हो, एस.एस.एस. के लोगों ने अपना बोरिया-बिस्तर सँभालते हुए भूकम्पग्रस्त भागों से पलायन किया है, इस प्रकार की चर्चा तमाम लोगों में सुनाई दे रही थी।

सेना के जवान भूकम्पपीड़ितों की सहायता में रात-दिन जी-जान से जुटे हुए थे। जब वे भोजन के लिए बैठते तो अपने साथ भूकम्पपीड़ितों का भी थोड़ा-बहुत खाना दे दिया करते थे। अब तो उनके लिए आई सारी सामग्री और चीजों को बाँटने का

काम भी यही लोग कर रहे थे। सारे इलाके में सख्त अनुशासन के कारण राजकीय नेताओं के लिए भी यहाँ आना एक समस्या थी। अब यह पूरा अंचल मिलिटरी के कब्जे में था। मिलिटरी के जवान अपनी जान खतरे में डालकर सैकड़ों शवों को निकालने में लगे थे।

किल्लारी में भूकम्प आए आज छह दिन बीत चुके थे। भूकम्पग्रस्त भागों में मलबे के नीचे दबी लाशों की दुर्गन्ध सब ओर से आ रही थी। दुर्गन्ध के कारण जवान ठीक से भोजन भी नहीं कर पा रहे थे। ऊपर से बारिश की अखंड जलधाराएँ बरस रही थीं। इस प्रकार की स्थिति में नाक और मुँह पर रूमाल बाँधे रात में जैनरेटर लाइट के फोकस में सैकड़ों सड़ी-गली लाशों को निकालने का काम मिलिटरी के जवान अथक परिश्रम से किए जा रहे थे। मृत व्यक्ति के शरीर से कीमती वस्तुओं को निकालकर एक जगह सरकारी खजाने में जमा कर रहे थे। इस प्रकार सोने की कीमती चीजें 'किलो' की तोल में जमा की जा रही थीं। जिस परिवार के सगे-सम्बन्धियों के ये गहने होते थे, पहचानने पर उन्हें वापस लौटा दिए जाते थे।

भूकम्पग्रस्त क्षेत्र की स्थिति अब तो दिन-ब-दिन बदतर होती जा रही थी। बरसात भी रात-दिन हो रही थी। इसी कारण मकानों के मलबे के नीच दबे शवों और जानवरों की सड़ी-गली लाशों की बू आसपास पाँच किलोमीटर तक फैलकर हवा को दूषित कर रही थी। सैकड़ों की संख्या में मवेशी भी धरती में समा गए थे और अब फूलकर फटने की स्थिति तक पहुँच गए थे। उन्हें नोंच-नोंचकर कुत्ते खा रहे थे और रात में बेसुरी आवाज में रोते थे।

भूकम्प का यह भयानक तांडव अब बहुत प्रत्यक्ष दिखाई दे रहा था। आकाश से अखंड जलधाराएँ बरस रही थीं। इससे भूकम्पपीड़ितों की स्थिति दयनीय और गम्भीर होती जा रही थी। न उन लोगों को दिन में चैन था, न रात में बसेरा था। इसलिए वे कहते, "धरती हमें अपने पेट में नहीं समा रही और प्रकृति खुले में नहीं सोने देती।" कभी-कभार भूकम्प के झटके भी महसूस होने लगते। अतः जो लोग जीवित बचे थे, वे ठंड से सिकुड़ रहे थे।

लगातार बारिश होने से भूकम्पग्रस्त इलाके में ढह चुके मकानों के मलबे में पड़े मृत व्यक्तियों का मांस कीचड़ में परिवर्तित हो रहा था। मांस और मिट्टी के मिलने से शवों को निकालने में फौजी जवानों को परेशानी हो रही थी। ऐसे हालात में कीचड़ से सने हुए मृत व्यक्ति के मांस या हड्डियों के ढाँचे को वे हाथों से निकाल लेते। ऐसी स्थिति में काम करनेवाले इन जवानों की हालत बहुत बुरी थी। शवों को निकालते-निकालते और कठिन परिश्रम से उनकी वर्दियाँ फटती जा रही थीं। शवों

की जानलेवा दुर्गन्ध के कारण वे बीमार हो रहे थे। फिर भी ये जवान कहीं बीमारियाँ न फैल जाएँ, इस बात का ध्यान रखते हुए कीटनाशक दवाइयों का उपयोग कर रहे थे।

इस प्रकार के हालात में भूकम्पग्रस्त क्षेत्र की जाँच के लिए हमारे देश के प्रधानमन्त्री हवाई दौरे पर आ रहे थे। यह सूचना मिलते ही सब सतर्क हो गए। देश के प्रधानमन्त्री इस दुर्गन्ध से बीमार न हों और उन्हें इस बदबू से बचाया जाए, इसके लिए मिलिटरी के जवानों ने भूकम्पग्रस्त इलाकों में इत्र का छिड़काव किया !

आज भूकम्प आए सात दिन बीत गए थे। हमारे देश के प्रधानमन्त्री ने इस भाग की हवाई जाँच की और मृतकों को श्रद्धांजलि अर्पित करते हुए, भूकम्पपीड़ितों की मदद का आश्वासन देते हुए अपना कर्तव्य पूरा किया। भूकम्पग्रस्त क्षेत्रों में उन्होंने जीवित बचे भूकम्पपीड़ितों की छोटी-सी सभा आयोजित की। वेदना और पीड़ा से उदास मुँह बनाए और आँखों से रूमाल लगाते हुए प्रधानमन्त्री ने कहा, ‘‘आप लोग चिन्ता न करें। भूकम्पपीड़ितों के दुखों में आज सारा देश शामिल है !’’ आँखों से रूमाल लगाते और भर्राए गले से वे ऐसा ही कुछ कह रहे थे। उन्हें रोते हुए देखकर अन्य मन्त्रीगण भी अपनी जेब से रूमाल निकालते और रोने का प्रयास करते हुए आँखों के आँसू पोंछने लगे। उनकी इसी स्टाईल को कैमरों में कैद करने के लिए दूरदर्शन के कैमरे ताक लगाए हुए थे। प्रधानमन्त्री के साथ आए मन्त्रीगण तथा सांसद अच्छे-भले कपड़े पहने, बन-ठनकर भूकम्पपीड़ितों का हालचाल पूछने आए थे, मानो किसी के ब्याह में शामिल होने आये हों। अपनी-अपनी विशेष अदा के साथ सारे मन्त्रीगण प्रधानमन्त्री के आगे-पीछे घूम रहे थे और उनके साथ अपना फोटो खींचने के लिए फोटोग्राफर को प्रेरित कर रहे थे।

विशेष अदा और खूबियों से भरे मन्त्रीगणों को देखते हुए किसी पत्रकार ने झट से कहा, ‘‘लोगों के लिए तो यह सारी बातें अच्छी ही होती हैं। दूल्हा मरे या दुल्हन, पुरोहित की दक्षिणा तो पक्की होती है। मानवी त्रासदी हो या प्राकृतिक संकट की स्थिति, कुछ लोग भूकम्पपीड़ितों के दुखों को हथियार बनाते हैं और कुछ राजनीतिज्ञ इसकी आड़ में अपनी चाँदी कर लेते हैं।’’ किल्लारी गाँव अब कुछ-कुछ ठीक दिखाई दे रहा था। गड़े हुए मुर्दे उखाड़ने के बाद आसपास की व्यवस्था में किल्लारी अब कुछ सँवर रहा था। अतः मिलिटरी के लोग अपनी छावनियाँ समेटकर यहाँ से चले गए थे। इस भूकम्पग्रस्त क्षेत्र में देश के कोने-कोने और सारे संसार के लोग आ रहे थे। एक समय था जब लोग किल्लारी में अंगूरों के बगीचे देखने आया करते थे। वही किल्लारी अब भूकम्प में पूरी तरह से ध्वस्त हो चुका था। उसे देखने अब बड़े-बड़े मन्त्रीगण, भू-भौतिकी वैज्ञानिक, मन्त्रीगण, महापौर आदि पहुँच रहे थे; साथ में भूकम्पपीड़ितों के लिए भी जरूर कोई मदद लेकर पहुँचता था। ऐसे लोग साथ

लाई चीजों को भूकम्पग्रस्त लोगों के हाथों में थमाते हुए अपनी फोटो जरूर खिंचवाते थे या फिर हाथों में फावड़ा-कुदाल लिए कोई कार्यकर्ता फोटो निकाल लिया करते कि शायद कहीं काम आए। इस प्रकार अनेक आशयों को लिए लोग यहाँ पहुँच रहे थे। इस अवसर का लाभ उठाते हुए कई संघटन पत्रकार-परिषद का गठन करके दी गई सहायता की पत्रकारों को जानकारी देते थे। अतः कितने फूड पैकेट्स, टिन शेड और कम्बल आदि ट्रकों में भरकर लाए गए थे, इन बातों की जानकारी बड़ी दिलचस्पी से दी जा रही थी। जाहिर था कि मदद करनेवाले प्रतिष्ठित व्यक्तियों के पदों तथा दानवीरता का सम्मान किया जाए। इसी आशा से कानपुर से खासदार, नागपुर के महापौर और मुम्बई के मेयर किल्लारी गाँव को मदद दे रहे थे। इस सन्दर्भ में बड़े दानदाताओं की यही मंशा रहती थी कि उनके फोटो समाचार-पत्रों में छपें। उनकी सराहना की जाए। अतः इस बात की यहाँ होड़-सी लगी हुई थी।

'भूकम्पग्रस्त क्षेत्र किल्लारी' को अब एक बहुत बड़े देवस्थान का महत्त्व प्राप्त हो चुका था। संसार-भर के लोग इस देवस्थान को देखने चले आ रहे थे। यहाँ के भग्नावशेष के फोटो या अन्य कोई वस्तु अपने साथ ले जा रहे थे। एक समय में बर्लिन की दीवार गिर चुकी थी, तब जर्मनी के लोग उस दीवार के अवशेषों को साथ लिए अपने गाँव पहुँचे थे, ताकि गाँव के लोग भी उसे देख सकें। इसी प्रकार किल्लारी में आए लोग अपने साथ कुछ-न-कुछ लिए जा रहे थे। अनेक राजकीय और सामाजिक कार्यकर्ताओं ने बड़ी आस्था से भूकम्पग्रस्तों की सहायता की। उन्हें सान्त्वना देते हुए उनकी हिम्मत बढ़ाई थी। यह यथार्थ में उनकी सही मदद थी। अनेक कार्यकर्ता बाहर गाँवों में ट्रकों में भरकर आई मदद को स्वयं के हाथों समाप्त होने तक बाँट रहे थे।

सम्पूर्ण भारत तथा सारे संसार से भूकम्पपीड़ितों के लिए सहायता का महासागर उमड़ रहा था। सभी ओर से इस क्षेत्र के लिए अनेक वस्तुओं की मदद चली आ रही थी। सरकारी अधिकारियों के सामने यह एक यक्ष प्रश्न था कि इन चीजों को कहाँ रखें ? बाहर देशों से और अन्य गाँवों से मदद लेकर पहुँचनेवाले ट्रक और गाड़ियों की कतारें बीस-पच्चीस किलोमीटर तक लगी रहतीं। ये सारे लोग अपनी मदद को तुरन्त भूकम्पपीड़ितों तक पहुँचाने की कोशिश में लगे हुए थे, क्योंकि अधिक देरी करने से सारी चीजें खराब हो जाती थीं। अतः कार्यकर्ता सरकारी अधिकारियों से अपनी वस्तुओं को जल्दी पहुँचाने की विनती करते थे। जैसे किसी यात्रा में भक्तगण भगवान के दर्शन के लिए कतारों में खड़े राह देखते हैं, उसी प्रकार भूकम्पग्रस्तों तक अपनी चीजों को पहुँचाने के लिए मददगार लोग पाँच-छह दिनों तक लम्बी लाइनों में खड़े रहते थे।

दूसरी ओर संसार के कोने-कोने से आए विशेष अतिथियों की सेवा में तमाम अधिकारी जुटे हुए थे। उनकी लाल बत्तियोंवाली गाड़ियों के लिए रास्ता बनाए रखने के काम में सारा पुलिस तन्त्र लग चुका था। अतः परेशानियों से निपटने के लिए इन खास मेहमानों की गाड़ियों के लिए एक स्वतन्त्र रास्ते का चुनाव किया गया। किल्लारी में पहुँचनेवाले विशेष सम्मानित लोगों की भीड़ बढ़ती जा रही थी, अतः लातूर शहर की व्यवस्था भी बिगड़ रही थी। बाहर से आए इन मेहमानों के खान-पान तथा निवास की व्यवस्था करना एक कठिन समस्या बनी हुई थी। परिणाम यह रहा कि खान-पान, टैक्सी-भाड़ा और निवास-व्यवस्था आदि के रेट्स आसमानी ऊँचाइयों को छू रहे थे। यदि कोई व्यक्ति भूकम्पग्रस्त भागों में घूमना चाहता, तो टैक्सीवाले उसे घुमाने के लिए चार हजार रुपए तक भाड़ा ले रहे थे। अन्य देशों से आए हुए मेहमानों की निवास-व्यवस्था परभणी, नांदेड़, हैदराबाद आदि शहरों में की जा रही थी। वहाँ से वे भूकम्पपीड़ितों से मिलने आ रहे थे। विदेशों से आए वैज्ञानिक तथा पत्रकारों की सुख-सुविधा के अनुसार सारी व्यवस्था करना सरकारी अधिकारियों के सामने बड़ी परेशानी का कारण था। लातूर के सारे विश्रामगृह मन्त्रीगण और वरिष्ठ अधिकारियों से भर चुके थे।

लातूर में आनेवाले दर्शकों की तादाद ही एक मिसाल थी। सारे शहर में जनता का महासागर उमड़ रहा था। इसी कारण लातूर के लॉजिंग, बोर्डिंग तथा होटल मालिकों की भारी कमाई हो रही थी। लातूर की परिस्थितियों ने अब अलग मोड़ ले लिया था। कुछ दिनों पहले भूकम्प में घायल अधिकतर लोग लातूर के बड़े-बड़े अस्पतालों में इलाज के लिए लाए गए थे। घायलों की भारी भीड़ के कारण उन्हें अस्पतालों में रखने के लिए जगह नहीं थी। भारी संख्या में लोग अपना खून घायलों को दे रहे थे। फिर भी खून की कमी महसूस हो रही थी। साथ ही लातूर की मेडिकल स्टोर्स से औषधियाँ समाप्त हो चुकी थीं। अतः ये दवाइयाँ अन्य शहरों से मँगवाई जा रही थीं।

लातूर शहर पर इन सारी बातों का असर हो रहा था। शहर की परिस्थितियाँ विपरीत दिशा में परिवर्तित हो रही थीं। बहुत भारी संख्या में राजनीतिक नेताओं, सामाजिक कार्यकर्ताओं और पत्रकारों का मुकाम लातूर में था। अतः इन सबकी मेहमाननवाजी के लिए होटल मालिकों ने मुर्गे और बियर की बोतलों की माँग बढ़ा दी और सारी वस्तुओं के दाम भी बढ़ा दिए। दूसरी ओर भूकम्पपीड़ितों के लिए देश के कोने-कोने से आ रही मदद—औषधियाँ, अनाज, कपड़े और शवों के दाहसंस्कार के लिए लकड़ियों के भरे ट्रक किल्लारी पहुँच रहे थे। अतः भारी मात्रा में पहुँचनेवाली इन चीजों को कहाँ रखा जाए, यह प्रश्न सरकारी अधिकारियों को सता रहा था।

सैकड़ों ट्रक भूकम्पपीड़ितों के लिए लाई गई अनेक वस्तुओं को लेकर सड़कों के किनारे इन्तजार में खड़े रहते।

लातूर में आज अधिकारी-वर्ग की मीटिंग चल रही थी। इस मीटिंग में मन्त्री महोदय उपस्थित थे। इसमें एक स्थानिक अधिकारी ने मन्त्री माहेदय को एक किस्सा सुनाकर हैरत में डाल दिया। उन्होंने मन्त्रीजी से एक किस्सा सुनाते हुए कहा, ''भूकम्पपीड़ितों के लिए बाहर से दो ट्रक ब्रेड तथा दूध से भरी दो गाड़ियाँ किल्लारी आ चुकी थीं, परन्तु भूकम्पग्रस्त क्षेत्रों में पहुँचने के लिए चार दिनों से सड़कों पर इन्तजार कर रही थीं, ट्रकों में रखी ब्रेड में फफूँद लग चुकी थी और वह खाने लायक भी नहीं रह गई थी। इसी प्रकार सारा दूध खराब हो चुका था। मदद लेकर आए लोग चिन्ता में डूबे हुए थे। वे इस बात से परेशान थे कि अब यह सारी वस्तुएँ हमें कहाँ ले जाकर नष्ट करनी होंगी।'' इस किस्से को सुनते हुए मन्त्रीजी ने अधिकारियों से कहा, ''ऐसी बातें दबी जुबान में कहनी चाहिए। पहले ही नुकसान हो चुका है। यदि इन बातों का पता बाहर चल जाएगा तो मदद भेजनेवालों की भावनाओं को ठेस पहुँचेगी और हमारे मुँह पर कालिख पुत जाएगी। इन बातों पर आप लोग ध्यान क्यों नहीं दे रहे ? इस प्रकार खराब होनेवाली चीजों को पुलिस की सहायता से तुरन्त भूकम्पपीड़ितों तक पहुँचा देना चाहिए। लोग हमें क्या कहेंगे ? एक ओर ठीक से मदद न मिलने के कारण वे भूखे मर रहे हैं और दूसरी ओर भेजी गई मदद को ठीक समय पर उन तक पहुँचाने में हम नाकाम हो रहे हैं। अतः लोगों की भावनाएँ भड़क सकती हैं। कल से इन बातों की ओर खास ध्यान दें। दूध और तैयार भोजन के पैकेट समय से भूकम्पपीड़ितों तक पहुँचाए जाएँ। गाड़ियों में रखी जो चीजें खराब हो चुकी हैं, उन्हें तुरन्त चुपचाप नष्ट कीजिए।''

मीटिंग से बाहर आते ही आयोजित सभा में भाषण करते हुए मन्त्रीजी ने लोगों से कहा, ''जो लोग भूकम्पपीड़ितों की सहायता कर रहे हैं, मैं उनका हृदय से आभारी हूँ। परन्तु तैयार भोजन या दूध, ब्रेड आदि वस्तुएँ तुरन्त ही खराब हो जाती हैं। अतः मेरी नम्र विनती है कि आगे चलकर तैयार भोजन के पैकेट न भेजें, बल्कि अनाज के रूप में वे उनकी मदद कर सकते हैं।''

भूकम्प के बहाने किल्लारी में आज संसार की मानवीयता के भी दर्शन हो रहे थे। भूकम्पपीड़ितों का यह दुख व्यक्तिगत न रहते हुए समष्टि में परिवर्तित हो गया था। सारे देश की जनता तथा दुनिया-भर के लोग अपनी जाति-पाँति, धर्म, प्रान्त, राष्ट्र आदि को भूलकर इंसानियत के नाते सहायता के लिए आ पहुँचे। विपत्ति की इस गम्भीर स्थिति में मनुष्य एक-दूसरे की सहायता के लिए किस प्रकार दौड़े चले आते हैं, इस बहाने सर्वधर्मसमभाव के दर्शन भी हो रहे थे। भूकम्प के कारण किल्लारी

का नाता सारी दुनिया से जुड़ चुका था और सहायता के लिए देस-परदेस के हाथ बढ़ते चले आए थे। जाति, धर्म, सीमा, राष्ट्र आदि सारी बातें क्षणिक आनन्द प्राप्त करा देते हैं। सारी मानवजाति का धर्म एक है। मिल-जुलकर साथ रहते हुए, सुख-दुख में एक-दूसरे का साथ देना ही सच्चा मानवधर्म है। अतः इस भूकम्प के बहाने एक-दूसरे का साथ देना ही सच्चा मानवधर्म है। भूकम्पग्रस्त लोग भी धीरे-धीरे अपने दुखों को भूल रहे थे। किल्लारी पर आई इस भयानक आपत्ति को मात देकर धैर्य के साथ नए जीवन की शुरुआत की कोशिश में लगे थे। इन क्षतिग्रस्त इलाकों में रहनेवाले भूकम्पपीड़ितों की सहायता के बहाने अनेक भले-बुरे कारनामे भी दिखाई दे रहे थे। जापान, अमेरिका, थाइलैंड, पाकिस्तान आदि देशों से भूकम्पपीड़ितों के लिए कीमती दवाइयाँ, पानी, फिल्टर, बर्तन, कीमती कपड़े आदि सामग्री ट्रकों में भरकर आ पहुँची थी। विदेश से आई इन कीमती वस्तुओं को देखकर अनेक लोगों की आँखें चकाचौंध हो गईं। परिणाम यह रहा कि यह सारी सामग्री भूकम्पपीड़ितों तक न पहुँचकर कहीं बीच में हड़प ली गई। इस प्रकार के अमानवीय और अशोभनीय व्यवहारों में सर्वगुणसम्पन्न व्यक्ति भी शामिल होते दिखाई दे रहे थे। इन कीमती चीजों में स्लाईन बॉटल, खून की बोतलें, दवाइयाँ तथा कीमती इंजेक्शन आदि वस्तुएँ भारी संख्या में थीं, जिन्हें वितरित करने के लिए समाज में प्रतिष्ठित और सम्माननीय डॉक्टरों को बुलाया गया था। 'मैं देश-हितार्थ सेवा करूँगा' कहकर शपथ लेनेवाले कुछ डॉक्टर्स भी भूकम्पपीड़ितों के लिए इस सामग्री का उपयोग न करते हुए अपने वैयक्तिक स्वार्थ के अनुसार इन दवाइयों और अन्य वस्तुओं का उपयोग कर रहे थे। ये वस्तुएँ उनके निजी और बाहरी अस्पतालों में बिक्री के लिए रखी जा रही थीं। इस प्रकार भूकम्पग्रस्तों की सहायता के बहाने सम्माननीय लोग भी सोना बटोर रहे थे। ये लोग इसी मोड़ पर नहीं रुके, बल्कि अनेक महाविद्यालयीन छात्रों और सामाजिक कार्यकर्ताओं आदि ने घायल लोगों के लिए जो रक्तदान किया था, और सैकड़ों बोतलों में जमा किया था, उसे ऐसे डॉक्टरों ने दूसरे जिलों में पहुँचाया और अपने निजी अस्पतालों में रखकर भरपूर कीमत वसूल की। उनकी ये सारी बातें चालाकी से भरी दिखाई दे रही थीं। लेकिन ये लोग ऐसा बर्ताव कर सकते हैं, इस पर लातूर की हर गली में हैरानी जताई जा रही थी। इसके विपरीत अनेक डॉक्टर ऐसे भी थे, जो अपने निजी अस्पताल के मरीजों को छोड़कर लगन और ईमानदारी से दिन-रात भूकम्पपीड़ितों की सेवा कर रहे थे। ऐसे सेवाभावी डॉक्टरों के प्रति लोगों के मन में गहन श्रद्धा के भाव थे।

भूकम्पग्रस्त क्षेत्र में 'नन्द' नामक सार्वजनिक अस्पताल के एक डॉक्टर आए थे। वे भूकम्प में घायल हुए लोगों की सेवा में जुटे हुए थे और मरीजों पर औषधोपचार

के बहाने अन्य गाँवों से आई मदद पर अपना हाथ साफ कर रहे थे। अस्पताल में भर्ती किए लोगों के लिए पारले बिस्कुट से भरी एक गाड़ी आ पहुँची थी। वह गाड़ी कहाँ कैसे खाली हो गई, इसका पता ही न चला। लोगों में चर्चा तो यह थी कि 'नन्द' अस्पताल भूकम्पग्रस्तों की सेवा के बहाने कुछ घायलों को अपने अस्पताल में भर्ती करवा रहे थे और लाखों रुपयों की कीमती दवाइयों पर अपना हाथ साफ कर रहे थे। बाहर से आई सारी दवाइयाँ अस्पताल में छू-मन्तर हो चुकी थीं, जिसका पता किसी को नहीं चला।

एक सामाजिक कार्यकर्ता ने 'नन्द' अस्पताल के सन्दर्भ में अपनी भावनाओं को व्यक्त करते हुए कहा, ''इस अस्पताल के डॉक्टरों के मन में भूकम्पपीड़ितों के प्रति संवेदनाएँ कैसे जाग्रत हो गईं, यह पता नहीं। इसमें तो जैसे ही मरीज अन्दर जाता है, वैसे ही उसकी नाड़ी परीक्षा के ही सौ रुपए चार्ज कर लिए जाते हैं। अस्पताल में किसी गरीब व्यक्ति की मृत्यु हो जाए तो जब तक सम्बन्धित रिश्तेदार अस्पताल का बिल अदा नहीं करते, तब तक शव को भी उठाने नहीं देते। चाहे वह लाश फिर तीन दिनों तक क्यों न पड़ी रहे। मरीजों के लिए सारी सुविधाएँ इस अस्पताल में मौजूद हैं। लातूर के आसपास के गाँवों से लोग अस्पताल की सेवा का लाभ उठाने हेतु बड़ी आशा से मरीज को लेकर आते हैं और इलाज के बाद भारी-भरकम बिल अदा कर छाती पीटते हुए चले जाते हैं। गरीब लोग अपने पास बची वस्तुओं को बेचकर 'नन्द' अस्पताल का बिल अदा करते हैं।''

अतः 'नन्द' अस्पताल के लोग आज भी भूकम्पग्रस्तों की मदद के बहाने अपने हित की सारी बातों पर नजर गड़ाए लाखों रुपयों की कीमती दवाइयाँ ले जा रहे थे, जिसका कोई हिसाब-किताब न था। सरकारी अधिकारी इन बातों को जानते, समझते हुए भी कुछ नहीं कह पाते थे, क्योंकि यह अस्पताल बड़ी-बड़ी राजनीतिक हस्तियों की छत्रछाया में जो चल रहा था।

इस प्रकार की परिस्थितियों में भूकम्पपीड़ितों की सहायता और उनकी समस्याओं को समझने के लिए बहुत से सामाजिक कार्यकर्ता और राजनीतिक पार्टी के नेता व कार्यकर्ता भी यहीं अपना डेरा डाले हुए थे। उनका नसीब खुलकर उनकी लॉटरी भी लग चुकी थी। कुछ स्थानिक नेताओं और सरकारी अधिकारियों ने भूकम्पपीड़ितों के लिए आई मदद या सामग्री को बाँटने की जिम्मेदारी इन लोगों को सौंपी थी। परन्तु कुछ स्वार्थी लोग ऐसे अवसरों का लाभ उठाना अच्छी तरह जानते हैं। देश के अनेक भागों से भूकम्पग्रस्त लोगों के लिए भेजे गए गेहूँ, बासमती चावल, दाल आदि अनाज ट्रकों में भरकर आ रहा था, और हैवान दरिन्दे व्यापारियों से पहले ही तालमेल बिठाते हुए ट्रकों में भरे उस अनाज की अच्छी कीमत वसूल कर उसे भूकम्पपीड़ितों

में बाँटने का नाटक कर रहे थे। इस प्रकार की दर्दभरी दास्तान भी यहाँ सुनाई देती थी। वास्तविक बात तो यह थी कि सारे संसार से भूकम्पग्रस्त भागों में सहायता पहुँच रही थी और बाँटने के बाद भी खत्म नहीं हो रही थी। परन्तु भूकम्पग्रस्त लोगों को चिन्ता यह थी कि मदद में दी गई सामग्री रखें कहाँ ? अमेरिका, जर्मनी, जापान आदि देशों से भूकम्पपीड़ितों के लिए स्टोव, ऊनी कपड़े, पानी के फिल्टर, ब्लंकेट, कोट और भोजन के अलग-अलग पैकेट आ रहे थे, जिनमें ऐसी वस्तुएँ भी थीं जिनका इस्तेमाल करना भी ये लोग नहीं जानते थे। ऐसी चीजों को देखकर कार्यकर्ताओं के मुँह में पानी आ रहा था। आपस में दिलजमाई करते हुए कुछ राजकीय पुढारी और सरकारी अधिकारी कीमती वस्तुओं को हड़प रहे थे। आपस में लेन-देन के कारण यह लोग शर्मिन्दगी के बोझ तले दबे हुए थे। अतः तेरी भी चुप और मेरी भी चुप, इस हिसाब से भेजी गई मदद को चट करते जा रहे थे। केवल जनता ही इन बातों की चर्चा करती थी। ज्यादातर सामग्री कार्यकर्ताओं, अधिकारियों और पुढारियों जैसे सफेदपोश चोरों ने हड़प ली थीं। ये लोग समझ रहे थे कि जंगल में मोर नाचा किसने देखा ? पर जनता ने भी कच्ची गोलियाँ नहीं खेली थीं। अधिकारियों और पुढारियों के भ्रष्टाचार के किस्से जंगल में लगनेवाली आग की तरह फैल रहे थे। लोगों का कहना था कि भले ही मुर्गे को टोकरी के नीचे ढाँपकर क्यों न रखा जाए, वह बाँग दिए बिना थोड़े ही रहेगा ? अतः इन बातों की सफाई देने तथा इन किस्सों को समाप्त करने के लिए कुछ बड़े अधिकारियों ने कुछ सामान्य अधिकारियों को पकड़ लिया। जैसे छोटी मछलियों को काँटे में अटकाकर किसी कुएँ में तैरने के लिए छोड़ देते हैं, और बड़ी मछलियों को भ्रष्टाचार के काँटे में न अटकाते हुए समन्दर में तैरने के लिए छोड़ देते हैं, इसी प्रकार छोटी मछलियाँ बिछे हुए जाल में फँस गईं और बड़ी राजनीतिक मछलियाँ भ्रष्टाचार से मुक्त होकर इधर-उधर तैरती रहीं। यह बात अलग है कि ऐसी मछलियों की इन विशेषताओं को लोग बखूबी जानते हैं।

भूकम्प की इस भयावह गम्भीर स्थिति से निपटने के लिए अनेक लोगों ने ईमानदारी से अपने कर्तव्य को निभाया। मानवीय दृष्टि से ये बातें सराहनीय हैं। परन्तु जिन लोगों ने पैंट, शर्ट, कोट, साड़ी आदि छोटी-छोटी वस्तुएँ उठाई थीं, उन्हें पकड़कर अधिकारियों ने जेल में बन्द करवा दिया, क्योंकि उनके सिर पर किसी बड़े राजकीय नेता का हाथ न था। लेकिन जिन प्रतिष्ठित लोगों ने बासमती चावल, कीमती दवाइयाँ और अन्य वस्तुओं को बेचकर रुपए कमाए थे, उनको हाथ लगाने की हिम्मत किसी में न थी। ऐसे लोगों को राजकीय आश्रय जो प्राप्त था। इस प्रकार की हेरा-फेरी इस भूकम्पग्रस्त क्षेत्र में की जा रही थी। इस बात की जानकारी

मुख्यमन्त्री को मिल चुकी थी। सारी बातों को समझते हुए मुख्यमन्त्रीजी ने राजकर्ताओं तथा अधिकारी वर्ग को खरी-खोटी सुनाई और कहा, "आप लोगों को जहाँ-तहाँ मुँह मारते हुए घूमने की आदत पड़ी हुई है। आप लोगों को जहाँ खाना नहीं चाहिए, उसी जगह गन्दगी समेटने की बुरी आदत है। आगे चलकर यदि इस प्रकार की घटनाएँ हुईं तो अपने कर्तव्य से मुँह चुरानेवाले अधिकारियों को जिम्मेदार ठहराते हुए उन्हें सीधा रास्ता दिखा दूँगा। मेरी यह बात सबके ध्यान में रहे।" अब सारे अधिकारी सतर्क होकर हिसाब-किताब रखने लगे।

भूकम्पग्रस्त भाग में कितने ही अच्छे-बुरे दृश्य दिख रहे थे। कपड़ों से भरा एक ट्रक भूकम्पग्रस्त क्षेत्र में आकर रुक गया था। यह सारे कपड़े मुम्बई से यहाँ पहुँचे थे। फिल्मों में काम करनेवाले अभिनेता, अभिनेत्री, सहकारी संस्थाओं आदि ने मुम्बई की गलियों में घूमकर ये कपड़े भूकम्पग्रस्तों की सहायता के लिए भेजे थे। कपड़ों से खचाखच भरा यह ट्रक किल्लारी में आकर खड़ा हो गया। स्त्री-पुरुष, बाल-बच्चे, बड़े-बूढ़े सब लोग वहाँ कपड़े लेने पहुँच गए थे। ट्रक में भरकर लाए गए कपड़ों में जींस, पैंटी, कोट, पतलून, पाजामा, पंजाबी ड्रेस, मैक्सी आदि फैशनेबल कपड़े भरे पड़े थे। भूकम्पपीड़ित लोगों को ये कपड़े दिए जा रहे थे। इन कपड़ों को देखकर महिलाएँ खिल-खिलाकर हँसने लगी थीं और कपड़े देनेवाले लोगों से कह रही थीं, "अरे साहब, जरा समझा करो ! आप लोग किस प्रकार के कपड़े हमें दे रहे हो ? इन्हें हम यहाँ पहन नहीं सकेगे। इस प्रकार की पंजाबी ड्रेस या मैक्सी पहनकर हम कुछ काम नहीं कर पाएँगे। इस प्रकार के कपड़े यदि हम लोगों ने पहन भी लिए तो परिवार के लोग हमें घर में रहने देंगे क्या ?" इन कपड़ों को हाथों में हिलाते हुए वे हँस भी रही थीं। वास्तव में यहाँ के ग्रामीण अंचलों में रहनेवाली स्त्रियाँ साड़ियाँ पहनती हैं और पुरुष वर्ग धोती, कुर्ता या बनियान पहनते हैं। इस प्रकार की फैशनेबल जींस, पैंटी को देखकर वे हैरत में पड़ गए थे। अधिकारियों ने इन कपड़ों को लोगों के लिए उपयोगी न समझकर उन्हें लातूर के गुदाम में रख देने की सलाह दी। इस प्रकार की अनेक घटनाएँ भी घटित हो रही थीं। इनमें अस्पताल में मृत स्त्री की एक घटना अत्यन्त लोमहर्षक है।

भूकम्पग्रस्त क्षेत्रों में जख्मी हुए स्त्री-पुरुषों को लातूर के सरकारी अस्पताल में लाया गया था। उनमें एक गम्भीर रूप से घायल महिला का इलाज चल रहा था। औषधोपचार के उपरान्त वह अस्पताल में मर गई। उस स्त्री के शरीर पर दस-बारह तोले सोने के गहने थे। अतः उस स्त्री को मृत घोषित किए जाने पर उसका वर्णन समाचार-पत्रों में छपकर आया। उस स्त्री पर पत्नी के रूप में अधिकार जताने के

लिए दो पुरुष अस्पताल में दाखिल हुए, जिनमें एक हिन्दू और दूसरा मुसलमान था। उस महिला के गहनों पर दोनों ने अधिकार जताया था। पुलिस में भी तकरार पहुँची थी। दोनों ही उस स्त्री के पति होने का दावा कर रहे थे। अतः पुलिस के सामने यह नया झमेला खड़ा हो गया था। इस मृत महिला को गम्भीर चोटें लगी थीं। उसका चेहरा स्याह पड़ गया था और ठीक ढंग से पहचानना भी मुश्किल हो रहा था। पुलिस के सामने यह गम्भीर प्रश्न था कि असल में मृत महिला का पति कौन हो सकता है ? पुलिस सोच रही थी कि यदि एक स्त्री मुसलमान है और इसका दाहसंस्कार कर दिया गया तो बिना कारण बखेड़ा खड़ा हो जाएगा। और अगर हिन्दू हुई और मुसलमान मानते हुए दफनाया गया तो हिन्दुओं की भावनाएँ भड़केंगी। इस स्त्री का पति उन दोनों में से कोई एक है या फिर तीसरा कोई और है ? इस झमेले में पुलिस अच्छी तरह फँस गई थी।

मृत स्त्री के सच्चे पति को ढूँढ़ निकालने के लिए पति होने का दावा करनेवाले दोनों व्यक्तियों से पुलिस अच्छी तरह पूछताछ कर रही थी। पुलिस ने दोनों आदमियों से कहा, "तुम दोनों में से कोई यह कह सकता है कि तुम्हारी पत्नी के शरीर पर कोई ऐसी निशानी है जिसे आप पहचानते हों ? याद कीजिए।" पुलिस की यह बात सुनते ही हिन्दू ने कहा, "साहब, मुझे कुछ बातें याद आ रही हैं। क्रोध में आकर एक दिन मैंने लोहे की छड़ी को चूल्हे में गर्म करके उसकी रान पर रखा था। उस लोहे की छड़ी का दाग मेरी पत्नी की दाहिनी रान पर दिखाई देगा।" इस बात की सत्यता जानने के लिए महिला पुलिसकर्मी ने तहकीकात की तो उसे उस महिला की दाहिनी रान पर जला हुआ दाग दिखाई दिया।

इन बातों को सुनते हुए जो डॉक्टर वहीं खड़े थे, उन्होंने कहा, "बहादुर दूल्हे राजा, अरे जीते जी तो उसे तुमने सताया ही था, अब मरते समय भी सता रहा है !" आखिर उस स्त्री की लाश को उसके पति के हवाले कर दिया गया। बाद में पता चला कि मृत महिला का यह झमेला उसकी साड़ी के रंग के कारण हुआ था। मुसलमान व्यक्ति की पत्नी ने भी उसी रंग की साड़ी पहनी हुई थी और भूकम्प में वह भी लापता थी। अन्त में यह बातें पुलिस की समझ में आ गईं।

रुपयों के लालच में मनुष्य किस प्रकार की नीच और अमानवीय हरकतें कर सकते है, इसका अन्दाजा सारंगवाडी गाँव में घटित इस घटना से लगाया जा सकता है। भूकम्प में हताहत हुए व्यक्ति के रिश्तेदारों को मुख्यमन्त्री ने पचास हजार रुपए हर्जाना देने की घोषणा की। घोषणा को सुनते की सारंगवाड़ी में रहनेवाले नारायण नामक एक पियक्कड़ ने रुपए मिलने के लालच में अपनी सोई हुई पत्नी का गला घोट दिया और वह मर गई। पत्नी की मृत्यु भूकम्प में हुई है, इस बात

को साबित करने के लिए टीन से बनी कमरे की छत को नीचे गिरा दिया। अब वह सब लोगों को बता रहा था कि उसकी पत्नी की मृत्यु भूकम्प के कारण हुई है। परन्तु नारायण की छोटी बेटी ने वास्तविक बात का भंडाफोड़ किया। उसने खुलेआम कहना शुरू किया कि मेरे बाबा ने मेरी माँ को मार डाला है। अन्त में पुलिस ने नारायण को पकड़कर जेल भिजवा दिया। इस प्रकार की अजीब घटनाएँ भी भूकम्पग्रस्त क्षेत्रों में घटित हो रही थीं।

भूकम्प में हताहत हुए व्यक्ति के रिश्तेदारों को क्षतिपूर्ति के रूप में सरकार रुपए दे रही थी। दूसरी ओर भूकम्पपीड़ितों को भरपूर मात्रा में मदद मिल रही थी। इन रुपयों के लालच में भूकम्प में मृत व्यक्ति के सगे-सम्बन्धी दूर-दूर से चले आ रहे थे। अधिकतर भीड़ इन्हीं रिश्तेदारों की दिखाई दे रही थी। यह सारे सगे-सम्बन्धी मृत व्यक्ति के करीब-से-करीब रिश्तेदार होने का दावा कर रहे थे। परिणाम यह था कि भूकम्प में मृत एक व्यक्ति के अनेक दावेदार, सगे-सम्बन्धी अपना हक जताते आ पहुँचे थे। सारे रिश्तेदोरों की कोशिश यही होती थी कि सारी सरकारी मदद केवल उन्हें ही मिले। इसी कारण मृत व्यक्तियों के सच्चे वारिस कौन हैं, यह एक कठिन सवाल अधिकारियों के सामने था। रुपए पाने की कोशिश में सगे-सम्बन्धियों में एक प्रकार की होड़-सी लगी हुई थी। सरकारी नौकरी के लिए बाहर गए हुए लोग तथा अन्य सामान्य लोग भी अब मदद मिलने की आशा में गाँव की ओर दौड़ रहे थे।

भूकम्प के बाद भूकम्पपीड़ितों के आवास की व्यवस्था करना जरूरी था। वर्षा और जाड़े से बचने के लिए सरकार ने टीन के बड़े-बड़े शेड खड़े कर दिए थे, जिनमें आठ-दस परिवार आराम से रहने लगे। भूकम्प की घटना से सारे अमीर-गरीब एक स्तर पर आ खड़े हुए थे। ऊँच-नीच, जाति-पाँति के सारे बन्धन टूट चुके थे। भूकम्प से जीवित बचे तमाम दीन-दुखी लोग एक ही शेड में मिल-जुलकर रह रहे थे।

गाँव के आसपास टिन के शेड भूकम्पपीड़ितों के लिए तैयार किए गए थे। उसी जगह एक पाठशाला भी खोल दी गई थी। पाठशाला खोलने के पीछे मूल उद्देश्य यह था कि छोटे बालक अपने दुखों को भूलकर फिर से पढ़ाई में मन लगाएँ। इसलिए प्रतिदिन सुबह-शाम पाठशाला में घंटी बजाई जाती। भूकम्प में जीवित बचे छोटे बालक और शिक्षक कुछ समय के लिए पाठशाला में आ बैठते और पढ़ाई शुरू हो जाती। पाठशाला शुरू होने के पश्चात ही इस बात का पता चला कि गाँव के सत्तर प्रतिशत बालक भूकम्प के चपेट में ढेर हो चुके हैं। साथ ही कई शिक्षक भी मर चुके हैं। स्थिति यह भी थी कि जो बालक जीवित हैं, उनके सगे-सम्बन्धी मर गए थे। इन बालकों के पालन-पोषण की जिम्मेदारी का प्रश्न सबके सामने गम्भीर रूप धारण किए खड़ा था। पूना की एक स्वयंसेवी शिक्षण संस्था ने मानवीय

सद्भावना से इस प्रकार के अनाथ और बेघर हुए करीब डेढ़ हजार बालक-बालिकाओं को गोद लिया था। उनकी सारी जिम्मेदारी को सँभालते हुए वह उन्हें पूना ले गई।

भूकम्पग्रस्त भागों में सरकार ने भूकम्पपीड़ितों की सुविधा के सारे साधन जुटाए थे। बाहर गाँव से आए लोग जी खोलकर मदद दे रहे थे। खाने-पीने की सारी सामग्री—दूध, फल, सब्जी, अनाज आदि लगातार बाँटी जा रही थी। परिणामस्वरूप सारी सामग्री और वस्तुएँ इन लोगों के पास इकट्ठा हो रही थीं, क्योंकि उन्हें रखने के लिए घर नहीं थे। अतः कई लोग जमीन में गड्ढे खुदवाकर उनमें कीमती वस्तुएँ गाड़कर रखने लगे थे। आखिर में इन चीजों को लेने के लिए भी कोई तैयार न था। अतः अनाज से भरी हुई गाड़ियाँ गोदाम में खाली की जा रही थीं। इन परिस्थितियों में यदि भूकम्प का छोटा-सा झटका भी महसूस होता तो जिस प्रकार सियार को देख भेड़-बकरियाँ दौड़ने लगती हैं, उसी प्रकार लोग दिशाहीन होकर जंगल की ओर दौड़ने लगते। थोड़ी देर वहीं रहते और भूख लगने पर शेड में आकर भोजन बनाते।

भूकम्पग्रस्त क्षेत्र में भूकम्प के छोटे-छोटे झटके अब भी लगातार लगते रहते थे। अतः भूकम्पपीड़ित लोग हताश और दीन बने हुए थे। जीने की तमन्ना को उन्होंने छोड़ दिया था। परिवार के लोग जिस प्रकार भूकम्प में मर गए हैं, उसी प्रकार जीवित बचे लोग भी एक दिन धरती में समा जाएँगे। ऐसी बातें सोचते हुए वे अपने साथियों से बड़ा प्रेमपूर्ण व्यवहार करने लगे। अच्छाइयों को अपनाते हुए लोग अपना काम कर रहे थे। गाँव के बड़े-बूढ़ों के मुँह से इसी प्रकार की बातें सुनाई देती थीं कि अब हम लोगों को अच्छी तरह खा-पीकर सुख-सन्तोष के साथ जीवन बिताना चाहिए। अच्छी बातें करनी चाहिए। किसी से दुश्मनी में कोई लाभ नहीं। सब लोग एक दिन मर जानेवाले हैं। दूसरी ओर जन्तर-मन्तर करनेवाले मान्त्रिकों की संख्या अचानक बढ़ गई थी। यह मान्त्रिक लोगों को भविष्य में आनेवाले भूकम्प की तारीखें बता रहे थे। ज्योतिषी, पंडित लोग आनेवाले भूकम्प का भयावह चित्र लोगों के सामने प्रस्तुत करते थे। इन लोगों का कहना था कि भविष्य में आनेवाले भूकम्प में यहाँ के सारे लोग खत्म हो जाएँगे। लोगों में एक प्रकार की घबराहट फैल रही थी। इसी कारण अन्धश्रद्धा और ईश्वरभक्ति को बढ़ावा मिल रहा था। भूकम्पग्रस्तों के प्रत्येक शेड में पूजा-पाठ, भजन-कीर्तन आरती आदि शुरू हो गई थी। मुसलमानों में अजानें सुनाई दे रही थीं। प्रत्येक शेड में कोई-न-कोई महाराज, पंडित भजन-कीर्तन, प्रवचन करते हुए दिखाई देते थे।

किल्लारी में आए भूकम्प ने आसपास के सैकड़ों गाँवों को बेचिराग कर दिया था। इनमें सास्तूर, राजेगाँव, गुबाल, रामेश्वर, तलणी, सरवाड़ी, कवठा आदि मिट्टी के ढेरों में परिवर्तित हो चुके थे। अब तो गाँव में घूमनेवाले कुत्ते भी शेड पर आने

लगे थे। रोटी के टुकड़े पर जीवित रहनेवाले ईमानदार कुत्तों ने अभी गाँव छोड़ा नहीं था। गाँव के ढह चुके मकानों की रखवाली वे चक्कर काटते हुए कर रहे थे। भूकम्प के कारण गाँव नष्ट हो चुका था। इंसानों ने उस गाँव को छोड़ दिया, परन्तु गाँव के प्रति कुत्तों का लगाव पहले जैसा ही था।

भूकम्पग्रस्त इलाकों में इस वर्ष खेतों में खड़ी फसलें खूब लहरा रही थीं। अपेक्षाकृत इस साल उनमें अनाज की पैदावार कुछ अधिक दिखाई दे रही थी। अनाज की पैदावार को किस प्रकार सँभालें, इस बात की चिन्ता सरकारी अधिकारियों को थी। खेती में काम आनेवाले सारे औजार भूकम्प में मलबों के नीचे दब चुके थे, अतः खेतों में काम करना एक कठिन समस्या थी। दूसरी ओर भूकम्पग्रस्त भागों में जीवित बचे लोगों की मानसिक स्थिति अभी सँभल न पाई थी। खेती के कामों में उनकी रुचि न थी। भूकम्पपीड़ितों को सरकार राशनकार्ड पर सारी जीवनावश्यक वस्तुएँ मुफ्त दे रही थी। अतः किसी को काम करने की इच्छा न थी। इस प्रकार की परिस्थिति में अनाज की पैदावार सँभालना बहुत मुश्किल हो रहा था। सरकारी अधिकारी अन्य जिले से मजदूरों को ले आते और भूकम्पग्रस्त किसानों के खेती के काम करवा लेते। खेतों में काम आनेवाले लाखों रुपयों के औजार खरीदकर अधिकारी वर्ग भूकम्पग्रस्त किसानों को दे रहे थे। गाँव में रहनेवाले भूकम्पपीड़ितों को किसी प्रकार की दुखद घटना की याद न आए, सरकार इस बात की ओर अधिक ध्यान दे रही थी।

भूकम्पग्रस्त अंचलों में सरकार से भी एक कदम आगे बढ़कर कुछ संस्थाएँ काम कर रही थीं। कुछ स्वयंसेवी संस्थाएँ भूकम्पपीड़ितों की आवास-व्यवस्था की ओर अधिक ध्यान दे रही थीं। उनकी वेदना और दुखों को समझते हुए यह संस्थाएँ उन्हें रहने के लिए मकान बनाकर दे रही थीं, ताकि वे खुशी से नए जीवन की शुरुआत करें । इसीलिए कुछ संस्थाओं ने गाँव के गाँव गोद ले लिए थे। भूकम्प-संरक्षक घरों का निर्माण कर वे एक नई कॉलोनी बनाने में जुटे थे। नए जीवन की शुरुआत के लिए अब भूकम्पग्रस्त लोग मानसिक दृष्टि से तैयार हो रहे थे। इसी कारण वे सरकार से माँग कर रहे थे कि हमें भूकम्परोधक मकान बनवाकर दे। अब इन लोगों के रहन-सहन में परिवर्तन आ रहा था। परन्तु किसी काम-धन्धे में उनका मन नहीं लग रहा था। अपने खेतों में आई फसलों को नष्ट होते देख कुछ किसान चिन्ताग्रस्त दिखाई देते थे। किसानों की मानसिकता को बदलने के लिए कुछ राजनेताओं ने भूकम्पपीड़ितों की सभा का आयोजन किया। अपने प्रियजनों के दुखों को भुलाते हुए वे अपने कामों में ध्यान दें और नव जीवन की शुरुआत करें, यह आवाहन पुढारियों ने सभा में आए लोगों से किया। इन अंचलों में रहनेवाले जमींदार, बड़े-बड़े किसान,

सरपंच आदि लोग मन्त्रीजी के पास पहुँचकर तकरीरें कर रहे थे। कहने लगे, "साहब, अब आप भूकम्पग्रस्त लोगों को सरकारी दामाद बनाकर सँभालना बन्द कर दें। इस वर्ष हमारे खेतों में अच्छी फसल आ गई है। परन्तु सरकार भूकम्पपीड़ितों को जो बैठे-बिठाए खिला रही है, उससे खेतों में काम करने के लिए कोई भी व्यक्ति तैयार नहीं है। अतः हमारी खेती बंजर बनी रहेगी। साहब, अब आप भूकम्पपीड़ितों का दाना-पानी बन्द कर दें। नहीं तो ये लोग इतने मनमौजी बन जाएँगे कि कोई काम करने आएगा ही नहीं। यदि भूकम्पग्रस्तों को इसी प्रकार से राशन मिलता रहा तो ये लोग निठल्ले बनकर रह जाएँगे। इन लोगों को कमाई करते हुए अब धन जोड़ने की इच्छा नहीं है। खेती-बाड़ी के कामों के लिए जब हम लोग उन्हें बुलाते हैं तो वे सीधे ढंग से बात करने के लिए भी राजी नहीं हैं। हमें ही बातें सुनाते हुए कहते हैं—मालिक, अब हमें कमाई-धमाई करने की जरूरत नहीं है। आपके दादा-परदादा के यहाँ कमाई कर बनवाए मकान-बाड़े भूकम्प के एक झटके में नष्ट हो चुके हैं। अब हमें बड़े मकान और बाड़े बँधवाने की इच्छा नहीं है। क्या करेंगे कमाई करके और धन जोड़कर ! हमारे गाँव के कुछ गरीब लोगों ने पेट काट-काटकर घर बनाए थे। पर क्या हुआ ? उन्हीं मकानों के नीचे जीवित गड़ गए, अब उनके बाद हमारी बारी है। कभी न कभी हमारी मृत्यु भी निश्चित है। सुनिए मालिक, अब हम सारे मजदूरों ने यह तय किया है कि जब तक सरकार हमें सारी सेवा-सुविधा मुफ्त में उपलब्ध करा रही है, तब तक हम लोग अच्छा खा-पीकर मरेंगे। इस प्रकार के सीधे, मुँहतोड़ जवाब ये लोग हमें देते हैं, और इस प्रकार की बातें सुनाते हैं। क्या करें ? हमें कुछ समझ नहीं आ रहा।" गाँव के प्रतिष्ठित लोगों की बातों को सुनते हुए मन्त्री महोदय ने भूकम्पग्रस्त भागों में अपना दौरा निश्चित किया। गाँव में प्रवेश करते ही गाँववालों को सभा में निमन्त्रित किया। भूकम्प के कारण लोग गाँव में बैठे-बैठे उकता गए थे। इसी कारण टिन के शेड छोड़कर बहुत बड़ी संख्या में लोग सभा में चले आए। इस सभा के लिए मतदार संघ के केन्द्रीय मन्त्री लिम्बाले पाटील बड़ी सूझबूझ के साथ उपस्थित थे। सभा शुरू हुई। भूकम्पग्रस्त लोगों को सम्बोधित करते हुए मन्त्रीजी ने कहा, "मित्रो, हमारे गाँव में कुछ दिनों पहले भूकम्प की दुखद घटना घटित हो चुकी है। इस दुखद घटना को अब भूलने की कोशिश कीजिए। भूकम्प से न घबराकर आप अपनी खेती-बाड़ी और फसलों की ओर ध्यान दें और अनाज की पैदावार की रक्षा करें। यदि आप लोगों ने खेती-बाड़ी के कामों में रुचि लेते हुए काम किया तो खेती से अच्छी आमदनी हो सकती है। अतः गाँव के हर व्यक्ति को अपने कामों की ओर ध्यान देते हुए अपने नियमित कामों को शुरू करना चाहिए।" भूकम्पपीड़ितों का आवाहन करते हुए मन्त्री महोदय धन्यवाद कहते हुए बैठ गए।

अन्त में लिम्बाले पाटील लोगों से कुछ कहने के लिए उठ खड़े हुए। वे बहुत ही दुखी अन्तःकरण से धीरे-धीरे, धीमी आवाज में, अपनी पुरानी आदत के अनुसार राष्ट्रीय-अन्तर्राष्ट्रीय मुद्दों को उठाते हुए कहने लगे, "मित्रो, आपका यह दुख मुझे बहुत यातनाएँ दे रहा है। मैं तो सदा से आपके साथ रहा हूँ। अब आपका यह दुख केवल आपका नहीं रहा, बल्कि सारे भारत का, बल्कि सारे संसार का दुख बन चुका है। किल्लारी के भूकम्पपीड़ितों की सहायता के लिए सम्पूर्ण भारत ही नहीं, सारी दुनिया दौड़कर यहाँ आई है। कल-परसों ही दिल्ली में हुई एक मीटिंग में भूकम्पग्रस्तों पर चर्चा चल रही थी। तो भूकम्पग्रस्त भागों में जो निराधार, अनाथ छोटे बालक हैं, जिनका पालन-पोषण करने के लिए कोई तैयार नहीं है, ऐसे बेसहारा बालक-बालिकाओं की जिम्मेदारी उठाने के लिए हम तैयार हैं। भूकम्पपीड़ित जनता की यदि इच्छा हो कि उनके बालक अच्छी शिक्षा हेतु अमेरिका, इंग्लैंड, जापान जाने चाहिए तो ऐसे बालकों के नामों की सूची मेरे पास दिल्ली भेजिए। मैं स्वयं इस सन्दर्भ में प्रयास करूँगा और इंग्लैंड; अमेरिका और जापान के लोगों से बात करते हुए गाँव के बालकों के लिए अच्छी शिक्षा का प्रबन्ध करूँगा।"

लिम्बाले पाटील आगे भी कुछ कहने जा रहे थे कि तभी सभा में उपस्थित सिर पर साफा बाँधे एक भूकम्पपीड़ित किसान ने उठकर कहा, "अजी साहब, आप क्या कह रहे हैं ? हमारी कुछ समझ में नहीं आ रहा है। अरे साहब, भगवान ने मुँह में जुबान दी है। शुभ-शुभ बोलो या फिर कुछ भी कहते चले जाओगे। कभी तो इस धरती पर पैर रखा कीजिए और फिर धरती पर रहनेवाले इंसानों जैसी बातें कीजिए। आप लोग तो हमेशा हवा से उतरते हो, हवा से ही बातें करते हो और हवा में ही निकल जाते हो। अपने मतदाताओं की याद आते ही पाँच साल में एक बार वोट माँगने चले आते हो। कभी तो हम जैसे इंसानों के साथ मिल-जुलकर रहते हुए इंसानियत की बातें कीजिए। नहीं तो जो मुँह में आया, बक दिया। हमारे गाँव के बच्चे देश-विदेश, अमरीका-बिमरीका कहीं नहीं जाएँगे। अगर चाहते हैं तो अपने बच्चों को वहाँ भेज दीजिए।" एक और पगड़ीवाले आदमी ने उठकर कहा, "अरे साहब, भैंस के सींग कभी भैंस को भारी होते हैं क्या ? भूकम्प की विपत्ति से हम असहाय बन गए हैं तो क्या हुआ ? हमारे गाँव के बच्चे यहीं गाँव में ही रहेंगे। जो कुछ भी कच्चा-पक्का खाने को मिलेगा, वही खाकर गुजर-बसर करेंगे।" इस प्रकार दोनों की फटकार सुनते ही लिम्बाले पाटील का मुँह लाल हो गया। फिर भी वे इसे सहते हुए मुँह लटकाए बैठ गए। लिम्बाले पाटील मन-ही-मन यह सोचने लगे कि वास्तव में मुझसे कोई गलती तो नहीं हुई ? कई बार ऐसा हो जाता है कि जो बातें नहीं करनी चाहिए, वही मुँह से निकल जाती हैं। अतः उन्हें इस बात का अहसास

हो रहा था। सभामंच पर बैठे-बैठे वे एक अन्य मन्त्रीजी से कह रहे थे, "मेरे कहने का मतलब उस ग्रामीण की समझ में शायद आया नहीं। उसने मेरे कहने का कुछ गलत अर्थ निकाल लिया है।" यह सुनकर मन्त्रीजी ने पाटील से कहा, "आपके कहने का मतलब उसकी समझ में कैसे आएगा ? जाने दीजिए। राजनीति में लोग इस प्रकार की बातें करते रहते हैं। इन छोटी-छोटी बातों को दिल से न लगाया करो। परन्तु साहब, ऐसे ग्रामीण लोगों के सामने राष्ट्रीय-अन्तर्राष्ट्रीय बातों को समझाने के बजाय उनकी निजी समस्याओं पर कुछ अधिक ध्यान देते तो अच्छा होता। जनमानस में उससे आपकी प्रतिष्ठा और सम्मान भी बढ़ता।"

भूकम्पग्रस्त क्षेत्रों में घूमते हुए कुछ पत्रकार घुमक्कड़ जाति के लोगों के पास पहुँचकर उनसे पूछताछ कर रहे थे। अतः कुछ अविश्वसनीय, चमत्कारिक, चौंकानेवाली बातें उनके सामने आईं। पत्रकार जब इन लोगों से बातचीत कर रहे थे, तब उन में से एक व्यक्ति शंकर बैदू ने कहा, "साहब, यहाँ हम सारे आदिवासी घुमक्कड़ जाति-जमात के हैं। इसी कारण आज हमें कोई न्याय देने के लिए तैयार नहीं है।" शंकर ने अपनी बात को और अधिक स्पष्ट करते हुए कहा, "जरा देखिए साहब, भूकम्प के बाद यहाँ भूकम्पपीड़ितों को लोगों तथा सरकार की ओर से सहायता मिल रही है। कपड़े, बर्तन और अन्य वस्तुएँ बाँटी जा रही हैं। परन्तु जब हम लोग उसे लेने पहुँचते हैं तो सरकारी अधिकारी कहते हैं कि आप लोग इस गाँव के निवासी नहीं हो। आपका नाम घुमक्कड़ जन-जातियों के लोगों में लिखा है। भूकम्पपीड़ितों के पर्चे या ग्रामपंचायत की सूची में आपका नाम कहीं दिखाई नहीं देता। अतः आपको राशनकार्ड नहीं दिया जाएगा। इतना ही नहीं, सरकारी दफ्तरों में भी आपके नाम का कहीं अता-पता नहीं है। आप लोग इन भूकम्पग्रस्त गाँवों में शायद रहते होंगे, परन्तु सरकारी नियमों के अनुसार आप भटकनेवाले, घुमक्कड़ जन-जाति के लोग हैं, इसलिए भूकम्पग्रस्तों में आप लोगों का समावेश न होगा। अतः आप लोगों को यह सरकारी सामान नहीं दिया जा सकता। साहब, इस प्रकार गाँव के कार्यकर्ता और सरकारी अधिकारी हमारी ओर ध्यान देने को तैयार नहीं हैं। इसी कारण हमें कोई मदद नहीं मिली। यह मेरी लड़की है चिमि और लड़का है कोंडिबा। अब ये चौदह-पन्द्रह साल के हैं। इसी गाँव में पैदा हुए हैं। परन्तु पेट की आग बुझाने के लिए हम लोग यहाँ-से-वहाँ भटकते रहते हैं। इसी कारण हमारा कोई एक ठिकाना नहीं होता। हमारे बच्चे भी ठीक ढंग से शिक्षा नहीं ले पाते। परन्तु सरकारी नियमों के अनुसार बच्चों की जन्म-तारीख, नाम, पता-ठिकाना लिखना जरूरी होता है। इस बात का भी हमें पता नहीं होता। साहेब, हम लोग गाँव से बाहर तम्बू ठोंककर रहते हैं, बरसात के दिनों में केवल छः महीने गाँव में रहते हैं। हमारा

जीवन तो बिच्छू की तरह है, जो पीठ पर सारा संसार लिए घूमता है। इसी कारण हमारे बच्चों की पढ़ाई-लिखाई नहीं हो पाती। साहब, हम लोग पढ़ना-लिखना जानते ही नहीं। ऊपर से सरकारी झंझटों से भरे ये कायदे-कानून हम लोगों की समझ से परे हैं। हमारी पैदाइश घुमक्कड़ी जाति में हो गई, यह क्या हमारा दोष है ? हमारे बाप-दादा यहीं पैदा हुए थे, परन्तु यहाँ से वहाँ पेट के लिए घूमते-भटकते रहे और जीते रहे। हम लोग इस देश के नागरिक नहीं हैं क्या ? भूकम्पग्रस्त भागों में रहते हुए भी सरकार हमें परेदसी बताकर मदद से वंचित कर रही है तो क्यों ? हम लोग अब जीएँ तो कैसे जीएँ साहब, बताइए ?" इस प्रकार शंकर बैदू अपनी दीनता और असहायता पत्रकारों के सामने व्यक्त कर रहा था। शंकर बैदू की बातों को सुनकर पत्रकारों ने पूछा, "अब आप लोग किस प्रकार जी रहे हो ?" शंकर ने कहा, "साहब, जिन गाँवों में घूमकर हम लोग अपना पेट भरा करते थे, वे सारे गाँव अब भूकम्प में नष्ट हो चुके हैं। यहाँ तक कि हमारे साधन भी नष्ट हो चुके हैं। गाँव के कुछ प्रतिष्ठित भले लोगों ने सरकारी अधिकारियों से कहा है कि यह बैदू हमारे गाँव के ही रहिवासी हैं और इन्हें हम बचपन से देखते आ रहे हैं। गाँव से बाहर खुले मैदानों में झुग्गी-झोंपड़ों में रहते हैं। इन्हें भी थोड़ी-बहुत मदद दीजिए। अतः सरकारी अधिकारी हमें खाने की चीजें और अनाज आदि दे रहे हैं।" शंकर बैदू ने गिड़गिड़ाकर हाथ जोड़ते हुए आगे कहा, "आप पत्रकार लोग हैं। हमारी कुछ मदद कीजिए। सरकारी साहबों से कहें कि हमारा नाम सरकारी दफ्तरों में दर्ज कराएँ। हम लोग भी इसी गाँव के नागरिक हैं, यह लिख दीजिए साहब ! आज अगर हम लोग कहीं-न-कहीं के नागरिक हो जाएँगे तो आनेवाले दिनों में कम-से-कम हमारे बच्चों की भलाई तो होगी। वे आपको दुआ देंगे साहब !"

शंकर बैदू की इन बातों को सुनकर प्रा. गोपाल मग्गीरवार जी और पत्रकार दगडे जी स्तम्भित खड़े रहे। उन्होंने कहा, "यार, यह तो बहुत ही भयानक स्थिति है। स्वतन्त्रता प्राप्ति के बाद पैंतालीस साल हो चुके हैं। फिर भी घुमक्कड़ जनजाति के जीवन में आशा की किरणें नहीं बिखर पाईं। वास्तव में शंकर बैदू के यह प्रश्न बहुत गम्भीर हैं। इस सन्दर्भ में हमें लातूर पहुँचकर सरकारी अधिकारियों से चर्चा करनी होगी, क्योंकि भूकम्पपीड़ितों के लिए जो आदर्श गाँव बसाया जा रहा है, वहाँ इन लोगों के घर न होंगे। इस सन्दर्भ में जरूर हमें कुछ-न-कुछ करना होगा।" दूसरे दिन सारे पत्रकार लातूर में अधिकारियों के पास पहुँचे और उनसे सारी बातें बताई गईं। पत्रकारों की बातों को सुनकर अधिकारियों ने कहा, "आपकी बातें सही हैं। इन घुमक्कड़ लोगों के प्रति हमारे मन में पूरी सहानुभूति है। परन्तु सरकारी दफ्तरों में इन लोगों का कहीं कोई उल्लेख नहीं है। अतः हमारे हाथ बँधे हुए हैं। भूकम्पग्रस्त

भागों में रहनेवाले को ही मदद दी जा सकेगी। अतः उन व्यक्तियों के नाम ग्रामपंचायत में अथवा मतदाताओं की सूची में समाविष्ट होने चाहिए। उन्हीं लोगों को सरकार की ओर से मदद दी जाएगी। कानूनी कायदे के अनुसार यही बात तय है।'' अधिकारी की बातों को सुनते हुए पत्रकारों ने कहा, ''साहब, यह लोग यहीं पैदा हुए हैं। गाँव के सारे लोग इन लोगों से अपना काम करा लेते हैं। कटनी-छँटनी के मौसम में ये लोग इधर-से-उधर अलग-अलग गाँवों में अपना पेट पालने के लिए घूमते रहते हैं। इसी कारण गाँव की पंचायत में इन लोगों का नाम नहीं होता।'' अधिकारी ने कहा, ''इस बात से क्या फर्क पड़ता है ?'' पत्रकारों ने कहा, ''यह लोग वास्तव में भूकम्पग्रस्त भागों में रहनेवाले हैं। इनके बाल-बच्चे वहीं पैदा हुए हैं। अतः कुछ सोच-समझकर हमें इनकी मदद करनी चाहिए।'' इस प्रकार चर्चा चलती रही।

अब एक नया आदर्श गाँव बसाया जा रहा था। घुमक्कड़ जाति के लोगों को भी इस नए आदर्श गाँव में बस जाना चाहिए। यदि अब भी इन्हें घर न मिले तो आगे आनेवाले बाल-बच्चों के नाम भी ग्रामपंचायत की सूची में न होंगे। अधिकारियों के विचार में कायदे-कानून की दृष्टि से यह एक गम्भीर समस्या है। देश के कायदे-कानून के अनुसार जिन लोगों को हानि पहुँची है, उन्हीं लोगों पर विचार किया जा सकता है। इन नियमों के अनुसार ही भूकम्पग्रस्त क्षेत्रों का अवलोकन किया गया है, भूकम्पपीड़ित लोगों के ढह चुके मकानों, उनके मृत पशुओं आदि का सर्वे करने के बाद ही यह तय किया गया है। इन्हीं तमाम बातों पर विचार करते हुए भूकम्पग्रस्त व्यक्तियों को मदद दी गई है। ऐसे में क्या किया जाए ?

अधिकारियों के अनुसार जब वे सर्वे करने इन लोगों की बस्ती में पहुँचे थे, तब ताड़पत्तों से बनाए गए इनके झुग्गी-झोंपड़े भूकम्प के झटके खाने के बाद भी स्थिर थे। दूसरी बात यह कि इन झोंपड़ों के कारण किसी के मरने की कोई खबर न थी। इन लोगों के ढोर-डंगर खुली जगह में बँधे हुए थे। अतः वे भी जीवित हैं। इन सारी बातों को समझाते हुए अधिकारियों ने कहा, ''साहब ! अब आप हमें बताएँ कि इन लोगों का क्या कोई नुकसान हुआ है ? इसीलिए हम लोग इनकी बस्ती में पूछताछ करने गए थे। भूकम्प के सन्दर्भ में हम लोगों ने इनसे कुछ बातें पूछी थीं। उन्होंने कहा कि वे दिन-भर यहाँ-वहाँ भटकते रहते हैं, अतः रात में थककर नींद के आगोश में कब खो जाते हैं, पता ही नहीं चलता। इसीलिए धरती कब हिली, भूकम्प कब आया, कुछ पता ही नहीं चला। गाँव के लोगों की जोर-जोर से चीखने-चिल्लाने की आवाजों को सुनकर ही हमारी नींद उचटी थी। उसी समय हमारी बस्ती के लोग गाँव के लोगों की मदद के लिए दौड़े थे। इसी प्रकार की बातें इन लोगों ने हमें बताई थीं।''

फिर भी अपनी बातों पर जोर देते हुए पत्रकारों ने कहा, ''साहब, धन तथा

मनुष्यहानि से जुड़े कायदे-कानून के अनुसार यदि इन लोगों की मदद की जाए तो क्या नए पुनर्वासित आदर्श गाँव में इन लोगों को घर मिल पाएँगे ?''

अधिकारी ने कहा, ''कायदे से यदि देखा जाए तो यह लोग गाँव के रहिवासी नहीं हैं। इसी कारण इन लोगों को घर नहीं मिलेंगे।''

''फिर ये लोग कहाँ रहेंगे ?'' पत्रकारों ने पूछा।

''जिस जगह हम लोग भूकम्पग्रस्तों के लिए आदर्श गाँव निर्माण कर रहे हैं, उसी गाँव से बाहर खुली गाँवठान में ये लोग अपने तम्बू या झोंपड़ों में रहेंगे।'' अधिकारी ने कहा, ''मैं भी एक मनुष्य हूँ। सरकारी कायदे-कानून और नियमों के अनुसार इन लोगों के नाम भूकम्पग्रस्त सूची में शामिल नहीं हो सकते। फिर भी मेरी वैयक्तिक सहानुभूति इन लोगों के साथ है। इसी कारण कायदे और नियमों की चौखट से बाहर निकलकर आदर्श गाँव के पास ही एक एकड़ जमीन इन लोगों के लिए विशेष रूप से रखना चाहते हैं।''

अधिकारी की इन बातों को सुनते हुए पत्रकारों ने कहा, ''भूकम्पग्रस्त क्षेत्र में रहनेवाले इन लोगों को आपने भूकम्पपीड़ित नहीं समझा। अतः नए बसनेवाले आदर्श गाँव में इन्हें घर भी नहीं मिलेंगे। यह बात साफ है कि घुमक्कड़ जमात के लोग भूकम्पपीड़ित नहीं हैं ! ऐसे में इन्हें मानवनिर्मित भूकम्पपीड़ित लोग नहीं समझना चाहिए क्या ?''

हमारे देश में आज भी अनेक मानवनिर्मित भूकम्प के झटके लगते हैं, जिससे मनुष्य का जीना हराम हो गया है। अतः हमारे देश में ऐसे लोगों को न्याय कैसे मिलेगा ? आदिवासी, घुमक्कड़ जनजातियाँ क्या गाँव के रहिवासी नहीं होते ? इस प्रकार गरीब असहाय लोगों पर अन्याय हो रहा है। यह बात ठीक नहीं है। इन बातों को गम्भीरतापूर्वक सोच-समझकर उनका हल ढूँढ़ना जरूरी था। अतः पत्रकारों ने कहा ''हमलोग मुख्यमन्त्रीजी से भेंट कर इस मामले को उठाएँगे।'' यह विश्वास पत्रकारों में दिखाई दे रहा था। राज्य के मुख्यमन्त्रीजी डॉ. बाबा साहेब आम्बेडकर, महात्मा फुले, शाहु महाराज आदि की परम्पराओं और विचारों को साथ लेकर चलनेवाले व्यक्ति हैं, अतः उन तक सारी बातें पहुँचनी चाहिए। मन्त्रीजी इन खानाबदोश लोगों की समस्याओं का जरूर कोई हल निकालेंगे, या फिर कायदे-कानून में परिवर्तन करेंगे, या इस प्रकार के भूकम्पग्रस्त ग्रामवासियों के लिए नवनिर्मित आदर्श गाँव में इन लोगों के लिए घर बनाए जाएँगे। पत्रकारों को इस सन्दर्भ में आवाज उठानी ही चाहिए।

दूसरे दिन समाचार पत्र में खबर छपी कि क्या खानाबदोश भूकम्पग्रस्त जनजाति को सरकार नए आदर्श गाँव में पुनर्वासित करेगी ? इस प्रश्न को उठाते हुए सारे

अखबारों में यह खबर छपी थी। भूकम्पग्रस्त क्षेत्रों में रहनेवाले भूकम्पपीड़ितों का पारिवारिक जीवन त्रासदी से भरा हुआ था, क्योंकि टीन से बनाए गए एक-एक शेड में पाँच से लेकर दस परिवार इकट्ठे रहते थे। इसी कारण लोगों का निजी जीवन समाप्त हो चुका था। क्योंकि सबकी समस्या एक थी, अतः सभी मिल-जुलकर रहते थे। सोना, उठना-बैठना आदि जीवन के सारे व्यवहार उसी शेड में चल रहे थे। अतः कल-परसों ही एक शेड में घटित धमाल की बात सुनाई दी।

हाल ही में विवाहित एक जोड़ा शेड में रह रहा था। भूकम्प के कारण एक ही शेड में अनेक परिवारों के पुरुष एक कतार में बिछे पलंगों पर सोते थे। दूसरी ओर की कतार में बिछे पलंगों पर स्त्रियाँ सो रही थीं। ऐसी अवस्था में एक रात नया-नया दामू दूल्हा बेचैन था। उसे अपनी पत्नी की याद सताने लगी। दामू की पत्नी प्रतिदिन स्त्रियों की कतार में दामू के पलंग से पलंग जोड़ते हुए उसके सिरहाने तकिया चिपकाए सोया करती थी। परन्तु उस दिन दामू की पत्नी सावित्री को काम निपटाने में देरी हो गई थी, अतः सावित्री के पलंग पर सुतार की पत्नी रुक्मणि सो गई थी। इस बात का पता दामू को नहीं था। आधी रात में नींद खुलने पर दामू ने पलंग पर चादर ओढ़कर सोई रुक्मणि की चादर को तीन बार धीरे से खींचा। रुक्मणि जाग गई। दामू को उसने पहचान लिया और धीरे से कहा, "अरे, मैं सावित्री नहीं हूँ, सुतार की रुक्मणि हूँ। तुम्हारी पत्नी सावित्री बगलवाले पलंग पर सोई है।" रुक्मणि की बात सुनते ही दामू का हृदय भूकम्प के झटकों की तरह धड़धड़ाने लगा। वह इतना शरमा गया कि रुक्मणि से कुछ भी कह पाना उसे मुश्किल लग रहा था। उसकी घिग्घी बँध चुकी थी। फिर भी उसने कहा, "मुझे पीने के लिए पानी चाहिए था। मैंने सावित्री समझकर आपको जगा दिया। मुझे माफ करना !"

शेड में फिर से शान्ति छा गई थी और नींद में डूबे लोगों के खर्राटों की आवाजें सुनाई दे रही थीं। परन्तु दामू सारी रात बेचैनी की अवस्था में सो नहीं पाया। उसे सावित्री पर क्रोध आ रहा था। दाँत पीसते हुए उसने मन-ही-मन कहा—तेरी...दोपहर ही में मैंने कहा था कि मेरे पास में सोना है, परन्तु नहीं। शेड में सारे लोग गहरी नींद में डूबे हुए थे। दामू ने सोचा कि सावित्री को अब जगाया जाए। अतः बिल्ली की तरह दबे पाँवों वह सावित्री के पलंग के पास पहुँचा और बच्चों की तरह रेंगते हुए उसके पलंग के नीचे घुस गया। दामू ने इस बार अपनी पत्नी सावित्री के होने को पक्का किया और सावित्री का पैर पकड़कर हिलाने लगा। नींद में खोई सावित्री अचानक पलंग के हिलने से जाग गई और भय से चिल्लाते हुए कहने लगी, "भूकम्प के झटके आ रहे हैं ! जमीन हिलने लगी है ! भागो-भागो !"

पहले ही भूकम्प के डर से घबराए पुरुष और स्त्रियाँ सावित्री की आवाज सुनते

ही चीखते-चिल्लाते दौड़ पड़े। अपने बाल-बच्चों को साथ लिए सबने एक ही पल में शेड खाली कर दिया ! दामू क्रोध से लाल हुआ जा रहा था। वह सोच रहा था– खैरियत हुई कि मुझे किसी ने पलंग हिलाते हुए नहीं देखा। सारे लोग 'भूकम्प आया' कहते हुए बाहर भाग रहे हैं ! मेरी पत्नी भी पागल है। उसे अपने पति के हिलाने और भूकम्प से धरती हिलने में कोई फर्क ही महसूस नहीं हुआ !

सुबह को रात में घटित उस घटना को दामू ने सावित्री से बताया। दामू की बातों को सुनकर सावित्री ने क्रोध से कहा, "कोई धीरज है आप में ? सोए हुए लोगों के बीच मेरा पलंग हिलाने की क्या जरूरत थी ? तुम्हारी जवानी बहुत उतावली हुई जा रही थी क्या ?" अन्त में सावित्री ने शान्ति से कहा, "बीत गई सो बात गई। बँधी मुट्ठी सवा लाख की। ऐसी कोई घटना घटित हुई थी, किसी से मत कहना।" लेकिन दामू के किस्से को रुक्मणि जानती थी। उसने भी अपने पति से कुछ नहीं कहा। यदि बता भी देती तो उसे अपने पति पर कोई विश्वास न था। शंका की दृष्टि से उसकी ओर देखता हुआ वह कुछ अनाप-शनाप बक देता। इस डर से रुक्मणि ने चुप्पी साध ली थी।

भूकम्पपीड़ितों के लिए महाराष्ट्र के बड़े शहरों में बड़े पैमाने पर मदद इकट्ठा की जा रही थी। कुकुरमुत्ते की तरह हर गली में सहयता की यह छत्रियाँ उग आई थीं। कुछ संस्थाओं ने सहायता की आड़ में भारी धनराशि इकट्ठा की और इन्हीं रुपयों से संस्था के कामों के लिए जीपें, साइकिलें, मोटर साइकिलें आदि खरीद लीं। बड़े शहरों में भूकम्पग्रस्तों के प्रति सहानुभूति उमड़ रही थी। अतः कुछ भिखारी भी इसका लाभ उठाते हुए शहर में पहुँच रहे थे। सिर पर गट्ठे बाँधे किसी बिल्डिंग के पास खड़े रहते और कहते कि हम लोग किल्लारी के भूकम्पपीड़ित हैं। हमारी मदद कीजिए। इस प्रकार भूकम्प के नाम पर मदद माँगनेवाले भिखारियों की संख्या बढ़ती जा रही थी।

भूकम्पग्रस्त क्षेत्रों में अब थोड़ी शान्ति भी दिखाई दे रही थी। लातूर और आसपास के गाँवों के लोग प्रतिदिन के कामों में व्यस्त थे। एक दिन रात में अचानक भूकम्प का अच्छा-खासा झटका लग चुका था। इस झटके के कारण लातूर और उस्मानाबाद के लोगों में फिर से घबराहट फैल गई थी। भूकम्पपीड़ित लोग इस पर फिर से सोचने लगे कि हमारा जीवन अब बेकार है। यह भूकम्प हमें फिर से निगलनेवाला है। अतः एक दिन दगा-फटका होना निश्चित है। किल्लारी के लोगों की तरह हम भी एक दिन धरती में समा जाएँगे। इसी कारण जीवन में हर पल को खुशी के साथ जीएँ। असल में एक प्रकार का भय लोगों के मन में समा गया

था। जीवन को देखने का उनका दृष्टिकोण बदलने लगा था। भूकम्पग्रस्त भाग में रहनेवाले लोग सोच रहे थे, एक न एक दिन हमारी मृत्यु निश्चित है। जब तक जीते हैं तब तक हँसी-खुशी से, अच्छे-खासे कपड़े पहनकर और खा-पीकर मरने को तैयार रहें। इस प्रकार के विचारों में डूबे लोग प्रतिदिन दीवाली मना रहे थे। खाना-खिलाना जारी था। मिल-जुलकर सारी बातें हो रही थीं। सभी लोग अपने ढंग से जी रहे थे।

वास्तव में भूकम्पग्रस्त भागों में अनेक प्रकार की अफवाहें और चर्चा सुनाई दे रही थी। एक महत्त्वपूर्ण चर्चा यह थी कि सरकार ने लातूर में बाहरी गाँवों से आई लकड़ियों के ढेर लगा रखे हैं। वास्तव में यह लकड़ियाँ महाराष्ट्र के अन्य भागों में भेजी गई थीं। भूकम्प में मृत व्यक्तियों के दाहसंस्कार के लिए लकड़ियाँ मिलना एक कठिन समस्या थी। अतः आसपास के गाँवों से ट्रक भरकर बहुत भारी मात्रा में लकड़ियाँ भेजी जा रही थीं। इसी कारण लकड़ियों के ढेर लगाकर रखे गए थे। लकड़ियों के ढेर देखकर भूकम्पग्रस्त लोगों के मन में डर की भावना उत्पन्न हो रही थी। वे सोच रहे थे, आगे चलकर निश्चित रूप में भयंकर भूकम्प आनेवाला है। ऐसे में लोगों के मरने पर सरकार को परेशानी न हो, इसलिए लकड़ियों के ये ढेर लगे हैं। कई लोग तो भयानक भूकम्प की आशंका से रोने भी लगते थे।

दरअसल भूकम्प के छोटे-छोटे झटकों के कारण लोगों के मन में भूकम्प का डर अभी तक बसा हुआ था। भूकम्प का भयानक तांडव लोगों ने अपनी आँखों से देखा था। अतः लातूर के रहिवासी अपने मकानों से बाहर सड़कों पर सोने लगे थे। गलियों के मोड़ पर टूटा-फूटा सामान लगाते हुए आने-जानवाले वाहनों पर रोक लगाने का उपाय किया जा रहा था। लातूरवासियों की अवस्था सोने के पिंजरे में बन्द तोते के समान थी। भूकम्प के भय से लोगों ने ताड़पत्री, प्लास्टिक-कागज और बारदानों से टेंट बनाकर अपने घर के सामने गाड़ दिए थे। वर्षा और जाड़े में ठिठुरते हुए लोग अपना जीवन बिता रहे थे। सारे लातूर शहर में रात में यही दृश्य दिखाई दे रहा था। भूकम्प के भय से लातूर के अनेक व्यापारी और अमीर लोग लातूर छोड़ने का इरादा पक्का करते हुए मुम्बई और पूना के लिए चल दिए थे। दूसरी ओर व्यापारीगण मरते दम तक इस अवसर का लाभ उठाकर पैसा कमाने के लिए धन इकट्ठा कर रहे थे। इस प्रकार एक से बढ़कर एक मनुष्य की प्रवृत्तियों के दर्शन हो रहे थे।

भूकम्प के कारण सभी तबकों के लोग परेशान थे। परन्तु अमीर और गरीब दोनों ही समान रेखा पर खड़े थे। घरों के सामनेवाली सड़क पर दोनों की रातें गुजर रही थीं। फर्क केवल गरीबी और अमीरी का था, क्योंकि दोनों ने अपनी हैसियत के अनुसार झोंपड़े, तम्बू या टेंट लगवाए थे। इस स्थिति का फायदा व्यापारियों ने जी

खोलकर उठाया था। टेंट बनवाने की सारी सामग्री के दाम बढ़ा दिए थे। एक टेंट की कीमत चार हजार से लेकर पन्द्रह हजार रुपयों तक थी। बाहर ठंडी हवा और बारिश में सोने के कारण बड़े-बूढ़े और बच्चे बीमार हो रहे थे। इस वातावरण का असर लोगों के दिलो-दिमाग पर हो रहा था। परिणामतः मुँह में छाले आना, बदन में दर्द होना, बिवाई फटे पैरों में जलन आदि दर्दनाक परिस्थितियों में फँसी लातूर की जनता अपने दिन गुजार रही थी।

भूकम्प के भय से सारी जनता सड़कों पर सो रही थी, इसलिए चोरों के लिए यह सारी परिस्थिति लाभदायी सिद्ध हो रही थी। प्रतिदिन कहीं-न-कहीं चोरी हो रही थी। अतः अपने घर की रक्षा के लिए कुछ प्रतिष्ठित लोगों ने प्रतिदिन मजूरी के हिसाब से भले-चंगे नौकरों को निगरानी के लिए रख लिया था। भूकम्प के कारण तमाम जनता बुरे हाल में थी। उसके सामने अब एक ही विकट समस्या थी कि अब अपना जीवन किस प्रकार सुरक्षित रखे ?

भूकम्प से पहले लातूर शहर का विकास अपने चरम उत्कर्ष पर पहुँच चुका था। शिक्षा के क्षेत्र में लातूर आसमान की ऊँचाइयों को छू रहा था। अपनी लगन, मेहनत और परिश्रम से पिछड़ा हुआ मराठवाड़ा अंचल वेगवान गति से अपने विकास की ओर बढ़ रहा था। परन्तु भूकम्प के एक ही झटके ने उनके सारे सपनों को पल-भर में बिखेर दिया था। उसके विकास की गति को दस-पन्द्रह साल पीछे ले आया। आज लातूर में श्मशानवत शान्ति छाई हुई थी। शहरवासी इस सोच में डूबे हुए थे कि यह कालरात्रि का दुष्ट चक्र कब समाप्त होगा और सुबह के सूरज की किरणें कब दिखाई देंगी ?

भूकम्पग्रस्त भागों में कुछ भू-भौतिकी वैज्ञानिक भूकम्प की जाँच-पड़ताल के लिए आ पहुँचे थे। भूकम्प के सन्दर्भ में इन विशेषज्ञों के अनेक तर्क-वितर्क और नई-नई जानकारियों के कारण लोगों में घबराहट फैल गई थी। कुछ विशेषज्ञों का कहना था कि भूकम्पग्रस्त किल्लारी क्षेत्र में जमीन के नीचे प्राकृतिक यूरेनियम के भंडार हैं। यदि यह यूरेनियम मिल जाए तो देश की उन्नति तीव्र गति से हो सकती है। अतः भूकम्पपीड़ितों के पुनर्वास की व्यवस्था कहीं दूसरी जगह की जाए। अन्य विशेषज्ञों ने यह अनुमान लगाया था कि लातूर और उस्मानाबाद के बीच करीब पचास किलोमीटर चौड़ी और पाँच सौ किलोमीटर लम्बी खाई जमीन के नीचे बनी हुई है। कालान्तर में इस खाई के बीच का अन्तर धीरे-धीरे बढ़ता जाएगा और इस जमीन पर बसे गाँव और सारी वस्तुएँ जलमग्न हो जाएँगी। इस प्रकार चलनेवाली नरम-गरम चर्चाओं को सुनकर भूकम्पग्रस्त लोग अपनी जान मुट्ठी में लिए जी रहे थे।

भूकम्प में अपना सब कुछ खो चुके सरपंच सोपान काफी बेचैन मनःस्थिति में दिन बिता रहे थे। परन्तु आज सोपान ने किल्लारीवासियों के सामने एक नया आदर्श रखा था। उसने दलित वर्ग की बंजारा परिवार की स्त्री सुमन से ब्याह किया था, जो एक बेवा थी और साथ ही दो वर्ष की बालिका की माँ भी थी। भूकम्प ने सुमन का सारा जीवन बर्बाद कर दिया था। वह बिल्कुल अकेली और बेसहारा हो गई थी। हालात से संघर्ष करती सुमन अपनी बच्ची के साथ दिन बिताने के लिए मजबूर थी। अतः सुमन की असहाय स्थिति को समझते हुए सोपान ने एक असहाय और विधवा स्त्री से ब्याह कर भूकम्पग्रस्त युवक-युवतियों के सामने एक नया आदर्श रखा था। अपने परम्परागत, रूढ़िग्रस्त विचारों से आगे बढ़ते हुए जीवन के एक नए रास्ते को खोलकर एक मीठी-सी चोट पहुँचाई थी। सुमन के सभी परिजन भूकम्प में मर गए थे। भाग्यवश सुमन और उसकी दो वर्ष की बच्ची नवनीता जीवित रह गई थी। यह दोनों अनाथ थीं और खुले में अपना जीवन बिता रही थीं। सुमन को अपने भविष्य की चिन्ता सता रही थी और उसके जीवन की सारी आशाएँ समाप्त हो चुकी थीं। अब वह किसके लिए जीवित रहे ? यह एक गहन प्रश्न उसे सता रहा था। उसका न कोई हमसाथी रहा, न कोई सहारा। अनेक समस्याओं से ग्रस्त चिन्ता में डूबी सुमन को अब जीने की चाह न थी।

सुमन की इन सारी परिस्थितियों से सोपान परिचित था। अतः मन-ही-मन सोच रहा था कि भूकम्प में मेरे परिवार के सारे लोग मर चुके हैं और मेरा सर्वस्व मुझ से छीन लिया गया है। अब अपने परिवार में जीवित बचा हुआ मैं अकेला पुरुष हूँ। यदि सुमन जैसी बेसहारा स्त्री को मैं अपना जीवन-साथी बनाता हूँ तो मेरी दुनिया फिर से बस जाएगी, और नवनीता को भी पिता की छत्र-छाया मिल जाएगी।

सोपान स्वयं एक मराठा था। आज सोपान ने बंजारा समाज की स्त्री को अपना जीवनसाथी चुनते हुए उससे ब्याह किया था। भूकम्पग्रस्त क्षेत्रों में रहनेवाले युवक-युवतियों के मन पर इस बात असर होने लगा था। जो अनेक युवक-युवतियाँ अनाथों की तरह अपना जीवन व्यतीत करने के लिए बाध्य थे, उनके सामने सोपान ने एक नया मार्ग खोल दिया था। एक अच्छे सामाजिक कार्य की शुरुआत की थी। परिणाम यह रहा कि अनेक जवान स्त्री-पुरुष इस बात को सामने रखते हुए नए सिरे से सोचने लगे।

सोपान ने अपनी पत्नी सुमन तथा नवनीता को साथ लिए एक शेड में नए जीवन की शुरुआत की थी और अपनी नई दुनिया बसाई थी। अपने जीवन में घटित दुखद घटनाओं को वे दोनों धीरे-धीरे भुला रहे थे। इस प्रकार अपनी विचार-प्रक्रिया में परिवर्तन करते हुए कार्य कर पाने में सोपान सफल हो रहा था। सोपान की

हिम्मत और कर्तव्य-तत्परता को लेकर लोगों में चर्चाएँ चल रही थीं। लोग सोपान की प्रशंसा भी कर रहे थे, क्योंकि सोपान ने बंजारा परिवार की निम्नजाति स्त्री से शादी की थी, जिसकी बोली, रहन-सहन, खान-पान, वेशभूषा सब कुछ अलग-सा था। अतः लोगों में यह एक नई चर्चा का विषय बना हुआ था। कुछ पत्रकारों ने सोपान से भेंट की। पत्रकारों से बातें करते हुए सोपान ने कहा, "मेरा सारा गाँव भूकम्प में नष्ट हो चुका है, यह बात सत्य है। फिर भी हम लोग भविष्य के लिए कठिन परिश्रम करते हुए अपने गाँव को पहले की तरह सुखी-समृद्ध बनाएँगे और अपने सुनहरे सपनों को वास्तविक रूप में फिर से सजाएँगे। एक आदर्श गाँव के रूप में फिर से 'किल्लारी' का निर्माण करेंगे। एक समय था जब इसी किल्लारी से सोने का उजाला फूटता था। सारा गाँव खुशहाल था। गाँव के 'अंगूर' परदेस पहुँच रहे थे। नए उपकरणों को अपनाते हुए किसानों ने खेती के कामों में सुधार किया था। आज भी हम लोगों ने हिम्मत नहीं हारी है। कड़ा परिश्रम करते हुए आज भी हम अपनी धरती से सोने की फसल उगाएँगे और किल्लारी के आकाश में फिर से सोने का का प्रकाश फैलता दिखाई देगा। इस भूकम्प से हमारा धीरज और मनोबल समाप्त नहीं हुआ है। परिस्थितियों को मात देते हुए अपने पैरों पर खड़े रहने की जिद हम लोगों में अभी बची है। किल्लारी का हिस्सा वैसा ही है, मानो किसी चरवाहे ने हरे-भरे बबूल की टहनियों को छाँट-छाँटकर भेड़-बकरियों के सामने डाल दिया हो। हरे-भरे बबूल का अब केवल ठूँठ बचा है। अब बरसात में बरसनेवाले बादलों के पानी से इन ठूँठों में फिर से अंकुर फूटने लगेंगे। शाखाएँ हरी-भरी होने लगेंगी और उनमें फिर से फल-फूल आने लगेंगे। एक प्राकृतिक संकट की चपेट में हमारा हरा-भरा गाँव नष्ट हो चुका है। पर अब हमें कितने ही संकटों का सामना क्यों न करना पड़े, भूकम्प में जीवित बचे लोग हिम्मत और साहस के साथ उस बबूल की तरह ही अपने पैरों पर खड़े रहेंगे। जिस प्रकार पेड़ों की टहनियों में नई कोंपलें फूटती हैं, उसी प्रकार हमारे गाँव के पेड़ में नई शाखाओं, टहनियों में हरी-भरी कोंपलें फूट आएँगी। अब हमारे गाँव रूपी पेड़ से नई पीढ़ी तैयार होकर सामने आएगी। हमारा गाँव एक सुन्दर छतनार वृक्ष में परिवर्तित हो जाएगा।"

भूकम्पग्रस्त क्षेत्रों में अब कुछ निजी संस्थाओं और शासन की ओर से भूकम्पपीड़ितों के पुनर्वास की दृष्टि से आदर्श गाँव बनाए जानेवाले घरों का नक्शा तैयार किया जा रहा था। किल्लारी के सरपंच सोपान राव और लिम्बराम काम्बळे ने इस नई योजना का विरोध किया, क्योंकि जो मकान बनवाए जा रहे थे, वे लोगों की जाति-पाँति को ध्यान में रखते हुए तथा लोगों के वर्ग विशेष की दृष्टि से बनवाए जा रहे थे। बसाई जानेवाली इन नई बस्तियों में 'अ', 'ब', 'क', 'ख' वर्ग के अनुसार

मकान बनाए जा रहे थे, जिनमें अमीर किसान 'अ' वर्ग के बड़े मकानों में, 'ब' वर्ग में मध्यवर्गीय लोग, 'क' वर्ग में निम्न-मध्यवर्ग और 'ख' क्रमांक के घर निम्नस्तर के लोगों के लिए बनाए जा रहे थे। 'ख' वर्ग में बनाए जानेवाले मकान बहुत छोटे थे और जाति-पाँति के अनुसार बाँटे जा रहे थे। भूकम्पपीड़ितों के लिए बसाए जा रहे नए आदर्श गाँव में पुरानी चातुर्वर्ण व्यवस्था को प्रधानता दी जा रही थी। अतः डॉ. आम्बेडकर तथा म. फुले के विचारों को आदर्श मानकर चलनेवाले सोपान राव और सामाजिक कार्यकर्ता लिम्बराव काम्बळे इस योजना का विरोध कर रहे थे। वर्गक्रम के अनुसार 'अ', 'ब', और 'क' क्रमांक में आनेवाले घरों में शौचालय, बाथरूम आदि की सुविधा दी जा रही थी। परन्तु 'ख' क्रमांक में आनेवाले घरों में यह सुविधाएँ न के बराबर थीं। अतः सोपान राव का क्रोध इन शब्दों में व्यक्त हो रहा था—"सरकार शायद यही कहना चाहती है कि सामान्य वर्ग की जनता को शौचालय और स्वच्छता की आवश्यकता ही नहीं होती ? भूकम्प ने अमीर-गरीब सभी तबके के लोगों को एक ही बिन्दु पर लाकर खड़ा किया है। जाति, धर्म, पन्थ को मिटाते हुए सभी को समानता की रेखा पर इकट्ठा कर दिया है। शायद इसी बहाने प्रकृति ने यह बात समझा दी है कि मनुष्य का जीवन कितना क्षणभंगुर है। स्वार्थवश उसने चाहे कितना ही धन कमाया हो, प्रकृति उसे एक पल में नष्ट कर देती है। इस बात का जीता-जागता उदाहरण है यह भूकम्प ! मनुष्य दूसरों को दुख पहुँचाते हुए चाहे जितना धन कमाकर रोज हलवा-पूड़ी खा रहा हो और भविष्य के सुख-सपनों में खोकर बड़े-बड़े भवनों का निर्माण कर रहा हो, परन्तु प्रकृति यदि नाराज होकर मुँह मोड़ लेती है तो एक पल में सारी कमाई मिट्टी में मिल जाती है। बाकी बचा रहता है केवल इंसान, जो इंसानों के काम आता है और यही उसकी इंसानियत की सही पहचान है। अतः मनुष्यों को सारे मतभेदों से ऊपर उठते हुए केवल मनुष्य बनकर जीने की भावना को महत्त्व देना चाहिए। यही मानवता-रूपी धर्म है।"

भूकम्प के बाद जीवित बचे सारे लोग आज मिल-जुलकर जी रहे हैं। अतः शासन की ओर से भी यही प्रयास होना चाहिए। आदर्श गाँव के निर्माण में मनुष्य-मनुष्य में अन्तर, भेदभाव पैदा करनेवाली बातों की ओर ध्यान न देते हुए सबके लिए एक जैसे मकानों का निर्माण करे और सारे मकानों के नम्बरों को एक साथ मिलाते हुए लॉटरी पद्धति से घरों का बँटवारा कर दे। जिसका जो नम्बर निकले, उसी को वह मकान मिल जाना चाहिए। चाहे वह किसी भी जाति-धर्म या पन्थ का हो। अमीर हो चाहे गरीब हो। इस आदर्श गाँव में छुआछूत को प्राधान्य न दे। सम्पूर्ण गाँव के लिए पानी-पुरवठा की व्यवस्था में कोई भेद न किया जाए। गाँव में पानी के लिए कुएँ की व्यवस्था की जा रही हो तो दलितों को उससे पानी

भरने का अधिकार हो। एक ही श्मशानभूमि की व्यवस्था हो। नए 'आदर्श गाँव' के माध्यम से इस धरती पर सही अर्थों में समता, ममता और मानवीय मूल्यों की रक्षा करनेवाले एक मन्दिर का निर्माण कर 'हम सब एक हैं' की मिसाल पेश करें। यही बात मनुष्यता के लिए सुन्दर होगी। भूकम्प की विभीषिका से बचे लोग इसी बात को अनुभव कर रहे हैं। मानसिक दृष्टि से वे सब समानता की इसी रेखा पर आ चुके हैं। इसीलिए जाति-पाँति, देवी-देवता, धर्म, पन्थ आदि से परे होकर वे एकसाथ रहते हुए सुखमय जीवन की तलाश कर रहे हैं। मनुष्य के बनाए भेदभाव अब उनके लिए निरर्थक सिद्ध हो गए हैं। अतः नवनिर्मित आदर्श गाँव में एक नया आदर्श स्थापित करते हुए सभी बच्चों के लिए एक पाठशाला हो, सबके लिए शिक्षा की समान व्यवस्था हो। गाँव के लोगों की सुविधा के लिए एक अस्पताल हो, जिसमें आत्मीयता तथा सेवाभाव से मरीजों की सेवा करनेवाले डॉक्टरों को प्रधानता दी जाए। गाँव में फैली बेकारी को दूर करने के लिए कल-कारखानों का निर्माण हो। सरकारी कामकाज तथा अन्य सभी बातों में स्त्री-पुरुषों को समान अधिकार प्राप्त हो। इससे महाराष्ट्र के महान समाजसुधारक शाहू महाराज और मानवीय मूल्यों का संवर्धन करनेवाले ज्योति बा फुले, डॉ. आम्बेडकर के सपने वास्तव में ही साकार हो पाएँगे।

लेकिन प्रशासन अपनी चाल चल रहा था। जिस प्रकार भूकम्पपीड़ितों के लिए पुनर्वास की व्यवस्था की जा रही थी, वह नए आदर्श गांव में भी जाति-पाँति व्यवस्था को एक प्रकार से बढ़ावा देना ही था। चुनाव के लिए नेतागण जब गाँव में प्रवेश करते हैं तो गाँव की गलियों की पहचान जाति-पाँति के नाम से कराई जाती है। अपनी जाति की अस्मिता को बढ़ाने हेतु प्रत्येक वर्ग के लोग अलग-अलग प्रकार के मन्दिर, देवताओं के उत्सव और त्यौहार मनाते हैं। अतः दंगा-फसाद-झगड़ों का सिलसिला अटूट रूप में चलता रहता है। आजकल भूकम्पग्रस्त भागों में भेंट देनेवाले राजनेताओं की चहल-पहल बढ़ गई है। अपनी जाति-पाँति के लोगों पर ध्यान देते हुए और भविष्य में आनेवाले चुनावों पर दृष्टि केन्द्रित करते हुए पुढारीजी अपनी हिसाबी और स्वार्थी दृष्टि के अनुकूल नई बस्तियों का निर्माण करना चाहते हैं। इन सारी बातों से सोपान अच्छी तरह परिचित था। परन्तु उसके हाथ बँधे थे। सोपान की दृष्टि में भूकम्पपीड़ितों को इस बात में कोई रुचि न थी, क्योंकि प्राकृतिक भूकम्प ने मनुष्य के सारे भेदभावों को एक पल में मिटा दिया था। प्रकृति ने मनुष्यों को केवल मानवीयता की शिक्षा दी थी और अब सारे मनुष्य समानता के एक बिन्दु पर आकर इकट्ठे हो गए थे। अतः अब नए आदर्श गाँव के माध्यम से एक नए मानवनिर्मित भूकम्प का आगाज़ न ही किया जाए, तो ही अच्छा होगा।

शायद यही बात हम सबके लिए हितकारक होगी।

नित नई जानकारी हासिल करने के लिए पत्रकार मंडली भी भूकम्पग्रस्त भागों में घूम रही थी। संयोगवश सौ साल की आयु तक पहुँचनेवाले एक बूढ़े व्यक्ति से इन्होंने भेंट की। कुछ सोच-समझकर बूढ़े बाबा पत्रकारों से बातचीत के लिए तैयार हुए थे। अब बूढ़े बाबा अपने दादा-परदादा से सुनी हुई बातों को पत्रकारों को बताने लगे। बाबा ने कहा, "किल्लारी के नीलकंठेश्वर मन्दिर के नीचे एक बहुत बड़ी खाई है। नीलकंठेश्वर मन्दिर में महादेवजी की पिंडी से निरन्तर पानी बाहर आता है। मेरे दादाजी ने खाई की गहराई को नापने की बात सोच ली थी। अतः मवेशियों के गले में बाँधी जानेवाली मोटी रस्सी को जोड़कर एक लम्बे रस्से का इन्तजाम किया गया। उस रस्से के अग्रभाग में एक पत्थर को कसकर बाँध दिया, ताकि वह महादेव की पिंडी से सीधे नीचे उतर सके। सब सामग्री तैयार रखते हुए महादेव की पिंडी से पत्थर से बँधी वह रस्सी नीचे छोड़ी गई, ताकि पानी की गहराई नाप सके। दूर तक रस्सी नीचे उतरती चली जा रही थी, परन्तु पानी की तलहटी का कोई पता नहीं चल सका। अन्त में मजबूर होकर रस्सी को बाहर निकाल लिया गया।" बहुत दिलचस्पी से बाबा इस बात को समझा रहे थे। आगे बढ़ते हुए उन्होंने कहा, "मेरे परदादा कहा करते थे कि किसी जमाने में भूकम्प के कारण इस जमीन के नीचे एक दरार पड़ चुकी है और इस गहरी खाई में पानी का स्रोत बह रहा है। पानी से जब यह दरारें भर जाती हैं तो महादेवजी की पिंडी से यह पानी बाहर निकलने लगता है। यह पानी नीलकंठेश्वर मन्दिर के नीचे की सुरंगों से निकलकर किल्लारी, मुदगड मार्ग से लातूर के सिद्धेश्वर मन्दिर तक, इधर-से-उधर बहता रहता है। अतः इतनी लम्बी खाई से बहते हुए यह पानी सिद्धेश्वर मन्दिर के कुंड में पहुँच जाता है। नीलकंठेश्वर मन्दिर में स्थित महादेव की पिंडी से पानी का आना यदि रुक जाता है, या सिद्धेश्वर मन्दिर के कुंड का पानी समाप्त हो जाता है तो दोनों इस बात का संकेत देते हैं कि जमीन के नीचे निश्चित रूप में कुछ गड़बड़ी पैदा हो रही है। अतः हमारे परदादा उस जमाने में सबको सचेत रहने का संकेत दिया करते थे।

यह बात सही है कि भूकम्प आने से पहले किल्लारी के नीलकंठेश्वर मन्दिर की पिंडी से पानी का आना बन्द हो चुका था। शायद किसी समय इस प्रकार भूकम्प के आने से जमीन के नीचे सुरंगों का निर्माण होकर, बीच की दरारों में पानी भर गया हो। किल्लारी से लेकर लातूर तक यह पानी जमीन के नीचे से बहता हो। इसलिए हमारे पूर्वजों ने इस स्थान को नीलकंठेश्वर कहा है। नीलकंठेश्वर, अर्थात् पानी का देवता। 'नील' का अर्थ तेलुगु भाषा में पानी और 'श्वर' का अर्थ है 'देवता'। किसी समय हमारे पूर्वजों ने धरती से बहनेवाले इस पानी के स्रोत पर मन्दिर का

निर्माण कर 'नीलकंठेश्वर' नाम दिया होगा। जीवनदायी जल-देवता के किनारे मानवों ने अपना डेरा डाला होगा और किल्लारी ग्राम का निर्माण हुआ होगा। पुराने जमाने में लातूर शहर, 'रत्नपुर' के नाम से पहचाना जाता था। किल्लारी के नीचे से बहनेवाले पानी का यह स्रोत लातूर तक इधर-से-उधर बहता होगा। शायद इसीलिए 'रत्नपुर ग्राम' निर्मित होकर सिद्धेश्वर मन्दिर बनाया गया हो। साथ ही आसपास के गाँवों का निर्माण भी इसी समय हुआ हो। इस बात का प्रमाण यह है कि सिद्धेश्वर मन्दिर के कुंड का पानी और किल्लारी के नीलकंठेश्वर मन्दिर की पिंडी से बहनेवाले पानी का स्वाद समान है। अतः नीलकंठेश्वर की पिंडी से निकलकर यह पानी सिद्ध अर्थात् पवित्र होकर लातूर के सिद्धेश्वर मन्दिर पहुँच जाता है। इसी कारण किल्लारी के नीलकंठेश्वर और लातूर के सिद्धेश्वर, दोनों देव नामों से पहचाने जाते हैं। दोनों का सम्बन्ध बहुत पुराना है। अतः यात्रा में आए लोग दोनों देवताओं के दर्शन का लाभ उठाते हैं।"

इन भूकम्पग्रस्त भागों में घूमते हुए कुछ पल के लिए लेखक भी अपने बचपन की मधुर स्मृतियों में खो जाते हैं। 'किल्लारी में मेला लगा हुआ है। नीलकंठेश्वरजी की यात्रा में लोगों की भीड़ लगी हुई है।' नाग-पंचमी का त्यौहार मनाया जा रहा है। 'नाग-पंचमी' के दिन गाँव में रहनेवाले लोग परम्परा से चली आई प्रथा का पालन बड़ी श्रद्धा से आज भी करते हैं। इस अंचल के अन्य भागों में रहनेवाले लोग इस परम्परा को आज भी निबाहते चले आ रहे हैं। नाग-पंचमी के दिन गृहिणी चूल्हे पर तवा रखकर रोटियाँ नहीं सेंकती। आज के दिन चूल्हे पर तवा रखकर किसी वस्तु को भूनना, पकाना या सेंकना बुरा माना जाता है। अतः इस भाग में रहनेवाली महिलाएँ खेत में घास-फूस को जलाते हुए पानी से भरी हुई पतीली रख देती हैं। पानी के उबलने पर उसमें गुड़ और मैदे से बनाए गए कानवलों[1] को छोड़ देती हैं। कानवलों को पकने के बाद निकाल लिया जाता है और नाग देवता की पूजा में नैवेद्य के रूप में इसी पकवान को चढ़ाया जाता है। यह कानवले पकने पर ऊपर से ठंडे हो जाते हैं, परन्तु इनके बीच जो गुड़ होता है, वह गर्म 'लाव्हारस' की तरह दिखाई देता है। इस कानवले की रचना से पता चलता है कि शायद धरती के पेट में भी इसी प्रकार का लाव्हारस छिपा हुआ है। इन कानवलों को चखते समय एक अलग प्रकार का स्वाद आता है, क्योंकि उनके बीच का गुड़ पककर गर्म पाक बन जाता है। इन कानवलों के पीछे की कथा शायद यह रही है कि भूकम्प में जमीन से निकलनेवाले लाव्हारस से जलकर अनेक लोग मरे होंगे। शायद उसी दिन से उन लोगों की स्मृति को सँजोकर रखने के लिए बिना चूल्हा जलाए कानवलों को प्रसाद

1. कानवले—गुजिया।

के रूप में भगवान को अर्पण करते हैं। अतः उन्हीं लोगों की स्मृतियों की खातिर इस दिन किसी वस्तु को सेंकना, भूनना वर्ज्य माना गया हो ! इन सारी बातों पर सूक्ष्मता से विचार करने पर यह अहसास होने लगता है कि किसी जमाने में हमारे पूर्वज इसी दिन भूकम्प में मारे गए होंगे। जैसे भट्टी में भुनकर 'लाई' तैयार होती है, शायद उसी प्रकार हमारे पूर्वज भी भूकम्प से निकलनेवाले लाव्हा में भुनकर मर गए होंगे। इसी प्रकार कानवलों से निकलनेवाला गुड़ का रस 'लाव्हारस' का संकेत देता है। भूकम्प से जमीन में दरारें पड़ने लगती हैं और वह घास की पत्तियों की तरह थरथराती है। दरारों से लाव्हा फूटता है और उसी के रस में लोग भुन जाते हैं। शायद यही प्रतीक नाग-पंचमी के कानवले के साथ जुड़ा हुआ हो। इस क्षेत्र में जब कभी पहली बार भूकम्प की घटना हुई होगी, तब धरती में दरारें पड़ने से धीरे-धीरे उनमें पानी भर गया होगा। यह पानी किल्लारी के नीलकंठेश्वर मन्दिर से निकलकर लातूर के सिद्धेश्वर मन्दिर तक पहुँच जाता है। अतः सिद्धेश्वर कुंड में प्रतिवर्ष सैकड़ों की संख्या में गणपति-प्रतिमाओं का विसर्जन किया जाता है। फिर भी यह सैकड़ों टन मिट्टी उस कल्लोल कुंड में कहाँ गायब हो जाती है, इसका पता आज तक नहीं चला। गणपति-विसर्जन की हड़बड़ी में व्यक्ति अनजाने में कुंड में गिर भी जाएँ तो उनका पता लगाना भी मुश्किल होता है।

भूकम्पग्रस्त क्षेत्र में रहनेवाले उस बूढ़े बाबा की तमाम बातें हमें शायद पुराणकथा की अटपटी बातों की तरह लग सकती हैं। अपने दादा-परदादा से सुनी उसकी बातें एक सीमा तक अन्धश्रद्धा भी कही जा सकती हैं। अपनी टूटी-फूटी भाषा में बाबा ने यह जानकारी दी थी। परन्तु आज के वैज्ञानिक युग में नए दृष्टिकोण से इस बात की खोज की जानी चाहिए। किल्लारी के नीलकंठेश्वर और लातूर के सिद्धेश्वर मन्दिरों का वैज्ञानिक दृष्टिकोण से अध्ययन होना जरूरी है।

भूकम्पग्रस्त क्षेत्रों से पत्रकारों को नई-नई जानकारी प्राप्त हो रही थी। भूकम्पपीड़ितों के लिए जिन नए घरों का निर्माण हो रहा था, वह सारी सुविधाओं से परिपूर्ण थे। इस कारण लोग काफी खुश दिखाई दे रहे थे। उन्हें अब नए सुन्दर घरों में रहने का अवसर प्राप्त होगा। आज भी शासन की ओर से भूकम्पपीड़ितों को जीवनावश्यक सारी वस्तुएँ मदद के रूप में पहुँचाई जा रही थीं, जिनमें खाने-पीने की सारी सामग्री–कपड़े, औषधि, दूध, सब्जी, फल आदि की ओर विशेष ध्यान दिया जा रहा था। अतः इस भाग में रहनेवाले लोग प्रसन्न थे। प्रतिदिन रसोई में दूध के पकवान, रबड़ी-पूड़ी का समावेश हो रहा था। अतः भूकम्पग्रस्त लोग अब धीरे-धीरे अपने ग़म को भूलते जा रहे थे। टीन के अलग-अलग शेड बनाते हुए अपनी नई दुनिया बसा रहे थे।

भूकम्पग्रस्त क्षेत्र में जिन लोगों के परिवारों में आठ-दस लोगों मृत्यु हुई थी, उनके वारिसों को सरकार की ओर से लाखों रुपए मिल रहे थे। अतः विविध बैंकों के अधिकारी इन लोगों से मिल रहे थे और मिलनेवाले रुपयों को किस प्रकार बैंक में सुरक्षित रखा जा सकता है, इसकी जानकारी दे रहे थे। इस भाग में रहनेवाले सारे लोग अब अपने कामों में व्यस्त दिखाई दे रहे थे।

दूसरी ओर भूकम्प से नष्ट हो चुके गाँव में चोर लोग अमीरों के बाड़ों को ढूँढ़कर दिन में चुपचाप निशान लगा देते थे और मध्यरात्रि में मशालों को जलाकर उन्हीं बाड़ों में भूतों की तरह नाचते थे। बाद में यही लोग गाँव में घूमते हुए कहते थे कि भूकम्प में जिन लोगों की मृत्यु हुई है, उनकी प्रेतात्माएँ अमावस की मध्यरात्रि में गाँव में भटकती और नाचती हुई दिखाई देती हैं ! अतः भय से लोग अपने पुराने गाँव में जाने से हिचकिचा रहे थे। गाँव में जाने के लिए कोई तैयार न था। चोर इसका लाभ बड़ी खुशी से उठा रहे थे। अमीरों के बाड़ों की खुदाई करके नित नई कीमती वस्तुएँ ले जा रहे थे। गाँव से बाहर रहनेवाले लोगों को यही लगता था कि सचमुच ही भूकम्प में मरे लोगों की आत्माएँ भूत बनकर रात में नाच रही हैं, जबकि भूतों के भेस में मानवी शैतान ही लूटने के काम में लगे थे। दूसरी ओर गाँव में कुछ अलग दृश्य भी दिखाई दे रहे थे।

गाँव के प्रतिष्ठित जमींदार तथा सरपंच के नाम पर बहुत सारी कीमती वस्तुएँ भूकम्पग्रस्तों के लिए बाहर से आ रही थीं। परन्तु कुछ स्वार्थी पुढ़ारी इस सहायता को बीच में ही हड़प कर धन बटोर रहे थे। इसी कारण वह वस्तुएँ भूकम्पपीड़ितों तक नहीं पहुँच रही थीं। इन सबसे पैदा तकरारें भी लोगों में सुनाई दे रही थीं। दूसरी ओर भूकम्पपीड़ितों के लिए सहस्र हाथों से भेंटस्वरूप कीमती सामान और भूकम्प-निधि के रूप में लाखों रुपए पहुँच रहे थे। परिणाम यह रहा कि लोग मालामाल हो रहे थे। शासन की ओर से आनेवाले रुपयों की मदद और बाहरी गाँवों में पहुँचनेवाली सहायता दोनों एकसाथ मिलने से धन की आवक बढ़ गई थी। भूकम्पपीड़ित यह नहीं समझ पा रहे थे कि इस धन को किस प्रकार सुरक्षित रखें। अतः लातूर और उस्मानाबाद के मार्केट में सोना और अन्य कीमती वस्तुएँ खरीदने के लिए लोगों की भीड़ दिखाई दे रही थी। दूसरी ओर सर्वसामान्य गरीब जनता किसी प्रकार अपना जीवनयापन करने के लिए मजबूर थी। अपने पास सँजोकर रखी गई छुटपुट कीमती चीजों को बेचकर ही वह जी रही थी। भूकम्प के कारण अधिकतर लोगों के पास बहुत अधिक रुपए आ चुके थे, अतः उस रकम को घर में रखने के बजाय वे सोना खरीदकर रखना पसन्द कर रहे थे। परिणामस्वरूप सर्राफा मार्केट में सोने के बिस्कुटों की अवाक बढ़ने लगी और सोने की कीमतें भी ऊपर उठने लगीं।

इस बहाने ही सही, लातूर के सोना-चाँदी व्यापारियों की चाँदी हो रही थी।

भूकम्प को लेकर अब लोगों के मन में कोई खास परेशानी दिखाई नहीं देती थी। सारे लोग मौज-मस्ती में जी रहे थे। अतः मनोरंजन के लिए भजन, कीर्तन, प्रवचन, नाटक आदि कार्यक्रमों में लोगों की रुचि बढ़ती जा रही थी। भूकम्प की घटना अब यादगार बनकर रह गई थी।

सब प्राणियों में मनुष्य एक ऐसा प्राणी है जो किसी भी प्रकार के दुखों को मात देते हुए और उनसे उपजे घावों को भरकर जीने की कोशिश में लगा रहता है। और कभी-कभी उन दर्दभरी यादों को कैश भी करा लेता है। सोपान भी इसी आत्मविश्वास के साथ जी रहा था। उसे पूरा भरोसा था कि भूकम्प में पूरी तरह ध्वस्त हो चुका किल्लारी गाँव फिर से सुखी-सम्पन्न और धनी हो जाएगा। किल्लारी के आकाश में फिर से सोने का धुआँ उठेगा। भविष्य में हमारा किल्लारी गाँव फिर से हरे-भरे पेड़ की तरह लहलहाता नजर आएगा। अनेक प्राकृतिक परेशानियों से जूझते हुए भूकम्पग्रस्त लोग अब सरकार की ओर से निर्मित नए घरों में प्रवेश करने को उत्सुक दिखाई देते थे। दूसरी ओर सरकार की ओर से काम करते कन्नाटी, गुत्तदार आदि लोग जल्दी-जल्दी अपना काम समेटने लगे थे। अपने नए मकानों के प्रति भूकम्पग्रस्तों में उत्सुकता जाग उठी थी। नवनिर्मित घरों में सबसे पहले नम्बर का घर मुझे मिले, हर व्यक्ति यही सोचकर गाँव के सरपंच तथा सरकारी अधिकारियों की खुशामद कर रहा था।

किल्लारी में भूकम्प आए दो वर्ष बीत गए थे। फिर भी किल्लारीवासियों के आवास की समुचित व्यवस्था अभी हो नहीं पाई थी। अतः सोपान ने गाँव के कुछ प्रतिष्ठित लोगों को साथ लेकर शासकीय अधिकारियों से भेंट की। सरपंचजी ने टीन के शेड में सुमन के साथ अपनी नई दुनिया बसाई थी, लेकिन चूहों ने उस घर के चारों ओर बिल बनाते हुए उसे पूरी तरह खोखला कर दिया था। शेड की आजू-बाजू से गन्दी नालियाँ बहने लगी थीं। नालियों के गन्दे पानी के रुकने से चारों ओर मच्छर और मक्खियाँ भिनभिनाकर नई-नई बीमारियाँ फैला रहे थे। भूकम्प से पहले सोपान का निवासस्थान किसी महाराजा के किले जैसा था। वह वहीं से गाँव पंचायत के सारे कामों को निपटाया करता था। गाँव के सरपंच होने के नाते उसका विशेष मान-सम्मान था। परन्तु भूकम्प में सब कुछ नष्ट हो चुका था। शरीर से सोपान राव अब दुबला-पतला दिखाई दे रहा था। अपने परिवारजनों की मृत्यु के प्रति आज भी उसे बेचैनी महसूस होती थी। उसे अपने मुन्ने, पत्नी, माँ-बाप तथा भाई-बहनों की याद सताती थी। बड़े बाड़े की दीवारों में उनकी समाधि बन चुकी थी। अपने

प्रियजनों का दाहसंस्कार भी वह ठीक से नहीं कर पाया था। इन बातों का स्मरण होते ही उसका हृदय द्रवित हो उठता और आँखों से आँसू झरने लगते।

सुमन से ब्याह करके बच्ची नवनीता को सँभालते हुए सोपान आज भी गाँव पंचायत के कामों में रुचि लेते हुए अपने कर्तव्य को निबाह रहा था। भूकम्पजनित परेशानियों और समस्याओं से संघर्ष करते हुए वह अपने गाँव की व्यवस्था और कारोबार को साहस के साथ सँभालते हुए अपना जीवन जी रहा था। वह किल्लारी गाँव का सरपंच था। भूकम्पपीड़ितों के पुनर्वास के लिए बनाए गए नए आदर्श गाँव में 'अ' श्रेणी में आनेवाले सारे मकानों को रंगरोगन के पश्चात 'अ' वर्ग में समाहित किसान परिवारों को सौंप दिया गया था। शासन की ओर से निर्मित इन मकानों में किसान परिवार रहने आ गए थे। सोपान भी अपने नवनिर्मित घर में रहने आ गया था, परन्तु उस छोटे-से घर में उसे जेल में बन्द होने का अहसास हो रहा था। जिन नए घरों में किसान रहने लगे थे, वे सारे शहरी मध्यवर्गीय परिवारों की सुख-सुविधाओं को ध्यान में रखते हुए बनवाए गए थे। बड़े बाड़े में रहनेवाले सोपान को ऐसे मकान में रहना मुश्किल लग रहा था। इन मकानों की रचना सोपान को कुछ अटपटी-सी लग रही थी। सामने का छोटा कमरा बैठक के रूप में इस्तेमाल किया जा रहा था। अन्दर की ओर रसोईघर तथा किचन-कट्टा (स्लैब) बँधा हुआ था। रसोई के बाजू में शौचालय तथा बाथरूम की व्यवस्था थी और आखिर में एक कमरा जो था, वह बेडरूम था। सारी सुविधाएँ होते हुए भी यह घर उसे असुविधाजनक लग रहा था। इन तीन कमरों में जितनी जगह थी, उतनी तो सोपान के बाड़े में बनी बैठक ही थी। गाँव के सारे कामकाज, चर्चाएँ उसी बैठक में हुआ करती थीं। घर के आसपास की खुली जगह में मवेशियों का गोठा बँधा था। साथ ही उनके चारे-पानी की व्यवस्था की जगह भी थी। रसोई में चूल्हा जलाने के लिए आवश्यक सरकंडे, उपले, घास-फूस आदि के लिए भी खास जगह हुआ करती थी। तो सरकार ने यह मकान बनवाते समय किसान के लिए आवश्यक इन बातों पर विचार क्यों नहीं किया। इस प्रकार के विचार सोपान के दिमाग में चक्कर काटने लगे थे।

नए घर में प्रवेश करने के बाद सबसे बड़ी समस्या सुमन के सामने यह थी कि रसोईघर और किचन-कट्टे (स्लैब) का उपयोग किस प्रकार किया जाए। इसकी जानकारी सोपान ने अपनी ओर से सुमन को दी थी। शहरों में इस कट्टे का उपयोग केवल भोजन बनाने के लिए किया जाता है, यह बात अच्छी तरह उसे समझा दी थी। अपने पति की बात को समझते हुए सुमन ने बड़ी शान से किचन-कट्टे पर सफेद चिकनी मिट्टी का चूल्हा बनवाया था। साड़ी के छोर को कमर से कसकर

बाँधते हुए वह कट्टे पर चढ़ जाती। कट्टा थोड़ा ऊँचा था। अतः वह उसी पर पलथी मारकर बैठ जाती। थाली में आटे को गूँधकर रोटी और सब्जी बनाती। एक दिन इस प्रकार से खाना बनाने में जुटी सुमन को सोपान ने देख लिया। उसने उसे समझाते हुए कहा कि इस प्रकार कट्टे पर बैठकर रसोई नहीं बनाते। कट्टे के पास खड़े होकर भोजन बनाया करो। पति की इस बात पर सुमन ने तुनकते हुए कहा, "मैंने क्या कभी बाप-दादा के जमाने में खड़े होकर रसोई बनाई है, जो अब बनाऊँ। इस बारे में मुझे कोई जानकारी नहीं है।"

ग्रामीण क्षेत्रों में रहनेवाले लोग किचन कट्टे से एकदम परिचित न थे और ऐसी रसोई में भोजन बनाने का अनुभव भी नहीं था। अतः इसका उपयोग प्रत्येक व्यक्ति अलग-अलग ढंग से कर रहा था। इसी प्रकार सफेद टाईल्स लगे शौचालय की सुविधा उपलब्ध कराई गई थी। परन्तु सुमन ने भी इस शौचालय का उपयोग जलावन की सामग्री रखने के लिए किया था ! किसी भी परिवार में शौचालय का उपयोग नहीं किया जा रहा था, बल्कि अधिकतर किसान उपले, सरकंडे और जलावन की अन्य सामग्री रखने के लिए ही उसका उपयोग कर रहे थे। हाथ में लोटा लिए लोग प्रतिदिन दिशा-पानी के लिए जंगल की ओर चले जाते। सोपान के अनुसार, जहाँ हम लोग रसोई बनाते हैं, भोजन करते हैं, वहीं थोड़ा हटकर शौच के लिए बैठना हम किसानों को कभी रास नहीं आ सकता। अतः इस विषय में चर्चा के लिए कुछ लोगों को साथ लिए सोपान लातूर के जिलाधिकारी से भेंट करने चल दिया। सूचना मिलते ही जिलाधिकारी ने सब लोगों को ऑफिस में बुलवा लिया।

किल्लारी के प्रतिष्ठित व्यक्ति अब जिलाधिकारी के सामने बैठे थे। जिलाधिकारी ने बड़ी आत्मीयता से हँसते हुए सोपान से पूछा, "कहो कैसे हो, सरपंचजी ? अब तो टीन के शेड से निकलकर अच्छे-खासे स्लैबवाले घर में रहने लगे हो ! कैसा लग रहा है ?" साहब को उत्तर देते हुए सोपान ने कहा, "लगना क्या है साहब ! एक ओर भूकम्प ने हमें पूरी तरह से तबाह कर दिया था, दूसरी ओर गाँव के पुनर्वास के लिए करोड़ों रुपए आ चुके थे। किसानों को आशा थी कि इन रुपयों से सारी सुविधाओं को ध्यान में रखते हुए सरकार मकान बनवाएगी। परन्तु ग्रामीणों की सुविधाओं का ध्यान न रखते हुए इंजीनियर्स ने शहरी तरीकों से घरों का निर्माण किया है। शहरी लोगों को जैसे घरों की आवश्यकता होती है, उसी तरह के घर हमारे लिए बना दिए गए हैं। अब आप ही सोचिए साहब, किसानों का ऐसे घरों में गुजारा कैसे हो ? ढोर-डंगरों को किस गोठे में रखा जाए। उनके चारे-पानी तथा रसोई के लिए जलावन आदि को कहाँ रखें ? साहब, आप लोगों ने हमें बिल्कुल दयनीय बनाकर छोड़ दिया है। न तो हम लोग शहरी बन पाए हैं और न ठीक-ठीक किसान

रह पाए। आज की हमारी दशा तो 'न घर के न घाट के' की तरह है।" किसानों की समस्याओं को समझाते हुए सोपान आगे कहने लगा, "साहब, हमारे पुराने घरों के आसपास खुली जगह हुआ करती थी, जिसमें मवेशियों के लिए भी जगह होती थी। कूड़ा-करकट को खाद के रूप में इकट्ठा करने के लिए भी घर के पिछवाड़े खुली जगह हुआ करती थी। चबूतरे पर बैठकर परिवार के लोग गप्पें हाँकते थे। कभी-कभार भोजन भी किया करते थे। खेतों से आई जलावन की सामग्री तथा मवेशियों के चारे-पानी आदि को रखने के लिए जगह होती थी। साथ ही बच्चों को खेलने के लिए भी खुली जगह छोड़ी जाती थी। सरकार ने लेकिन हमें ऐसे घर बना कर दिए हैं कि किसान उस तंग जगह में किस तरह सोएँ और किस तरह सारा जीवन बिताएँ। इसी कारण नए घरों का उपयोग किसान भाई ठीक से नहीं कर पा रहे। घर में बने शौचालय और बाथरूम का उपयोग जलावन या फिर अनाज रखने के लिए किया जा रहा है। साहब, आपने घर बनवाने के लिए खुली जगह दी होती और साथ में नियमानुसार रुपए दिए होते तो कम-से-कम हमने अपनी सुविधानुसार घर बनवा लिए होते। परन्तु यह बात सरकारी अधिकारियों को पसन्द न थी। क्योंकि यदि यह बात बन जाती तो इंजीनियर्स, गुत्तेदार और अधिकारियों को मिलनेवाला प्रतिशत कहाँ जाता ? सो, अब तो हमें किसी तरह जिन्दगी गुजारनी है।"

सोपान की बातें सुनकर जिलाधिकारी साहब का माथा ठनका और उन्होंने कहा, "कैसी बातें करते हो सोपान राव ! हम लोगों ने रात-दिन कड़ा परिश्रम करते हुए प्लान् के अनुसार स्लैबवाले पक्के मकान तैयार करवाकर दिए हैं। इस बात का आपको जरा भी अहसास नहीं है। सोपान राव, यह बात ठीक नहीं है।" यह सुनकर सोपान ने आगे की बात साहब के हाथों सौंपते हुए कहा, "साहब, हमें अब कम ही क्यों न हो, हमारे मवेशियों और अन्य सामग्री के लिए थोड़ी-सी जगह और उपलब्ध करा दें तो बहुत मेहरबानी होगी।" इसके बाद सोपान के साथ सारी मंडली वापस किल्लारी गाँव पहुँची।

किल्लारी में बसे नए आदर्श गाँव में अ, ब, क, ख श्रेणी के अनुसार लोग नए मकानों में रहने चले आए थे। नया किल्लारी गाँव शहर की तरह सुन्दर दिखाई दे रहा था। नव-निर्मित सारे घरों में बिजली के बल्ब चमकते दिखाई देते थे। सड़कों के दुतर्फा बिजली के खम्भों पर बल्ब चमक रहे थे, मानो किसी बालिका ने सुन्दर रंगोली बनाई हो। बाहरी गाँवों से आनेवाले लोगों को नवनिर्मित आदर्श गाँव के सीधी सरल रेखा में सुव्यवस्थित ढंग से बनाए गए सुन्दर मकान मोहित कर लेते थे। परन्तु उन घरों में बसनेवाले हर एक परिवार की अपनी अलग-अलग समस्याएँ थीं। अतः प्रत्येक

व्यक्ति अपने घर के सामनेवाली खुली हवादार जगह में अपनी पुरानी स्मृतियों में खोकर कुछ-न-कुछ हासिल करने का प्रयास कर रहा था। इन घरों में रहनेवाला प्रत्येक व्यक्ति अपनी पद्धति और सुविधा के अनुसार अपने बीते दिनों को भुलाकर फिर से आनन्दमय जीवन जीने की कोशिश में था।

भूकम्पपीड़ित प्रत्येक परिवार को अल्प मात्रा में क्यों न हो, सरकार की ओर से रुपए-पैसे की सहायता मिल रही थी। भूकम्प में जिन परिवारों के लोग अधिक संख्या में मरे थे, उनके वारिसों को तीन लाख रुपए तक की रकम मिल चुकी थी। परिणाम यह हुआ कि उनकी जेबों में रुपयों की खनक सुनाई देती थी और लोग शराब की दुकानों पर पहुँचने लगे थे। मनोरंजन के लिए जुए के अड्डों पर भी जाने लगे थे। रात और दिन इन अड्डों पर धूम मची रहती थी। धन की अधिकता के कारण मस्ती में चूर शराबी नशे में धुत्त अपने सगे-सम्बन्धियों के घर पहुँचने लगे थे। उन परिवारों में दिखाई देनेवाली लड़की से ब्याह रचाने की जुगत भिड़ाते हुए लड़की के माँ-बाप को धन का लालच देते घूम रहे थे, और कुछ तो उन्हें ब्याह कर अपने घर ले भी आए थे। भूकम्पग्रस्त क्षेत्र में अधिकतर परिवारों में यही सिलसिला जारी था।

आज सुबह राधाबाई सोपान के घर पहुँची। वह बेचैनी महसूस कर रही थी। राधाबाई के मुखमंडल पर छाई चिन्ता को देखते हुए सोपान ने कहा, ''क्यों राधाबाई, आज सुबह ही चली आई हो।''

राधाबाई ने कहा, ''अरे बाबा सोपान, हमारे गाँव में न जाने कैसी-कैसी विचित्र बातें सुनाई दे रही हैं। अपने गाँव की प्रतिष्ठा का अंशमात्र ही सही, कुछ तो खयाल रखा होता ? कहावत है न 'पैसों की मेख और तमाशा देख।' ऐसी दशा हमारे गाँव की हो रही है। खैर, भूकम्प में मरनेवाले तो मर चुके, लेकिन उनके नाम पर घर-घर में रुपए आ रहे हैं। परिणाम यह है कि हर ऐसा व्यक्ति नशे में धुत्त होकर झूम रहा है। सुनो सोपान, कल-परसों की ही बात है। सुना है कि अपने गाँव के मोमीनपुरा में रहनेवाले रहमान चचा के लड़के अल्लाबख्श की बीवी और बच्चा भूकम्प में मर गए हैं, अतः उदगीर की एक जवान लड़की से उसने निकाह किया। दुल्हन के साथ उसकी छोटी बहन भी आई थी। वह अपनी बहन के साथ यहाँ पन्द्रह दिन से रुकी हुई थी। जानते हो, क्या कमाल हुआ सोपान ! रहमान चचा का मुँह तो पोपला हो ही चुका है। खाने-चबाने के लिए दाँत भी बाकी नहीं रहे। फिर भी उन्होंने बहू के साथ आई कमसिन लड़की से निकाह किया और अपनी घरवाली बनाकर ले आए। लड़की के माता-पिता भी इस बात के लिए राजी हो गए। रहमान चचा भूकम्प में मरी अपनी बीवी के नाम से आए दो लाख रुपए लड़की के माता-पिता को मेहर दे चुके हैं। वह लड़की रहमान चचा की पोती दिखाई देती है,

परन्तु उसे बीवी बनाकर घर में रखा हुआ है। दोनों सगी बहनें एक ही घर में सास-बहू बनकर रहने लगी हैं। इस कलयुग में इस धरती पर इसी प्रकार पाप बढ़ता रहा तो यहाँ भूकम्प कैसे नहीं आएगा ?" सोपान ने कहा, "जाने भी दो राधाबाई ! इतने बड़े गाँव में ऐसी घटनाएँ कहीं न कहीं घटित होती ही रहेंगी। हम लोग कहाँ-कहाँ तक ध्यान देते रहेंगे ? सच कहूँ राधाबाई, अब लोग पहले की तरह मेरा कहा भी नहीं मानते। जो जी में आया, करते रहते हैं। गाँव का हर इंसान अब पंडित बन चुका है। अतः ऐसे झमेलों में मैं पड़ना ही नहीं चाहता।"

अपने परिवार के लोगों में सोपान अब अच्छी तरह घुलमिल गया था। अपनी खेती और बाग-बाड़ी की ओर ध्यान देने लगा था। सब लोग अपने कामों में व्यस्त दिखाई देते थे। फिर भी भूकम्पग्रस्त किल्लारी की जानकारी लेने के लिए कई परदेसी अपनी गाड़ियाँ लेकर किल्लारी पहुँचते थे। ऐसे ही एक दिन एक अरब परदेसी भूकम्पग्रस्त क्षेत्रों में घूमते हुए किल्लारी पहुँचा। अपने परिचय के लिए उसने अनेक फोटो खिंचवाए थे। कुछ गरीब परिवारों का निरीक्षण-परीक्षण करते हुए वह अन्य परिस्थितियों का अभ्यास कर रहा था। इन सारी बातों की जानकारी वह अपने देशवासियों को देना चाहता था। यह सारा कार्य वह शान्तिपूर्वक कर रहा था, परन्तु वहाँ इकट्ठे गाँव के कुछ लोग उस व्यक्ति की हरकतों से परेशान थे। उन्हें पता था कि जो भी परदेसी यहाँ आते हैं, सहायता के रूप में कुछ-न-कुछ वस्तुएँ भूकम्पग्रस्त लोगों में बाँटते हैं, जबकि यह आदमी हमें किसी भी तरह की मदद नहीं देना चाहता। अतः उसके पास खड़े कुछ लोगों ने उससे पूछा, "आप यहाँ गाड़ी लेकर क्यों आए ?" और उसे चारों ओर से घेर लिया और खींचातानी करने लगे। ऐसी स्थिति में उस अरब व्यक्ति ने जेब से रिवाल्वर निकालकर हवा में गोली चलाई, जिसकी आवाज सोपान के कानों तक भी पहुँची। वह दौड़ते हुए वहाँ आ पहुँचा। उसने लोगों को वहाँ से हटाते हुए कहा, "आप इंसानियत खो चुके हैं क्या ? बाहर से आए मेहमानों से इस तरह का बर्ताव किया जाता है ? बाहर के देशों से जो भी यहाँ आता है, उसे घेरकर खड़े हो जाते हो। जब से यहाँ भूकम्प आया है, तब से आप लोगों को बैठे-बिठाए खाने की आदत हो गई है। यहाँ खड़े लोगों में एक भी ठीक से अपनी खेती-बाड़ी की ओर ध्यान नहीं दे रहा। सही बात तो यह है कि सरकार ने सारी चीजें घर बैठे पहुँचाई हैं और वह मुफ्त में आप लोगों को पाल-पोस रही है। इसीलिए काम करने की आपको कोई जरूरत नहीं रही। इसीलिए परदेसियों से भी चाहते हो कि वे आपकी कुछ मदद करें। अरे, अब तो कुछ काम करो। जाओ, यहाँ से जाओ। अब तक तो सरकार ने आप लोगों को सँभाला, अब और कितने दिनों तक इसी तरह बैठे-बैठे खाने का इरादा है ? अपने हाथ-पैरों को हिलाते हुए

कामों में लग जाइए। इस घटना के बाद यदि किसी ने इस प्रकार की हरकत की या बाहर से आए मेहमानों को तकलीफ पहुँचाई तो आपके खिलाफ पुलिस स्टेशन में शिकायत दर्ज करनी पड़ेगी।'' सोपान सरपंच के क्रोध-भरे स्वर को देखते हुए लोग घरों की ओर चल पड़े। सोपान ने आदर से उस परदेसी के सामने हाथ जोड़ते हुए माफी माँगी और उसकी गाड़ी को गाँव से बाहर पहुँचाया।

नवनीता अब छह साल की हो रही थी, अतः सुमन ने अपने पति से कहा, ''हमारी बच्ची अब छह साल की हुई। उसे स्कूल में दाखिल कराना चाहिए।'' सुमन की बात मानते हुए एक दिन सोपान ने गाँव की प्राथमिक पाठशाला में नवनीता को दाखिल किया। अब सुमन प्रतिदिन सुबह नवनीता को अच्छी तरह सँवार देती और स्कूल की घंटी बजते ही उसके बस्ते को सँभालते हुए स्कूल के दरवाजे तक छोड़ आती। नवनीता भी अपनी स्लेट पर एक-दो अंक निकालने का प्रयास करने लगी थी। सोपान ने नवनीता के पिता होने का फर्ज अदा किया था।

प्रतिदिन सुबह उठकर नवनीता अब स्वयं स्कूल जाने लगी थी। स्कूल के प्रति उसके मन में आत्मीयता जाग उठी थी। यह स्कूल गाँव से थोड़ी दूरी पर था और भूकम्प के कारण साल-भर से ठप था। टीन शेड से बनी इस पाठशाला में अनेक बच्चे शिक्षा ले रहे थे। भूकम्प में जीवित रहे बालक-बालिकाएँ कभी-कभार स्कूल आया करते और भूकम्प में मरे अपने सहपाठियों की याद आते ही घर को भाग जाते। जिन बच्चों के माता-पिता भूकम्प में चल बसे थे, ऐसे अनाथ लड़के-लड़कियाँ पूना के जैन समाज की पाठशाला में पढ़ाई करने चले गए थे। अतः कुछ दिनों तक गाँव की पाठशाला में दो-चार बालक ही पढ़ाई के लिए आते रहे। जिस कक्षा में भूकम्प से पहले करीब सौ विद्यार्थी पढ़ाई के लिए बैठा करते थे, आज उसमें चार-छह विद्यार्थी ही आते थे। ऐसे में मास्टरजी भी महीने में एकाध चक्कर लगाकर पूरे माह की हाजिरी लगा देते थे। इसी कारण गाँव में पाठशाला होते हुए भी न होने के बराबर थी। भूकम्प के तीन साल बाद आज पहली बार गाँव की नई पाठशाला में पहली कक्षा के बालक-बालिकाओं की भीड़ दिखाई दे रही थी। पाठशाला के भूतपूर्व हेडमास्टर श्री मोरे गुरुजी भूकम्प में अपने ही घर में चिरनिद्रा में खो चुके थे। किल्लारी के लोगों और अपने छात्रों को छोड़कर वे अखंड समाधि में लीन हो गए थे। अतः तीन वर्षों से हेडमास्टरजी की कुर्सी भी खाली पड़ी थी।

भूकम्प के बाद तीन सालों तक कुलकर्णी गुरुजी ने छात्रों को सँभाला था। किसी तरह पढ़ाई जारी रखते हुए पाठशाला में आनेवाले छात्रों को पढ़ाया था। जब भी कुलकर्णी गुरुजी को भूकम्प में मारे गए अपने शिष्यों की याद आ जाती तो उनकी

आँखें नम हो जाती थीं। पढ़ाई में छात्रों का मन लगा रहे, इसी कोशिश में वे लगे रहते और कभी-कभार बिना मास्टरजी के भी छात्र स्कूल में पढ़ाई कर लेते। पाठशाला में छात्रों की भीड़ अब बढ़ रही थी। गोबर से लिपे-पुते पुराने स्कूल को छात्र भूल चुके थे। अब नई मेज और बेंच पर अपने बस्ते रखे छात्रगण पढ़ाई में रुचि ले रहे थे। इन सारी बातों को देखकर गाँववाले खुश थे।

एक दिन नवनीता के साथ पाठशाला जानेवाली उसकी सहेली आमिना स्कूल से वापस घर नहीं पहुँची। लापता आमिना की खोज में उसके माता-पिता सोपान के घर पहुँचे। आमिना के पिता ने सोपान से कहा, "मेरी बेटी आमिना दो दिन से लापता है। उसे क्या हुआ है, मेरी कुछ समझ में नहीं आ रहा। स्कूल का कहना है कि आमिना दोपहर तक स्कूल में मौजूद थी। उसके बाद वह कहाँ गई, इसका हमें पता नहीं।" सोपान ने नवनीता से पूछा तो नवनीता ने कहा, "आमिना मेरे साथ स्कूल आई थी, परन्तु मध्यान्तर में उसे मैंने बाहर जाते हुए देखा था। उसके बाद वह मुझे दिखाई नहीं दी।"

अब सारा गाँव आमिना के गुम हो जाने से परेशान था। स्कूल से लड़की के अचानक गायब हो जाने से हेडमास्टर पाटील तथा कुलकर्णी गुरुजी सहमे हुए थे। भूकम्प के बाद गाँव की हालत अब थोड़ी-बहुत सुधर चुकी थी, अतः आमिना के अचानक लापता हो जाने से बच्चों के माता-पिता तथा छात्रों में एक प्रकार के डर की भावना प्रवेश कर गई थी। क्या पता अब बच्चे स्कूल आना ही छोड़ दें। स्कूल फिर से सुनसान और खाली पड़ा रहेगा। इस डर से मास्टरजी आसपास के गाँवों में जाकर आमिना को खोज रहे थे। खोजबीन के बाद आमिना का जब कहीं पता नहीं चला तो हेडमास्टर तथा सोपान दोनों ने मिलकर पुलिस स्टेशन जाकर रपट लिखाई।

सोपान खेतों के कामों से निपटकर अपने पुराने गाँव के गलियारों से घूमता हुआ घर लौट रहा था। अचानक उसे मारवाड़ी के बाड़े के ऊपर चीलें मँडराती हुई नजर आईं। वह मकान पूरी तरह ढह चुका था। सोपान अपने साथी के साथ बाड़े में पहुँचा। उसे एक जगह नारियल, नींबू, हल्दी-कुंकुम आदि पूजा की सामग्री बिखरी हुई दिखाई दी। एक ओर पत्थर पर खून के कुछ धब्बे भी दिखाई दिए। खून के छींटों को देखकर सोपान का हृदय आशंका से काँप उठा। उसके मन में अनेक विचार उठने लगे। गाँव में पहुँचते ही सोपान ने पुलिस स्टेशन में सूचना दी और आँखों देखी जानकारी देते हुए कहा, "पुरानी किल्लारी में एक बाड़े के ऊपर चीलें और कौए उड़ते हुए नजर आ रहे हैं। वहाँ एक कोने में नारियल, नींबू आदि पूजा की सामग्री भी बिखरी पड़ी है। अतः आप तुरन्त वहाँ पहुँचें।" सूचना मिलते ही फौजदार चौगुले पुलिस-जीप लिए उस खँडहर में पहुँचे। भूकम्प में गिरे बाड़े के ऊपर चील-कौए

चक्कर काट रहे थे। चौगुले बाड़े के अन्दरूनी भाग में पहुँचे। वे घटनास्थल का सूक्ष्म निरीक्षण कर रहे थे कि अचानक उनकी नजरें अधगिरी दीवार से जा टकराईं। वहीं कुछ पूजा की सामग्री बिखरी पड़ी थी। जब उन्होंने उस स्थान को कुरेदना शुरू किया तो उन्हें सिर के कुछ बाल दिखाई दिए। कुछ अधिक प्रयास करने पर छोटी बच्ची का धड़ से अलग किया गया सिर भी दिखाई दिया।

अब आमिना के पिता महबूबा खाँ को पहचान के लिए बुलाया गया। धड़ से अलग किया गया सिर महबूब के सामने रखा गया और सिर के बालों को भी महबूब ने देखा। अपनी बच्ची के नाक-नक्श को महबूब ने पहचान लिया। बच्ची की यह दशा देखते ही वह दहाड़ें मारकर रोने लगा। सिर के पास पड़ी मिट्टी को उसने मुँह में भर लिया और छाती पीटते हुए अपना सिर धुनने लगा। मुँह से कह रहा था कि मैंने गाँव में किसी भी चांडाल का बुरा नहीं सोचा। न ही किसी की बुराई की। फिर उसने मेरी फूल-सी बच्ची की जान क्यों ली ? उस अघोरी ने ऐसा अन्याय क्यों किया ?

फौजदार चौगुले ने नियम के अनुसार पंचनामा करते हुए धड़-विहीन सिर को जप्त कर लिया। अब आमिना की हत्या के सन्दर्भ में गाँव के लोगों के मुँह से कुछ नई बातें सुनाई दे रही थीं। उनमें से एक यह भी थी कि करोड़ीमल मारवाड़ी के घर में छुपे धन को हथियाने के लिए आमिना की बलि चढ़ाई गई है। गाँव के गलियारों में इस प्रकार की चर्चा सुनाई दे रही थी। हिरकनाबाई नाम की महिला टोना-टोटका करने में प्रवीण मानी जाती थी। पुलिस ने उस महिला की खोज शुरू की, परन्तु वह अपने घर से गायब थी। अतः पुलिस ने उसे पकड़ने के लिए अपना जाल बिछा दिया। हिरकनाबाई अपनी बहन के घर गुंजोटी में रहने लगी है, इस बात की खबर पुलिस को मिल गई थी। पुलिस ने हिरकनाबाई को पकड़कर पूछताछ शुरू की, तो उसकी घिग्घी बँध गई। पुलिस ने उसे हिरासत में ले लिया। परिणाम यह हुआ कि हिरकनाबाई के शरीर में भानामति का संचार हुआ और वह झूमती हुई कहने लगी– ''सास्तूर के नामदेव बाबा ने हम लोगों से कहा कि करोड़ीमल मारवाड़ी के मकान में बहुत बड़ी मात्रा में गुप्त धन गड़ा हुआ है। अमावस की रात में उस स्थान पर यदि कुमारी कन्या की बलि चढ़ाई जाए तो वह गुप्त धन बाहर आ जाएगा और बलि चढ़ानेवाले का ही उस पर हक होगा। इस घटना से पहले भी मैंने तथा मेरे मौसरे भाई पंढरीनाथ और सुखदेव मामा ने मिलकर किल्लारी में ध्वस्त अमीरों के बाड़ों में घुसकर खुदाई की थी, ताकि धन की प्राप्ति हो सके।'' पुलिस के भय से हिरकनाबाई अपने किए कारनामों के सारे किस्से उगलने लगी। झूमते हुए वह कहती जा रही थी ''हम तीन लोगों ने मिलकर रात में कुछ मकानों की खुदाई की। जिससे हमें एक सोने की मूर्ति और कुछ सोना मिल गया। सास्तूर के नामदेव बाबा

की मदद से मुम्बई में रहनेवाले एक सर्राफ को हमने वह मूर्ति बेच दी थी। तभी से हमारी हिम्मत बढ़ गई। इस घटना से हमें यह महसूस होने लगा था कि किल्लारी गाँव में बहुत सारा गुप्त धन जमीन में गड़ा हुआ है। अतः नामदेव बाबा ने उसी समय हम लोगों से कहा, यदि किसी कुमारी का सिर काटकर उस बाड़े में नरबलि दी जाए तो बहुत सारा गुप्त धन आपके हाथ आ जाएगा। धन के लालच तथा अपने उद्‌देश्य तक पहुँचने के लिए हम लोग उसी दिन से किसी कन्या को ढूँढ़ने का प्रयास करने लगे। तभी से गाँव की पाठशाला की ओर भी नजरें गड़ाए रहे कि कब कोई बलि का बकरा हमारे जाल में फँसे; और एक दिन हमारा काम हो गया। स्कूल के पिछवाड़े दोपहरी की छुट्टी में एक लड़की दिशापानी के लिए आई थी। सुखदेव मामा और पंढरीनाथ ने इसी अवसर का लाभ उठाया और उस लड़की को वहीं धर-दबोचा। तीनों ने मिल कर चारों ओर देखा। फिर तुरन्त उस लड़की का मुँह दबाकर उसे एक बारदाने में ठूँसा और फिर पीठ पर उठाए जंगल की ओर चल पड़े। अमावस आने तक उसी जंगल में छुपे रहे। फिर अमावस की काली रात में उस बच्ची को लेकर पुराने किल्लारी में वीरान पड़ी करोड़ीमल मारवाड़ी की हवेली में पहुँचे और मध्यरात्रि के अँधियारे में पूजा कर उस कन्या का सिर धड़ से अलग कर देवता को बलि चढ़ाई गई। बाकी बचा उसका धड़ उसी बारदाने में ठूँसकर सास्तूर की गहरी खाई में डाल दिया।''

इस प्रकार की गई हत्या को देखकर सोपान का हृदय काँप उठा और उसका दिल टूटने के घने एहसास से भर गया। यह झटका उसे भूकम्प के झटके से भी अधिक भयावह महसूस हो रहा था।

गाँव में घटित इस निष्ठुर और अमानवीय घटना को देखते हुए सोपान का संवेदनशील मन विकल होने लगा। वह सोचने लगा कि आज इस युग में भी मनुष्य कितना अज्ञानी और अन्धविश्वासों पर श्रद्धा रखते हुए अमानवीय कार्य के लिए प्रवृत्त हो रहा है। धन के लालच में ही स्वार्थी नराधमों ने महबूब खाँ की सुकोमल बच्ची आमिना की हत्या की है। भूकम्प में महबूब खाँ की बीवी चल बसी थी। बेचारा आमिना के सहारे ही किसी प्रकार वह अपना जीवन बिता रहा था। परन्तु उसका यह सपना भी लोगों को ठगनेवाले नामदेव बाबा ने भंग कर दिया। हिरकनाबाई, सुखदेव मामा और पंढरीनाथ जैसे नराधमों ने धन के लालच में आकर यह अघोरी और अमानवीय कृत्य करते हुए मानवीयता पर कालिमा पोत दी है। दुखावेग से सोपान की आँखों से आँसू निकलने लगे। इन आँसुओं को सोपान रोक न सका। ऐसी अवस्था में गाँव के लोग महबूब खाँ को धीरज बँधा रहे थे और उसे शान्त करने का प्रयास कर रहे थे।

आमिना की मैयत में सारा गाँव शामिल होनेवाला था। सैकड़ों की संख्या में लोग आ रहे थे। जाति-पाँति-धर्म जैसे सारे भेदभावों को भुलाकर तमाम लोग गाँव की लड़की आमिना को दुखी अन्तःकरण से विदाई देने कब्रिस्तान आ पहुँचे।

दिल दहला देनेवाली इस हत्या ने गाँव का सारा वातावरण दुखमय बना दिया था। हेडमास्टर पाटिल सर ने आमिना के दुखद निधन पर पाठशाला में पाँच दिन की छुट्टी की थी। भूकम्प के कारण महीनों-वर्षों पाठशाला बन्द रही थी और इस वर्ष जब कक्षा में छात्रों की भीड़ बढ़ने लगी, तो जैसे उसे किसी की नजर लग गई। स्कूल की शुरुआत अच्छी थी, परन्तु इस घटना का प्रभाव छात्राओं की उपस्थिति पर पड़ा। पाँच दिनों बाद पाठशाला की घंटी खनखना उठी। गाँव के सारे लड़के-लड़कियाँ फिर से स्कूल के लिए चल पड़े। परन्तु सोपान की बेटी नवनीता अपनी सहेली आमिना के चले जाने से सहमी-सहमी रहने लगी। इस घटना का असर उसके दिल पर पड़ा था। अतः रात में वह नींद में बड़बड़ाने लगती–'मैं स्कूल नहीं जाऊँगी। मुझे भी कोई उठाकर ले जाएगा और मार देगा।' नवनीता की इस भयावह अवस्था को देखकर सुमन चिन्ता में पड़ी हुई थी। अपनी बेटी को बड़े प्यार से समझाते हुए सुमन ने कहा कि तुम्हारे बाबा तुम्हें छोड़ आएँगे। अपने बाबा के साथ स्कूल जाने पर तुम्हें कोई तकलीफ नहीं होगी। बहुत मनाने के पश्चात ही नवनीता स्कूल जाने के लिए तैयार हुई। परन्तु एक शर्त नवनीता ने सुमन के आगे रखी कि आज से तुम ही मुझे स्कूल छोड़ने जाओगी और स्कूल से वापस ले आया करोगी। माँ ने यह शर्त मान ली और नवनीता की पढ़ाई फिर से शुरू हो गई।

किल्लारी के लोगों को अब किसी भी दुखद घटना को पी जाने की आदत-सी पड़ गई थी। अतः कुछ दिनों बाद आमिना से जुड़ी वारदातें भी इतिहास के पन्नों में समा गई थीं। किल्लारी के कुछ बड़े किसान जगह की कमी से थोड़े नाराज थे, परन्तु गरीब झोंपड़ों में दिन बितानेवाले किसानों और गरीब जनता को स्लैब वाले घर खुशियाँ दे रहे थे। इन सारी परिवर्तित स्थितियों को देखते हुए सोपान मन ही मन सोच रहा था कि किसी भी प्रकार से क्यों न हो, किल्लारीवासियों के परिवारों का पुनर्वास हो गया है। आसपास के भूकम्पग्रस्त भागों में भी यही सिलसिला जारी था।

भूकम्प आए आज तीन वर्ष बीत चुके थे। आज भी कई गाँवों में लोग टीन शेड में अपना जीवन बिता रहे थे और सरकार को भला-बुरा कहते हुए किसी प्रकार जी रहे थे। अतः अन्य गाँवों से किल्लारी फिर भी सुन्दर और खुशहाल दिखाई दे रहा था। लोगों का जीवन पुनर्वास के कारण अधिक सुखमय बना हुआ है। पहले लोग कुएँ से या नदी से पानी भरकर ले आते थे, परन्तु आज गाँव के बाजू में पानी की टंकी बनाई गई है और पूरे गाँव को नल से पानी पहुँचाने की कोशिश की जाती

है। साथ ही हाथपम्प से भी पानी उपलब्ध हो रहा है। सर्वधर्म-समभाव के अनुसार मन्दिर-मस्जिद बनाए गए थे। बच्चों की पढ़ाई के लिए नई सुन्दर इमारत बनाई गई थी और मरीज़ों के लिए अस्पताल भी खोला गया था। गाँव के बालक-बालिकाएँ अब पढ़ने में रुचि ले रहे थे। गाँव का वातावरण उल्लास और प्रसन्नता से भरा हुआ था।

किल्लारी के शक्कर-कारखाने ने भी भूकम्प के झटकों को सहा था। साथ ही राजनीति की गुटबन्दी के झटकों को सहते हुए वह आज भी स्थिर और सुव्यवस्थित ढंग से चल रहा था। प्रतिदिन कारखाने का भोंपू बजता है और पुरानी परम्परा के अनुसार गाँव के लोग अपना पेट पालने के लिए और जीवन की ज़रूरतों को पूरा करने के लिए कारखाने के कामों पर निकल पड़ते हैं। सोपान के विचार में, अब हमारा गाँव नई ताकत, नई उमंग और नई उम्मीदों को लिए आगे बढ़ने को तैयार हो चुका है। आज किल्लारी के किसान अंगूरों के बाग-बग़ीचों को हरा-भरा बना रहे हैं। अतः भविष्य में किसान भाइयों की खेती-बाड़ी, बाग-बगीचे फिर से नई-नवेली दुल्हन की तरह सज-धजकर हरे-भरे हो जाएँगे। हरियाली से भरी-पूरी इन बाग-बाड़ियों में फिर से मोर, पपीहा और कोयल के कूकने का स्वर सुनाई देगा। रंग-बिरंगी तितलियाँ अपनी सुन्दरता के अनेक रंगों को बिखेरती हुई फूलों में बसे मधु का पान करेंगीं।

गाँव का कारोबार चलाने के लिए ग्रामपंचायत की सुन्दर इमारत बनाई गई थी। नई उम्मीदों और नई उमंगों के साथ गाँव-सरपंच सोपान राव ग्रामशासन को बड़ी आत्मीयता और अनुशासन से चला रहा था। ग्रामवासी परस्पर भावनाओं का आदर करते और एक-दूजे का हाथ थामते हुए, कदम से कदम मिलाकर प्रगति की राह पर बढ़ रहे थे। यह बात सोपान राव तथा किल्लारीवासियों के लिए सन्तोषजनक थी।

एक आदर्श गाँव के रूप में 'किल्लारी' अब स्थिर हो चुका था। गाँव-सरपंच सोपान राव ग्रामशासन को मनोयोग से चलाने में व्यस्त था। गाँव में बसे सारे लोग सुखमय जीवन बिताने की कोशिश में थे। गाँव की खुशहाली को देखते हुए सोपान राव अब आश्वस्त दिखाई दे रहा था, परन्तु महाविनाशकारी भूकम्प के रौद्र रूप को आज भी भूल नहीं पाया था। भूकम्प के साथ जुड़ी दुखद स्मृतियाँ आज भी सोपान के हृदय में हलचल पैदा कर देती थीं, और वह मनुष्य की अनादिकाल से चली आ रही जिजीविषा के बारे में सोचने लगता था। किल्लारी में घटित भूकम्प की घटना और इस महाविनाशकारी तांडव को संसार-भर के लोगों ने आकर देखा था। अपनी ओर से भूकम्पपीड़ितों की सहायता भी की थी। प्रकृति के इस महाभयंकर रौद्र रूप ने पल-भर में जन-जीवन को छिन्न-भिन्न कर दिया था और देखते ही देखते वर्षों का सृजन मिट्टी में मिला दिया था। परन्तु कभी-कभी ऐसी उथल-पुथल से नई

संस्कृति और सभ्यता भी पनपने लगती है। आज किल्लारी इसी का उदाहरण है, जो राख के ढेर से उत्पन्न उस फिनिक्स पंछी की तरह फिर से जीवन और निर्माण की राह पर खड़ा है।

यह बात सही है कि अनादिकाल से मनुष्य अपना जीवन सुखमय बनाने के लिए अनेक प्राकृतिक प्रकोपों का सामना करता आ रहा है। अपनी चिकित्सक प्रवृत्ति और नित नई खोजों के सहारे संघर्ष करते हुए वह प्रगति के पथ पर आगे बढ़ता चला जा रहा है। अपनी रक्षा के साथ-साथ उसने धरती पर रहनेवाले अनेक जीव-जन्तुओं की सुरक्षा के उपाय भी किए हैं। निश्चय ही आधुनिक मानव अत्यन्त प्रगल्भ है। भविष्य में आनेवाली ऐसी प्राकृतिक आपदाओं पर वह अब सूक्ष्मता से सोच सकता है, विचार कर सकता है। किल्लारी में घटित महाप्रलयंकारी भूकम्प की घटना से आज के भू-भौतिकी एवं भूगर्भ-वैज्ञानिक आधुनिक तन्त्रज्ञान, शोधपूर्ण खोज-बीन और सूक्ष्म अध्ययन के आधार पर भूगर्भ में चल रही हलचलों को भी समझने में कामयाब हो जाएँगे। धरती पर रहनेवाले लोगों की सुख-शान्ति के लिए यह खोजयात्रा निरन्तर जारी रहेगी। सोपान को विश्वास है कि एक दिन ऐसा जरूर आएगा, जब 21वीं शती का मनुष्य अपने ज्ञान-विज्ञान और भूकम्पमापन यन्त्र की सहायता से आनेवाले भूकम्प की पूर्वसूचना देने में कामयाब हो जाएगा। उस दिन धरती पर तबाही मचानेवाली भूकम्प की यह महाव्याधि चेचक के रोग की तरह हमेशा के लिए गायब हो जाएगी। वह दिन इतिहास के पन्नों में स्वर्णाक्षरों में लिखा जाएगा। सरपंच सोपान राव किल्लारी गाँव के कारोबार को 'हम होंगे कामयाब, एक दिन' वाली भावना से आज भी बढ़ाता जा रहा है।

●●●